古典文獻研究輯刊

十九編

曾永義 主編

第 2 冊

文學與事功
——唐代中興名相研究

邱顯鎮 著

國家圖書館出版品預行編目資料

文學與事功——唐代中興名相研究／邱顯鎮 著 — 初版 — 新北市：花木蘭文化事業有限公司，2019〔民108〕

目 4+248 面：19×26 公分

（古典文學研究輯刊 十九編；第2冊）

ISBN 978-986-485-637-4（精裝）

1. 唐代文學 2. 文學評論

820.8　　　　　　　　　　　　　　　108000763

ISBN-978-986-485-637-4

9 789864 856374

古典文學研究輯刊

十九編 第 二 冊　　　　　　　ISBN：978-986-485-637-4

文學與事功
——唐代中興名相研究

作　　者　邱顯鎮

主　　編　曾永義

總 編 輯　杜潔祥

副總編輯　楊嘉樂

編　　輯　許郁翎、王筑　美術編輯　陳逸婷

出　　版　花木蘭文化事業有限公司

發 行 人　高小娟

聯絡地址　235 新北市中和區中安街七二號十三樓

　　　　　電話：02-2923-1455 ／傳眞：02-2923-1452

網　　址　http://www.huamulan.tw 信箱 hml810518@gmail.com

印　　刷　普羅文化出版廣告事業

初　　版　2019 年 3 月

全書字數　224820 字

定　　價　十九編 33 冊（精裝）新台幣 64,000 元

文學與事功
——唐代中興名相研究

邱顯鎮　著

作者簡介

邱顯鎖，臺灣臺中人，逢甲大學中國文學系學士、碩士（2011、2015），現於國立中興大學中國文學研究所攻讀博士學位（2016～），師從廖美玉教授、林淑貞教授。治學領域為唐代史、唐代政治、唐代文學與文化，近年聚焦中晚唐史傳、散文、官文書及詩賦等方面。

提　　要

　　有唐一代宰相為數極多，名相數量也是史間少有。這些名相在大唐歷史的不同階段發揮功能，特別在開國、盛世與中興三個時期大放異彩，其中又以中興時期的名相最為耀眼，除了在事功上有優異成果，在文學領域亦表現突出，受到當時文人的肯定與歌頌，對當時文學風氣與文人書寫有一定程度的影響，值得深入討論。

　　本論文以唐代中興名相為研究對象，標舉安史亂後出任宰相的李泌、裴度、李德裕三人，爬梳史傳文獻、筆記資料、文集與詩集文本，從「文學」與「事功」二個視角，分析三位名相在「文學」與「事功」的表現及影響，並結合他們的生命情態與生活表現等內容，凸顯他們在不同體裁書寫中所呈現的形象。同時關注三位名相的特有議題，如李泌在入世與出世、有才能與否的相關討論；裴度既是當朝功臣又是風流宰相的矛盾與調和論題；李德裕在自我詩文書寫中，同時展現出積極養志關切時政、消極養性追求閒適的兩種面向等議題。通過分析、比較與歸納，整合各種資料與論述內容，不僅從中尋求唐代中興名相舊有形象的確立，更企圖開展中興名相的全新面貌。

　　經過對唐代中興名相的分析、討論、歸納、比較並綜合融匯後，本論文的學術價值可概括為以下三點：一、較全面性地展現唐代中興名相在不同書寫下的樣貌，具擬定範本之功效。二、聯繫唐代中興名相的「文學」、「事功」、「生命情態」、「生活表現」等內容，從多元面向凸顯名相的整體成就。三、運用唐代中興名相「文學」、「事功」、「生命情態」與「生活表現」這些要件，賦予唐代「中興名相」更突出、更鮮活的形象，對安史亂後的中興並開展出中唐文學的蓬勃發展，也能有更深入的詮解。

目
次

第一章 緒 論

第一節 研究動機與目的

唐祚前後延續近三百年（618～907），歷經二十一位帝王〔註1〕、三百六十九位宰相〔註2〕，宰相數量之多、名稱之繁複，乃史上少有〔註3〕。這些宰相在唐朝各個時期發揮的功能、造成的影響與衝擊，絕對不容忽視。

大唐是中國歷史中絢麗的瑰寶，它在文化、經濟、科技、政治及外交等方面都曾登峰造極。但唐朝除了盛世的繁華之外，也歷經開國的艱辛、皇位的鬥爭、親族的奪權、外患的侵逼、內亂的動盪等，期間又以唐玄宗天寶年間發生的安史之亂（755～763）最爲嚴重，幾乎就要終止唐王朝的壽命。安史之亂對唐朝中央政權、文化與經濟方面的毀壞與衝擊尤其明顯，其餘波甚

〔註1〕 據《舊唐書》、《新唐書》目錄所示，唐朝皇帝（包含武則天）共有二十一位。見後晉・劉昫等撰：《舊唐書・目錄》（北京：中華書局，1975年），頁1～2；宋・歐陽修、宋祁撰：《新唐書・目錄》（北京：中華書局，1975年），頁1～2。爲避繁複，本論文註腳中參考書目重複出現者，不再列出版資訊；又引文古籍版本相同者，除非需要特別解釋，否則皆採隨文加註書名、卷次及頁碼。

〔註2〕 據《新唐書・宰相世系表》之後序與《新唐書宰相世系表集校》之前言，以爲唐代宰相共三百六十九名。見《新唐書・宰相世系表》，卷75下，頁3465；趙超編：《新唐書宰相世系表集校（上）・前言》（北京：中華書局，1998年），頁1。

〔註3〕 這種現象與唐朝官制的安排密切相關，尤以三省六部制及加銜宰相制影響最劇。

至延續了數百年。在安史亂後，唐朝的國勢大不如前，亂後即位的皇帝們基本上也都無力振興，但仍有少數幾位帝王，他們展現對往昔盛世的追尋，企求多方面的變革，期望能鞏固中央政權。在眾多作為中，有一項「重文」之方針，除了說明當朝君主對文學之愛好，也暴露最高領導者對「武者」、「將」的不信任，寧願以文官或進宦來形成中央政權的核心集團。對於「武者」、「將」所把持的軍事權力，也竭盡全力控制，並進一步把軍事權力加諸文官以及進宦身上〔註4〕，以形成「文者武之君也」〔註5〕之情勢。在這個時期，可以發現皇帝獎掖以文學入仕之人，令他們能在朝廷擁有一席之地。而身為眾官之首的宰相，很多也都具備深厚的文學與思想基底，且在符合某些條件時〔註6〕，響應君主復歸盛世的意願，恆常也能夠大施拳腳、建立事功。宰相於文學、事功都有表現，故當時被廣大文人視作入仕報效國家的最高楷模，此一職位對政壇、文壇都有相當巨大的影響力。

前面談到，唐王朝在安史亂後，整體國勢大幅下滑。但在某些時期，因應君臣的決心與方略，仍能積極奮起，唐王朝幾次著名的中興之勢便是。所謂的「中興」，便是指在亂後的頹勢中，再次復歸盛世時的興旺與繁榮。當然，唐王朝在安史亂後，即便付出再多的努力，也是無法回歸貞觀或是開天時期的強盛。但若以安史之亂爆發後的總體形勢來看，如元和、會昌等時期，甚至如至德年間兩京收復時，及其後的貞元年間，國家在中央集權、民生經濟以及國土和平的表現上都相對亮眼，故可稱為「中興」。這些中興時期的出現，有賴當朝君主的精勵圖治，同時亦倚靠賢臣的遠略與真知灼見。查找唐朝中興時期的賢臣，發現三位可稱為「中興名相」的人物，分別是李泌

〔註4〕 如方震華指出：「在唐代後期由武官掌控軍隊雖為常態，朝廷仍然會為了軍事控制的需要，任命文官擔任節度使等具有兵權的職務……」，見〈才兼文武的追求──唐代後期士人的軍事參與〉，《臺大歷史學報》第50期（2012年12月），頁10。或是如憲宗時，以裴度為「淮西宣慰招討處置使……然實行都統事」來統帥諸軍，見《新唐書·裴度列傳》，卷173，頁5211。又如透過「中使（多為宦官擔任）」為「監軍」監陣及指揮軍事，令地方節鎮不能盡如己意調動軍隊，見《舊唐書·裴度列傳》，卷170，頁4418；宋·司馬光：《資治通鑑·會昌四年》（北京：中華書局，1956年），卷248，頁8009～8010。

〔註5〕 明·王真：〈道德經論兵要義述表〉，載入清·董誥等編：《全唐文》（北京：中華書局，1983年），卷683，頁6990上～6992上。關於中晚唐後，「文武分途」、「朝廷重文」的相關論述，可見美·包弼德著、劉寧譯：《斯文：唐宋思想的轉型》（南京：江蘇人民出版社，2001年），頁114、416。

〔註6〕 如經濟轉好、兵源充足、藩鎮局勢轉變。

（722～789）、裴度（764～839）、李德裕（787～849）。他們三人的生平事蹟、政治功業都非同凡響，在文學方面也都有些表現，在史傳、筆記文獻中，以及文人群體中的地位很高，不少的頌揚也是千古流傳，比如說元和年間的裴度，更有著以一己之力造就元和中興的說法。但這種說法令人生疑，詳閱相關資料後，如此「絕對」的說法難以成立，但被冠以「中興名相」之稱的李泌、裴度、李德裕三人，在促成中興之勢的貢獻與成就仍不在話下，值得深入探討。

本論文是在各種資料對「唐代中興名相」之褒貶不一、各有出入的條件下催生而成，中興名相是否名符其實，成為筆者想要釐清的首要問題。若中興名相名實相符，造就他們成為中興名相的背景與人格特質為何？具體貢獻有哪些？所作所為造成的影響又是如何？再來，有鑑於歷史的評論、文人的書寫、大眾的觀感與實際貢獻所展現出的差異，筆者還想釐清各種體裁書寫中，唐代中興名相形象的內容為何？形象差異的成因為何？各種形象之間是否有衝突、矛盾與調和。期望能通過本論文的分析與論述，釐清唐代中興名相在中唐後「文學」與「事功」兩方面的整體表現、成就及影響，並透過比較、歸納、綜合法來整合各種資料與論述的內容，從中尋求唐代中興名相形象的分析與確立，並希望最後能融匯唐代中興名相的各種形象特徵，進一步賦予他們更突出、更鮮活的形象。

第二節　文獻回顧與討論

在本節中，將爬梳「唐代中興名相」的相關研究文獻。在第一節的文字中，提到的中興名相有三位，分別是李泌、裴度、李德裕。以下分別就三人的相關研究文獻分別討論。

一、李泌

現今研究李泌的論文數量不多，內容大致與生平傳記、政事與事功、人生觀與智慧這幾點相關。最早以綜合性質討論李泌的論文，有王淑端的《李泌與中唐政局》，此論聯繫李泌一生事蹟與中唐的政治局面。其餘論述李泌者，很多也都循此法研究，如馬尚林〈試論李泌〉、沈世培〈李泌與平定藩鎮割據〉、陳宏對〈李泌簡論〉、劉晶跟吳豔玲〈匡扶中唐政局的李泌〉、汪武軍〈「飄忽仕隱」之唐中興名臣——李泌述略〉、路學軍〈道士宰相李泌與唐代

中期政局〉等論都是，然而這些論文的內容都大同小異，都是結合史傳之資料，細數李泌對中唐政局所做的貢獻，其篇幅短小、相似度高爲最大問題，所論亦難精。不過有關李泌「靈武定計」、「壓制藩鎮」、「聯回制蕃」等事，還有「退避隱居」的相關分析，還是具有範本價值，對本文仍有一些指導的作用。

除了上述論文之外，有少數幾篇文章命題較精，如劉海霞〈困蕃之策：中唐名臣李泌的邊疆戰略〉，專門深入李泌的「困蕃之策」中，詳細剖析中唐外族侵逼的問題，更闡明李泌對付外族的成功之處與缺失；又如郝潤華〈《鄴侯外傳》及其與《家傳》的關係〉、韓文奇〈李繁生年及其《相國鄴侯家傳》考辨〉、羅寧跟武麗霞〈《鄴侯外傳》與《鄴侯家傳》考〉等論，對《鄴侯家傳》、《鄴侯外傳》做了詳細的考證。須知《鄴侯家傳》、《鄴侯外傳》乃是李泌後人所作，雖然內容有浮誇、虛妄之詞，但對於考察李泌生平事蹟與形象仍是極爲重要的資料；還有如鄧小軍〈杜甫與李泌〉、〈杜甫與李泌（下）〉二論，先從杜甫歌頌李泌的詩歌下手，探討杜甫眼中李泌的形象，同時兼論杜甫與李泌的同事關係、政治行動、政治見解、軍事見解及道德觀等，乃是李泌相關研究中，立意極新者，對於考察文人眼中的李泌形象有相當大的貢獻。

總體來講，現今結合史傳資料研究李泌事功及相關影響的論文佔據主流，同時他們也會關注李泌「隱逸」的趨向，在極少的篇幅中還有人留意李泌與當代文人的聯繫。然而，以一個專門人物的研究來講，這些內容是相當不足的，尤其是關於李泌「隱逸的動機與過程」以及「文學表現」方面更是少有觸及。故本文希望能在前人研究的基礎上拓展，同時討論未有人詳細討論的部分，欲達成的目標有以下數點：其一，更加深入地分析並探討李泌的事功作爲與影響；其二，除了事功外，兼論其人文學表現及生活內容；其三，除了史傳書寫之外，亦結合筆記書寫、唐人及自我詩文書寫的資料來觀察比較；其四，將李泌「事功」與他的「隱逸作爲」做合理的聯繫。綜合以上，期望能夠賦予這位安史之亂以來首位「中興名相」更完善、更妥當的形象。

以下將李泌的相關研究，分別由學位論文與期刊論文列表，並重點探析其中內容：

（一）學位論文方面

表 1-1　李泌研究學位論文一覽表

作　者	論文名稱	院校系所	學位	出版年	內　　　　容
王淑端	《李泌與中唐政局》	文化大學史學研究所	碩士	1979	綜述李泌一生的事蹟，凸顯其人對中唐政局的影響力。肯定李泌在肅宗、德宗朝的政功，兼論他的人生觀與智慧，認爲李泌乃一代「救時之良相」。

（二）期刊論文方面

表 1-2　李泌研究期刊論文一覽表

作者	篇　　名	刊　　名	出版年／月	頁　碼	內　　容
馬尚林	〈試論李泌〉	《西南民族學院（哲學社會科學版）》1996年第2期	1996	50~57	集中論述李泌靈武定計、鞏固皇室關係、穩定南方、定策安邊、解決政經問題的作爲，兼論李泌的處世哲學。
陳宏對	〈李泌簡論〉	《淮南師專學報》第1卷第4期	1999	47~50	探討李泌對中唐政局的建樹，同時分析其在政治漩渦中的進退與抉擇。
劉晶、吳豔玲	〈匡扶中唐政局的李泌〉	《齊齊哈爾大學學報》第6期	1999	62~63	條列李泌在中唐動盪政局中，所做的政治活動及其所起的作用。
沈世培	〈李泌與平定藩鎮割據〉	《鐵道師院學報》第15卷第2期	1998	81~84	探討李泌在安史之亂中以及安史亂後的作爲，集中在他對外的策略與對內的安置。
劉海霞	〈困蕃之策：中唐名臣李泌的邊疆戰略〉	《文山學院學報》第24卷第5期	2011/10	57~61	探討安史亂後的唐蕃關係，並深入解析李泌困蕃之策的具體成果與缺失。
劉海霞	〈由名臣李泌看中唐的邊疆經略〉	《文山學院學報》第25卷第4期	2012/8	21~26	集中探討中唐的唐蕃關係與唐王朝面臨之問題，剖析李泌當時對政治、經濟、文化與邊疆問題的各種策略與作爲。
郝潤華	〈《鄴侯外傳》及其與《家傳》的關係〉	《中國典籍與文化》第36期	2001/1	44~48	探討《鄴侯家傳》、《鄴侯外傳》二者的關係，並且初步解析李泌在此二傳中的形象。
韓文奇	〈李繁生年及其《相國鄴侯	《蘭州大學學報（社會科學	2005/9	43~47	探討李泌之後代「李繁」此人之生平，並將《相國鄴侯家傳》的

				內容與史傳、筆記中的記載相互比較，考證李泌各種形象形成之源流。
羅寧、武麗霞	〈《鄴侯外傳》與《鄴侯家傳》考〉	《四川大學學報（哲學社會科學版）》2010年第4期	2010	65~73	比較《鄴侯外傳》與《鄴侯家傳》之異同，兼與史傳、筆記中的文字相考證，挖掘李泌形象形成之源流。
鄧小軍	〈杜甫與李泌〉	《杜甫研究學刊》2012年第2期	2012	11~21	探討杜甫寫到李泌的九首詩作，挖掘詩歌中的寄託與隱喻。指出杜甫對於肅宗靈武即位的看法，並申明杜甫對李泌所寄予的厚望。
鄧小軍	〈杜甫與李泌（下）〉	《杜甫研究學刊》2012年第4期	2012	70~78	關注杜甫與李泌之間的關聯性，探討雙方的同事關係、政治見解、理念、行動以及道德觀念等。
汪武軍	〈「飄忽仕隱」之唐中興名臣──李泌述略〉	《蘭臺世界》2012年第9期	2012	6~7	簡述李泌的生平事蹟，對於他的事功有少許論述，同時也對李泌「飄忽仕隱」的作為有些解釋。
路學軍	〈道士宰相李泌與唐代中期政局〉	《蘭臺世界》2012年第18期	2012	60~61	分析李泌的身世與入道的經歷，探討他亦宦亦道的政治生涯，並且肯定他對中唐政局的貢獻。

二、裴度

　　與李泌相比，裴度相關的研究數量較多，研究的面相也稍微廣泛一些，就命題與內容來看明顯的都專精許多，更可細分為數小類：

　　其一，以裴度的事功及對時代之影響為討論主題。如江美英《裴度與中晚唐政局》便屬於一篇綜述性的論文，將裴度中晚唐的政治活動與政治功績做了詳細的論述，對於探討裴度的政事與事功具有範本價值；又如貟大強跟王曉如〈裴度與淮西之亂的平定〉、張少華〈論裴度與淮西戰役〉，這些文章分析元和淮西之役的狀況，並凸顯裴度在戰役中的作用；另外如陳冠明〈裴度集團平叛日曆簡編之一〉、〈裴度集團平叛日曆簡編之二〉，同樣著眼於淮西戰役，不過更側重在裴度與其集團參與戰事之狀況，有著鉅細靡遺的記載，極富參考價值。

　　其二，以淮西戰役首功之人的爭議為探討主題。如楊文春〈論元和淮西戰爭的首功之臣〉，他肯定裴度在戰役中的重要性，但也認為李愬、李光顏二人的功績與裴度不相伯仲。事實上關於淮西戰役「首功」之爭，早在唐代就

展開，具體呈現在韓愈〈平淮西碑〉與段文昌〈平淮西碑〉的差異上，今人對此也有研究，如黃樓《〈平淮西碑〉再探討》、陳鈺玟〈談韓愈〈平淮西碑〉的公平性〉、鄭英玲〈韓、段〈平淮西碑〉對比分析〉等都是，這些文章詳細討論韓碑與段碑撰寫的背景與目的，兩相比較下更能突出裴度在當時身份地位的特殊性與影響力。

其三，以裴度文學與交往事蹟爲主要研究對象者。如呂武志〈裴度的文學觀和散文〉，可見裴度爲文宗旨之闡釋與相關論述，有助於釐清裴度文學觀及散文的面貌；又如陳玉雪《裴度交往詩研究》、單凌寒《裴度與中唐文學》這兩篇論文，對裴度文學作品與應酬唱和之內容也有較深入的探討，同時也釐清他的交往狀況；而以相似主題研究之論文還有鐘再琴〈裴度與中唐詩人〉、趙建梅〈裴度在洛陽的文酒生活及其詩歌創作〉、鐘華〈裴度與中唐文壇〉、劉豔萍〈裴度分司東都與大和末年洛陽的詩歌唱和〉等，這些文章有的不僅探討裴度的相關詩文與交往狀況，對於當時東都文人群體的形成也有討論，在研究裴度對當時文壇、文學集團的影響力有很大的幫助。

其四，因應裴度曾被形塑成小說人物，所以也有專門討論其小說文本與形象者。如徐子方〈道德和命運的博弈——關漢卿《裴度還帶》剖析〉、魏波〈裴度還帶故事發展演變探析〉，便是探討其故事之內容，釐清裴度之所以被選爲小說人物之原因，同時還探討其故事演變之軌跡脈絡。

從以上來看，至今裴度研究有兩大方向，一爲其人的事功表現、二爲其人的文學活動。然而，大部分探討裴度事功者，多著眼在他淮西戰役的功業中，較少關注其它方面的事功。筆者以爲，裴度在淮西之役取得的成就對他影響極大，然而仍不應該忽略其它方面的作爲，否則其人的形象便會流爲片面、不完全的樣貌，故本文全面性的探討其人的事功，以期形塑其人更完整的形象。又關於裴度文學活動方面，現有的成果偏向他與文壇要人交往、贈酬應和方面的內容，這當然是個值得討論的議題。但是前人的研究，對於裴度投身文壇的原因以及過程並無詳細交代，因此必須整合其人事功表現、仕宦生涯、文學活動、私人生活等各方面的研究探討，方能完整的釐清其脈絡。本論文預計達成的目標與前述回顧李泌相關文獻時所提的前三點類似，不過第四點則變成釐清裴度「事功表現」、「仕宦生涯」、「文學活動」、「私人生活」之間的聯繫。最後更進一步地形塑其人不同於以往「元和中興名相」的全新形象。

　　以下將裴度的相關研究，分別由學位論文與期刊論文列表，並重點探析
其中內容：

（一）學位論文方面

表 1-3　裴度研究學位論文一覽表

作 者	論文名稱	院校系所	學位	出版年	內　　容
江美英	《裴度與中晚唐政局》	中國文化大學史學研究所	碩士	1988	分析裴度在中晚唐政局中的浮沈，探討其人的政治作為與貢獻，以及他在當時的影響力。
陳玉雪	《裴度交往詩研究》	國立中興大學中國文學研究所	碩士	1995	簡述裴度的家世與生平，申明裴度與文學的關係，並探討裴度的交往詩。旨在釐清裴度的交往狀況，同時彰顯他人眼中裴度的形象，以突出裴度在中晚唐政壇、文壇中的特徵與地位。
單凌寒	《裴度與中唐文學》	東北師範大學中國古代文學系	碩士	2012	探討裴度與中唐文人如韓愈、白居易、劉禹錫等人的交往狀況，更進一步地深入他們的交往詩中，挖掘彼此交流而產生的各種文學影響。釐清裴度的文學與古文運動、閒適詩風之間的關係。

（二）期刊論文方面

表 1-4　裴度研究期刊論文一覽表

作 者	篇　　名	刊　　名	出版年／月	頁　碼	內　　容
貟大強、王曉如	〈裴度與淮西之亂的平定〉	《唐都學刊》第13卷第1期	1997	9~12	分析淮西之亂之所以得以平定的時代因素，肯定裴度在平定淮西時付出的貢獻。
張少華	〈論裴度與淮西戰役〉	《江蘇教育學院學報（社會科學版）》第21卷第6期	2005/11	83~85	申明裴度力主平叛的立場，同時分析裴度趕赴淮西前線後的具體作為。
陳冠明	〈裴度集團平叛日曆簡編之一〉	《周口師範學院學報》第29卷第1期	2012/1	18~25	探討唐憲宗元和年間，以裴度為首形成的政治利益兼文學創作集團，他們的政治與文學活動內容。通過各種考證的功夫，將各大事件依時間先後繫年、月、日，並分析事件發生之原因、狀況與影響。

陳冠明	〈裴度集團平叛日曆簡編之二〉	《周口師範學院學報》第29卷第3期	2012/5	12~20	同上。
楊文春	〈論元和淮西戰爭的首功之臣〉	《殷都學刊》2012年第4期	2012	47~50	辨析唐憲宗元和年間淮西戰役中的三大功臣，裴度、李愬、李光顏三人的表現與具體功績。
黃　樓	〈《平淮西碑》再探討〉	《魏晉南北朝隋唐史資料》第23冊	2006/12	116~132	詳細地分析韓愈〈平淮西碑〉與段文昌重撰之〈平淮西碑〉的成因與背景因素，談到皇帝欲以文治武的內在期望；又文中對唐、宋、明、清等代對此二碑的相關問題也有詳細討論。
陳鈺玟	〈談韓愈〈平淮西碑〉的公平性〉	《思辨集》第11期	2008/3	1~18	分析韓愈〈平淮西碑〉中的立場與主要觀點，對於韓愈褒裴度而抑李愬的原因作了初步的解釋。
鄭英玲	〈韓、段〈平淮西碑〉對比分析〉	《佳木斯大學社會科學學報》第24卷第4期	2008/8	46~48	比較韓愈、段文昌〈平淮西碑〉二者，從文體之差別、內容之差異、立場之不同、後人評價之懸殊等方面著眼。
董克昌	〈淺談裴度的忠誠與擇人〉	《求是學刊》1994年第5期	1994	95~100	探討裴度的忠誠心的具體表現與根源，分析他的大儒思想與政治作為，兼論他擇人的標準。
呂武志	〈裴度的文學觀和散文〉	《中國學術年刊》第13期	1992/4	165~188	申明裴度文學思想，從〈寄李翱書〉中可以知道，他強調文學宗經傳道、達心窮理的作用，同時反對詭奇雕飾的作法。
鐘再琴	〈裴度與中唐詩人〉	《山西大學學報（哲學社會科學版）》1994年第1期	1994	47~52	探討裴度的交往狀況與文學表現，集中在他與韓愈、白居易、劉禹錫的交流方面。
趙建梅	〈裴度在洛陽的文酒生活及其詩歌創作〉	《河南教育學院學報（哲學社會科學版）》第24卷第2期	2005	29~33	探討裴度任職洛陽的原因，同時深入瞭解裴度在洛陽時的生活活動，分析裴度與洛陽文人的交往與相關詩作，同時凸顯裴度在洛陽文壇的地位。
鐘　華	〈裴度與中唐文壇〉	《安徽文學》2007年第12期	2007	91~92	分析裴度在平定淮西前後的文學表現，並集中探討他在被貶洛陽後的文學活動，以及對當時文壇的影響。
劉豔萍	〈裴度分司東都與大和末年洛陽的詩歌唱和〉	《作家雜誌》2009年第5期	2009	112~113	討論裴度分司東都時的生活活動，分析其人的交往狀況與唱和作品。

萬德敬	〈柳宗元與裴度交遊考論〉	《中州學刊》2011 年第 5 期	2011	184~186	探討柳宗元與裴度之間的交往狀況及關係。
劉豔萍	〈唐宋洛陽分司長官對文人群體的影響——以裴度、錢惟演、文彥博、韓絳為中心〉	《河南科技大學學報（社會科學版）》	2013/8	11~15	分析唐宋時期分司東都的長官與當地文人的交往狀況，有部分以裴度討論主題。
徐子方	〈道德和命運的博弈——關漢卿《裴度還帶》剖析〉	《中國戲曲學院學報》第 29 卷第 4 期	2008/11	60~63	探查關漢卿《裴度還帶》一劇的取材與立意，解析劇本之內容，彰顯裴度的歷史形象與劇中形象的呼應關係。
魏　波	〈裴度還帶故事發展演變探析〉	《青年文學家》2010 年第 7 期	2010	38~39	對裴度還帶的故事進行分析，發掘故事背後的文化意涵。

三、李德裕

李德裕此人，在歷史及文學史中的意義重大，故歷來研究李德裕的文章都不曾間斷，數量頗多。為避冗長，以下分別就臺灣、大陸二方面的學位論文與期刊論文來討論。

（一）臺灣方面

臺灣地區早期發力最多也最深入研究李德裕的當屬湯承業《李德裕研究》一文，以中晚唐的歷史脈絡為背景，深入探討李德裕的生平、家世、交遊、學養、政事、事功、文學、生活及心靈活動等，且還將李德裕與唐代十五名相互相比較，凸顯其人的政治作為、政治藝術與歷史地位。關於湯承業所發表的期刊論文，大抵上也是從他《李德裕研究》中探討議題來延伸，但對李德裕的文學較少深入。又除湯承業外，李學綱〈李德裕在西川〉一文從川蜀的發展著眼，探討其地開拓之狀況，歷數唐代鎮川之人的作為，最後聚焦李德裕救川蜀於危難之中的狀況，並申論其人對川蜀發展之貢獻，做為研究李德裕地方功績的文章，內容極為充實，非常具有參考價值。

在相關的文章中，有一篇傅璇琮〈《李德裕年譜》新版題記〉，嚴格來講此文是傅璇琮《李德裕年譜》一書的前言與補充。傅璇琮為前世紀末與本世紀初的文史專家，他的《李德裕年譜》一書囊括各種資料，對李德裕一生的經歷、交往、事功、文學等都有相當清楚的排序，其中也有對他各種事蹟的辨證，是本文重要的參考底本。

又許東海〈宰相·困境·家園：李德裕辭賦之罷相書寫及其陶潛巡禮〉、〈南國行旅與物我對話——李德裕罷相時期的辭賦書寫及其困境隱喻〉等文，爲近年深入研究李德裕文學作品的先驅，對於李德裕的賦作有創新之見解，認爲李德裕南貶期間的賦作，充分體現他遭貶後心境的轉折，以及其人在南楚山川風物的書寫中，表現出仕隱矛盾下困境與調劑，更自屈〈騷〉隱喻的貞士志向中蛻變出對陶潛歸田的意願。此二文對本文裨益良多，對於探討李德裕貶謫期的生命情態極有幫助。

以下將臺灣地區李德裕的相關研究，分別由學位論文與期刊論文列表，並重點探析其中內容：

1. 學位論文方面

表 1-5　臺灣地區李德裕研究學位論文一覽表

作　者	論文名稱	院校系所	學位	出版年	內　　　　　容
湯承業	《李德裕研究》	國立政治大學政治學研究所	博士	1970	以中晚唐的歷史脈絡爲背景，深入探討李德裕的生平、家世、交遊、學養、政事、事功、文學、生活及心靈活動等，尤其深入李德裕歷典州鎮之功績、對朝政的改革以及會昌年間的各種戰略部署，最後還將李德裕與唐代十五名相互相比較，凸顯其人的政治作爲、政治藝術、與歷史地位。

2. 期刊論文方面

表 1-6　臺灣地區李德裕研究期刊論文一覽表

作　者	篇　名	刊　名	出版年/月	頁　碼	內　　容
湯承業	〈論李德裕的「雙軌」取士——既主張科舉又崇尚門第〉	《國立政治大學學報》第 26 期	1972/12	233~254	論析李德裕不喜科試的源由，駁斥一般觀點中「李德裕抑薄進士」的看法。詳細地探討李德裕取士之標準。
湯承業	〈李德裕的相業與學業〉	《書和人》第 203 期	1973/1	1~5	探討李德裕的學養與學習風格、內容，並釐清他爲相的作風與其學業之間的關係。
湯承業	〈論李德裕裁抑閹寺的謀略〉	《食貨月刊》第 2 卷第 12 期	1973/3	617~624	分析唐代閹禍嚴重的原因，辨明李德裕「緩急爲用」、「去其爪牙」以對付閹寺的策略。

湯承業	〈晚唐黨禍試釋──論李德裕無黨及其破除朋黨〉	《中國學人》第5期	1973/7	41~74	分析中唐後的黨爭狀況，並對李德裕爲李黨黨魁身份的眞實性與正當性提出質疑，兼論其人對破除朋黨所使之策略與推行之政策。
湯承業	〈李德裕的家世考述〉	《東海學報》第14卷第6期	1973/7	1~19	對李德裕的祖孫三代的家世背景、政治作爲、學養風度等，做了詳盡的考述。
李學綱	〈李德裕在西川〉	《國立編譯館館刊》第4卷第1期	1975/6	175~193	探討唐代川蜀地區的開發，分析川蜀一帶的經濟、戰略價值，並比較歷任首長的政績，最終襯托出李德裕治蜀之功績。
湯承業	〈李德裕與唐代十五名相比較論〉	《國立編譯館館刊》第5卷第1期	1976/6	69~117	將李德裕與唐代十五名相互相比較，凸顯其人的政治作爲、政治藝術手腕與歷史地位。
湯承業	〈唐相李德裕國計與民生合一的經濟建設〉	《臺北市銀月刊》第14卷第1期	1983/1	45~64	探討李德裕在地方與中央的經濟政策、建設，以及具體作爲、成就等。
傅璇琮	〈《李德裕年譜》新版題記〉	《書目季刊》第33卷第3期	1999/12	147~150	認爲中晚唐文學無法脫離牛李黨爭的範疇，申明研究李德裕有助於理解中晚唐文學情況。並講述編寫《李德裕年譜》所用之方法與過程。
許東海	〈宰相‧困境‧家園：李德裕辭賦之罷相書寫及其陶潛巡禮〉	《中正大學中文學術年刊》第16期	2010/12	57~80	深入研究李德裕的文學作品，探討其人罷相被貶後的文學活動與作品內容。指出李德裕爲歷史上以宰相身份展開陶潛巡禮之人，這些都可以在他的辭賦中品分析。
許東海	〈南國行旅與物我對話──李德裕罷相時期的辭賦書寫及其困境隱喻〉	《成大中文學報》第42期	2013/9	75~102	深入探討李德裕首次罷相後所撰寫的辭賦作品，挖掘其特殊意義，探討其人在辭賦中所開展的人生探索。指出李德裕以南楚的山川風物爲主要題材，以南國行旅以及物我對話重新審視自我，展現出強烈的困境隱喻。

（二）大陸方面

李德裕的研究在大陸發展得相當蓬勃，相關的成果非常多，以下就各自的主題細分爲幾類：

　　其一，以李德裕的政治思想、政治活動爲研究的主體。如陳建樑〈李德裕政風二題〉、楊積慶〈三鎮浙西、出入十年——李德裕與鎮江〉、粟美玲〈李德裕與「會昌之政」〉、房銳〈李德裕在西川〉、李文才〈李德裕政治思想研究〉……等論，有綜合討論李德裕政治思想的，可以知道李德裕的政治品格、權變思想與政治態度等；也有專門討論不同時期特別之事功的，包含改革科舉、出鎮浙西、出鎮西川、會昌滅佛、對付回鶻、會昌中興等等。

　　其二，以李德裕的文學作品、文學活動爲主要探討內容。不過因爲李德裕文學不是單純只有詩賦一類的作品，同時他也還有與事功相結合的應用文、政論文，所以研究的面向便相當不同。一般來講，碩士論文可容納的篇幅與內容較多，所以如羅燕萍《李德裕及其詩文研究》、徐曉峰《李德裕創作心態研究》、方海林《李德裕的文學創作及其與文壇關系》、唐誕《李德裕詩文研究》等論，兼顧官文書的應用文、政論文與一般的詩賦，通常對李德裕的文學觀、文學思想有較全面的研究，他們通常將李德裕〈文章論〉做爲其人文學的核心觀念，並由此延伸，舉凡李德裕的官文書、賦作、詩作都可拿來與他的〈文章論〉相比較；而周建國的〈富有文才的名相李德裕〉，系統性地將李德裕的文學分爲三種，提供一個後人研究其文學的標準范式；再來，從綜合性的文學研究延伸，有相當多的論文只選擇李德裕某一類型的文學來深入探討，如韓鵬飛《論李德裕的政論文》、李進寧《李德裕政論文思想內容研究》、張珠龍〈李德裕「政文一體」生命體驗淺析〉、曲景毅〈論李德裕制詔奏議之作風〉、韓鵬飛跟楊泉〈論李德裕的政論文藝術風格〉這些文章，便專以李德裕官文書的應用文、政論文爲研究對象，有追溯李德裕公文創作觀念之源頭者，也有討論李德裕文章之作風、藝術風格、與實際功用者；當然，除了官文書方面，人們對李德裕的詩賦也有很強烈的興趣，本世紀初開始，研究李德裕詩賦的論文如雨後春筍般地不斷出現，如耿美香《李德裕詩文用韻研究》、高瑋《李德裕賦作研究》、曲景毅〈李德裕賦與中晚唐賦的發展〉、許東海〈李德裕袁州辭賦的動物鋪陳與人生沉思〉……等論，有從詩賦體式、用韻方法來研究的，也有探討創作動機、心態的，更有分析詩歌寄託與隱喻內容的。不過總體而言，李德裕詩文方面的研究還有很大的發展空間，就當今研究的狀況來看，也必定能持續發展下去。

　　其三，以李德裕平泉詩、平泉山莊爲研究對象者。此類論文主題與前一類相同，在許多論文中都可以看到一些討論，不過因爲平泉山莊對李德裕的

意義非凡，故此處特別分列。在一系列論文中，筆者特別留意到黃曉、劉珊珊所撰的〈唐代李德裕平泉山居研究〉，這篇論文對李德裕的平泉詩與平泉山居作的研究相當新穎也相當透徹，討論平泉山居的成因，分析平泉山居的位置，同時還詳細考證平泉山居內部的山水花草等景物。敝論探討李德裕平泉山莊相關的內容時，受此篇文章的內容幫助極多。

其四，如傅璇琮等人的〈中晚唐政治文化的一個縮影——寫在《李德裕文集校箋》出版前〉、〈李德裕及《會昌一品集》研索〉、〈一心為學，靜觀自得——《李德裕年譜》新版題記及補記〉、〈政治實踐是評述歷史人物的重要標準——《李德裕文集校箋》新版訂補概述〉，這些文章嚴格來講是專書出版前的「前序」、「前言」，不過因為傅璇琮為研究李德裕之權威，這些文章多是傅璇琮《李德裕年譜》、《李德裕文集校箋》的相關編撰過程與研究方法、心得等，對本文啓示良多。

綜合上述，可以看到與李德裕的相關研究從早年生平傳記、事功方面，到近年深入分析其人思想、生活、文學活動等內容，分工是越趨細膩，重點也越來越偏向個人內在思想、情志等心靈活動的闡發。本文有感於此種研究進程的變化，欲連貫早年與近年的研究，在繼承前人的基礎上全方面的探討李德裕的政治活動、文學活動、心靈思想活動等，並同時更加突破的關注其人形象之變化，從史傳的記載、自我書寫的詩文、他人書寫的作品、以及前人比較少關注的筆記小說內容中，在李德裕「會昌中興名相」的基礎面貌上，進一步地賦予他更加多元、更豐沛的形象。

以下將大陸地區李德裕的相關研究，分別由學位論文與期刊論文列表，並重點探析其中內容：

1. 學位論文方面

表 1-7　大陸地區李德裕研究學位論文一覽表

作　者	論文名稱	院校系所	學位	出版年	內　　　　　容
羅燕萍	《李德裕及其詩文研究》	西北大學中國古代文學系	碩士	2003	研究李德裕的詩文，探討其人政治應用文的特色、美感與價值，並簡論其詩賦中展現的憂患意識以及物我寄託。
徐曉峰	《李德裕創作心態研究》	北京大學中國古代文學系	碩士	2006	探討李德裕文學面貌之外在因素與內在意識，兼論李德裕對自我身份的期待與實踐。

耿美香	《李德裕詩文用韻研究》	山東師範大學漢語言文字學系	碩士	2006	簡述李德裕的生平及作品，並分析他的詩、賦及雜體散文的用韻情況，挖掘其人詩文押韻的語音內涵。文中以唐代文賦與律賦的異同來比較，以張仲素的律賦為比較組，對比李德裕的文賦，藉此釐清他們本質上的區別。
方海林	《李德裕的文學創作及其與文壇關係》	安徽師範大學中國古代文學系	碩士	2006	探討李德裕的詩文，分別從政治應用文、史論雜文、詩賦等方面深入，發掘其人的創作動機、目的以及風格，並伸張其人文學的源流與對當代文壇的影響。
高瑋	《李德裕賦作研究》	廈門大學中國古代文學系	碩士	2006	簡要的分析李德裕賦作的創作背景、動機、內容、藝術特色等。
韓鵬飛	《論李德裕的政論文》	陝西師範大學中國古代文學系	碩士	2008	探討李德裕政論文的思想內容與文學藝術特徵。將李德裕與韓愈的政論文相互比較，以為李德裕的文章有因襲古文運動的狀態，但在藝術方面的表現都比韓愈更為突出。
李進寧	《李德裕政論文思想內容研究》	四川師範大學中國古典文獻學系	碩士	2010	結合李德裕生平經歷和文學、政治思想，探討其人政論文的文學價值、思想內涵、實用功能，並伸張其人的歷史地位與影響力。
唐誕	《李德裕詩文研究》	漳州師範學院古代文學系	碩士	2012	從李德裕的政論文、賦作與詩歌三方面下手，研究其人的為人與事功、生活經歷與情感體驗，同時彰顯李德裕的品德與操守。

2. 期刊論文方面

表 1-8　大陸地區李德裕研究期刊論文一覽表

作　者	篇　　名	刊　　名	出版年／月	頁　碼	內　　　容
周建國	〈富有文才的名相李德裕〉	《文史知識》1991 年第 11 期	1991	78~82	讚賞李德裕之文才，將其文學分成三種類型，系統性的探討其內容。
陳建樑	〈李德裕政風二題〉	《史學月刊》1994 年第 6 期	1994	26~31	分析李德裕對藩鎮的裁抑，以及對科舉的更革。
楊積慶	〈三鎮浙西、出入十年——李德裕與鎮江〉	《鎮江師專學報（社會科學版）》1994 年第 4 期	1994	40~44	分析李德裕三次出鎮浙西的背景因素，並探討他出鎮浙西期間的具體作為與實績。

粟美玲	〈李德裕與「會昌之政」〉	《廣西民族學院學報（哲學社會科學版）》1995年第2期	1995	82~85	簡論李德裕與唐武宗會昌年間合力佈政之狀況。
房　銳	〈李德裕在西川〉	《樂山師範學院學報》2001年第2期	2001	69~71	討論李德裕出鎮西川時的功績。
李文才	〈試析唐代贊皇李氏之門風──以李棲筠、李吉甫、李德裕政風之比較爲中心〉	《揚州大學學報（人文社會科學版）》2005年第5期	2005	77~82	討論李德裕祖孫三代的行政作風、政治態度、爲人處世、道德文章等方面，發掘三人的傳承性與差異性。
李文才	〈李德裕政治思想研究〉	《首都師範大學學報（社會科學版）》2010年第1期	2010	23~29	從李德裕的政功、作爲以及文章，分析其人的政治思想。
封　野	〈論李德裕與會昌滅佛之關系〉	《江蘇社會科學》1998年第3期	1998	133~138	釐清李德裕在唐武宗會昌滅佛這一事件中的作爲，認爲李德裕的本意並非「滅佛」。
楊發鵬	〈論李德裕在會昌滅佛中的作用〉	《宗教學研究》2011年第1期	2011	101~106	辨析李德裕在會昌滅佛中的具體作爲，認爲會昌滅佛並非出自李德裕的安排，他在當時起的作用非常有限。
張珠龍	〈李德裕「政文一體」生命體驗淺析〉	《江蘇廣播電視大學學報》2008年第2期	2008	61~64	探討李德裕文章融駢入散的藝術特徵，以及其人文章經世論說的特質。指出李德裕乃是「政文一體」的英雄人物。
曲景毅	〈論李德裕的公文創作與《左傳》、《漢書》之關系〉	《江淮論壇》2009年第4期	2009	152~157、170	聯繫李德裕公文創作與《左傳》、《漢書》之間的關系，認爲李德裕善於援引故事，並以兼顧實用與美感的文章輔佐帝王，更由此創立會昌中興之局勢。
曲景毅	〈論李德裕制詔奏議之作風〉	《浙江師範大學學報（社會科學版）》2010年第1期	2010	47~51	研究李德裕制詔奏議之文章，分析李德裕此類文章「氣象雄毅而有英雄本色」、「簡嚴中能盡事理」、「辭情兼備又能明白曉暢」的特質。
韓鵬飛、楊泉	〈論李德裕的政論文藝術風格〉	《太原大學學報》2010年第3期	2010	18~21	指出李德裕政論文以才情爲主，風格尚實；以壯爲美，風格雄健。

孫　敏	〈李德裕《文章論》考證及其文學觀〉	《西華師範學院學報(社會科學版)》2003年第2期	2003	118~122	以李德裕的〈文章論〉爲討論主題，進一步辨明李德裕的文學觀，指出李德裕在不同時期、不同狀況下的文學觀是有變化的。
李進寧	〈論李德裕《文章論》的美學意蘊〉	《語文知識》2009年第4期	2009	11~14	分析李德裕《文章論》中透露出的〈氣貫說〉、〈不拘音韻說〉、〈揚棄說〉等，認爲李德裕的文章乃是中晚唐文學的一項指標，在當代有代表性，對後代也有誘導和影響作用。
曲景毅	〈李德裕賦與中晚唐賦的發展〉	《安徽大學學報（哲學社會科學版）》2010年第6期	2010	39~43	探討李德裕賦作的價值，認爲其人作賦駢散相間而語義自然，同時以議論入賦，在中晚唐賦作的創作中獨樹一格，且也影響後代賦作的發展。
許東海	〈李德裕袁州辭賦的動物鋪陳與人生沉思〉	《南京大學學報（哲學、人文科學、社會科學版）》2011年第3期	2011	60~68	以李德裕放逐南楚時的文章爲研究對象，分析與動物書寫相關的作品。從珍禽困境、蟲獸隱喻等方面著手，發掘李德裕逐臣身份下的自我對話與情志脈絡。
陳小芒、曹淼	〈李德裕袁州賦作的遷謫情懷〉	《贛南師範學院學報》2011年第4期	2011	57~61	分析李德裕遷謫袁州時的賦作，挖掘他對仕途險惡的憂懼化解，還有對異域山林的眷戀思慕，反應李德裕在袁州期間的政治心態跟文學情懷。
許東海	〈宰相辭賦與家族地圖——李德裕罷相時期辭賦之花木書寫及其文化解讀〉	《文學與文化》2011年第1期	2011	25~38	從屈騷香草美人隱喻的文學傳統對話入手，和以李德裕家族的記憶與文化背景，分析其人放逐南楚時的文章。從作品中挖掘李德裕的家族記憶、祖德先志、門第風範等內容。
肖俊玲	〈從詩賦看李德裕的仕隱矛盾〉	《文學教育（中）》2011年第12期	2011	18~19	從李德裕的詩賦入手，以其仕途起伏爲線索，解讀李德裕詩賦中所透露出的仕隱矛盾，並以此做爲理解李德裕政治心態之途徑。
趙建梅	〈試論李德裕的平泉詩〉	《文學遺產》2005年第5期	2005	141~144	討論李德裕的平泉詩，分析詩歌的意象、意境特點，挖掘這些特點形成的深層原因，同時暴露出其人隱逸思歸之情緒。
黃曉、劉珊珊	〈唐代李德裕平泉山居研究〉	《建築史》第30輯	2013	79~98	深入研究李德裕的平泉詩與平泉山居，探討平泉山居的成因，並將平泉山居的位置定位出來，還

					詳細考證平泉山居內部的山水花草等景物，對於研究李德裕平泉山居的相關詩作及生活有很大的助益。
傅璇琮、周建國	〈中晚唐政治文化的一個縮影──寫在《李德裕文集校箋》出版前〉	《河北學刊》1998年第2期	1998	101~109	綜述李德裕的生平、政功、文學、交往等內容。詳細地分析李德裕自編之詩文集，以及今日仍舊流傳的李德裕文集。
傅璇琮、周建國	〈李德裕及《會昌一品集》研索〉	《唐代文學研究》第7輯	1998/10	664~677	分析李德裕《會昌一品集》的成因，以及歷代流傳的狀況。
傅璇琮	〈一心為學，靜觀自得──《李德裕年譜》新版題記及補記〉	《中國文化研究》2001年第2期	2001	36~39	補充《李德裕年譜》中的缺失，同時詳細考證並添補一些新的資料。
傅璇琮、周建國	〈政治實踐是評述歷史人物的重要標準──《李德裕文集校箋》新版訂補概述〉	《安徽大學學報（哲學社會科學版)》2012年第5期	2012	1~6	詳細地說明《李德裕文集校箋》編成之方法與過程，申明「政治實踐是評述歷史人物的重要標準」，並以此突出李德裕的事功成就及歷史地位。主張歷史人物及其撰寫的歷史文本在特殊的時代具有特殊的意義，故《李德裕文集校箋》的編成意義非凡。

第三節　論題的界定與研究範疇

　　唐代宰相數量多、質量高，不乏被稱為「名相」的角色存在，其中被冠以「中興名相」的名號而流傳千古者，其身份地位與相關形象又更為特殊。那麼中興名相的定義究竟為何？唐代中興名相又有哪些人選？本文對唐代中興名相的選定又為何？原因是什麼？限制有哪些？將在下文詳細說明。

一、唐代名相與中興名相之界定

　　在定義唐代中興名相之前，須先辨明唐代「宰相」是如何成為後世所稱的「名相」。在先秦時，宰相便已是總理百官並輔佐君王之職，《呂氏春秋》載「相也者，百官之長也」〔註7〕、《漢書‧百官公卿》載「相國、丞相……

〔註7〕許雄適撰：《呂氏春秋集釋》（北京：中華書局，2009年），卷19，頁541。

掌成天子助理萬機」〔註8〕皆明確指出宰相的功能。在唐代，據《新唐書・百官志》所載「宰相之職，佐天子總百官、治萬事，其任重矣」〔註9〕，又載「宰相事無不統，故不以一職名官」〔註10〕，可見其本質並沒有太大的改變，仍在典領百官、助君治國。由此看來，唐代國家發展的指揮與決策權都維繫在君主與宰相的身上，既然宰相的權力與責任如此重大，又到「事無不統」的地步，想必也都能夠有一番作為。然而現實的狀況並非如此，一方面受宰相本身能力與人格特質的影響，另一方面也因大環境與人為背景的不同，如中央集權程度之高低、地方及邊境戰亂之多寡、經濟條件之優渥與否、君主的賢與不賢、百官和睦或爭鬥……等等，這些因素都影響當朝宰相的表現與可能獲得的成就。在某些時候，當大環境以及人為的背景都提供合適的條件，以君主對宰相的信任，加上宰相本身既有才華與遠略，又有成就功業的野心時，他們通過高度的政治使命感肩負起王朝的興衰，並成功的完成一歷史性的任務時，此時國家的績望便能成為君主與宰相個人的績望。又假若人們對此績望展現越趨高度的興趣並逐漸轉變為肯定時，此擁有績望的時期、君主與宰相便會成為一種符號，通過口傳或書寫不斷的流傳，而這種符號的具體代表也就是「治世」、「賢君」與「名相」。

　　在瞭解「唐代名相」的定義後，要解釋「唐代中興名相」比較容易。實際上，唐代中興名相隸屬唐代名相的範疇中，區別二者的關鍵在於時空背景之選定。「唐代名相」存在於整個唐朝歷史的各個階段，但「唐代中興名相」卻只出現在唐代的「中興」時期。所謂唐代的中興時期，主要指的是唐憲宗元和年間（806～821）的「元和中興」及唐武宗會昌年間（841～846）的「會昌中興」，這兩個時期是大唐在安史亂後長期頹敗的狀況下，難得開創出和平與繁榮的珍貴時期。其珍貴的原因在於君臣都必須跳脫長期姑息及萎靡的氛圍，並共同擁有突破現狀的積極心態，尤其是君主及宰相，要有一心同體的覺悟，方能徹底實行新政並對現狀進行改革。唐王朝這兩次著名的中興，在許多條件上都有雷同之處。此處筆者留意在君主身上，必然有兩項特質，一為開創新局的決心，二為慧眼識英的智慧，正如史臣誇讚唐憲宗云「非度破賊之難，任度之為難也」〔註11〕，是指憲宗能不妥協於保守派的意見、不姑

〔註8〕　漢・班固撰：《漢書》（北京：中華書局，1962年），卷19，頁724。
〔註9〕　《新唐書・百官志》，卷46，頁1182。
〔註10〕　《新唐書・百官志》，卷46，頁1183。
〔註11〕　《新唐書・裴度列傳》，卷173，頁5220。

息作亂的藩鎮，以堅定的信心選任有威嚴、有才能的裴度爲相，在朝廷內首先尋求積極突破，如此方能有之後的平淮事蹟，並開創中興大業。可見中興之主首重「知人善任」的功夫；而在宰相身上，也必定要有能夠引發君主注意的人格特質與文武長才，如此方能相互吸引。總之，唐代中興名相便是指在安史亂後輔佐君主開創中興的宰相，他們以其功業流芳百世，當然也符合成爲唐代名相的條件。

二、三位中興名相之選定

前文已有爲唐代中興名相做定義，本段則要點出三位唐代中興名相，以此爲本論文主要的研究對象。

關於唐代的中興名相，第一位爲歷經安史之亂時期的宰相李泌。李泌此人的經歷較爲特殊，他崛起於安史之亂時，有顯赫事功卻不願居高位，久行宰相之事，但至臨終前才正式拜相。一般來講，人們將李泌流傳爲「白衣宰相」、「隱士宰相」、「道士宰相」甚至是「山人宰相」，這是取其多次退隱山林、信神鬼、修術數之事來講，實際上李泌的事蹟絕不僅止於此。在經過一番整理後，發覺李泌在安史之亂期間與亂後的作用至關重要，其中又以打擊叛軍、壓制外番並框扶唐室出力最多。雖然說在安史之亂剛平定時，嚴格來講並不會出現「中興」之勢，但若以李泌在唐室傾刻之間便要滅亡時，力挽狂瀾地救危唐於水火之中，且又更進一步地壓制四方外族的狀況來看，其保全唐王朝並迎來相對安定的情勢，亦可說是唐祚一度危殆後的首次「中興」。觀此等功業，正說明李泌身爲政治家所懷抱的責任心與使命感，令他在當時發揮了復興王朝之功能，他也爲自己博得了「名相」的讚頌，不僅如此，李泌更是安史亂後第一位「中興名相」。

除了李泌所在的至德、貞元年間，前文主要提到的唐代的中興時期還有二段，一爲元和年間的元和中興、二爲會昌年間的會昌中興，這二次中興之勢也是名聲顯赫。本文將這二次中興看作兩段歷史性的任務，而肩負起此兩次任務的宰相，一爲裴度、一爲李德裕。在考察他們的作爲及事功後，肯定的是他們在不同時期也都充分發揮了復興王朝之功能，後代君主及宰相在治理國家時，亦將他們奉爲圭臬。故以裴度及李德裕二人來擔負「中興名相」的光環也恰如其分。綜合上述，本文便以李泌、裴度、李德裕三人爲主要的研究對象。

三、限制論題範圍及其原因

　　眾所皆知，唐代宰相爲數繁多，雖然得令人傳頌的只佔少數，但值得討論的人選仍舊不少。除了上文所言李泌、裴度、李德裕等「中興名相」外，還有如房玄齡、杜如晦、魏徵等「開國名相」，以及如姚崇、宋璟、張說等「盛世名相」，其中亦不乏政功彪炳、文學過人者。然而筆者僅選中唐以來的三位「中興名相」爲研究對象，其原因仍必須詳細說明。

　　筆者將這三類名相相互比較後，從時代背景下的政治環境來看，「開國名相」的困難在於百廢待舉之初，從無到有的創造過程相當艱辛，但因其受前朝的法規、陋習所侷限的範圍較小，新興之王朝又具有較爲豐沛的生命力，所以對於突破現狀、積極佈政都相當樂於嘗試。而「盛世名相」繼承「開國名相」的成果，他們的任務是修正並整合所有政策，圖求創造疆域更加廣闊、人口更加興旺、生產力更加旺盛、生活更加富庶、國家更加平穩的境界，他們扮演的是「發揚光大」的角色，其困難之處在於如何發揚與維持。與前二者相比，「中興名相」所處的時代在各方面都不樂觀，面對的恆常是迂腐不堪的政局、不合時宜的政令法規、充斥陋習的社會、蕭條破敗的經濟、忤逆不從的藩鎮、以及頻頻發起邊亂的外族。但中興名相仍能秉持著積極的心態，解決問題、推展新政，並令王朝重拾權威。若說「開國名相」是在奠定立國基礎並爲未來鋪陳，如同一個畫出起始之點的先知；那「盛世名相」就是實踐那些美好的願景，並聯繫各個「點」的推手；而「中興名相」，卻是在已經失序的國家情勢下，在點與線交織、錯綜複雜的迷宮中，尋覓出一條重返治世之路的領航員，必要時他們還會「衝決種種羈絆，繼承創新，開拓進取」〔註12〕，化身成強悍的變革者。而且正因應中興名相所處的時代，他們在改革之前更承繼了開國與盛世的經驗，他們所思考的、觸及的，必定也比中興之前的名相更爲廣闊、複雜。將「開國」、「盛世」、「中興」三種名相並列來看，「中興名相」能在相對萎靡的國家局勢、政治環境下尋求突破並達成任務，他們擁有獨特的魅力、縝密的思緒、精準的眼光與永不妥協的個性，這正是吸引筆者研究他們的原因。

　　再從文學環境來看，初、盛、中、晚唐的文學各有亮點，不過在中唐後，文學也正好迎來一個劇烈的變革期，乃是廣爲人知的古文運動。古文運動在

〔註12〕劉太祥：〈中國古代王朝「中興」局面的形成原因〉，《南都學壇（人文社會科學學報）》第 26 卷第 4 期，2006 年 7 月，頁 23。

當時影響甚鉅，對後代也是意義非凡，那是眾多文人在審視當時「文學」、「政治」與「文化」之間的關係後，所推行的大規模活動，可以說是唐代文學的一次「中興之勢」。在中興名相之中，除了李泌因為作品數量實在稀少，難詳細說明與古文運動的關係之外，裴度、李德裕的文章都與古文運動略有牽扯。在裴度跟李德裕的文章中，可以看到他們認可「古代典範的權威性，貶低文學雕飾的價值，強調寫作的社會和政治角色」〔註13〕的傾向。他們的文學不僅與古文運動遙相應和，且更是獨樹一格，正如同他們面對政治既能繼承又能創新一般，其文學並不拘於格套，而是兼容並蓄，呈現極為豐富的樣貌。如裴度的文章能彰顯他的大臣正義，但他的詩歌卻引領當代閒適詩風的發展；又如李德裕的應用文、政論文富涵政教功能，賦作則具有屈騷的蕩氣迴腸與陶潛放歸的哲思，而他的詩作更是兼具體物寫志與悠閒自在的風韻。

綜合以上原因，既然中興名相在政治、文學的表現上，既有繼承又有創新，加上所處時代的特異性，筆者認為研究唐代名相就必須從中興名相入門。但這也並不代表開國、盛世名相不值得討論，實是礙於篇幅難以兼顧，擬待未來另撰文章詳論。

第四節　研究方法與資料的取材

本論文以「唐代中興名相」為主要研究對象，以李泌、裴度、李德裕三人為主，主要的研究目的是企圖從「文學」與「事功」來討論唐代中興名相的具體功績與生活內容，並從其作為與影響來分析他們在歷史及文學史中的形象與定位。以下分述研究方法與資料的來源。

一、研究方法

本論文的研究內容橫跨文史，所以採取的研究方法也比較複雜，茲說明如下：

（一）文獻、文本分析法

因應本論文所觸及的內容，首先最重視的就是分析方法。透過分析方法來研究史傳文獻、筆記資料、文集或詩集文本，將這些「唐代中興名相」的

〔註13〕包弼德著、劉寧譯：《斯文：唐宋思想的轉型》，頁117。

仕宦經歷、事功表現、文學活動、生活內容之具體事實呈現出來，以便進行形象的塑造及延伸性質的討論或比較。

（二）問題討論法

在經過前述分析方法進行的過程後，固然可以大幅度地建構其原貌，但在進行的過程中，文獻或文本的內容也會因為一些不協調而產生衝突，這些衝突便是值得討論的問題點。如史傳書寫下，李泌入世與出世、有才能或只是詭道求榮的相關議題討論；裴度既是當朝功臣又是風流宰相的矛盾與調和論題；李德裕在自我詩文書寫中，同時展現出積極養志關切時政、消極養性追求閒適的兩種面向等論題。挖掘並討論這些問題，對本文來講至關重要，有助於賦予他們更加多樣化的形象。

（三）形象歸納法

此類方法建立在分析法與問題討論法之後，將得出的事實與解答歸納並總結，以形塑出史傳書寫、筆記書寫、唐人及自我詩文書寫下「唐代中興名相」所擁有的不同形象。

（四）比較法

比較法在本論文中很常出現，最具體的應用便在比較史傳書寫、筆記書寫、唐人及自我詩文書寫下「唐代中興名相」所擁有的不同形象中。是最容易可以凸顯彼此的異同、各自的特點與特質的方法。

（五）綜合法

綜合法涵蓋了上述四個方法，在通過分析、討論、歸納、比較等過程後，融匯各種書寫下的組件，進而形成一個全新的觀念和事物。在本論文中，綜合法的具體成果在最後的結論中，也就是筆者對三名唐代中興名相更突出、更鮮活的形象之確立。

二、資料的取材

在資料的蒐集與取材方面，大致分基本史料、筆記及詩文文獻，另外的則是近代研究的專書專論〔註14〕。關於基本史料，取兩《唐書》、《續通志》、《資治通鑑》等正史資料為主。筆記的文獻資料，則以《唐人軼事彙編》〔註15〕

〔註14〕詳見本論文參考書目之「專書」。
〔註15〕周勛初等編：《唐人軼事彙編》（上海：上海古籍出版社，1995年）。

中的資料拓展出去，蒐集《太平廣記》、《續世說》、《類說》、《說郛》、《唐語林》、《唐摭言》、《唐詩紀事》、《容齋隨筆》、《容齋四筆》、《南部新書》、《劇談錄》、《辨疑志》、《北夢瑣言》、《雲仙雜記》、《樂善錄》、《獨異志》、《曹林異景》、《窮幽記》、《因話錄》、《白孔六帖》、《玉泉子》、《芝田錄》等文獻，對中興名相有書寫者都儘量納爲己用。關於詩文文獻，基本上以《全唐詩》、《全唐文》所有的詩文爲主，另外則參照各種古、今人箋注校正的詩文集，以期能在前人研究的基底上更加深入，以完善本論文。

第五節　研究步驟與架構

本論文以「唐代中興名相」爲主要考察對象，分別觀察「李泌」、「裴度」、「李德裕」三位中興名相，並由文學與事功兩個面向來深入討論。

在文章中，可以看到唐代中興名相「文學」與「事功」相關書寫的聯繫相當緊密，本文對「文學」方面的探討固然是一大重點，不過作爲這些文學書寫背景的「事功」仍必須先予以分析、討論。故本文以唐代中興名相的「事功」書寫爲基礎，先釐清他們的事功表現，再進入文學書寫的範疇，探討唐代中興名相在事功表現與文學表現之間的互動關係，以及他們的「事功」與「文學」在他人詩文書寫下是如何被呈現，以進一步形溯唐代中興名相在各種書寫下的形象。

在撰寫本文的過程中，以蒐集歷史文獻爲首要步驟，偏重於史書，分析中興名相所處的時代背景及生平狀況，從出身、仕宦、任免等事蹟深入瞭解，尤其是其人在當代所擁有的事功，通常便是史傳書寫的重點旨意，對於形塑中興名相在各種載體中的基礎形象尤其重要。通過分析歷史文獻後，便可知悉其人的歷史形象，便再進一步地進入文學與歷史交雜的筆記中。筆記方面內容較爲龐雜，以書寫中興名相的文字爲探討點，觀察筆記裡頭形塑中興名相的形象，並與史傳相互比較，以發掘二者的相似點與相異點。最後則以史傳及筆記書寫的形象，銜接到文學作品中。先探討中興名相自我書寫的作品下展現的樣貌，再集中到唐人對中興名相的書寫，從個人或他人的書寫，到彼此互有往來的作品深入探討，挖掘諸如事功的讚頌、交往的經歷、生活的軌跡、心靈的活動等不同層面的內容。希望能夠通過史傳、筆記與文學作品三方面的書寫，令唐代中興名相的事功、文學、生命表現，以及他們的形象更加明晰。全文共分六章：

　　第一章為「緒論」，主要說明本論文的研究動機與目的，對學界關於「李泌」、「裴度」、「李德裕」的研究做一回顧與討論，並界定論題的範疇，說明研究步驟與論文之架構。

　　第二章為「唐代宰相制度與名相的類型」，主要是從唐代名相中界定出中興名相的位置，並從安史之亂的破壞與重建中發掘中興名相的價值，同時關注他們彼此之間的繼承關係。

　　第三章為「貞元名相李泌的事功與文學」，從史傳、筆記以及詩文書寫下手，討論李泌一生的事功與生活軌跡，並在最終匯聚書寫的形象，以為李泌於隱則有「獨善兼濟之略」、於仕則有「經邦緯俗之謨」。又從李泌臨終前都還「隱於朝」之事來看，其人真可謂「大隱」的代表人物，「大隱宰相」的形象也是實至名歸。

　　第四章為「元和名相裴度的事功與文學」，討論裴度的事功、文學與生活。以為裴度親臨淮西討平叛賊的名聲極大，其「出將入相」的形象深植人心，當時文人也多有歌頌。又裴度本身也有詩歌作品，並常與時人交往唱和，故更可以深入探討其人的文學觀、文學作品、交往狀態，尤其重要的是他長安與東都的兩處宅園，匯聚了一批詩人群體。裴度與這群人時常遊泛、唱和，人們對裴度的景仰之情、交流情況，在圍繞著他兩處宅園為題的詩歌中都可以發掘出來。探討裴度的相關詩歌，對於瞭解他「功成身退」後「閒適自在」、「風雅交流」的形象有很大的幫助，其「風流宰相」的形象也由此而生。

　　第五章為「會昌名相李德裕的事功與文學」，此章討論李德裕的事功、文學與生活。指出李德裕其人之鎮功與政功，他在地方任官時頗有建樹，在朝中為相亦屢有功績，尤其突出的是在會昌年間的廟戰之功，「會昌中興」的致成，首功必屬李德裕。李德裕的政治表現亮眼，文學成就亦堪稱一絕，在制誥奏議方面乃有唐一代最為突出之「大手筆」，這方面的成就也與其政治功績有密切的聯繫。除此之外，李德裕在仕途不如意時還有詩賦作品，其內容充斥著仕隱志向的矛盾，是為一代偉人複雜心靈活動的成果。李德裕一生在政文兩方面皆過於常人，其事功相當顯赫，文學表現也多以「氣貫」、「氣壯」為主，其「文雄宰相」的形象也是由此而來。

　　第六章為「結論」，總結前文的內容，表列並歸納唐代中興名相的事功、文學、及各種書寫下的內容，比較其中異同。一方面圖求將中唐之後，地位

如此特殊的中興名相，更具血肉、更明晰的形象完整地歸納出來；另一方面更從中興名相的事功、文學、生活及生命情態等方面整合，聯繫他們彼此，於同中求異，進一步地賦予他們更加與眾不同的形象。

第二章　唐代宰相制度與名相的類型

　　大唐王朝近三百年的國祚中，產生了三百六十九名的宰相，而之所以會有這麼多的宰相，與唐朝獨特的中央組織制度有關，此現象必須詳加辨明。不過唐朝宰相雖多，但能夠脫穎而出，成為史家、文人筆下或人口傳頌、記憶的卻是寥寥無幾。在這少數被不斷流傳的宰相中，根據時代背景的不同，又可分為三種類型，分別是「開國」、「盛世」、「中興」名相，下文將分別說明。

第一節　唐代宰相制度概述

　　自秦漢以來，君主成為國家至高的權力者，但國君欲以一己之力統御萬千黎民卻力有未逮。由此，一套能將君主下達之命令與釋放之權力，有效地輻射出去的官僚制度便因應而生。在官僚制度的發展中，宰相的地位尤其特別，因為「中國的官發生，往往是由天子私人的，側進的微臣漸漸取得權力，最終獲取了大官的職權，成為公的、正式的官員；中國的宰相就是在這樣螺旋式循環發展狀態下起伏轉易。」〔註1〕宰相做為最親近君主的臣子，直接受命於君主，掌握著第一手的命令與資訊，其擁有權力與聲望之高自不待多言。又百官輻輳之處在於宰相，做為群臣之首，會接觸大量的官員，聯繫上下的同時又可統合或獨自提供建議給君主，進而強化或改變君主的想法與命令，宰相與君主一同參與國家發展之規劃與決策，也令其地位顯得更

〔註1〕鄭欽仁：〈帝國遺規兩千年──中國政治制度的特色〉，載入《中國文化新論・制度篇：立國的宏規》（台北：聯經出版社，1982年），頁14。

加尊崇。

有鑑於君相之間權力的消長與平衡，唐代加強了幾個方針以利國家順利運作，最著名的就是三省六部制與加銜宰相制，這也令宰相的名稱更加複雜。唐代三省六部制是承襲隋代官制變化而來，分尚書、中書、門下三省，三省長官俱爲宰相，分掌奉行、出命、封駁之權，此眾相制分散相權，並令其彼此牽制，如此一來，君主不但可獲取更全面的意見，也可避免釋放的權力受到濫用。而關於加銜宰相制，這是唐代特有的制度，其成因大概是「太宗嘗爲尚書令，臣下避不敢居其職……故常以他官居宰相職而假以他名」〔註2〕，以及「太宗勤於聽政，每有大政，不獨與三數宰臣商議，其他雖名位未及，但有一言足取或進侍左右者，太宗均多所咨訪……故有識見足資採納，而又位望鄰於宰相，如六部尚書、御史大夫等三品官，多加特命，使得參議大政」〔註3〕。這類加銜宰相演變到後來，「有相當一部分品級較低，資望較輕，而又不給宰相之名，僅冠以『參預』、『參知』、『同三品』、『平章事』等頭銜，因而有利於皇帝的控制與指揮」〔註4〕，這也就說明了加銜宰相的作用，可以在合議時將各種審議的方針導向更接近於君主之意願，但此種加銜宰相其本官品秩不高，除了迎合君主的意願外很難再有進一步的影響力。這給予君主很大的便利，在宰相權力三分的條件下再更加的分化，有效的控制整體相權的擴張。

雖然說宰相的權力一直被分化，但是到中唐後狀況又不一樣，「唐玄宗後有『首輔宰相』、『權相』之出現。」〔註5〕這個現象是在帝王對「他官」〔註6〕不信任下成立的，他選擇相信文官，文官勢力也就水漲船高，做爲文官之首的宰相便能一舉躍上權相之位，「首輔」即權位尤其突出的宰相，而首輔宰相的意見也較常受君主所尊重與接納。此一因皇帝喜好而生的相制，所在任宰相若有才幹，則國家便會迅速的發展興旺，但若此權相是玩弄權勢、無德無才之輩，那國家也會迅速的沈淪。

〔註2〕《新唐書・百官志》，卷46，頁1182。
〔註3〕孫國棟：〈唐代三省制之發展研究〉，載入《唐宋史論叢》（上海：上海古籍出版社，2010年），頁187～188。
〔註4〕鄧德龍：《中國歷代官制（上）》（武昌：武漢大學出版社，1990年），頁249。
〔註5〕王吉林：《君相之間：唐代宰相與政治》（北京：中國人民大學出版社，2007年），頁166～169。
〔註6〕尤其是指武將。

第二節　開國、盛世與中興——唐代名相的三種類型

前言提到，宰相為「事無不統」之官，只要環境許可、條件合宜，他們便能完成使命。不過正所謂時勢造英雄，英雄作為也必須符合當下時代的情況，方能異軍突起，為人所記憶、稱頌。而各時期的「名相」便扮演了這樣角色，對其所處時代做出不同的貢獻，進而對國家運作有所幫助，以下根據不同時期、類型分組概述唐代名相。

一、創業維艱的開國名相

唐高祖李淵（566～635）本是隋朝顯官，然其在隋末亦知隋祚將盡，在一番醞釀後〔註 7〕，在大業十三年（617）正式於太原起兵，並在同年年底攻克隋首都大興城（後為唐之長安），更在隔年攻下洛陽，並旋即登基為帝，改國號為唐。李淵開唐，雖然坐享許多隋朝的資源，如開鑿南北運河之成果、中央官制的三省六部制以及一大批熟悉政治運作的官員，不過大唐終究還是一新興之王朝，一切方興未艾，有待君臣積極治理，而「開國名相」在此時便起到關鍵的作用。

談到輔弼有功的開國名相，其一如高祖朝的劉文靜（568～619）、裴寂（573～632）。此二人從李淵起義之初就一路輔佐李淵，其功績之高，在唐立國後旋即拜相，在武德元年（618）「詔納言劉文靜與當朝通識之士，因開皇律令而損益之，盡削大業所用煩峻之法。又制五十三條格，務在寬簡，取便於時。」〔註 8〕此五十三條格在武德二年（619）正式頒佈實行，到武德七年（624）「又詔僕射裴寂等十五人更撰律令，凡律五百，麗以五十三條」〔註 9〕，此乃著名的「武德律」。在「武德律」正式實行後，李淵所創之唐王朝逐漸步上軌道，從李唐開國前後的籌劃布置、訂立法典制度來看，最初的開國名相當屬裴寂、劉文靜二人莫屬，可惜劉文靜最終卻因談吐不夠委婉、行事不夠謹慎，而招致殺身之禍〔註10〕。

〔註 7〕 關於李淵早就積蓄積蓄異志，與李世民苦心經營，並迫使李淵實際行動的種種論述，見英・崔瑞德編：《劍橋中國隋唐史》（北京：中國社會科學出版社，1990 年），頁 138～141；伍伯常：〈李淵太原起兵的元從功臣——兼論楊隋之世的關隴集團〉，《臺大文史哲學報》第 76 期（2012 年 5 月），頁 122～127。
〔註 8〕 《舊唐書・刑法志》，卷 50，頁 2134。
〔註 9〕 《新唐書・刑法志》，卷 56，頁 1408。
〔註10〕 事可見《舊唐書・劉文靜列傳》，卷 57，頁 2293～2294；《新唐書・劉文靜列

其二如太宗朝的房玄齡（579～648）、杜如晦（585～630）。此二人在初唐可謂名聲響亮，有「房謀杜斷」之美稱。但他們二人在李淵開國時，尚在李世民（598～649）幕下，輔佐之成績多展現在李世民的個人功業上，不過他們對李世民最大的貢獻，是在謀畫、策動與實行玄武門之變﹝註11﹞，在玄武門之變後，房、杜二人以太宗信任之大功臣拜相。而關於房、杜二人在太宗朝任相的功績，史傳書寫得很少，也有些語焉不詳，不過從編《貞觀律》、撰《大唐新禮》、精簡官員等事蹟來看﹝註12﹞，所謂「臺閣規模及典章文物，皆二人所定」﹝註13﹞應該不假。另外，關於「房謀杜斷」，史傳中雖然少言明所謀、所斷何事，不過以房、杜之高位，所處理的必定也都是國家機務，而「房謀杜斷」一詞所代表的意義，事實上是一種高效率行政的狀態。有學者指出，雖然房、杜所致之功績不多，但他們之所以堪稱良相，原因乃在「房、杜不居功並能推賢讓賢，以形成一個和衷共濟、有較高效率、有較大作為的領導集體。」﹝註14﹞由以上可見，房、杜二人在唐初完善典章制度、整飭官員、提高行政效率等方面貢獻良多，也難怪能夠令初唐迅速的達到一承平的局面。

又太宗朝還有魏徵（580～643）。其人在歷史上也有舉足輕重的地位，但實際上魏徵並沒有太多的功績。魏徵聞名於世的，是他正直的品行、善諫的功夫與道德勸說的本事，他比起房、杜此類政治家，更像是致君堯舜的帝師。不過魏徵雖然能「獻納忠讜，安國利民，犯顏正諫」﹝註15﹞，但也要太宗能夠納諫。幸虧太宗的品格是「表現出對民眾的同情和對朝臣意見的尊

傳》，卷88，頁3736。

﹝註11﹞ 房玄齡在李世民幕中，早已為李世民謀帝位做足準備，他在「賊寇每平……獨先收人物，致之幕府。及有謀臣猛將，皆與之潛相申結，各盡其死力。」又在玄武門之變中，長孫無忌、房玄齡、杜如晦等便是率先發難構思策略，並付諸實踐，見《舊唐書・房玄齡列傳》，卷66，頁2460～2461；《新唐書・房玄齡列傳》，卷96，頁3854。

﹝註12﹞ 關於編《貞觀律》，見《舊唐書・經籍志》，卷46，頁2010；《舊唐書・刑法志》，卷50，頁2138。關於撰《大唐新禮》見，《舊唐書・太宗本紀》，卷3，頁46；《舊唐書・經籍志》，卷46，頁1975。關於精簡官員，見唐・吳兢撰、謝保成集校：《貞觀政要・論擇官第七》（北京：中華書局，2003年），卷3，頁155～156。

﹝註13﹞ 《舊唐書・杜如晦列傳》，卷66，頁2468。

﹝註14﹞ 王炎平：〈論房玄齡〉，《四川大學學報（哲學社會科學版）》第111期（2000年），頁109。

﹝註15﹞ 《舊唐書・魏徵列傳》，卷71，頁2559。

重」〔註16〕，且「他對文人的諫諍和壓力非常敏感而負責」〔註17〕，他擁有「以人為鏡」而明己得失的氣度，如此君相以誠相待，遂成貞觀之風，蔚為美談。

又除了房、杜、魏徵以外，太宗還有李靖（571～649）。李靖其人於李淵攻入長安時降唐，隨後則與李世民南征北討，武功極高。至李世民登帝後備受禮遇，先後任刑部尚書、兵部尚書、尚書右僕射（拜相）等職，且期間還披甲出征，在對東突厥與吐谷渾的戰爭中都取得豐厚的戰果，在大唐疆土的統一上功績顯赫。李靖在太宗群相中是比較特別的，他在朝中位極宰相，出外更是沙場大將，其人冠蓋文武，也因此成為了「出將入相」的代表人物。而在後代許多文人所崇拜、嚮往的，就是如李靖此般文武兼備，位極兩端的境界。

最後如高宗朝的長孫無忌（594～659）。其人在李淵開國前就已在李世民幕下，為李世民妻舅，關係極為親密，在玄武門之變中也是謀畫與實行的要角。在李世民即帝後，長孫無忌屢為顯官，權勢極隆，但他為了避嫌不願久居相位，也因此他的具體功績就不多，大抵只有與房玄齡一同編撰「貞觀律」，還有影響太宗晚年立儲這兩點。至高宗即位，朝裡朝外的治國方針、官員任免皆遵從貞觀遺風，政治清明、國家承平而蒸蒸日上，遂成「永徽之治」。其時長孫無忌既有擁立之功，又累為朝中大臣，加上太宗臨終前亦囑咐他要輔佐高宗，故在高宗時長孫無忌便不再避嫌，居台衡以輔國。長孫無忌在高宗朝最大的事功，卻也還是在完善典章制度，「永徽二年閏九月十四日，上新刪定律令格式，太尉長孫無忌……等同修，勒成律十二卷、令三十卷、式四十卷，頒于天下」〔註18〕，此乃「永徽律」；隔年長孫無忌等，又奉命據永徽律撰成「律疏」〔註19〕。在長孫無忌所參與制訂的典章制度中，以「永徽律」及「律疏」為集大成者，同時也是唐代法典中最具權威性的代表，有唐一代皆奉以為尊，甚至在宋代、明代清代所定之律法也都受其影響。長孫無忌以其完善典章制度而留名青史，其事功較顯赫者雖然僅此一項，但他的

〔註16〕英・崔瑞德編：《劍橋中國隋唐史》，頁172。
〔註17〕英・崔瑞德編：《劍橋中國隋唐史》，頁172。
〔註18〕宋・王溥撰：《唐會要・定格令》（北京：中華書局，1955年），卷39，頁701～702。
〔註19〕「永徽律」及其「律疏」，在宋元時並為《故唐律疏議》，今日通常稱之為《唐律疏議》。

貢獻令整個唐朝的運作有了最基本的依歸，故亦可稱之爲開國名相。

從以上來看，所謂的唐代開國名相，乃是整頓帝國的耕耘者，他們所面對的問題，不外乎建立典章制度、促進行政效率、摒除不合勢力等。這些問題從高祖李淵開國以來，經歷太宗、高宗一共三朝，在開國君主與開國名相們孜孜不倦的努力下，也終於得到較好的安置，這也讓大唐能告別開國的艱辛時期，往下一個階段邁進。

二、治國安邦的盛世名相

唐王朝在經過開國的艱辛後逐漸步上正軌，雖然在邁往盛世的路途上，曾遭遇「武周」篡唐，還有韋后、安樂公主以及太平公主干政等事件，但最終經過一番跌宕，唐朝還是迎來了璀璨輝煌的盛世，其時的君主是唐玄宗李隆基（685～762）。玄宗是爲唐代在位最長的一位君主〔註20〕，他本身的能力極爲卓越，至天寶亂前，也堪稱盛世明君。而玄宗朝的強盛局面，當然也並非由君主一人獨成，他重用多位治國安邦的名相，在君相連心，相率百官的美好情勢下，才得致成開天盛世。

此處談到治國安邦的盛世名相，當仁不讓者屬姚崇（651～721）、宋璟（663～737）二人，一般認爲玄宗朝能夠達到前所未有的盛世，開元初期姚崇、宋璟二人功不可沒，後人更以姚宋合稱，並與初唐開國名相房杜相比擬。先看到姚崇，其人歷仕四朝，三朝爲相。玄宗初登大寶時，便詔之爲相，不過姚崇沒有馬上答應，而是以〈十事要說〉詢問玄宗，其內容大概是請玄宗寬法求仁、息兵偃武、壓制中官、整飭吏治、懲治佞徒、終止豪戚掠奪人民、停止寺觀宮殿之建造、以禮教臣、寬容納諫、抑制外戚權勢等等，玄宗聞此十事皆允諾，姚崇方受相位〔註21〕。雖然姚崇提十事後拜相的記錄不可盡信，但〈十事要說〉之內容卻大抵就是姚崇在玄宗朝的主要改革與政績。在姚崇所提的「十事」中，有三點是專爲人民設想的，他止兵黜武、減輕苛捐雜稅、降低勞役，這也令人民生活更加安穩，得以全力發展農事。且姚崇在宰相任

〔註20〕唐玄宗朝，自延和元年即位改元先天始，至天寶十六年李亨靈武即位爲肅宗止（712～756），前後共四十四年。

〔註21〕見《新唐書・姚崇列傳》，卷124，頁4383。而《資治通鑑・開元元年・考異》，以爲姚崇提「十事」而任相，非旦夕可成之事，「似好事者爲之」，卷210，頁6688～6690。按姚崇所提「十事」便是〈十事要說〉，見《全唐文》，卷206，頁2085下。

內，也曾力排眾議掃除蝗害，其謂「今蝗蟲極盛，驅除可得，若其縱食，所在皆空。山東百姓，豈宜餓殺！……若救人殺蟲，因緣致禍，崇請獨受，義不仰關。」〔註 22〕此間可見姚崇乃一善於變通之人，他一心為民，以人民的安穩和樂為治國之本，也終於開創一美好盛世。又姚崇在典章制度方面也有貢獻，其刪定編撰《開元前格》〔註 23〕，側重在行政事務方面，為玄宗朝的行政法提供初步的成果。

再來看到宋璟，其人一生歷仕三朝，二朝為相。玄宗時，宰相姚崇因醜聞辭位，同時又推薦宋璟頂替他的相位，宋璟由是拜相，被視為姚崇的繼承者。宋璟任相期間的輔國方針，大抵也跟姚崇相似，有很強的連貫性。且因為宋璟又特別重視官吏的品質，痛惡買官、徇私舞弊之事，對君主要求「刑賞無私」，對官員的任免主張「務在擇人，隨材授任，使百官各稱其職。」〔註 24〕經過宋璟的努力，玄宗開元時期的吏治愈加清明，行政績效也大大地得到提升。且宋璟還制訂了一項措施，內容為「自今事非的須祕密者，皆令對仗奏聞，史官自依故事。」〔註 25〕此有效的防堵佞臣小人亂政，同樣也是造就清明之政的重要作為。又宋璟在完善典章制度方面也有功，亦參與刪定編撰《開元後格》〔註 26〕。《開元前格》與《開元後格》大大地完善當時的中央行政法則，在法令制度完備、官吏清明能幹的條件下，玄宗盛世的到來似也成必然之事。

在看完姚崇、宋璟二人後，玄宗時的治國名相還有張說（667～730）。張說一生歷仕四朝，二朝為相，在玄宗開元初期仕途起伏較大，時而在朝為相，時而出任地方，這是因為朝中已有姚崇、宋璟此等良相，張說難與之相抗的緣故。然而張說在出外期間，卻屢建戰功〔註 27〕，且在功成之後，先是「移河曲六州殘胡五萬餘口配許、汝、唐、鄧、仙、豫等州，始空河南朔方

〔註 22〕《舊唐書·姚崇列傳》，卷 96，頁 3024～3025；《新唐書·姚崇列傳》，卷 124，頁 4384～4085，所載略同。

〔註 23〕見《舊唐書·刑法志》，卷 50，頁 2138。

〔註 24〕《資治通鑑·開元四年》，卷 211，頁 6724。

〔註 25〕《資治通鑑·開元四年》，卷 211，頁 6728～6279。

〔註 26〕見《舊唐書·刑法志》，卷 50，頁 2138。

〔註 27〕如在太原任職時，大破來犯之党項軍，且還安撫了九姓同羅、拔野固與党項等；又如擔任朔方節度使時，擊破了突厥叛軍，鞏固了邊境的安全，見《舊唐書·張說列傳》，卷 97，頁 3052～3053；《新唐書·張說列傳》，卷 125，頁 4407～4408。

千里之地。」此舉令頻頻發生的邊亂問題得到的初步的根治；又在邊境問題得舒緩的同時，實行精兵策略，令貧弱之卒返家務農，並「別召募強壯」之士。張說以上兩策是相當成功的，他令民心大悅的同時，邊防也更加安全，且地方生產力也得到相當的提升。張說在姚崇、宋璟之後歸朝任相，對皇權的鞏固、國威的樹立出力尤深﹝註28﹞，且還改革政務制度，使得宰相權力大漲﹝註29﹞，令核心政務得以更有效率地進行。由以上來看，張說確實是有才能的，開元初期他長期在外，但在創造「馬上功勞」的同時，卻也繼續實行「爲相輔國」的責任。而當他歸朝爲相，對於皇權、相權及國家威勢方面也有影響力。張說有治才、文才又有將才，以其出入中外的事功，成爲玄宗盛世時「出將入相」的一個代表人物。

　　從以上看來，盛世名相的職責並不輕鬆，他們致力於行政效率的提升、抑制中央求取邊功，最重要的是使人民安居樂業，方能創造玄宗時的大唐盛世。

三、再展新局的中興名相

　　唐王朝在公元 755 年的安史之亂中，在政治、經濟、文化、社會等方面遭到嚴重的打擊，受到極大的毀壞。唐王朝的國力開始走下坡，在越趨委靡的情勢中，開唐的生機、盛世的繁榮已難再見。但在安史亂後的幾個時期，所謂的「英主」與「名相」同時出現，他們精勵圖治，讓帝國的生命再次復甦，頗有再展新局的氣勢，史稱「中興」。而安史之亂後的唐代中興，前文已說明爲憲宗元和年間（806～821）的「元和中興」及唐武宗會昌年間（841～846）的「會昌中興」，另外還有肅宗時字安史亂黨手中奪回兩京，其時亦可堪稱唐祚一度危殆後的首次「中興」之勢。這幾個時期輔佐帝王有功，能起到關鍵作用並重啓局勢的宰相，便是所謂的「中興名相」。

　　談到「中興名相」，首先爲大唐重振旗鼓的先鋒便是李泌。李泌在肅宗時迅速崛起，以策士、師友的身份隨侍帝王左右，雖然當時並沒有宰相的身

﹝註28﹞　此指封禪，見《舊唐書・張說列傳》，卷 97，頁 3054；《新唐書・張說列傳》，卷 125，頁 4408。

﹝註29﹞　此指張說將「政事堂」改爲「中書門下」，定其爲正式的宰相官署，並以宰相爲首，其後列五房，「一曰吏房，二曰樞機房，三曰兵房，四曰戶房，五曰刑禮房，分曹以主眾務焉。」見《新唐書・百官志》，卷 46，頁 1183；《唐會要・官號》，卷 51，頁 883。

份，但從他爲肅宗謀定攻略、驅逐叛黨〔註30〕、匡正是非、保全王儲等事蹟來看，李泌所起到的作用與宰相並無差別。李泌一直到德宗時，才正式拜相，而他在德宗朝的作爲也很多，如困蕃之策的制訂與實行、對付叛黨之策略與成果、充足兵馬糧草之計畫、增刪官吏提高行政效率、穩定皇室內部確保皇儲無虞等都是。從以上來看，李泌對於鞏固大唐集權、安定內外不安因素貢獻不少，實有亂後再創新局之「中興名相」的風範。

再來看到裴度，他生在一個朝內朋黨快速萌發、朝外藩鎮愈加跋扈的時代。在憲宗即位後，一反德宗時的姑息政策，積極的對藩鎮用兵，以鞏固中央威權。裴度於此時獲得重用，以其主戰立場與功績，一躍而上成爲元和首宰。裴度在元和任相期間，主要作爲是制伏藩鎮，除了在朝中運籌帷幄，元和十二年（817）時更披甲上陣，在根除「中使監陣，進退不由主將」〔註31〕的問題後，旋即獲得全面性的勝利。裴度平定淮西前後的種種，雖然有研究者指出「裴度並未強調自身的軍事才能將對戰局產生實質的助益……非主導唐軍的行動」〔註32〕、「裴度督軍只有形式意義而無具體成果」〔註33〕，但裴度親臨前線並確實取得豐碩的戰果，仍是不容否認的事實。他不但實踐了士人對「出將入相」的追求，也以此功博得「將相全才」、「元和中興名相」之美名。憲宗朝以後，裴度在穆宗、敬宗、文宗等朝也都曾居宰相，然期間的事功便不如先時顯赫，不但無法對復叛的藩鎮施以制裁，對朝廷內部最嚴重的「朋黨」問題也無法有效的抒解。總體而言，裴度之所以能夠擔負「中興名相」的稱號，乃因元和期間剿滅反叛藩鎮，爲大唐再開中央集權之新局的關係。

最後看到李德裕。李德裕在中晚唐建立的事功極多，但也因爲他是高度集權的「權相」，同時又是李黨黨魁，故名聲褒貶不一。李德裕一生兩度拜相，在初次拜相之前與再次拜相期間，屢度出鎮地方，皆有功績，其最著名的是鎮浙西而令軍民一心，民風返樸，並使地方富庶；鎮西川而令邊備完善，南

〔註30〕 云「驅逐」而非「剿滅」，是因爲唐肅宗並沒有完全遵李泌的策略行事，使安史叛軍退居范陽，以致肅宗一朝仍無法根絕安史餘孽。

〔註31〕 《舊唐書・裴度列傳》，卷170，頁4418。

〔註32〕 方震華：〈才兼文武的追求──唐代後期士人的軍事參與〉，《臺大歷史學報》第50期，頁15。

〔註33〕 方震華：〈才兼文武的追求──唐代後期士人的軍事參與〉，《臺大歷史學報》第50期，頁15。

詔、吐蕃不敢來犯。李德裕出鎮地方的事功可謂亮眼，但他一生最輝煌的黃金期，在武宗會昌年間。會昌時李德裕受武宗欽點爲相，前後破回鶻、收幽州、伐太原、平澤潞，其廟戰之功無比顯赫，在國家統一、邊境安全與樹立國威方面的貢獻極高。又李德裕除了廟戰之功外，在朝廷內部的改革也多有作爲，如改革科舉、壓制朋黨、鞏固皇權、集中相權、刪減冗官、進用賢才、明令重法、提高行政效率、匡正君主是非……等等。由以上來看，李德裕致力於開創王朝中興耗費的心神極多，他對開展唐王朝亂後新局付出的努力與獲取的功績，比起李泌、裴度二人都來的多，單就事功方面來看，李德裕真爲名實相符「再展新局的中興名相」。

所謂的中興名相，他們的任務就是破除不利於帝國運作的因素，並尋求變革。在透過高度的中央集權重振國家威勢，也經由合理及更高效率的政府運作治理天下，如此破舊立新，進一步重啓王朝局勢，以期能令天下返歸治世、承平之時。

第三節　安史之亂與中興名相的崛起

唐王朝歷經開國的艱辛與盛世的繁華後，公元 755 年爆發的安史之亂幾乎要覆滅唐朝，其肇因複雜，歷來已有許多學者深入研究〔註34〕。雖然安史

〔註34〕傳統的如章嶔：《中華通史》，認爲變亂爆發的原因有四：（1）設立節鎮（2）重用蕃將（3）攻伐奚、契丹（4）溺惑嬖寵；又如錢穆：《國史大綱》，指出「過份的開邊，激起內亂」與「全泯種姓之防，宜乎食此惡果」；而岑仲勉：《隋唐史》，則認爲除了「邊兵失調」與「過度信任安祿山」外，經濟的差距與當日中國繁榮的引誘，也激發出侵略與掠奪的心理；還有藍文徵：《隋唐五代史》，也指出「自開元末年以來，宮中府中，並甚漏蝕；兵制失圖，外重內輕，軍閥衝突，不可終日。如許年之腐敗矛盾痿萎不安之種種積滓壅極而潰，遂肇安史之亂」；再看到谷霽光：〈安史亂前之河北道〉、浦立本（Edwin G Pulleyblank）：〈安祿山叛亂的背景〉，還指出朝廷與地方、關中貴族與新興官僚彼此之間的對立與仇視視引發叛亂的原因；再如胡如雷：〈略論安史之亂的性質〉、王仲犖：《隋唐五代史》、孫永如及孫開蓮：〈安史之亂起因新探〉、唐華全：〈統治階級內部的矛盾與鬥爭與安史之亂的爆發〉等人，也指出行政與軍隊兩大政治宗派所參與的統治階級內部的鬥爭，是造成安史之亂迸發之原因。近年更有曹旅寧：〈昭武九姓與安史之亂關係辯證〉、芮傳明〈五代時期中原地區粟特人活動探討〉、榮新江〈安祿山的種族與宗教信仰〉等人，以批判的角度重新審視安史之亂的相關研究，並以新的觀點以爲粟特人的活動與安史之亂也有密切的關係。以上研究回顧見胡戟等主編：《二十世紀唐研究》（北京：中國社會科學出版社，2002 年），頁 46～49。

之亂最終得以平定，但其所造成的破壞與引發的問題很多，而唐王朝也極力地想要整飭或重建。

一、安史之亂的破壞與重建

安史之亂所造成的影響是全面性的，牽扯範圍非常廣，以下單就藩鎮、財務、邊藩三方面來探討。

首先看到藩鎮〔註35〕問題。安史之亂在玄宗時爆發，其後經過肅宗大力的反撲，最終在代宗時得以平定。不過安史之亂的平定，嚴格來講卻不是倚靠唐政府中央的實力，除了安史叛軍內部的問題之外，還倚靠藩鎮的軍事力；且在叛亂末期，唐政府爲了儘速結束戰爭，還不惜將藩鎮節度使的名義賜予安史降將〔註36〕。由此不論平亂有功者，或叛軍的餘孽，最終都受到朝廷的封賞，很多成爲地方的藩鎮節度使，而大唐自安史亂後藩鎮數量也遽增。這些藩鎮「大者連州十餘，小者猶兼三四」〔註37〕，握有重兵且在其轄區內的權力極大，而順服朝廷者則爲良好的地方管理者；跋扈叛逆者則行逐帥叛上之事，或父死子替之襲，又或由士卒自擇將吏爲「留後」，他們分疆裂土、佔地爲王，不守法治、不上稅賦，又或者互相聯姻並互爲表裡以忤逆朝廷。雖然說「當時全國藩鎮大多數仍是對中央效忠恭順的，他們接受中央命令，向中央呈奉賦稅」〔註38〕，但那些少數不服從的藩鎮，卻給予中央無比巨大的困擾，嚴重的影響國力與國威〔註39〕。而針對這些跋扈之藩鎮，唐政府在最初就判斷錯誤，在安史亂後中央礙於國家動盪乃採姑息之策，因而多有藩鎮相互仿效，由是「姑息愈甚，而兵將愈俱驕」〔註40〕，始終不能節制其勢。不過唐政府也有針對藩鎮施展處置方針，至少對京畿一帶的關中道、西北邊

〔註35〕「藩鎮」即「方鎮」。《新唐書》云：「夫所謂方鎮者，節度使之兵也。原其始，起於邊將之屯防者。」由此可知，統領藩鎮者爲節度使，見《新唐書‧兵志》，卷50，頁1328。

〔註36〕王壽南指出：「安史之亂的平定不是由唐軍勢強而使安史叛軍解體，而是由於唐朝的招降。」見《隋唐史》（臺北：三民書局，1986年），頁259。

〔註37〕《新唐書‧兵志》，卷50，頁1329。

〔註38〕王壽南：《隋唐史》，頁265。

〔註39〕所謂的少數不服從之藩鎮，尤指河朔三鎮（即幽州、成德、魏博）之叛亂最爲頻繁，其餘還有如淄青、昭義、淮西、宣武、山南東道等鎮也都曾有叛亂。每當這些藩鎮不從或叛亂時，朝廷或採姑息之策，又或者要強力鎮壓，都必須付出爲數可觀的財力、人力。

〔註40〕《新唐書‧兵志》，卷50，頁1329～1330。

境、長江淮河流域、漕運沿線以及蜀地等藩鎮都還保有統治力〔註41〕，而鞏固這些地區，對國家的安全以及財源的確保有著關鍵性的作用。至於對東北一帶時常脫離控制的藩鎮，唐政府在財政、邊境安全、兵源等條件都允許的狀況下，也時有脅迫利誘、訴諸武力之舉，以期這些藩鎮能臣服於唐〔註42〕。然而不論唐政府對這些跋扈藩鎮的措施是成功與否，都不能改變這些藩鎮造成地方行政結構改變的事實，此處姑且不論對朝廷損害較小的半自治藩鎮，但那些完全不服從朝廷，更甚至以兵戎相見的跋扈藩鎮，形同完全自治的「地方政府」，大大地侵蝕唐王朝的正統政權。

再來看到財務問題。安史之亂的連年兵禍，使得戰區河北、河南一帶的人口損失極大，除了因戰亂死亡之外，避禍南遷的亦不佔少數，北方人力流失、農地荒廢，生產力大幅下降，難再供給政府所需稅收。而亂後因應東北一帶多為安史餘孽，雖受朝廷恩惠而降，但大多都不繳稅賦。因此，由於北方的殘破與地方藩鎮的不從，再加上人口大量南遷，也令經濟的主要結構產生轉變，北方經濟式微，肩負中央財政供應的地區逐漸轉移到南方。雖然經濟重鎮轉移到南方，但人民或死或遷，唐政府對地方戶口數也難以掌握，乃至於至德元年到到乾元元年（756～758）登記戶口數竟相差四倍以上〔註43〕，光從數字亦可見政府財政之緊縮。為了解決中央財政的問題，重新統計戶口是首要工作，但其時大唐方經動亂，實無力去進行先時耗費將近一世紀才完成的工作〔註44〕。因應這個問題，唐政府在多方嘗試下，在德宗時統合各種財稅政策形成「兩稅法」。在兩稅法的主要內容中，乃先由政府預先規劃當年度所需賦稅，再派人到各道商訂其地應繳之稅額；而各道本地、外地人或商人，均依擁有財產、田產按比例在當地繳稅〔註45〕。由兩稅法的內容可見，它大大地克服戶口統計粗陋所造成的問題，為中央提供穩定的財源收入。不過兩稅法並不完美，起初因為稅制統一且法令嚴格「敢有加斂，以枉法論」，

〔註41〕見英・崔瑞德編：《劍橋中國隋唐史》，頁449～450。

〔註42〕如德宗時便對成德、魏博和淄青動兵；又如憲宗時先收服了魏博，其後更以武力鎮壓了淮西，並在朝廷威勢正旺時逼迫成德、淄青效忠；還有如武宗時威服魏博、鎮冀，並制伏幽州、太原、澤潞等。

〔註43〕見《唐會要・戶口數》，卷84，頁1551。

〔註44〕指唐初對戶口登記的大規模工作，見英・崔瑞德編：《劍橋中國隋唐史》，頁451。

〔註45〕《唐會要・諸使中》，卷78，頁1419；《唐會要・租稅上》，卷83，頁1535～1536；《新唐書・食貨志》，卷52，頁1351。

大幅減輕人民的負擔，但其後卻又自毀法令增加稅額、稅類〔註46〕。不過總體來講，中央的財務問題還是得到了相當程度的抒解。

最後看到邊境問題。唐代自開國以來便一直都有邊藩作亂的問題，到安史亂後，吐蕃、南詔、回紇的侵擾是最嚴重的問題。而這三者中，尤其嚴重者又屬吐蕃，在代宗廣德元年（763）中央方平定安史之亂時，因應兵力調度的問題，西方守軍稀少，以致於吐蕃在此時趁虛而入，大軍侵入中原，佔據長安。此次吐蕃佔據大唐京師，乃是繼安祿山攻破長安以來又一次的醜聞。雖然吐蕃最後自行撤離長安，但其只是退回根據地，每年秋天時仍不斷侵擾唐邊。而針對吐蕃，當時大唐卻無有效的處理辦法，只能消極處置，與之締結和平條約，又任吐蕃擅自叛盟，不過這個狀況到九世紀初產生轉變，這與南詔以及回紇臣屬於唐有關係。此處先看到南詔與回紇，這兩股勢力與大唐的關係時好時壞，回紇於廣德二年到永泰元年（764～765）受大唐叛將僕固懷恩之慫惥聯合吐蕃共同犯唐，但最終被郭子儀所平定；而南詔於大曆十四年（779）響應吐蕃而共同攻打大唐，最終被李晟（727～793）所擊破。南詔與回紇攻唐失利，逐漸轉變態度，而在貞元三年（787）時，回紇響應唐王朝之邀而自稱臣屬，又在貞元十年（794）時南詔也歸附於唐。在南詔與回紇盡歸順大唐後，唐王朝便對吐蕃展開一系列的壓制行動，且終於在貞元十八年（802）維州之戰中大破吐蕃軍，吐蕃自此衰弱。

二、文武二途的輕重

初唐時，文武並不分家，其時之人才如房玄齡、李靖、長孫無忌等人恆常是文武兼備而出將入相〔註47〕。初唐後，因為朝廷對學術的經營以及科舉制度的逐漸完善，同時又持續堅強軍事實力的緣故，使得文武分家，也有所輕重，但仍有文官出身者統武事、武官出身者攝文職的事例〔註48〕。而一直

〔註46〕如「（廣德）三年五月，初加稅，時淮南節度使陳少遊，請于當道兩稅錢，每一千加稅二百，度支因請諸道悉如之。」見《唐會要・租稅上》，卷83，頁1537。又如增加間架稅、除陌稅等稅類，見《新唐書・食貨志》，卷52，頁1353。

〔註47〕陳寅恪指出：「李氏據帝位，主其軸心，其他諸族入則為相，出則為將，自無文武分途之事。」見《隋唐制度淵源略論稿、唐代政治史述論稿》（北京：三聯書店，2001年），頁234～235。

〔註48〕文官出身者統武事的如劉仁軌、裴行儉、張說：武官出身者攝文職的如侯君集、唐休璟。

到玄宗執政後期，當時因爲「文學之士自我優越感日益增強，開始攔阻建立軍功官員升遷」〔註49〕，令文武二途的輕重產生了巨大的轉變，文官逐漸取得核心的主導地位，但在安史之亂前後又大幅扭轉，論其因果則與玄宗的邊境政策有關。

玄宗朝時爲防範邊患，在邊疆安置重兵，又爲調度、管理與發展之便，乃令原本僅有軍事權力的舊節度使兼有地方官的一切權力。新型態的節度使成爲地方最大的權力擁有者，且能夠獨立運作於朝廷之外，如此獨立之行政組織，若有差池則必釀成大禍。而在初期，朝廷當然是謹慎處理這種新型態的節度使，多以中央文官官僚出任此職並且定期替換，這是因爲文職官員大抵都忠於朝廷而值得信任，又出任的文官雖然心中都不願離京，但實際上出任節度使也逐漸變成躍居高位的必經之路。在以上的情況下，看起來傳統文官好似成功統攝武職並握有實權，但這種情況到玄宗後期卻又產生極大地轉變，那便是武官〔註50〕逐漸取得主導權，被任命爲地方節度使。事實上這種轉變也在意料之內，因爲邊鎮的設立本就以武事爲主，而長期駐守當地的武官既熟悉當地環境，在帶兵行軍也必較一般文人出色；此有一說是當時宰相李林甫刻意的安排，爲的就是阻止任滿節度使職的文官回來侵蝕宰相的權力。但不論如何，武官確實是逐漸掌握了地方大權，也逐漸地爲唐政府帶來嚴重的問題並釀成災禍。

安祿山（703～757）絕對是武官擁有重權而釀禍的例子，他在中央越趨鬆散的邊境人事政策下久任地方，甚至身兼東北多處地方要職，這種情況爲他謀取到厚植實力的機會，而成果便是在東北一帶的聲望，與一批忠誠於他個人的軍隊。安祿山能以其擁有的一切資源來更加鞏固自己的權力，當君主以及高階文職官僚想要威脅他的地位的時候，在不願意放棄自己權力的情況下，好似也別無選擇的起兵反叛並與朝廷誓不兩立。從安祿山的例子可見，其時武官的權力極高，坐擁的資源極度豐富，乃至於至高的統治權想要干預時，還可以選擇最激烈的手段與其碰撞。

安祿山起兵叛唐，其時唐王朝對武官的信任雖然已降到低點，但仍別無選擇的重用武官，文職官僚在此時只能退居幕後出謀劃策，雖然有房琯、張

〔註49〕 方震華：〈才兼文武的追求──唐代後期士人的軍事參與〉，《臺大歷史學報》第50期，頁9。
〔註50〕 尤其指原本就在當地長年從軍者。

鎬等文官欲取將帥之功，但他們的戰績卻只是令文職官僚顏面掃地。雖然安史之亂最後是平定的，但其內容並不光彩。而在安史亂後，因應朝廷在戰時重用武官、籠絡叛將等策略，大批的武官在戰後獲取了高官，有些成爲藩鎮節度使，並表示忠誠與順服，但也有部分擁兵自重、自收賦稅、自任官吏且不時忤逆朝廷，在地方擁有極高的權力，而武官在這個時期的權勢又上漲到一個高點，但朝廷卻礙於亂後的疲弊衰竭而不能制。不過這個狀況在唐代宗執政期間漸有改善，因爲當時出於運氣的得以接收西北的邊防軍，同時對忠於朝廷的藩鎮狀況也逐漸明朗。在擁有可調動的軍隊與忠誠的藩鎮支持下，在代宗執政結束時各地掌權的武官已由百分之七十五降到百分之六十左右，其中的差距則由忠於朝廷的文官頂替〔註51〕。

　　雖說安史之亂期間與其後武官的權力達到了高點，朝廷也不得不重用武官以制武官，但在朝廷中樞處於核心位置的，仍是文職體系的官僚，還有自武后朝中崛起的宦官體系。不過眾所皆知的是，這核心的權力位置被君主、文職體系的宰相與翰林學士、宦官等分割，而且他們彼此的意見也不一定統一。又對於國家有利的方面來講，宦官在當時掌握神策軍，可以提供中央必要的武力支持，但除此之外卻是一個禍國殃民的組織，想要於國有益，大概還是只能期待文職官僚的崛起。

　　事實上唐王朝在安史亂後主要還是「重文抑武」的，就如前面所講，重用武官只是局勢所逼，而文職官僚受到重用並掌權，在安史之亂期間及其後一直都有發生，只不過礙於君主和宦官的干擾，而有間歇期並難有連慣性的發展〔註52〕。這個狀況一直到憲宗即位後產生轉變，最著名的就是憲宗連續任用杜黃裳、李吉甫、武元衡、裴垍、李絳、裴度等優秀的文官爲宰相。此時文職官僚坐擁國家的機要位置，憲宗對這群文學之士獎以高階文職，並爲國家事務的主要決策集團，這符合「朝廷認爲它對於文學的獎掖是最首要的文官之道」〔註53〕的說法，可見文官的地位與權勢又有上漲。而憲宗重用文官，所爲何事？不外乎整頓國家，又最主要的還是對跋扈藩鎮展開壓制。就元和年間的戰果來看，憲宗及這一班宰相們的努力得到相當大的回報，結果是國內恢復一統，中央可以撤換各地藩鎮節度使，很多新任藩鎮節度使也都

〔註51〕關於此數字的統計，見英・崔瑞德編：《劍橋中國隋唐史》，頁447。

〔註52〕如李泌、陸贄、二王八司馬等。

〔註53〕美・包弼德：《斯文：唐宋思想的轉型》，頁114。

是文職官僚，有的還是原爲宰相職的文官前往擔任，由此看來文武二途的輕重似又由文官取回主導地位，但這個狀況卻沒有持續太久。在憲宗元和後又有藩鎮叛亂的事情，且穆宗、敬宗、文宗多爲無能之輩，不光守成無功，還令宦官敗壞朝綱，文官普遍受到致命的打擊〔註54〕。但是這個狀況一直到武宗朝，又突然大幅轉變，這與武宗精明果斷同時又極度信任一名宰相密切相關，這名宰相是李德裕。李德裕以個人的魅力與才幹總攬天下大事，他引領著百官將唐帝國再次導向中興，在他當權的時期，乃是安史亂後文官聲望與權勢極高之時。但隨著李德裕會昌後的失勢，大唐雖然仍短暫的處在安穩中，但內部及外部卻逐漸腐壞，文官又失去了壓制宦官與武官的能力，此情況一直到唐末都不見改善。

　　總之，文武二途的輕重在唐王朝中是各有千秋，不過在安史亂後，基本上外部武官的權力一直壓迫著中央，中央文官的權力屢受分割，唯獨在君臣連心時才能有所發揮。不過總體來講，文職官僚集團做爲中央集權的眞正擁護者是無庸置疑的，許多王朝的中興與治世大抵都與有魅力、有能力的文官佐國密切相關，但幹練的高級文官實是可欲不可求，這或許也可以解釋爲何在安史亂後唐王朝是偶有中興卻時常積弱不振。

三、中興名相的接續而起

　　從前文可知，大唐經過安史之亂後，內部外部都產生了一些問題，其中又以藩鎮「以武制國」最爲嚴重。但唐王朝仍是希望由自己掌握全局，其訴求的方法不外乎先以武力制伏，再以文馭武，雖然期間也有託付宦官來維繫中央權力，甚至令宦官勢力一發不可收拾，但士人、文官集團的影響力仍是一直存在的。且在士人、文官集團中，也偶有具有才幹並能使君臣連心之人，而「中興名相」便是其代表。中唐後「中興宰相」接續而起，他們出現的時間點相當有趣，且他們彼此間有無政治傳承之關係？這個問題值得探討，以下就他們的生卒年、任相、行相職之時間，先列表後分析。

〔註54〕如唐文宗大和九年（835）發生的甘露之變，造成朝內文官重臣死傷慘重。見《新唐書‧大和九年》，卷17，頁562。

表 2-1　唐代中興名相生卒年、任相（或行相職）時間一覽表

人 名	生　　　卒　　　年	任相（或行相職）時間
李　泌	唐玄宗開元十年至德宗貞元五年（722～789年），享年六十八。〔註55〕	1. 至德元年到至德二年（756～757）。
		2. 興元元年到貞元五年（784～789）。
裴　度	唐代宗廣德二年至文宗開成四年（764～839年），享年七十六。〔註56〕	1. 元和十年到長慶二年（810～822）。
		2. 寶曆元年到開成四年（825～839）。
李德裕	唐德宗貞元三年至宣宗大中三年（787～849年），享年六十三。〔註57〕	1. 大和七年到大和八年（833～834）。
		2. 開成五年到會昌六年（840～846）。

　　從上表可見，李泌崛起於肅宗、德宗朝，其時李德裕不可能與李泌有任何接觸，又裴度尚未入仕，頂多耳聞李泌之事蹟，故李泌在政治傳承方面定與裴度、李德裕沒有聯繫。不過裴度與李德裕任相的時間是有重疊的，又裴度曾與李吉甫〔註58〕共事，加上裴度提拔李德裕並以爲其「有相才」，可以合理推測他們是有政治傳承的關係存在，這個現象事實上也反應在三位中興名相的一些政策與作爲中。

〔註55〕關於李泌的生卒年，《舊唐書・李泌列傳》（卷130，頁3623）、《新唐書・李泌列傳》（卷139，頁4638）俱云李泌卒於貞元五年（789），時年六十八；《資治通鑑・貞元五年》（卷233，頁7518）所載亦同，云貞元五年（789）三月李泌薨；清・嵇璜等撰：《續通志・李泌列傳》（清光緒十二年浙江書局上版刊本，1886年，卷241，頁23上）說法亦同。由此反推，李泌生卒年當繫爲唐玄宗開元十年至德宗貞元五年（722～789）。

〔註56〕關於裴度的生卒年，《舊唐書・裴度列傳》（卷120，頁4433）云裴度於開成四年（839）卒，時年七十五；而《新唐書・裴度列傳》（卷173，頁5218）云裴度開成三年（838）卒，時年七十六；《續通志・裴度列傳》（卷264，頁19上～19下）則云開成四年（839）卒，時年七十六；今依陳玉雪《裴度交往詩研究》對其生卒年之辯證，繫爲唐代宗廣德二年至文宗開成四年（764～839），頁16、22。如此可見《續通志》對裴度生卒年所載較爲正確。

〔註57〕關於李德裕的生卒年，《舊唐書・李德裕列傳》（卷174，頁4528）、《新唐書・李德裕列傳》（卷180，頁5341）、《資治通鑑・大中三年》（卷248，頁8041），皆云李德裕卒於大中三年（849），時年六十三。今人陳寅恪〈李德裕貶死年月及歸葬傳說辨證〉也總結「李德裕大中三年十二月十日卒於崖州。」（《中央研究院歷史語言研究所集刊》第5本第2分，1935年1月，頁173）；而傅璇琮：《李德裕年譜》，亦從陳說（石家莊：河北教育出版社，2001年，頁14、517～518）。由此反推，李德裕生卒年當繫爲唐德宗貞元三年至唐宣宗大中三年（787～849）。

〔註58〕李德裕之父。

　　在李泌、裴度、李德裕三人的政策與作為表現上，最大的相同點不外乎
「主張剿滅、威服叛鎮」，但並非三人彼此間的政治傳承，而是自安史亂後朝
廷不斷在從事的主要活動，真要說有關聯性，確實有傳承的是裴度與李德裕
那種絕不姑息的主戰意識；又三人對於「辨邪正、委專任、相權不可分」的
想法也頗有共識，不過他們各自的際遇還有作為各有不同。李泌是處於完全
被動的狀態，而裴度則比較主動的去壓制宦官、佞臣、奸黨，並試圖阻止相
權分割，雖然最終失敗收場，但他的堅持與思想顯然有傳承給李德裕，如兩
人俱在戰時廢棄中使制度。李德裕繼承了裴度的意志，他相當積極的壓制宦
官與奸黨，也是三人中最主動也最成功收束相權的宰相。由此可見，李泌與
裴度、李德裕的政策與作為雖有相似者，但裴度與李德裕之間卻較有聯繫，
這同時也表現在裴度與李德裕俱倡行文治、樂於提拔賢才的作為中，這樣看
來李泌顯然是獨立於他們兩個之外的。

　　李泌不同於裴度、李德裕者，最明顯的在於對邊境問題以及中央財務問
題的處理〔註 59〕。先看到邊境問題方面，此間所指的邊境問題是吐蕃，前面
已有談到安史之亂後吐蕃對大唐造成的各種損害，不過這個問題在李泌相德
宗時，以聯回制蕃的策略取得了很大的轉變，在李泌插手邊境問題後，吐蕃
在往後二十年內迅速地衰弱，大唐西面邊境的侵擾所造成的各種問題也得以
減緩，最重要的是這種環境條件也提供德宗積累實力的本錢。而中央財務方
面，這與德宗朝久經戰亂，財務緊縮有密切的關係，使得身為宰相的李泌不
得不替中央採取開源節流的政策。而在李泌一系列的財務策略中，為政府增
加糧產、充實國庫並增強神策軍實力乃是最關鍵的措施，這些措施與德宗在
貞元二年（786）後的主要政策相和，旨在增強可以「直接控制的國家權力和
資源」〔註 60〕，不過值得一提的是，關於李泌的財務政策，也只是德宗聚斂
錢財的其中一環。但不論如何，李泌施行的財務政策確實經年累月的為政府
增強實力做出貢獻，在德宗朝後，憲宗與臣子之所以能夠大張旗鼓的掃蕩叛
鎮，更有裴度造就元和中興，實與李泌、德宗在這個時期所做出的決策及努

〔註 59〕關於邊境問題，史傳雖有載裴度「威名播於憬俗，為華夷畏服」，但卻沒有資
　　　　料可以支持裴度對邊境有任何方針；而李德裕雖然有抗吐蕃、南詔與回鶻的
　　　　事蹟，但那都不如李泌聯回制蕃的外交手段。又關於財務策略，裴度並無具
　　　　體功績；而李德裕雖然與李泌有些相似（如裁撤冗官），但李泌的財務政策卻
　　　　更全面。
〔註 60〕英‧崔瑞德編：《劍橋中國隋唐史》，頁 466。

力有相當大的關係。

　　此處可以說，雖然裴度與李泌沒有實質的政治傳承關係，但裴度卻個受惠者。受惠於李泌及德宗的政策與二十年間的積累之功，方能令裴度在前人奠定的基礎上勇於嘗試並開創元和中興。而時間更後面的李德裕，他得天獨厚、極有才幹、又深受皇帝的喜愛，同時又享有李泌積累之功並傳承裴度的「中興經驗」，他能集中相權、伐叛、剿藩、行文治、破朋黨，並非偶然，乃因其為中興名相之集大成者。

第三章　貞元名相李泌的事功與文學

　　安史之亂期間，一般以爲郭子儀、李光弼、高仙芝等人出力最多，也得到最多的讚頌。尤其是郭子儀，其地位最爲特殊，即便事過境遷，他忠肝義膽、捍衛國家的鮮明形象仍絲毫不減，也不斷的被往後的君臣、士人與史家強調。郭子儀那具有經典意義的楷模形象極爲光彩奪目，令當時他人的形象相對黯淡，但也有人對他提出質疑，認爲郭子儀的戰功並無如此顯赫，且人格特質也並不是那麼的高尚〔註1〕。當人們能以此心態面對平定安史之亂幕前幕後的有功之人時，也就更能夠更平等的看待他們所致之績業。而撥開被郭子儀光芒所籠罩的歷史之下，首先映入筆者眼簾的乃是李泌。

　　李泌，其「隱逸、求道、尋仙」的形象明顯是比他匡扶唐室的形象強烈，但值得注意的是他雖飄忽仕隱之間，卻在國家陷於水火之中並極需人才時出世，然而卻隱於亂象平定將能享受歌舞昇平之時。安史之亂期間，李泌對穩定中唐政局的貢獻著實不少，而在撫平一亂象後斷然歸隱的作爲也饒富意味，因應他傳奇性的一生，本章便通過史傳、筆記及文學書寫之資料來探析，希望能夠更加全面的將李泌所擁有的形象具體呈現出來。

第一節　史傳書寫中的李泌

　　在史傳中對李泌的書寫事實上並不算少，對其功業或種種事蹟的記錄與

〔註1〕　如柏楊就指出：「郭子儀並不是一個成功的將領，當時節度使在鄴城圍攻安慶緒，戰鬥最危急時，郭子儀第一個先拍馬而逃，引起大軍崩潰，但他卻是一個官場文化中最成功的政客，用矮化自己去明哲保身……」見《柏楊曰》（海南：海南出版社，2006年），頁190～192。

評論也不難蒐集，如《舊唐書》、《新唐書》、《續通志》等都有爲他立傳，而《資治通鑑》中也都能找到關於李泌的各種資料，本節便以這些書籍爲主要工具，互補短長，將史傳書寫中的李泌做一詳細之論述。

一、三次出仕的契機、作爲與事功

李泌此人一生極負傳奇性，忽仕忽隱的作爲更是爲人所不解，以下分別就他三次出山爲仕的狀況來看，發掘其人出仕的契機、具體作爲與事功。

（一）初出山為仕：仕宦前期

李泌字長源，生於唐玄宗開元十年，卒於德宗貞元五年（722～789），享年六十八。出身遼東李氏，後徙京兆，其八世祖極爲顯赫，爲西魏八柱國、北周太師李弼，且各先代祖先亦多居高位，李泌實屬望族之後。而李泌的父親雖然官僅止於吳房令，然其極好藏書，宋代王應麟《困學紀聞》云：

> 李泌，父承休，聚書二萬餘卷。誡子孫不許出門，有求讀者，別院
> 供饌。鄴侯家多書，有自來矣。〔註2〕

可見李泌的父親極好學，應也有深厚的國學基底，並以此教育後代，以成家風。李泌當然也承繼家學，並持續發揚，韓愈〈送諸葛覺往隨州讀書〉云「鄴侯家多書，插架三萬軸」〔註3〕，所云即此。

李泌因其家學，在年幼時已展現超齡的聰穎與應對進退的器識，堪稱神童。史載泌「七歲知爲文」〔註4〕、能賦詩〔註5〕、「以才敏著聞」〔註6〕，也因此被《三字經》做爲取材內容，當作啓蒙教育的典範〔註7〕。及至李泌少年時〔註8〕，其特殊的地位在朝中也受到一些大臣的重視，如張九齡、韋虛心、

〔註2〕 宋‧王應麟著、清‧翁元圻等注、欒保羣等校點：《困學紀聞全校本（下）》（上海：上海古籍出版社，2008 年），卷 14，頁 1614。

〔註3〕 《全唐詩》，卷 342，頁 3844。

〔註4〕 《新唐書‧李泌列傳》，卷 139，頁 4631。

〔註5〕 唐玄宗令張說與李泌觀弈並即興賦詩，李泌應答如流。其事可見《新唐書‧李泌列傳》，卷 139，頁 4631～4632；《續通志‧李泌列傳》，卷 241，頁 16上～16下，所載略同。

〔註6〕 《資治通鑑‧至德元載》，卷 218，頁 6985。

〔註7〕 《三字經》有：「泌七歲，能賦棋」的句子，見李逸安譯注：《三字經‧百家姓‧千字文‧弟子規》（《中華經典藏書》本，北京：中華書局，2009 年），頁 44。

〔註8〕 約十二歲。詳細可見清‧楊稀閔編：《十五家年譜叢書》（江蘇：江蘇古籍，1980 年），冊 2《李鄴侯年譜》，頁 2 上～頁 2 下。

張廷珪等人皆「器重之」，且張九齡更與李泌為忘年之交，並呼之為「小友」。由以上確實可見李泌相當早熟，雖說年少得志也無法保證未來是否能有所成就，但他的起步冠蓋群倫亦是不爭的事實。

　　李泌以早熟聰慧，受當代君王及一些大臣所記憶。及其長，在博覽群書之餘也漸漸養成對學問的偏好，人們常說李泌「談神鬼、說禍福」，便是挑著他「善治易，常游嵩、華、終南間，慕神仙不死術」〔註9〕這方面的偏好而言。李泌確實偏好玄道之事，亦曾入山隱逸，而他也受此偏好影響而形塑出「操尚不羈，恥隨常格仕進」〔註10〕的人格特質。但傳統以李泌對學問的偏好來概括他的形象極不公允，這只要翻找史書便可證明，如兩《唐書》、《續通志》、《資治通鑑》所載：

　　　　天寶中，自嵩山上書論當世務，玄宗召見，令待詔翰林，仍東宮供
　　　　奉。（《舊唐書·李泌列傳》，卷130，頁3621）

　　　　天寶中，詣闕獻〈復明堂九鼎議〉，帝憶其早惠，召講《老子》，有
　　　　法，得待詔翰林，仍供奉東宮，皇太子遇之厚。（《新唐書·李泌列
　　　　傳》，卷139，頁4632）〔註11〕

　　　　忠王為太子，泌已長，上書言事。玄宗欲官之，不可；使與太子為
　　　　布衣交，太子常謂之先生。（《資治通鑑·至德元年》，卷218，頁
　　　　6985）

由上可知，李泌是以年幼時給予帝王的「早惠」〔註12〕印象為基礎，加上當時對時局的關心並能提出具體政見，再佐以廣博的學問並迎合到帝王的喜好，方得待詔翰林一職。如此看來，李泌的學問與形象並非偏隅神仙詭誕一途，還能夠涵蓋文學與政治的範疇。

　　李泌初次入仕看似順遂，但小人的嫉妒與詆毀、時不我與的時局，似是有才德之士人常會遭遇的苦難。李泌在當時以其對政治、時局的感悟作〈感遇詩〉〔註13〕諷刺時政，此舉卻引起玄宗朝權臣楊國忠的注意。楊國忠痛恨

〔註9〕　《新唐書·李泌列傳》，卷139，頁4632。
〔註10〕《舊唐書·李泌列傳》，卷130，頁3621。
〔註11〕《續通志·李泌列傳》，卷241，頁17上，所載略同。
〔註12〕《新唐書·李泌列傳》，卷139，頁4632。
〔註13〕大部分詩句已佚，今只存殘句「青青東門柳，歲晏復憔悴。」見《全唐詩》，卷
　　　　109，頁1127；宋·曾慥輯：《類說》引《鄴侯家傳》（《北京圖書館古籍珍本叢
　　　　刊》本，北京：書目文獻，1988年），冊62卷2〈青青東門柳〉，頁34上。

李泌此舉，更「忌其才辯」，乃刻意貶斥李泌並遠放至蘄春。可見大奸之人亦有慧眼識英的眼力，否則一朝之權臣何需忌憚一九品小官，還想方設法的加以排擠？李泌逢此劇變定是灰心喪志，百無聊賴之際便毅然「潛遁名山，以習隱自適」。雖說李泌不能在仕途上持續發展，不過這個際遇卻也給他一個實踐學問上之偏好的機會。這段「潛遁」時期對李泌往後人格與行事作風的養成尤其重要，也可以說在史傳記錄中，李泌「隱士宰相」此一形象的形成，便源自此時。

（二）再出山定計：崛起於安史之亂

李泌在仕宦前期，雖然有些特殊事蹟，但是在事功方面並無表現，不過在肅宗至德年間再次出仕時，其政事與事功卻相當不同凡響，以下先列表簡述，之後再進入正文詳細討論。

表 3-1 肅宗朝李泌事功一覽表

中國年（西元年）	重要事功
至德元年（756年）	1.靈武定計。與肅宗陳古今成敗之機，爲平定安史之亂出謀劃策。
	2.總預朝中大小事，四方文狀、將相遷除，皆與泌參議，權逾宰相。
	3.指導肅宗爲君之道，阻止肅宗對李林甫「掘冢焚骨」之想。
	4.調解玄宗、肅宗之間的父子問題。助肅宗奉迎玄宗爲上皇歸朝。
至德二年（757年）	鞏固唐代宗儲位。

在李泌隱嵩、潁期間，安史之亂爆發。天寶十四年（755）十一月，由安祿山率先發難，以「奉恩命以兵討逆賊楊國忠」〔註14〕爲由起兵范陽（今北京）並一路南下，其勢力如風捲殘雲般往東都洛陽席捲而去，僅消一月便已攻下洛邑，並在隔年（756）一月自立爲燕國雄武皇帝。東都失守後，西京長安也進入十分危急之狀況，但易守難攻的潼關居於其間，唐政府仍有本錢與安祿山對抗。然而唐玄宗此時卻聽信宦官與佞臣楊國忠的意見，先後處死功臣、撤換統帥又胡亂傾盡全軍攻打叛軍，終招致潼關失守而西京危殆，唐玄宗與太子李亨等人便連夜逃離長安。途經馬嵬驛遭兵變，眾兵合誅楊國忠，又請誅楊貴妃，玄宗從其請，賜死楊貴妃方解此危。在解除馬嵬驛兵變後，

〔註14〕《舊唐書·安祿山列傳》，卷200，頁5370；《舊唐書·玄宗本紀》，卷9，頁230；《新唐書·安祿山列傳》，卷225，頁6416，所載略同。

當地父老卻又「遮道請留太子討賊」〔註15〕，玄宗不得已許之，自此玄宗往西入蜀，太子李亨則往北至靈武。

皇太子李亨（711～762）來到靈武後，旋即被拱上皇位，李亨知人情在己亦不推辭，是爲唐肅宗。肅宗即位後改元至德（756），遂遣使訪召四方人才，李泌聞此赴靈武覲見，肅宗見之，一方面因李泌所陳「古今成敗之機，甚稱旨」〔註16〕，另一方面也因李泌曾經「與太子爲布衣交，太子常謂之先生」〔註17〕之故相談甚歡，乃欲以泌爲官。然當時李泌並不願以官居之，辭曰「陛下待以賓友，則貴於宰相矣，何必屈其志！」〔註18〕由此知李泌此人並非全然出世，甚至可說其積極入世，否則也不會在肅宗極需用人之時「自嵩、穎間冒難奔赴行在」〔註19〕，然而他澹泊名利卻也是事實，如肅宗授官但李泌辭之便是一例。析其因果，前已明言，李泌遭貶而隱的那段時期對他人格與行事作風的養成有著重大的影響。

談到李泌積極入世的一面，這邊先以李泌至靈武爲肅宗效力時來看，看到《資治通鑑》這則記載：

> 上問李泌曰：「今敵強如此，何時可定？」對曰：「臣觀賊所獲子女金帛，皆輸之范陽，此豈有雄據四海之志邪！……願敕子儀勿取華陰，使兩京之道常通，陛下以所徵之兵軍於扶風，與子儀、光弼互出擊之……來春復命建寧爲范陽節度大使，並塞北出，與光弼南北犄角以取范陽，覆其巢穴。賊退則無所歸，留則不獲安，然後大軍四合而攻之，必成擒矣。」上悅。（《資治通鑑・至德元載》，卷218，頁7008～7009）〔註20〕

此即著名的「靈武定計」。李泌早就知道安史叛軍本身的侷限與內在的不安因素，利用叛軍並無太多強將，無心圖取天下、更不願捨身的事實，單以郭子儀便壓制了安祿山等人的行動；且巧計使叛軍在兩京之間通行無礙，利用此點攻其首尾，使之疲於援救，最終自毀其勢。從這則記載可知李泌「潛遁名

〔註15〕　《新唐書・肅宗本紀》，卷6，頁156。
〔註16〕　《舊唐書・李泌列傳》，卷130，頁3621。
〔註17〕　《資治通鑑・至德元載》，卷218，頁6985。
〔註18〕　《資治通鑑・至德元載》，卷218，頁6985。
〔註19〕　《舊唐書・李泌列傳》，卷130，頁3621。
〔註20〕　《新唐書・李泌列傳》，卷139，頁4633～4634；《續通志・李泌列傳》，卷241，頁18上～19上，所載略同。

山」時,雖隱卻仍留意世事,他以其博學與獨到的眼光洞察並分析各方勢力的優缺,在亂事發生時挺身而出,以其所學所知擬定必勝方略,真可謂「用之則行,舍之則藏」的典範。而此計一出,更是博得肅宗龍心大悅而加倍信任之,乃至於「出則聯轡,寢則對榻,如為太子時,事無大小皆咨之,言無不從,至於進退將相亦與之議」〔註21〕。又如:

> 泌又言於上曰:「諸將畏憚天威,在陛下前敷陳軍事,或不能盡所懷;萬一小差,為害甚大。乞先令與臣及廣平熟議,臣與廣平從容奏聞,可者行之,不可者已之。」上許之。時軍旅務繁,四方奏報,自昏至曉無虛刻,上悉使送府,泌先開視,有急切者及烽火,重封,隔門通進,餘則待明。禁門鑰契,悉委俶與泌掌之。(《資治通鑑‧至德元載》,卷218,頁6997。)

由此可見,當時肅宗已將己身之性命與唐王朝的存亡全託付給李泌,使「四方文狀、將相遷除,皆與泌參議,權逾宰相」〔註22〕,此間的信賴與無疑絕不等同於一般帝王與將相。又以肅宗性命相託之信,及李泌所掌之權來看,李泌實在不應僅止於「賓客」之位,見史載:

> 入議國事,出陪輿輦,眾指曰:「著黃者聖人,著白者山人。」帝聞,因賜金紫,拜元帥廣平王行軍司馬。(《新唐書‧李泌列傳》,卷139,頁4632)〔註23〕

所謂名不正則言不順,肅宗當然也知道這點,然而李泌堅決不受官位,乃至眾人皆疑李泌,情況才有所轉變。而李泌也並非不視大體之人,既然眾人已有疑議,為釋眾疑,即便不得已也只得受官以正名、正位。

不過李泌本就不在意朝廷給予官位與否,故領授官位亦無所影響,李泌真正在意的是叛軍能否剿滅,其計是否得行。本來,依李泌之計應是「除其巢穴,則賊無所歸,根本永絕矣」,此乃「圖久安,使無後害」〔註24〕的萬全之策。然而肅宗觀大軍集結,乃欲速圖長安,此時李泌雖以遠略示之,但肅宗卻以「朕切於晨昏之戀,不能待此決矣」為由直取西京,誠可惜矣。此非怪肅宗「晨昏之戀」虛浮,惜其慧眼識李泌的佳話雖得流傳,最終卻仍存一缺憾。

〔註21〕 《資治通鑑‧至德元載》,卷218,頁6985。
〔註22〕 《舊唐書‧李泌列傳》,卷130,頁3621。
〔註23〕 《資治通鑑‧至德元載》,卷218,頁6996～6997,所載略同。
〔註24〕 《新唐書‧李泌列傳》,卷139,頁4633～4634。

　　即便因唐肅宗的獨斷而未能剿滅叛軍的巢穴，令餘孽得以苟活，更甚者還導致往後史思明接手安慶緒所握兵力，並據范陽而再叛。但當時兩京迅速的回歸唐土，確實可以稱爲唐祚一度危殆後的首次中興，此復唐之功似也掩蓋了肅宗武斷的污點。在征戰期間出謀劃策的李泌，其計雖然不得盡行，但得履行者亦十之八九，以平定安史之亂的中興謀臣來稱呼李泌，也算是名符其實。除此之外，李泌還兼有帝師與顧問的身份，見史載：

> 肅宗每謂曰：「卿當上皇天寶中，爲朕師友，下判廣平王行軍，朕父子三人，資卿道義。」其見重如此。（《舊唐書・李泌列傳》，卷130，頁3621）〔註25〕

此可證李泌爲帝之師友、皇家之顧問所言非假。而實例亦見於《新唐書》的記載，如：

> 初，帝在東宮，李林甫數構譖，勢危甚，及即位，怨之，欲掘冢焚骨。泌以天子而念宿嫌，示天下不廣，使脅從之徒得釋言於賊。帝不悅，曰：「往事卿忘之乎？」對曰：「臣念不在此。上皇有天下五十年……聞陛下錄故怨，將內慚不懌，萬有一感疾，是陛下以天下之廣不能安親也。」帝感悟，抱泌頸以泣曰：「朕不及此。」（《新唐書・李泌列傳》，卷139，頁4633～4634）〔註26〕

此乃肅宗憶開元、天寶年間，李林甫先是左右玄宗立他爲太子，後又構害韋堅並動搖太子地位之事〔註27〕，故恨不得「掘冢焚骨」，令李林甫無容於天地之間，其時李泌乃伴肅宗爲師友，固知此齟。然而李泌認爲，當下肅宗乃天子之軀，不宜發此偏狹之想。李泌更說之以理，以爲肅宗若執著於宿嫌，一方面「徒示聖德之不弘」，另一方面還恐阻當時叛軍自新之心，更甚至還將使玄宗「內慚不懌」。而「萬有一感疾」等言語乃李泌委婉之言，實則勸肅宗與過往的仇恨相比，往後父子的和氣、皇室之和睦與安穩更爲重要，否則「是陛下以天下之廣不能安親也」。再來看到《資治通鑑》所載：

> 他夕，上又謂泌曰：「良娣祖母，昭成太后之妹也，上皇所念。朕欲

〔註25〕《新唐書・李泌列傳》，卷139，頁4632，所載略同。

〔註26〕《續通志・李泌列傳》，卷241，頁17下～18上；《資治通鑑・至德元載》，卷218，頁6999，所載略同。

〔註27〕事可見《舊唐書・肅宗本紀》，卷10，頁239～240；《舊唐書・韋堅列傳》，卷105，頁3224；《舊唐書・李林甫列傳》，卷106，頁3238～3239；《新唐書・李林甫列傳》，卷223，頁6344～6345。

使正位中宮以慰上皇心,何如?」對曰:「陛下在靈武,以羣臣望尺
寸之功,故踐大位,非私己也。至於家事,宜待上皇之命,不過晚
歲月之間耳。」上從之。(《資治通鑑‧至德元載》,卷218,頁6999
～7000)

此乃肅宗憂靈武即帝之事不容於玄宗之心,遂想方設法討好玄宗。然李泌言
勸,以爲肅宗即位雖是時局所迫,但也是眾望所歸,既非徇私亦合乎正統。
而玄宗后妃之事,則非人子所應僭越,宜待玄宗自行定奪。從前兩則記錄可
以看到肅宗對玄宗多有顧忌,每有與父相關之事俱以父爲先,以下這則記錄
亦是:

二京平,帝奉迎上皇,自請歸東宮以遂子道。泌曰:「上皇不來矣。
人臣尚七十而傳,況欲勞上皇以天下事乎。」帝曰:「奈何?」泌乃
爲羣臣通奏,具言天子思戀晨昏,請促還以就孝養。上皇得初奏,
答曰:「當與我劍南一道自奉,不復東矣。」帝甚憂。及再奏至,喜
曰:「吾方得爲天子父!」遂下誥戒行。(《新唐書‧李泌列傳》,卷
139,頁4634)〔註28〕

當時二京復歸於唐,肅宗思念父親,遂請玄宗還長安,而自己則奉還帝位退
回東宮,重歸臣子之職。肅宗此想看似至忠至孝,但在他人看來卻是矯揉做
作,此因馬嵬分道後,雙方權勢與人望消長狀態已達高峰。肅宗收復長安,
其績業之高已冠當世,與之相比,玄宗乃引發安史之亂的禍國之君,何德
何能可以重登大寶。李泌洞察此點,料想肅宗此舉定無法請回玄宗,便又
再設想一計,以羣臣之名請玄宗回長安並奉爲太上皇,此舉深得玄宗意,乃
東歸。

　　李泌在經營玄宗肅宗二人關係中出力不少,但眞全力以赴者,是在鞏固
儲君地位之事。要討論此事,則需知先時李亨自馬嵬北行,多賴其子建寧王
李倓之助。至李亨靈武即位爲肅宗,欲以建寧王爲天下兵馬元帥,當時李泌
諫之不可,肅宗乃改以廣平王李俶〔註29〕居其位,此乃李泌鞏固儲君,莫讓
兄弟相殘之遠略也〔註30〕。至兩京平定,因應內部的一些不安要素,李泌再

〔註28〕 《資治通鑑‧至德二載》,卷220,頁7035、7041;《續通志‧李泌列傳》,卷
　　　　 241,頁19上～19下,所載略同。
〔註29〕 後改名豫,爲唐代宗。
〔註30〕 關於肅宗欲以建寧王李倓爲天下兵馬元帥,而李泌請改廣平王居其位之事,
　　　　 見《新唐書‧李泌列傳》,卷139,頁4632～4633;《新唐書‧承天皇帝倓列

次開導肅宗，見史載：

> 泌曰：「臣今報德足矣，復爲閒人，何樂如之！」上曰：「朕與先生
> 累年同憂患，今方相同娛樂，奈何遽欲去乎！」……對曰：「臣遇陛
> 下太早，陛下任臣太重，寵臣太深，臣功太高，迹太奇，此其所以
> 不可留也……且殺臣者，非陛下也，乃『五不可』也。陛下曩日待
> 臣如此，臣於事猶有不敢言者，況天下既安，臣敢言乎！」（《資治
> 通鑑・至德二載》，卷220，頁7035～7036）

> 上良久曰：「卿以朕不從卿北伐之謀乎！」對曰：「非也，所不敢言
> 者，乃建寧耳。」……上乃泣下曰：「先生言是也。既往不咎，朕不
> 欲聞之。」（《資治通鑑・至德二載》，卷220，頁7036～7037）

> 泌曰：「臣所以言之者，非咎既往，乃欲使陛下慎將來耳……是時廣
> 平王有大功，良娣忌之，潛構流言，故泌言及之。（《資治通鑑・至
> 德二載》，卷220，頁7037）〔註31〕

引文主要分三段，此三段文字互爲表裏、互有關連，以下詳析。在首段文字
中，李泌表明功成身退之意向，以「五不可」示肅宗請求歸隱，然肅宗不許，
李泌遂帶出「五不可」背後的意涵，即令李泌感到最戒慎恐懼的一件事——
建寧王之禍〔註32〕。第二段文字中，肅宗本以爲李泌所忌乃在不從其北伐之
計，然李泌並非窮追往事之人，他放眼未來，欲談皇儲之事，但在此事之前，
卻需先釐清建寧之禍的原委。本來，談論建寧之禍乃是禁忌，但李泌內心的
恐懼與忠誠兩相交戰後忠誠勝出，與肅宗侃侃而談，以理開之，終於讓肅宗
自覺鑄下大錯。第三段文字中，李泌闡明釐清建寧之禍的原委「非咎既往」，眞
意乃勸肅宗莫再聽信讒言誤殺其子。最後，肅宗亦恍然大悟，並僅記此言。李
泌以其言語保得皇儲安穩、皇室安定，後乃隱于衡山，受給祿三品〔註33〕，

傳》，卷82，頁3618；《資治通鑑・至德元載》，卷218，頁6995～6996；《續
通志・李泌列傳》，卷241，頁17下。

〔註31〕《新唐書・承天皇帝倓列傳》，卷82，頁3618～3619，所載略同。

〔註32〕按建寧之禍乃張良娣與李輔國二人所致，此二人亦不容李泌，故泌有此懼。
張良娣、李輔國二人惡李泌、謀害建寧王之原委，見《舊唐書・承天皇帝倓
列傳》，卷116，頁3385；《新唐書・承天皇帝倓列傳》，卷82，頁3618；《資
治通鑑・至德元載》，卷218，頁6998～6990；《資治通鑑・至德二載》，卷220，
頁7013；《續通志・承天皇帝倓列傳》，卷185，頁12下。

〔註33〕李泌於兩京平定後隱衡山之事，見《舊唐書・李泌列傳》，卷130，頁3621；
《新唐書・李泌列傳》，卷139，頁4634；《資治通鑑・至德二載》，卷220，

其功確實極高、其迹確實太奇、其「五不可」實有據也。

　　雖然國之動盪並非人臣所欲見，但安史之亂的發生卻也提供李泌一個大施拳腳的舞台。他未辜負所學，迅速的崛起於安史之亂中，尤以靈武定計此著之高，已足永垂青史，湯承業曾云「此一『靈武定計』，直等於諸葛武侯的『隆中對策』」〔註34〕，評價絕非過譽。又李泌不僅僅在弭平戰亂上有貢獻，對於皇族內部的和睦亦起到極大的作用，如玄宗還京、鞏固儲君，無不賴李泌之助。當然，肅宗對李泌的信任也是重點，不然縱有舞台仍無法一展長才。不過這個時期亦有兩件可惜之事，一是建寧王李倓枉死，二是肅宗急取西京而未能盡剿叛軍，此二事李泌無法阻止，誠為缺憾。即便如此，李泌仍可謂帝王之良師、皇家之良輔、唐王朝首次復興之大功臣也。但偏偏此種人物卻不容於朝中，當時朝中倖臣已虎視眈眈，李泌退隱看似遭其所逼，但他斷然隱逸的作為卻又不似如此。惟知李泌能夠恣意的入世、出世，料想他對功名利祿也並不執著，推其因果，又必與他學問上的偏好以及先時「潛遁」時期的影響有關。

（三）三出山入世：代宗的恩遇

　　在唐肅宗平定兩京後，本以為唐王朝能夠恢復往昔的安穩與繁榮，而李泌也以為功成身退並歸隱衡山。但當時肅宗未依李泌之計北伐范陽，而此舉所種之病灶也在隔年爆發。在戰事再次爆發時，李泌隱於衡山，此番他並未出山輔佐肅宗，析其原因不外乎三點，一為建寧之禍、二為北伐之計未行、三為「五不可」。此非怪李泌不忠，實則因肅宗做為人君尚有缺陷，而自靈武至長安前後，對李泌的信任亦有高低差別所致。不過安史叛軍雖然再起，但自天寶以來歷經三次易主，三次皆以下弒上，其內部也越驅混亂，加之唐王朝積極平亂，終於在代宗寶應二年（763）平定安史之亂。

　　在安史之亂平定後，唐王朝仍無法迎來往昔的和平。當中央還沈浸在平定亂事的喜悅中，西方的吐蕃大舉入侵，長安遭據。又因中央財政困難，便遣人四處搜刮，也因此引發江東地方的袁晁民變。雖然這些亂事很快都得解決，但在遭逢劇變後接連受挫，使得王朝元氣更是跌至谷底。

　　對代宗而言，能夠終結困擾祖孫三代的戰禍是功德圓滿，但戰後中央與

　　　　頁7041；《續通志・李泌列傳》，卷241，頁19下。
〔註34〕湯承業：〈李德裕與唐代十五名相比較論〉，《國立編譯館館刊》第5卷第1期
　　　　（1976年6月），頁98。

地方的殘破，以及四方藩鎮的逼迫卻難讓他有更多作為。為了挽回昔日的光彩，代宗求賢若渴，在大曆三年（768），召李泌出山，見史載：

> 數年，代宗即位，召為翰林學士，頗承恩遇。（《舊唐書・李泌列傳》，卷 130，頁 3621）

代宗恩遇李泌乃當然之事，遙想肅宗至德時，代宗為天下兵馬元帥，在外引領其弟俶與名將郭子儀、李光弼等打擊叛賊，在內則賴李泌出謀劃策，且代宗儲位，也多次賴李泌諫言方得鞏固。以此情況來看，李泌有恩於代宗，又是其父極信賴的名臣，做為輔國人才定是不二人選。然而代宗亦知李泌並不戀於官位，遂想方設法的想將李泌留在身邊，此事史書亦有載錄：

> 上曰：「朕欲卿食酒肉，有室家，受祿位，為俗人。」泌泣曰：「臣絕粒二十餘年，陛下何必使臣隳其志乎！」上曰：「泣復何益！卿在九重之中，欲何之？」乃命中使為泌葬二親，又為泌娶盧氏女為妻，資費皆出縣官。賜第於光福坊，令泌數日宿第中，數日宿蓬萊院。（《資治通鑑・大曆三年》，卷 224，頁 7199～7200）〔註 35〕

在《資治通鑑》中的這則記錄顯然不可盡信，但也有許多切中要點之事。如代宗體認到欲留李泌並不容易，在有其父前車之鑑下，他決意以帝王的權力鉗制李泌。此法對李泌而言固然殘忍，然而代宗對其隆遇絕不亞於肅宗，以帝王與臣子的關係來看，此乃古今少有之事。而李泌雖然較喜於隱逸、出世，但他仍有入世的一面，肅宗時李泌潛遁，雖不排除有他個人偏好的原因，但當時朝中波瀾起伏亦不可否認。至代宗時，雖然朝中的波濤仍有，但代宗以權力迫李泌為官、入世，他亦不得不受之。人們看到《資治通鑑》的這則記載時，常以為內容不實而全盤否定，但只要檢閱李泌一生，以他如此偏好隱逸的個性，卻在代宗大曆三年（768）召其為官後再無入山歸隱，可見代宗定有使用一些手段。雖然其手段可能不盡與史載相同，但史載之材料仍有其道理存在，不可以一言全盤推翻。

　　據前文來看，大曆三年（768）在代宗一番努力下，李泌正式歸朝為官。代宗對李泌極為信任，乃至「自給、舍以上及方鎮除拜、軍國大事，皆與之議」〔註 36〕，就宛若至德時的肅宗一般。不過當時朝廷亂象叢生，先後有李

〔註 35〕《新唐書・李泌列傳》，卷 139，頁 4634；《續通志・李泌列傳》，卷 241，頁
　　　　19 下，所載略同。
〔註 36〕《資治通鑑・大曆三年》，卷 224，頁 7199。

輔國、魚朝恩、元載、常袞等人把權，李泌雖受兩朝君主重用，但在代宗朝
爲官卻未能一帆風順。如當時堪稱權傾一時的元載就容不得李泌，史載：

> 及元載輔政，惡其異己，因江南道觀察都團練使魏少遊奏求參佐，
> 稱泌有才，拜檢校祕書少監，充江南西道判官，幸其出也。尋改爲
> 檢校郎中，依前判官。（《舊唐書‧李泌列傳》，卷130，頁3621）
> 〔註37〕

在元載的設計下，代宗不得不將李泌派出中央，此絕非代宗當初召李泌還朝
本意。然元載曾助代宗剷除李輔國，重用已久，其朝中地位難以動搖，不得
已只得令李泌暫時屈就。

大曆十二年（777），當時元載捲入一場政治風暴中，代宗在處理這場重
大的權力鬥爭時，選擇剷除元載及其勢力〔註38〕。元載既然伏誅，隔年代宗
旋即召李泌回朝，但卻沒有立刻得到升遷，反而又被另一權相常袞所忌，事
見史載：

> 元載誅，乃馳傳入謁，上見悅之。又爲宰相常袞所忌，出爲楚州刺
> 史。及謝恩，具陳戀闕，上素重之，留京數月。會澧州刺史闕，袞
> 盛陳泌理行，以荊南凋瘵，遂薦泌理之。詔曰：「荊南都會，粵在澧
> 陽，俾人歸厚，惟賢是牧。以泌文可以化成風俗，政可以全活悍獒。
> 爰命頒條，期乎共理，無薄淮陽之守，勉思渤海之功。可檢校御史
> 中丞，充澧朗硤團練使。」重其禮而遣之。無幾，改杭州刺史，以
> 理稱。（《舊唐書‧李泌列傳》，卷130，頁3621～3622）〔註39〕

此李泌番再度遭忌，面對態度明顯不同，他對代宗表示「戀闕」之意，不願
出走中央。但在常袞力言之下，回到中央不久的李泌再次被排擠在外，先後
任澧朗硤團練使、杭州刺史。而關於李泌出任這三個地方的事蹟之紀錄很少，
據〈授李泌澧朗硤團練使詔〉〔註40〕有云「以泌文可以化成風俗，政可以全

〔註37〕《新唐書‧李泌列傳》，卷139，頁4634；《資治通鑑‧大曆五年》，卷224，
頁7215；《續通志‧李泌列傳》，卷241，頁19下，所載略同。

〔註38〕觀兩《唐書》所云，元載乃是因其把權、結黨、貪贓枉法、飛揚跋扈等因惹
惱代宗，而代宗怒而賜死。然近來有學者提出，元載乃是捲入一場政治角力
之中，最後代宗在太子與元載兩大集團中，選擇太子而非元載，詳見胡平：〈元
載之死探微〉，《아시아연구》第4期（2009年2月），頁27～41。

〔註39〕《新唐書‧李泌列傳》，卷139，頁4634；《續通志‧李泌列傳》，卷241，頁
20上，所載略同。

〔註40〕《全唐文》，卷48，頁527上。

活惸嫠。」可以推測李泌出任江西時表現極好；而在史傳記錄白居易出任杭州刺史的功績中，有「復浚李泌六井」〔註 41〕之事，此亦可見李泌任杭州刺史時，曾對人民用水問題有所貢獻；其餘的就如史傳記載是「以理稱」、「皆有風績」。概括而言，李泌在地方的政績應該也是相當不錯的。

在大曆三年（768）代宗召李泌以為己用，本來為人臣者受君主賞識，應當能有所建樹，然而代宗卻是一個無能之君，對於當朝佞臣的逼迫無所反抗，致使李泌不容於朝廷之中。總而言之，李泌在長期歸隱後回到朝廷，卻又受朝中權臣的排擠兩次出走中央，導致整個大曆年間，李泌對在朝中都無所貢獻，只有一些治理地方的事蹟而已。

二、為德宗輔國的重要政績

李泌於肅宗朝得到重用，雖然肅宗曾欲以他為相，但李泌堅辭不肯。而到代宗時，代宗本欲重用，卻又因為朝臣排擠而無法如願。一直到興元元年（784），當時德宗因前一年爆發的涇原兵變逃出長安，倉皇間安置在奉天（今陝西乾縣），史稱奉天之難。其時李泌遠在杭州，賴德宗發覺其才能，遂召至奉天，授予中央官職，為左散騎常侍並直西省以候對。此番德宗恩遇李泌，與肅宗、代宗的狀況很相似，皆以李泌為近身顧問，諮以軍國、經濟、任免等事。而李泌在此段時間對國家貢獻良多，甚至超越了肅宗安史之亂期間，更以功拜中書侍郎、平章事（即拜相），達到其人仕宦以來前所未有的人生高峰。細數其功德繁多，以下就其政績與事功先列表，後分述。

表 3-2　德宗朝李泌事功一覽表

中國年（西元年）	重要事功
興元元年（784 年）	1. 分析朱泚、李懷光兩個叛鎮，平撫德宗的憂心。
	2. 否定吐蕃助唐收復長安之功，終止劃地賞吐蕃之約。
	3. 力保江東節度使韓滉，強化韓滉對朝廷的忠心，使韓滉屢次以糧米助唐。
貞元元年（785 年）	1. 否決朝中赦免李懷光之議，堅定德宗剿滅叛鎮的想法，最終李懷光在中央的壓力下自縊而亡。
	2. 達奚抱暉變節，李泌單騎入陝，智解此亂。
	3. 任陝虢觀察使時，鑿山開車道至三門，以便饟漕。

〔註41〕《新唐書・白居易列傳》，卷 119，頁 4303。

貞元三年（787 年）	1. 制訂聯回制蕃之策，同時還離間吐蕃與南詔之關係，使回紇、南詔、大食皆爲大唐盟友，共同壓制吐蕃。
	2. 吳少誠變節，自領淮西節度，更命出征防秋之兵叛歸。李泌臨危受命，巧計制敵，終使反叛的防秋之兵滅於路上，大挫淮西叛軍氣勢。
	3. 對私斂錢財之藩鎮，赦之以寬大，制之以重罰，使立場不明之眾鎮甘受大唐之赦，盡散錢財，以富國庫。
	4. 制訂「不減戍卒，不擾百姓，糧食皆足，粟麥日賤，府兵亦成」之法。
	5. 處理官員廢立問題，去冗員、增吏員，提高行政效率，節省國庫開銷。
	6. 制訂政策，酌量停支長安城內外國住民補助，節省中央開銷。並遣送這些外國人歸國，不願歸國者令其從軍，強化神策軍實力。
	7. 與德宗釐清郜國公主蠱媚禁中一事之原委，勸德宗不可連坐太過，以此保得太子儲位無虞。

（一）軍事方面

唐德宗奉天之難，乃因當時處理藩鎮問題不夠謹慎，使得一鎮先亂，其餘諸鎮則先後附和。由此，皇帝又再度被逼出京城，大唐天子又再次爲了奪回國家權力奔波。雖然涇原兵變不如安史之亂嚴重，只消一年便已平定，但所留後患卻不比往常還少。李泌在奉天、漢中時貢獻較少，僅約略分析朱泚、李懷光二人當下之情勢而已〔註 42〕，至德宗返回長安，李泌方針對局勢上言獻計。觀李泌此時軍事方面的計策，主要有對外與對內，以下分述。

對外方面，德宗興元元年（784），朱泚作亂，吐蕃以助唐收京爲由與唐政府結盟，唐政府亦以安西、北庭二地爲酬請吐蕃出兵〔註43〕。待擊斃朱泚，收復長安時，吐蕃遂以功邀之，見史載：

> 京師平，來請如約。帝業許，欲遂與之。泌曰：「安西、北庭，控制西域五十七國及十姓突厥，皆悍兵處，以分吐蕃勢，使不得併兵東侵。今與其地，則關中危矣。且吐蕃向持兩端不戰，又掠我武功，乃賊也，奈何與之？」遂止。（《新唐書‧李泌列傳》，卷 139，頁 4635）〔註 44〕

〔註 42〕 事見《資治通鑑‧興元元年》，卷 231，頁 7442。
〔註 43〕 見《新唐書‧李泌列傳》，卷 139，頁 4634～4635；《資治通鑑‧興元元年》，卷 229，頁 7399。
〔註 44〕 《資治通鑑‧興元元年》，卷 231，頁 7442；《續通志‧李泌列傳》，卷 241，

本來德宗以爲吐蕃助唐有功，欲以安西、北庭（約今日新疆一帶）二地賞之。但李泌以爲此二地戰略價值高，且二地節度使於代宗朝固守有功，若撤此二節度而賞吐蕃，一來恐失信於內，二來恐致吐蕃危害唐土。又吐蕃當初多以「觀望不進，陰持兩端」，戰後又「大掠武功」，既無貢獻又狡詐陰險。經李泌諫言，德宗亦恍然大悟，遂不履與吐蕃之約。在這則事件中，李泌實是深謀遠慮，唐朝自建國以來在外的心腹大患實屬吐蕃，光安史亂後五十年內大小戰爭便多達六十九次之多〔註45〕，更遑論代宗時吐蕃更曾攻克長安，其心之異昭然若揭，絕不可信之。而對於牽制吐蕃，李泌也自有一套妙法，見史載：

> 李泌言於上曰：「陛下誠用臣策，數年之後，馬賤於今十倍矣！……
> 臣願陛下北和回紇，南通雲南，西結大食、天竺，如此，則吐蕃自
> 困，馬亦易致矣。」……對曰：「回紇和，則吐蕃已不敢輕犯塞矣。
> 次招雲南，則是斷吐蕃之右臂也。……大食在西域爲最強，自葱嶺
> 盡西海，地幾半天下，與天竺皆慕中國，代與吐蕃爲仇，臣故知其
> 可招也。」（《資治通鑑・貞元三年》，卷233，頁7501～7505）

李泌於貞元三年（787）提出此法，乃欲用四方外族合困吐蕃，其精髓乃在北和回紇、南通雲南。但此二者是最困難者，前者難在德宗本身忌恨回紇，後者難在南詔與曾與吐蕃往來密切。雖然德宗恨回紇，但多虧他好思辯的個性，經過李泌十五餘對後，便知所應患者非回紇而是吐蕃。而南詔方面，也在隔年離間南詔與吐蕃後，順利達到結盟之目的。

李泌對時局的判斷極爲精準，所定之困蕃之策也迅速就取得成效。雖然曾有今人研究指出李泌困蕃之策實有其偶然性，最大的缺失乃在對於南詔以及隴右安西、北庭等地過於信任，而招致往後禍國殃民的結果〔註46〕。但此等說法實是太過苛責古人，綜觀古今，一代之名臣恆常只需履行一歷史責任便已足留名青史。李泌在當時爲求速制吐蕃方定其計，其計得行，也獲得了成果，他已完成屬於他的歷史性任務。而關於往後對外關係的經營，應由他人或是後進之輩來擴而張之，非一味歸咎於前人思慮不周。

　　　頁20下，所載略同。
〔註45〕關於安史亂後吐蕃亂唐次數統計，可見劉海霞：〈困蕃之策：中唐名臣李泌的邊疆戰略〉，《文山學院學報》第24卷第5期（2011年10月），頁57。
〔註46〕關於李泌困蕃之策得失審讀，見劉海霞：〈困蕃之策：中唐名臣李泌的邊疆戰略〉，《文山學院學報》第24卷第5期，頁59～60。

又對內方面，李泌對於唐王朝內部的軍略，不外乎整肅不從之藩鎮，如李懷光便是。對於李懷光，李泌所持之態度在他諫言德宗的一段話說得非常清楚：

> 德宗在奉天，召赴行在，授左散騎常侍。時李懷光叛，歲又蝗旱，議者欲赦懷光。帝博問羣臣，泌破一桐葉附使以進，曰：「陛下與懷光，君臣之分不可復合，如此葉矣。」由是不赦。（《新唐書・李泌列傳》，卷 139，頁 4634～4635）〔註47〕

李泌痛恨反叛唐朝的李懷光，對於赦免李懷光的意見不屑一顧，極諫赦之不可。而德宗本猶疑不定，聞李泌之言也就篤定要剿滅李懷光。其後經過渾瑊與馬燧的步步進逼，李懷光於貞元元年（785）八月自縊而亡，從涇原兵變中衍生出的餘孽終於伏誅，河中一帶再度回歸大唐。

在剿滅李懷光的一系列事件中，李泌處理的事務不多，不過有一事件卻處理得相當漂亮，足以大書特書一番，便是貞元元年（785）七月李泌入陝解決達奚抱暉變節之事，見史載：

> 陝虢都兵馬使達奚抱暉鴆殺節度使張勸，代總軍務，邀求旌節，且陰召李懷光將達奚小俊爲援⋯⋯辛丑，以泌爲陝虢都防禦水陸運使。上欲以神策軍送泌之官，問「須幾何人？」對曰：「陝城三面懸絕，攻之未可以歲月下也，臣請以單騎入之⋯⋯他人必不能入。今事變之初，眾心未定，故可出其不意，奪其姦謀。他人猶豫遷延，彼既成謀，則不得前矣。」上許之⋯⋯抱暉不使將佐出迎，惟偵者相繼。泌宿曲沃，將佐不俟抱暉之命來迎，泌笑曰：「吾事濟矣！」去城十五里，抱暉亦出謁⋯⋯由是反仄者皆自安。（資治通鑑・貞元元年》，卷 231，頁 7457～7459）

此事件在當時實有燃眉之急，因爲河中的李懷光之亂尚未平定，若再失陝虢，恐使戰情急轉直下。此時德宗乃急令李泌處理此事，而經李泌研判，若欲以尋常方解決此事，恐非短時間內能夠解決，李泌遂以奇計制之。李泌趁達奚抱暉變節未深之時，「使其士卒思米，抱暉思節」，更以單騎入陝削其戒備，並曉以大義，終令抱暉歸降。對於陝虢的變亂，唐政府當然是出乎意料，深恐會因此變故再次加深唐土分裂的局面。但李泌臨危不亂，及時、迅速且不耗一兵一卒便消解內部的亂源。論其功勞，若以此單一事件看來著實

─────────────

〔註47〕《續通志・李泌列傳》，卷 241，頁 20 上～20 下，所載略同。

不大，但若假設達奚抱暉不降，並與李懷光串通一同叛唐，情勢便會大幅的惡化。

又李泌在貞元三年（787），也曾解決一可能釀成災禍之叛變，其時陳仙奇殺淮西節度李希烈並降唐，唐政府便命陳仙奇遣兵五千至京西防秋。而陳仙奇令蘇浦領兵赴命，但隨後陳仙奇卻被吳少誠所殺，且吳少誠更遣人引蘇浦所領之兵叛歸，唐政府聞此事乃竭力阻止。然而中央所派之將皆敗，淮西兵至河南，李泌臨危受命，乃施巧計先供糧與淮西兵，至淮西兵出河南，便斷其糧並「遣將將選士四百人分為二隊，伏於太原倉之隘道，令之曰：『賊十隊過，東伏則大呼擊之，西伏亦大呼應之，勿遮道，勿留行，常讓以半道，隨而擊之。』」〔註48〕而此計成功，大破淮西兵「得至蔡者纔四十七人」。李泌在這一事件中，再次展現他大勇大智的本事，雖然淮西降而復叛乃可惜之事，但挫其兵力仍令叛逆之勢得以延緩。

（二）經濟方面

安史亂後，除地方殘破，各地藩鎮亦擁地自重，不聽政府稅令。甚至各方稅收路過藩鎮所在地時，或有阻饒、或有劫掠。並加上連年天災蝗禍，中央稅收漸趨委靡，連帶影響軍事實力與國家權勢。

李泌在德宗朝為官時，便有針對經濟方面做出些許貢獻。在前段文章中提到的制蕃之策，其初衷便在壓制馬價，乃是一對外的軍事、外交與經濟三者並行之策略。而除此對外之策，李泌對內的經濟策略也有功績，如李泌解決達奚抱暉之變後，任陝虢觀察使時，就曾「鑿山開車道至三門，以便饟漕」〔註49〕，此舉有助於地方稅賦確實的輸往中央。不僅如此，李泌在貞元三年（787）時更曾上奏：

> 自變兩稅法以來，藩鎮、州、縣多違法聚斂。繼以朱泚之亂，爭榷率、徵罰以為軍資，點募自防；泚既平，自懼違法，匿不敢言。請遣使以詔旨赦其罪，但令革正，自非於法應留使、留州之外，悉輸京師。其官典逋負，可徵者徵之，難徵者釋之，以示寬大；敢有隱沒者，重設告賞之科而罪之。（《資治通鑑・貞元三年》，卷232，頁7492）

李泌此計乃在改革朱泚之亂以來，四方藩鎮私藏錢財之事。他善用唐政府蕩

〔註48〕　《資治通鑑・貞元三年》，卷232，頁7478～7479。
〔註49〕　《新唐書・李泌列傳》，卷139，頁4634～4635。

平叛軍的威嚴，赦之以寬大，制之以重罰，使原本猶疑不定的諸鎮皆甘願受大唐之赦，盡散其私斂錢財，以富國庫。

而一次德宗與李泌議府兵時，當時李泌以爲「經費不充，就使有錢，亦無粟可糴，未暇議復府兵也。」然而，單單駁斥德宗之見並不算高明，李泌遂以計策示德宗，做爲復府兵之長遠打算，見史載：

> 對曰：「此須急爲之，過旬日則不及矣。今吐蕃久居原、會之間，以牛運糧，糧盡，牛無所用，請發左藏惡繒染爲綵纈，因党項以市之，每頭不過二三匹，計十八萬匹，可致六萬餘頭。又命諸冶鑄農器，糴麥種，分賜沿邊軍鎮，募戍卒，耕荒田而種之，約明年麥熟倍償其種，其餘據時價五分增一，官爲糴之。來春種禾亦如之。關中土沃而久荒，所收必厚。戍卒獲利，耕者浸多。邊地居人至少，軍士月食官糧，粟麥無所售，其價必賤，名爲增價，實比今歲所減多矣。」（《資治通鑑‧貞元三年》，卷232，頁7493～7494）

由引文可見，李泌之計在於糧產，巧妙的將四散的資源集聚、轉換成能用之物，通過中央的政令，予以邊民器材、田地，並鼓勵他們從軍。當耕地漸多，糧產亦會大增，糧產大增後其價必跌，由此缺糧、缺錢的問題也就迎刃而解，此即李泌所謂「不減戍卒，不擾百姓，糧食皆足，粟麥日賤，府兵亦成」之法。

再看到李泌在貞元三年（787）處理官員廢立方面的問題，也與中央財政有密切之關係，見引文：

> 初，張延賞減天下吏員，人情愁怨，至流離死道路者。泌請復之，帝未從，因問：「今戶口減承平時幾何？」曰：「三之二。」帝曰：「人既彫耗，員何可復？」泌曰：「不然。戶口雖耗，而事多承平十倍。陛下欲省州縣則可，而吏員不可減……泌又條奏：「中朝官常侍、賓客十員，其六員可罷；左右贊善三十員，其二十員可罷。如舊制，諸王未出閤，官屬皆不除。而所收料奉，乃多於減員矣。」帝悅。
> （《新唐書‧李泌列傳》，卷139，頁4635）〔註50〕

由此可見，李泌雖云復員，實則減員。所復者乃多事之吏員，所減者乃無

〔註50〕《舊唐書‧李泌列傳》，卷130，頁3622；《資治通鑑‧貞元三年》，卷232，頁7493；《續通志‧李泌列傳》，卷241，頁21上，所載略同。

事之冗員也。此政略不僅有利於行政運作，對於中央財政的有效運用也裨益良多。

又貞元三年（787）時，李泌除了經過精簡官員節省開支外，還注意到長安內有太多的外國人，這些人早年爲外國使節，來到中國後因「河、隴既沒於吐蕃」，便在當地長居，他們很多都「有妻子，買田宅，舉質取利」〔註51〕但卻仍仰賴唐政府供養。李泌根據這個狀況，便「命檢括胡客有田宅者停其給，凡得四千人」，而有願歸國者便「假道於回紇，或自海道各遣歸國」，不願歸者乃「分隸神策兩軍」。李泌此法使中央「歲省度支錢五十萬緡」大大地節省了開銷，同時也強化神策軍的素質。

從李泌各種經濟策略來看，其包羅的面向相當廣闊，常將經濟與軍事、建設與行政扣合。實際上，經濟的本質也就是如此，由此可知李泌對富國強兵之根本有相當深刻的認識，其學問之淵博亦可見一斑。

（三）人事方面

歷代名臣，在人事方面多精於安排，此等功夫亦間接影響他們所能致之功業。李泌此人既有才能，在人事的安排上也相當的出色，充分表現他「知人、識人」之精準，如韓滉便是。按韓滉此人乃是玄宗時宰相韓休之子，仕於肅宗、代宗、德宗三朝，臨終前亦曾拜相。當唐朝值涇原兵變期間，韓滉鎮守江東，並屢次貢米與中央以解關中缺米之苦〔註52〕。然而在興元元年（784）時，卻有誹謗韓滉的言論出現，認爲「韓滉聞鑾輿在外，聚兵脩石頭城，陰蓄異志」，此乃叛逆大罪。幸賴當時李泌知人，連番上奏德宗，以理說之，並「請以百口保滉」，方終於令德宗茅塞頓開，自此屢加恩遇韓滉。而韓滉也沒有令李泌與德宗失望，他在「天下旱、蝗，關中米斗千錢，倉廩耗竭」時，卻能夠「發米百萬斛」爲貢，更引起一股效應，使得原本不忠於朝廷的淮南節度使陳少游「亦貢二十萬斛」。不僅如此，在興元元年（784）年底陳少游卒，其部將王韶欲自爲留後，當此時刻「韓滉遣使謂之曰：『汝敢爲亂，吾即日全軍渡江誅汝矣！』韶等懼而止。」〔註53〕綜合上述，韓滉此等忠臣實在可貴，其功績已足絕小人饞言。而李泌力保韓滉當然是極明智之舉，萬萬沒有辜負其才能與名聲。

〔註51〕《資治通鑑·貞元三年》，卷232，頁7492～7493。
〔註52〕關於韓滉於涇原兵變期間事蹟，可見《舊唐書·韓滉列傳》，卷126，頁3601。
〔註53〕《資治通鑑·興元元年》，卷231，頁7450。

（四）儲君問題方面

李泌在肅宗時，為了防備肅宗再次誤殺其子，曾動之以情、說之以理，遂保代宗皇位無虞。至德宗時，相似的戲碼再次上演，見史載：

> 太子妃蕭母，郜國公主也，坐蠱媚，幽禁中，帝怒，責太子，太子不知所對。泌入，帝數稱舒王賢，泌揣帝有廢立意，因曰：「陛下有一子而疑之，乃欲立弟之子，臣不敢以古事爭。且十宅諸叔，陛下奉之若何？」帝赫然曰：「卿何知舒王非朕子？」對曰：「陛下昔為臣言之。陛下有嫡子以為疑，弟之子敢自信於陛下乎？」……若太子得罪，請亦廢之而立皇孫，千秋萬歲後，天下猶陛下子孫有也。且郜國為其女妬忌，而蠱惑東宮，豈可以妻母累太子乎？」執爭數十，意益堅，帝寤，太子乃得安。（《新唐書‧李泌列傳》，卷139，頁4636）[註54]

此番事件，較之肅宗時有過之而無不及，其事之原委卻出在張延賞與李叔明身上。李叔明乃李昇之父，與張延賞素有嫌隙，然李昇父子屢受恩寵，地位極堅，張延賞無以中傷。其時，詹事李昇、蜀州別駕蕭鼎、彭州司馬李萬、豐陽令韋恪等人與郜國公主交好，常於公主宅第出入。張延賞遂以此誣陷郜國公主蠱媚眾人，欲以此害李昇父子。而此事驚動德宗，遂重罰郜國公主與其相關人等，太子妃與太子也因此遭到懷疑。而德宗既然懷疑太子，遂有廢舊立新之意，當時幸賴李泌極力勸說，方使太子免受其害，終保儲位無虞。

總之，李泌在德宗朝一改先時出世遁隱的形象，積極入世，對於官位進遷亦不推辭。而李泌在當時，對國家的穩定發展有相當積極的作用，其人「上悟聖主」，有效的佐唐重步正軌，以此來看李泌功勞極高，而他最終拜相，也終於贏得一名相美譽，並千古流傳。

第二節　筆記書寫中的李泌

在史傳書寫下，李泌的相關事蹟記載豐富，且多聚焦在現實的從政事蹟中。本節則從筆記的書寫來探勘，以非官方、民間流傳的形象來與史傳做一

[註54] 《舊唐書‧李泌列傳》，卷130，頁3622；《資治通鑑‧貞元三年》，卷232，頁7491～7492、7497～7500；《續通志‧李泌列傳》，卷241，頁21下～22下，所載略同。

番比較,以達成互補之功效。

　　在《說郛》、《太平廣記》、《續世說》、《類說》、《容齋四筆》、《辨疑志》等書中,對李泌的書寫數量龐大。尤其值得注意,在各筆記中多有節錄《鄴侯家傳》、《鄴侯外傳》此二者。《鄴侯家傳》爲李泌之子李繁(不詳~829)所撰,原書已佚,今可在《類說》、《說郛》、《資治通鑑‧考異》等書中見其殘文,乃特別記錄李泌一生事蹟所著,然《鄴侯家傳》與中國傳統「家傳」明顯不同,其內容還參雜一些李泌修仙學道之怪誕之事〔註55〕;再看到《鄴侯外傳》,此傳作者尙無定論,一說爲李繁〔註56〕、一說則否〔註57〕,全傳今保存在《太平廣記》中,觀其內容,與《鄴侯家傳》相比則有更多虛幻詭譎之事,並據羅寧、武麗霞〈《鄴侯外傳》與《鄴侯家傳》考〉之論證,以爲《鄴侯家傳》與《鄴侯外傳》並非一書,《鄴侯外傳》更加著重在傳奇性與玄幻事蹟的書寫。以下就筆記對李泌形象的不同書寫來分類,並與史傳互相比較〔註58〕。

一、從政事蹟

　　在筆記中,也有很大部分的文字專以李泌從政之事蹟做爲書寫對象,而筆記所載之政事與事功,很多也與史傳相合,可相互印證,但也有些實爲杜撰者,以下論之。

　　觀筆記所載李泌從政之事蹟,最早的也是玄宗天寶時,據史傳所云,當時乃是李泌上文章,玄宗「憶其早慧」方召其講《老子》,更授其官職,並與皇太子爲師友。同事在《鄴侯外傳》也有載,然內容有些許出入,見引文:

　　　　天寶十載,玄宗訪召入內,獻《明堂九鼎》議。應制作《皇唐聖祚》
　　　　文,多講道談經。肅宗爲太子。勅與太子諸王爲布衣交。〔註59〕

〔註55〕　郝潤華:〈《鄴侯外傳》及其與《家傳》的關係〉,《中國典籍與文化》第36期,
　　　　2001年1月,頁47。
〔註56〕　同前註,頁48。
〔註57〕　昌彼得:《說郛考》(臺北:文史哲,1979年),頁142;李劍國:《唐五代志
　　　　怪傳奇敘錄》(天津:南開大學出版社,1993年),頁911;羅寧、武麗霞:〈《鄴
　　　　侯外傳》與《鄴侯家傳》考〉,《四川大學學報(哲學社會科學版)》2010年第
　　　　4期,頁65~73。
〔註58〕　以兩《唐書》、《資治通鑑》、《續通志》爲主。
〔註59〕　宋‧李昉等編:《太平廣記》引《鄴侯外傳》(北京:中華書局,1961年),卷
　　　　38,頁240。

不同之處有幾點，一在時間爲「天寶十載」，二在「獻《明堂九鼎》議。應制作《皇唐聖祚》文」，三在《鄴侯外傳》中並無明確指出授予之官職。不過李泌與皇太子爲師友之事不論在史傳或筆記資料中都有談及，其事之眞應無疑慮。而李泌早年從政，卻不得朝中要人所喜，招忌並貶出中央，遂隱逸之事，史傳與筆記的記載也都有載錄，內容相仿，故不累述。

李泌在外遁隱數年，再來則到肅宗朝，此時李泌最著名的事件便是加入肅宗麾下，爲其出謀劃策，並收復長安。其事之前後因果在《鄴侯外傳》有載：

> 尋祿山陷潼關，玄宗肅宗分道巡狩，泌嘗竊賦詩，有匡復意。虢王巨爲河洛節度使，使人求泌於嵩少間。會肅宗手札至，虢王備車馬送至靈武。肅宗延於臥內，動靜顧問，規劃大計，遂復兩都。泌與上寢則對榻，出則聯鑣。（《太平廣記》引《鄴侯外傳》，卷 38，頁 240）

此則筆記內容大致記錄安史亂時，潼關失守、長安失陷後的狀況，內容大意與史傳也大致相符，著重在肅宗靈武即位後咨於李泌而致「動靜顧問，規劃大計，遂復兩都」。而略爲不同者大概是「泌嘗竊賦詩，有匡復意」、「虢王巨爲河洛節度使，使人求泌於嵩少間。會肅宗手札至，虢王備車馬送至靈武」等句。按史傳所載，李泌未曾有賦詩以示其「匡復意」，又見《舊唐書》載「肅宗北巡，至靈武即位，遣使訪召。會泌自嵩、潁間冒難奔赴行在」〔註60〕、《新唐書》載「肅宗即位靈武，物色求訪，會泌亦自至」〔註61〕，可知《鄴侯外傳》與兩《唐書》所書寫之主客關係並不相同。在《鄴侯外傳》中，肅宗乃專門派人去訪召李泌，但在兩《唐書》中並沒有明確指出遣使訪召的對象爲何。又從語意來看，兩《唐書》中李泌並非完全被動的受召，他甚至是恰巧在肅宗極欲用人時奔赴至其所在。

在李泌投奔肅宗後，肅宗當然是相當賞識李泌，《鄴侯家傳》有載：

> 初欲拜爲右相，恐戎事，固辭爵，願以客從，曰：『陛下待以賓友，則貴於宰相矣，何必屈其志！』上無以逼。〔註62〕

《資治通鑑》亦從其說，以爲肅宗重用李泌，欲倚之爲相；《新唐書》則云「帝

〔註60〕《舊唐書‧李泌列傳》，卷 130，頁 3622。
〔註61〕《新唐書‧李泌列傳》，卷 139，頁 4632；《續通志‧李泌列傳》，卷 241，頁 4690，所載略同。
〔註62〕《資治通鑑‧至德元載‧考異》引《鄴侯家傳》，卷 218，頁 6985～6986。

悅，欲授以官，固辭，願以客從。」〔註63〕此處應以《新唐書》所載較可信，蓋因李泌雖爲帝師友，然李泌初來乍到，不太可能一舉拜相。但不論如何，李泌仍在肅宗麾下，爲之效力，期間也替肅宗解決不少問題，如針對功臣李光弼、郭子儀二人賞賜的問題便是，見《鄴侯外傳》：

> 初，肅宗之在靈武也，常憂諸將李郭等，皆已爲三公宰相，崇重既極，慮收復後無以復爲賞也。泌對曰：「前代爵以報功，官以任能。自堯舜以至三代，皆所不易。今收復後，若賞以茅土，不過二三百戶一小州，豈難制乎。」（《太平廣記》引《鄴侯外傳》，卷 38，頁 240）

此事在《資治通鑑》中亦可見，惟《通鑑》所載較繁，謂李泌建議肅宗以地賞李、郭二人，其遠意尚有「居大官者，皆不爲子孫之遠圖，務乘一時之權以邀利，無所不爲。嚮使祿山有百里之國，則亦惜之以傳子孫，不反矣。」〔註64〕還有針對「肅宗欲發李林甫冢，焚骨揚灰」一事也是，見《續世說》中有載：

> 肅宗欲敕諸將，克長安日發李林甫冢，焚骨揚灰。李泌曰：「陛下方定天下，奈何讎死者？彼枯骨何知，徒示聖德之不宏爾。且方今從賊者皆陛下之讎也，若聞此舉，恐阻其自新之心……上皇有天下向五十年，太平娛樂，一朝失意，遠處巴蜀，南方地惡，上皇春秋高，聞陛下此敕，意必以爲韋妃之故，内慙不懌，萬一感憤成疾，是陛下以天下之大不能安君親。」言未畢，上流涕被面，降階，仰天拜曰：「朕不及此，是天使先生言之也。」遂抱泌頸，泣不已。〔註65〕

此事同樣可在《資治通鑑》及《新唐書》中看到，內容大意亦極相似，俱可見李泌思慮之周到，爲肅宗宏德於天下，並保其父子關係之和諧。幸賴李泌之深思熟率，玄宗、肅宗父子關係方無破裂，也才能在收復長安後，「請肅宗奉表，請歸東宮，次作功臣表，述馬嵬、靈武之事，請上皇還京……及功臣表至，乃大喜曰『吾方得爲天子父。』下誥定行日。」〔註66〕而談到父子關

〔註63〕　《新唐書・李泌列傳》，卷 139，頁 4632；《續通志・李泌列傳》，卷 241，頁 4690，所載略同。

〔註64〕　《資治通鑑・至德元載》，卷 219，頁 7014。

〔註65〕　宋・孔平仲撰：《續世說》（《宛委別藏》本，上海：江蘇古籍，1988 年），卷 1，頁 27〜28。

〔註66〕　宋・李昉等編：《太平廣記》引《鄴侯外傳》，卷 38，頁 243。

係，肅宗曾聽信讒言誤殺其子李俶，在長安收復後，肅宗與皇子之間的關係仍非常緊張，此處據史傳所載乃是李泌以潛遁爲後盾，更以武后故事開悟肅宗，方得使皇儲無慮，其事同見於《鄴侯外傳》〔註67〕。綜觀筆記所載，李泌於肅宗時雖無相職，然其輔國助唐，實爲皇族的繁榮做出極大貢獻。

在肅宗朝後代宗即位，在代宗的努力下，安史之亂終於平定，此時代宗憶及李泌，遂遣使訪召，令李泌回朝爲官。然代宗時朝內並不安穩，權臣屢屢排擠異己，李泌雖受代宗隆恩，但仍無法免受設計，先後受元載、常袞排擠，貶出京城。而此二次貶謫在《鄴侯家傳》、《鄴侯外傳》中也有書寫，且內容還更加繁複，如元載設計李泌那次，《鄴侯家傳》中便還有代宗「後召當以銀爲信」等字眼，更加凸顯代宗對李泌之信任與愛護。又有元載遭誅，李泌回朝時，曾責代宗云：

> 往年已具奏，大臣若陛下以爲不可，即去之。需事而賊，皆由含容大過，使之惡稔至是。」上曰：「卿知三品以上皆是賊乎！且面屬卿而去，乃取載意奏卿爲虔州別駕，云卿意欲之，其欺朕如此！……非賊而何？（《類說》引《鄴侯家傳》，卷2〈後召以銀爲信〉，頁35下～36上）

從李泌與代宗之間的談吐，又可見李泌儼然就如大臣之言語，與代宗來往，卻無唯諾之態。

李泌在代宗朝受元載、常袞陷害，始終無法居高位，至德宗時卻突飛猛進，並終於拜相。在前章史傳書寫的部分已有看到，李泌在德宗朝時的貢獻與聲望實際上並不亞與肅宗時，而論及具體政事與事功，在筆記記錄中，德宗朝的書寫確實也不少。以下就《鄴侯外傳》所載內容分列：

1. 興元初，徵赴行在，遷左散騎常侍。尋除陝府長史，充陝虢防禦使。陳許戍卒三千，自京西逃歸，至陝州界，泌潛師險隘，盡破之。（《太平廣記》引《鄴侯外傳》，卷38，頁241）

2. 又開三門陸運一十八里，漕米無砥柱之患，大濟京師。（同上）

3. 二年六月〔註68〕，就拜中書侍郎平章事，加崇文館大學士，修國

〔註67〕 見宋‧李昉等編：《太平廣記》引《鄴侯外傳》，卷38，頁243。

〔註68〕 據《舊唐書‧德宗本紀》，卷12，頁357；《新唐書‧德宗本紀》，卷7，頁195；《新唐書‧宰相表中》，卷62，頁1704；《資治通鑑‧貞元三年》，卷232，頁7488；《續通志‧德宗本紀》，卷10，頁14下，等史料所載，李泌拜相當在貞元三年六月，《鄴侯外傳》載二年六月爲誤。

史，封鄴侯。（同上）

4. 時順宗在春宮，妃蕭氏母郜國公主，交通於外，上疑其有他志，連坐貶黜者數人，皇儲危懼，泌周旋陳奏，德宗意乃解，頗有讜正之風。（同上）

5. 五年春，德宗以二月一日爲中和節，泌奏令有司上農書，獻種稑之種，王公戚里上春服，士庶乃各相問訊，泌又作中和酒，祭勾芒神，以祈年穀，至今行之。（同上）

以上記載與史傳內容大致相符，惟《資治通鑑》所載最繁，兩《唐書》次之，而《鄴侯外傳》則較簡略。然細數德宗朝李泌的所作所爲，《鄴侯外傳》所載的事蹟，大致涵蓋李泌於德宗朝之政事與事功，不過仍有三事遺漏，且三事中還有二事是有極大功績者，足爲李泌晚年政功之代表。第一事在《鄴侯家傳》有載：

> 德宗既相泌，令與同列分職。泌曰：「宰相代天理物，補袞之職，不可分也。至於給舍乃分司押事，故舍人謂之六押平章，事當共之，若各司其局，乃有司也，焉得謂之相？」帝從之。（《類說》引《鄴侯家傳》，卷2〈宰相不可分職〉，頁36上～36下）

此事也可在《資治通鑑》〔註69〕見相似內容。主要是說德宗欲分宰相之職，李泌諫之不可。在這事件中，李泌挽救中唐以來宰相權勢日益下降的窘境，雖然客觀來講，相權過度集中而形成的權相容易誤國，但在當時，李泌並非誤國之相，他需要龐大的權力方能有效的推動國家政務，故其主張並無錯誤。再來看到第二事，在《容齋四筆》有載：

> 陝虢都兵馬使達奚抱暉鴆殺節度使張勸，代總軍務，邀求旌節。德宗遣李泌往，欲以神策軍送之，泌請以單騎入……抱暉遂亡命。

〔註70〕

此事便是貞元元年（785）七月李泌入陝解決達奚抱暉變節之事，另外在《資治通鑑》中亦有載錄。觀此事件李泌「單騎解之」，其故事雖見於史，但內容卻饒富傳奇意味，翻找史傳與筆記資料，也僅各有一例，故此處也難斷定眞假，但李泌智勇雙全的形象，於史、於筆記中，都已成定數，並不受事件之

〔註69〕《資治通鑑·貞元三年》，卷232，頁7490。

〔註70〕見南宋·洪邁：《容齋四筆》（載入《容齋隨筆》，《唐宋史料筆記叢刊》本，北京：中華書局，2005年），卷16〈杜畿李泌董晉〉，頁825～826。

眞僞所礙。第三事則是李泌著名的「聯回制蕃」之策，此事在筆記中皆無著錄，然而卻是李泌在德宗朝最大之貢獻，其策詳可見前文史傳書寫之部分。李泌在德宗朝時貢獻良多，以其輔國之辛勞，也終於得以拜相。實際上，李泌爲相也不過一年又九個月，然其一生多行宰相之事，在有違常理的情況下，也難怪其事蹟會被流傳的如此具有傳奇意味。

　　從上述可見，筆記所載之李泌的政治事蹟，與史傳的重疊性很高。不過在筆記書寫下其樣貌仍相當不同，除了在記事之詳略程度上有差異外，甚至還增添了一些史傳書寫中不具有的事件與元素，並加上敘述之主客關係的變動，在筆記書寫中，李泌的地位通常都被抬升的更高。

二、奇聞軼事

　　前一部分談到筆記中李泌政治事蹟的書寫，其內容多能與史傳相互印證，雖然有些文字有加油添醋的疑慮，但大抵來講仍能與史實相符。在這個部分，則要進入筆記對李泌奇聞軼事的書寫，其事蹟就易與常理悖離，乃至於虛幻、怪異。然而李泌這種不凡的形象，卻是在民間流傳的一個重要面貌，至今人們談到李泌，甚至可能不記得他政治上的功績，卻記得他的一些奇聞軼事。

　　在筆記書寫中，李泌在出生前後便已有一些軼聞，發生在其母周氏身上，見《鄴侯外傳》：

> 有異僧僧伽從泗上來，見而奇之。且曰：「此女後當歸李氏，而生三子。其最小者，愼勿以紫衣衣之，當起家金紫，爲帝王師。」及周氏既娠泌，凡三年週年，方寤而生。（《太平廣記》引《鄴侯外傳》，卷38，頁238）

這種書寫方法，當然是不可相信的，但這乃是筆記對古代的一些不平凡之人或偉人的傳統寫法，甚至在史傳中也會使用，主要是凸顯所寫人物的特殊性，以有別於常人。而李泌即符合其條件，乃至於還有「泌生而髮至於眉」〔註71〕此等書寫，亦是極言其特異處。

　　既然筆記對李泌出生的書寫極不尋常，及其長，也就更好發揮。不過也不會漫天胡寫，通常仍會與其生平事蹟、興趣嗜好扣合。如史傳中有取李泌「早惠」之事蹟，並譽爲神童，到了筆記中，其事也得到很好的發揮，敘寫

─────────────────

〔註71〕見宋・李昉等編：《太平廣記》引《鄴侯外傳》，卷38，頁238。

的更加完整〔註72〕。又李泌神童的形象並不僅止於此，尋此線更加鋪張，還有稱李泌「爲兒童時，身輕，能於屛風上立，薰籠上行」〔註73〕者，此更深化了李泌的「神童」形象。再加上史傳曾云李泌「談神仙詭道」〔註74〕、「常持黃老鬼神說」〔註75〕，以李泌如此喜好玄道之事，筆記也就能透過這些鬼神之說，將他的種種事蹟形塑的更加精彩，如《鄴侯家傳》所載：

> 有異人云：「此兒十五必升騰。」父母惡之。忽聞空中異香，作蒜汁潑之，恐其飛騰也。（《類說》引《鄴侯家傳》，卷 2〈鑠子骨〉，頁35 上）

> 道者云：「年十五必白日昇天。」父母保惜，親族憐愛，聞之，皆若有甚厄也。「一旦空中有異香之氣，及音樂之聲，李公之血屬，必迎罵之。」至其年八月十五日，笙歌在室，時有絳雲掛於庭樹。李公之親愛。乃多搗蒜薑。至數斛，伺其異音奇香至，潛令人登屋。以巨杓颺濃蒜潑之。香樂遂散，自此更不復至。（《太平廣記》引《鄴侯外傳》，卷38，頁239）

據引文來看，李泌年幼時便命運多舛，恐會死去，不過《外傳》明顯比《家傳》添加更多玄幻的成分，在經過一番波折也終於免除李泌早夭的窘境。而除了上文此等怪異之事外，在《鄴侯家傳》、《鄴侯外傳》中還有相當多的書寫都側重在此類詭異的事蹟中，如：

> 常有隱者八人，容服甚異，來過鄭家。數自言仙法嚴備，事無不至。臨去歎曰：「俗緣竟未盡，可惜心與骨耳！」泌求隨去。曰：「不可。姑與他爲卻宰相耳！」出門不復見。（《太平廣記》引《鄴侯外傳》，卷38，頁242）

> 有隱者攜一男六七歲來，云：「有故，須南行。值此男痾疾，既同是道者，願寄之。」仍留一函子曰：「若疾不起，以此葬之。」……八九日而殂，以其函盛葬庭中薔薇架下。累月，其人不回。試發其函，唯一黑石，四方，上有字如錐畫云：「神眞煉形年未足，化爲我子功

〔註72〕關於李泌尚爲童子時，受玄宗召，觀弈賦詩，對答如流之事，可見《新唐書・李泌列傳》，卷139，頁4631～4632。而此事在《鄴侯外傳》中敘寫的更加細膩，見宋・李昉等編：《太平廣記》引《鄴侯外傳》，卷38，頁238～239。

〔註73〕宋・李昉等編：《太平廣記》引《鄴侯外傳》，卷38，頁239。

〔註74〕《舊唐書・李泌列傳》，卷130，頁3622。

〔註75〕《新唐書・李泌列傳》，卷139，頁4638。

相續。丞相葬之刻玄玉，仙路何長死何促！」（《類說》引《鄴侯家
傳》，卷2〈函內黑石〉，頁35上～35下）

第一則文字的書寫大概是說李泌欲隨隱者修仙，然隱者以為李泌尚有俗事未
盡，遂不許。第二則文字則透過隱者說明李泌亦是「同道者」，乃託一修仙小
童，但此小童不幸夭折，葬之，後在其所葬處發現一黑石，石中文字又再次
透露李泌將為宰相的訊息。這兩則筆記的書寫相當有趣，中心概念有二，一
為李泌求道、修道的偏好，二為李泌未來任宰相之事，充分地反應書寫者想
要將「求道之人」與「宰相」這兩個身份同時加諸李泌身上的意圖。

　　在筆記中，李泌富有玄道、詭異元素的內容相當多，那是結合了李泌生平
與偏好所衍生出的成果。然而，有關李泌的奇聞軼事也不僅止於此，還有一種，
乃是以李泌與皇帝之間的互動為素材，如「代宗踐阼徵李泌」之事便是：

代宗踐阼，命中人手詔駙騎徵先公於衡岳……及中貴將至，先公大
懼，沐浴更衣以俟命，乃代宗踐阼之徵也。（《資治通鑑・大曆三年・
考異》引《鄴侯家傳》，卷224，頁7199）

從「代宗踐阼」來看，此文所指之事發生在寶應元年前後（762）。文中指出，
代宗即位旋即便命人詔李泌入京為官，此可見代宗是何等的重視李泌。雖然
經過考證，此段文字所載是假〔註76〕，但單純以筆記來看卻是無妨，仍能凸
顯李泌的生涯經歷的傳奇性，也能展現代宗皇帝對李泌的愛戴與重視。

　　李泌與當朝君主之間的信任關係相當的深刻，又為了凸顯這層關係，《鄴
侯外傳》中甚至有親密接觸的文字出現，見以下這段引文：

因曰：「若臣之所願，則特與他人異。」肅宗曰：「何也？」泌曰：
「臣絕粒無家，祿位與茅土，皆非所欲。為陛下帷幄運籌，收京師
後，但枕天子膝睡一覺，使有司奏客星犯帝座、一動天文足矣。」
肅宗大笑……肅宗來入院，不令人驚之。登床，捧泌首置於膝，良
久方覺。上曰：「天子膝巳枕矣，剋復之期，當在何時，可促償
之。」泌遽起謝恩，肅宗持之不許。（《太平廣記》引《鄴侯外傳》，
卷38，頁240）

此則筆記書寫之事相當滑稽，但以其內容來看，卻也可以反應肅宗對李泌之
信任與愛戴，這也是書寫者的立意之一。而另一立意，卻是建立在內容的「滑

〔註76〕李泌任於代宗朝要至大曆三年（768），見《資治通鑑・大曆三年》，卷224，
頁7198～7199。

稽」之中，書寫者希望能透過這則書寫，反應李泌在人格上的特異性，以加深李泌不同於凡人的特質。

三、修道隱逸

上個部分談到筆記資料中對李泌奇聞軼事的書寫，本段則針對筆記書寫對李泌修道隱逸的事蹟為研究對象。事實上，「修道隱逸」也屬於「奇聞軼事」的範疇內，不過李泌在修道隱逸的形象卻又比其它軼事來的明確，故此處特別列出來討論。

談到李泌修道隱逸的偏好，在他生涯的早年就已形成，《舊唐書》有云「天寶中，自嵩山上書論當世務，玄宗召見」〔註77〕、《新唐書》亦有「常游嵩、華、終南間，慕神仙不死術。天寶中……召講《老子》」〔註78〕，還有前段引到的「常有隱者八人……」及「有隱者攜一男六七歲來……」這兩段文字，據「後兩歲，為玄宗所召」來看，玄宗召李泌在天寶十年（751）其時李泌三十歲，而李泌在三十歲前就已曾遁隱名山，即便受玄宗召為京官，也都還是透露出「欲隨隱者修道」、「與隱者是同道人」的訊息。

據史傳與筆記書寫所載，李泌一生隱於名山四次，見於史者則只有三次，第一次在開元二十五年（737）與張九齡分別之後〔註79〕，第二次在天寶十年（751）玄宗召為官前，第三次在天寶年間（751 之後）遭楊國忠陷害出貶時，最後一次則在至德二年（757）肅宗收復長安後。史傳對李泌遁隱期間的事蹟幾乎沒有著墨，而在筆記中雖有些許書寫，但對於補足三個空白時期的內容仍相當有限。

不過筆記資料對李泌隱逸時期的補充仍有貢獻，在《鄴侯外傳》有這麼一段文字：

> 九齡出荊州，邀至郡經年，就於東都肄業。遂遊衡山嵩山，因遇神仙桓眞人、羨門子、安期先生降之。羽車幢節，流雲神光，照灼山谷，將曙乃去，仍授以長生羽化服餌之道，且戒之曰：「太上有命，以國祚中危，朝廷多難，宜以文武之道，佐佑人主，功及生靈，然後可登眞脫屣耳。」自是多絕粒咽氣，修黃光谷神之要。（《太平廣記》引《鄴侯外傳》，卷38，頁239）

〔註77〕《舊唐書・李泌列傳》，卷130，頁3621。
〔註78〕《新唐書・李泌列傳》，卷139，頁4632。
〔註79〕宋・李昉等編：《太平廣記》引《鄴侯外傳》，卷38，頁239。

按「九齡出荊州」來看，此則文章所寫之事發生在開元二十五年（737）〔註80〕後，李泌受張九齡之邀，至其郡並與九齡共遊。別九齡後，李泌更自行遊訪於衡山、嵩山中，其時應屬李泌第一度隱逸的時期。李泌於衡山、嵩山時，期間所遇之玄幻奇異之事固然太超乎現實，不過卻也可以視作李泌初次遊仙修道所獲得的美好感受與啟發。再據同樣是《鄴侯外傳》的筆記來看，其時李泌可能也不只是空有一些虛無飄渺的感受而已，見引文：

> 服氣修道，周遊名山。詣南嶽張先生受籙，德宗追諡張爲玄和先生，又與明瓚禪師遊，著《明心論》。明瓚釋徒謂之嬾殘。泌嘗讀書衡岳寺，異其所爲，曰：「非凡人也，聽其中宵梵唱，響徹山林。」泌頗知音，能辨休戚，謂嬾殘經音，先悽惋而後喜悅，必謫墮之人，時至將去矣。候中夜，潛往謁之。嬾殘命坐。撥火出芋以餉之。謂泌曰：「慎勿多言，領取十年宰相。」泌拜而退。（錄於《太平廣記》引《鄴侯外傳》，卷38，頁242）

根據此段文字的書寫，可知李泌初隱衡山時，曾造訪衡嶽上清宮修行得道的張太空先生，受其指點，拜之爲師〔註81〕。且還與明瓚禪師共遊、撰書。更隱於衡嶽寺中讀書，並受奇僧嬾殘的開示提點〔註82〕。這一連串的事件，對初次隱逸的李泌影響重大，就如同他在童年時便已揚名得志一般，他在隱逸偏好形成的啟蒙時期，也有著無往不利的珍貴經歷，這對其偏好的養成有著推波助瀾的效果。或許筆記對李泌這段時間的書寫，可以解釋李泌爲何一生都如此鍾愛於隱逸修道，其源頭不外乎初期的順遂與得志。

而在筆記中，除了對李泌第一個時期隱逸修道的書寫外，其它時期的內容便少之又少。有載的分列於下：

1. 及歸京師……及丁父憂，絕食柴毀。服闋，復遊嵩、華、終南，不顧名祿。（《太平廣記》引《鄴侯外傳》，卷38，頁239～240）

2. 肅宗既還京師，泌辭去，云：「臣有五不可住：臣遇太早，陛下用臣太重，恩太深，功太高而跡太奇。」力辭，果去。（《鄴侯家傳》，

〔註80〕《舊唐書》有載：「開元二十五年……尚書右丞相張九齡以曾薦引子諒，左授荊州長史。」見《舊唐書·玄宗本紀》，卷9，頁208。

〔註81〕關於張太空爲李泌之師的資料，可見元·趙道一撰：《歷世眞仙體道通鑒》（《中華道藏》本，北京：華夏出版社，2004年），冊47卷33，頁440～441。

〔註82〕關於嬾殘之事，《鄴侯家傳》也有載，見宋·曾慥輯：《類說》引《鄴侯家傳》，卷2〈嬾殘〉，頁38下。

載入《類說》引《鄴侯家傳》，卷 2〈五不可住〉，頁 34 下）

3. 泌得請於衡嶽隱居，詔即所居營「端居室」。（《鄴侯家傳》，載入《類說》引《鄴侯家傳》，卷 2〈端居室〉，頁 35 上）

4. 既立大功，而幸臣李輔國害其能，將不利之。因表乞遊衡岳。優詔許之，給以三品祿俸。山居累年，夜爲寇所害，投之深谷中。及明，乃攀緣他徑而出。爲槁葉所藉，略無所損。（《太平廣記》引《鄴侯外傳》，卷 38，頁 240）

5. 天寶八載，在表兄鄭叔則家，已絕粒多歲，身輕，能自屏風上，引指使氣，吹燭可滅。每導引，骨節皆珊然有聲。時人謂之鑠子骨。（《太平廣記》引《鄴侯外傳》，卷 38，頁 242）

6. 李長源常服氣導引，並學禹步方術之事，凡數十年，自謂得靈精妙，而道已成。遠近輩親敬師事者甚多。洪州晝日火發，風猛焰烈，從北來，家人等狼狽，欲拆屋倒籬，以斷其勢。長源止之，遂上屋禹步禁呪……遂有逆火飛焰，先著長源身，遂墮于屋下。所居之室，燒蕩盡。器用服玩，無復孑遺。其餘圖籙持呪之具，悉爲灰燼。〔註83〕

引文 1 所載的便是李泌第二度隱逸的時期，「遊嵩、華、終南」等字眼與《新唐書》所載「常游嵩、華、終南間」可互相爲證，然文字內容所載訊息太少，並無法知道李泌在第二度隱逸時的事蹟與生活狀況。引文 2、3、4 所載的是李泌第四度隱逸的時期，李泌於肅宗朝立功，但在功之時卻毅然絕然的選擇潛遁，其時肅宗雖然挽留，但李泌以「五不可」說服肅宗，終得隱衡山。且肅宗還爲其造屋，並優詔其雖隱仍給以三品祿俸，極爲厚愛，此數事均可見於史傳〔註84〕，相互爲證。又在第 4 點中所云之「山居累年，夜爲寇所害，投之深谷中……」等文字，乃是除了第一個時期外，極少有的事蹟書寫，事件發生在「代宗踐阼徵李泌」前不久，此則文字所想要透露的訊息，一方面凸顯李泌甘於隱逸，另一方面還彰顯佞臣李輔國的罪惡。再來看到第 5、6 點，所載的乃是李泌修道後的成果，在第 5 點的書寫中，略略可見李泌是修道有成，「絕粒多歲」、「引指使氣」、「每導引，骨節皆珊然有聲」等都可見其異於常人之處，文字中所有的是驚奇與讚嘆。但到第 6 點中，雖然仍有言

〔註83〕宋·李昉等編：《太平廣記》引《辨疑志》，卷 289，頁 2298～2299。
〔註84〕見《舊唐書·李泌列傳》，卷 130，頁 3621；《新唐書·李泌列傳》，卷 139，頁 4634；《資治通鑑·至德二載》，卷 220，頁 3621。

李泌「服氣導引，並學禹步方術」之事，不過在下文中，李泌「上屋禹步禁呪」，卻落得「墮于屋下」、「所居之室，燒蕩盡」的下場，戲謔諷刺的意味相當濃厚。

總之，在筆記書寫中，對李泌第一個時期的隱逸事蹟多有著墨，除此之外則少有文字。雖然李泌隱逸期間的事蹟仍有大半空白，但筆記的書寫，對於李泌隱逸啓蒙時期的填補實有貢獻，也能夠透過這些文字的書寫，來揣摩李泌鍾愛隱逸修道的來由。

第三節　詩文書寫中的李泌

唐朝是一詩文發展極爲繁盛的時代，不論是朝制奏章、科舉考試、交遊唱和或是言其志、抒其情，往往都脫離不了詩文的範疇。故探討其人的相關詩文，則必定能從中理出其人之形象。本節便從李泌及與李泌相關的詩文作品爲探討對象，以期能夠發掘詩文書寫下李泌的樣貌。

一、李泌自我詩文書寫下的形象

李泌的詩文，在史傳或筆記資料的記載中皆云有二十卷之多〔註85〕，但流傳至今的卻僅有詩篇四首、殘句三則，議論一篇、奏疏兩篇而已〔註86〕。即便如此，仍可供研究者探析李泌的形象，如〈詠方圓動靜〉：

> 方如行義，圓如用智。動如逞才，靜如遂意。（《全唐詩》，卷109，
> 頁1126～1127）

此詩成於李泌七歲時，是唐明皇爲了測試李泌，令張說先作〈詠方圓動靜示李泌〉〔註87〕，李泌應答之即興作品。在詩中，李泌以「行義」、「用智」、「逞才」、「遂意」來應對，展現的風範宛若數十年道行的即智詩人，乃至於有「相比之下，七歲李泌作品在立意方面遠遠超過已經五十多歲張說的作品」〔註88〕的評論。但張說其時乃是「燕許大手筆」之一，乃當世文豪，然而在〈詠方圓動靜示李泌〉一詩，卻不見其「大手筆」之氣度，料想張說以詩示李泌時，

〔註85〕見《舊唐書・李泌列傳》，卷130，頁3623。

〔註86〕分別在《全唐詩》，卷109，頁1126～1127；《全唐文》，卷378，頁3839～3840；《全唐文・唐文拾遺》，卷22，頁10611。

〔註87〕張說詩見《全唐詩》，卷89，頁978。

〔註88〕見〈詠方圓動靜・賞析〉（國學網，http://www.guoxue.com/?p=6086，2014年9月7日檢索）。

一方面是體貼，另一方面也是小覷了七歲李泌的實力。但總體而言，李泌〈詠方圓動靜〉仍屬超齡之作，從李泌的詩歌來看，他「神童」的形象也與史傳、筆記書寫展露的形象相符合。

又除了〈詠方圓動靜〉外，李泌還有一精彩的早熟之作，見〈長歌行〉：

> 天覆吾，地載吾，天地生吾有意無。不然絕粒昇天衢，不然鳴珂遊帝都。焉能不貴復不去，空作昂藏一丈夫。一丈夫兮一丈夫，千生氣志是良圖〔註89〕。請君看取百年事，業就扁舟泛五湖。（《全唐詩》，卷109，頁1127）

此詩作成之背景與時間已難考究，可視爲李泌兒少時期的作品〔註90〕。會說這首詩精彩，非指其句式、章法或立意。事實上，爲詩者貴在含蓄，李泌此詩卻不合含蓄之法，有言「早得美名，必有所折。宜自韜晦，斯盡善矣。藏器於身，古人所重，況童子耶。但當爲詩以賞風景，詠古賢，勿自揚己爲妙」〔註91〕便是此理。此處所褒之精彩者，是指李泌在兒少時期就已底定其一生的志向而言。在〈長歌行〉中，李泌老早就表明「絕粒昇天衢」此等修道成仙的計畫，但他卻也非常貪心，冀望能夠爲大唐貢獻一份「良圖」後，一舉躍爲權貴並「鳴珂遊帝都」。在「不貴復不去」一句，更顯示其自負與野望，所指便是李泌一旦完成輔佐大唐的任務後便要「業就扁舟泛五湖」，去滿足他隱逸求仙之大計。觀〈長歌行〉一詩，李泌志向樹立之早，以一束髮之齡的成童來看確實不易，且李泌一生也確實貫徹〈長歌行〉所言，滿足了「輔佐大唐並創造中興」與「功成身退歸隱山林」之志願。

以上二詩爲李泌兒少時期的作品，對於理解李泌「神童」時期的形象有相當大的裨益。本來，假若一人物有足夠的詩文，則能鉅細靡遺的分析其一生不同時期的不同形象，但可惜李泌所存的詩文數量極少，除了兒少時期的形象可探討外，對於李泌成年後在詩歌中的形象實難分析，此處僅能就所有的二詩及三殘句，以及一篇議論、兩篇奏疏來看。

〔註89〕又有載爲「平生志氣是良圖」，見宋・李昉等編：《太平廣記》引《鄴侯外傳》，卷38，頁239。

〔註90〕在《鄴侯外傳》中，〈長歌行〉一詩載在李泌「年十五必白日昇天」此條之兩年後，且張九齡告誡李泌的言語中也曾云「況童子也」，故此詩應是在李泌兒少時期作成，見宋・李昉等編：《太平廣記》引《鄴侯外傳》，卷38，頁239。

〔註91〕此爲張九齡聞此詩時告誡李泌之話語，見宋・李昉等編：《太平廣記》引《鄴侯外傳》，卷38，頁239。

先看到的是「青青東門柳，歲晏復憔悴」〔註92〕。此詩據《鄴侯家傳》所云「泌幼警敏，賦詩譏楊國忠……國忠訴於帝，帝曰：『賦柳爲譏卿，則賦李者爲譏朕，可乎？』」以及史載「楊國忠忌其才辯，奏泌嘗爲〈感遇詩〉，諷刺時政，詔於蘄春郡安置」〔註93〕、「嘗賦詩譏誚楊國忠、安祿山等，國忠疾之，詔斥置蘄春郡」〔註94〕，還有《李鄴侯年譜》繫此事在天寶元年（742）來看，這則殘句是〈感遇詩〉的內容，爲李泌二十一歲時所作。按史傳以及筆記的解釋，當時李泌在朝爲官，而此詩乃諷刺時政所作，雖然在詩句中僅能以爲是借柳諷卿，但在此間至少還可以知道李泌是關心大唐，也不吝於諷刺奸臣，實是一名「頗有讜直之風」臣子。

再看到「良弓摧折久，誰識是龍韜」〔註95〕這段詩文，此乃哀悼建寧王李倓的作品〔註96〕，雖然今只存殘句，但字裡行間仍可見李泌深深的惋惜。這是因爲在肅宗時，李泌曾與建寧王一同爲光復大唐貢獻，基於共圖大業的共同情感，李泌實不忍看到既是宗室成員、又是沙場猛將的李倓就如此枉死。但木已成舟，建寧王仍難逃死劫，李泌作此詩，實是滿肚的牢騷，爲李倓此等具有「龍韜」之略的大將打抱不平，同時也是爲大唐痛失名將感到無奈。

李泌在詩歌中表現出對時局、對大唐的關心，而在他的文章中，這方面的性質也更加明顯。在〈議復府兵〉〔註97〕與〈學士去大字疏〉〔註98〕中，李泌也都能夠針對當下情勢做妥善的分析，其文章的條理以及邏輯皆相當縝密。再看到〈對肅宗破賊疏〉〔註99〕一文，此乃著名之「靈武定計」的內容，文中李泌展現他韜光養晦數年的成果，據大唐王朝以及「范陽」賊子的外在、內在各種因素來分析，以爲「賊掠金帛子女，悉送范陽。有苟得心，

〔註92〕《全唐詩》，卷109，頁1127；宋·曾慥輯：《類說》引《鄴侯家傳》，卷2〈青青東門柳〉，頁34上。

〔註93〕《舊唐書·李泌列傳》，卷130，頁3621。

〔註94〕《新唐書·李泌列傳》，卷139，頁4632。

〔註95〕《全唐詩》，卷109，頁1127；宋·陳應行編、王秀梅整理：《吟窗雜錄》（北京：中華書局，1997年），卷24，頁705。

〔註96〕關於建寧王之禍，可見前文，第三章第一節，頁72～73；並據《吟窗雜錄》所載，知其爲〈建寧王哀詞兩首〉之末句，見宋·陳應行編、王秀梅整理：《吟窗雜錄》，卷24，頁705。

〔註97〕《全唐文》，卷378，頁3839下～3840上。

〔註98〕《全唐文·唐文拾遺》，卷22，頁10611上。

〔註99〕《全唐文》，卷378，頁3839上～3639下。

渠能定中國耶？」既然叛賊無得天下之心，李泌遂詳細地訂定了蕩平亂軍的策略，先後以「李光弼守太原出井陘」、「郭子儀取馮翊入河東」，其後再「使子儀毋取華，令賊得通關中」，則叛軍就要「北守范陽，西救長安」，如此疲於奔命，肅宗便得「以逸待勞」，時機成熟而一舉「取范陽」、「得兩京」，此乃眞正「務萬全，圖久安，使無後害」的長遠之計。李泌此疏，內容嚴謹、分析精細，敘述流暢而鏗鏘有力。而今日回顧安史之亂，李泌能夠設計出如此完美的策略，其見識與遠略的確非同小可，可惜肅宗無法貫徹其計，但這也無損〈對肅宗破賊疏〉的價值，此文亦可視作李泌文章之代表作。

　　李泌爲大唐奉獻許多，尤其在肅宗、德宗二朝，無人能出其右。但也別忘記，在李泌爲朝廷竭心盡力的外表下，他骨子裡卻仍好玄道、重養生、喜隱逸，是對於生活品質有所要求之人。如〈奉和聖製重陽賜會聊示所懷〉〔註100〕一詩，此詩乃李泌的奉制之作，在此等隆重的作品類型中，他卻還是寫出「未追赤松子」此種富有玄道意味的句子，此可見，李泌對玄道之事的偏好是多麼高，才在詩中尋求發洩。而李泌重視生活品味與細節，亦有詩爲證，詩句云「旋沫翻成碧玉池，添酥散出琉璃眼」，此詩爲德宗煎茶時請李泌即興所賦之詩〔註101〕，從「碧玉」、「添酥」、「琉璃眼」等字眼可知李泌定爲行家，否則如何能夠將與茶相關的術語如此妥善的置入詩中，還能將茶之色彩、動態、風采等形容的如此維妙維肖。

　　在李泌自我詩文書寫的形象中，最明確的是他早惠之「神童」形象，而李泌成年後的形象礙於資料有限，也很難分析的透徹。但以現有的資料來看，成年李泌自我詩文書寫的形象也不外乎關心大唐國勢、諷刺當朝奸臣、爲國家出謀劃策、喜好玄道隱逸、重視生活品質這幾點。

二、唐人詩文書寫下的李泌

　　觀李泌一生經歷，多與皇帝及諸王來往，而少見其與當時文人交流。故唐人詩文書寫李泌，除了皇帝及諸王是在相識的背景下書寫外，大多都還是僅聞李泌之名聲與事蹟，遂直接書寫而成。但不論如何，唐人書寫李泌的詩文實際上也不多，以下就可用的詩文來詳論。

　　首先看到〈賜梨李泌與諸王聯句〉一詩：

〔註100〕《全唐詩》，卷109，頁1127。
〔註101〕見宋・曾慥輯：《類說》引《鄴侯家傳》，卷2〈茶詩〉，頁34下～35上。

先生年幾許，顏色似童兒。夜抱九仙骨，朝披一品衣。不食千鍾粟，
唯餐兩顆梨。天生此間氣，助我化無為。（《全唐詩》，卷 4，頁 43
～44）

此詩就詩序來看，為肅宗賜梨兩粒與李泌，而諸王共乞一粒卻不可得，遂有
感於李泌受皇帝恩渥之高，乃與肅宗共同聯句，以為他日故事。首聯云「先
生年幾許，顏色似童兒」，馬上點出當時李泌的氣色宛若童兒。按李泌為肅宗
效力在至德元年到二年（756～757），當時李泌已三十五、六歲，與詩句對
照，可知李泌真是養生有成。頷聯云「夜抱九仙骨，朝披一品衣」，正可與不
斷出現在史傳、筆記與李泌自我詩文書寫中的形象相扣合，所指的是兼顧
「絕粒昇天衢」與「鳴珂遊帝都」的兩項志願。頸聯則點出李泌修道的方
法，是「不食千鍾粟，唯餐兩顆梨」。尾聯則由肅宗作結，以為李泌是上天派
來的使者，助其治理國家，乃至於能達到「無為」之境界。此聯句對李泌形
象的書寫既真實又模糊，真實的是詩中形象與各種資料展現的面貌都相當雷
同，模糊的是詩句似有些奉承與諂媚的內容。儘管如此，不容否認的是李泌
在皇族宗室心目中的地位是相當高的，乃至於肅宗會偏心，諸王皆羨慕，亦
可謂奇事也。

　　而李泌在朝中備受重視，那他相應的能力是否又真有達到其高度呢？在
中央頒佈的〈授李泌灃朗硤團練使詔〉〔註102〕有云「以泌文可以化成風俗，
政可以全活惸嫠。」可見李泌有能夠移風易俗的才能，同時也還能夠照料各
式百姓，好的如平凡人家、壞的至鰥寡孤獨者，李泌皆可以「全活」之，以
一地方官員的能力與職責來看，李泌是絕對能夠勝任的。當然，李泌的能力
並非僅止於擔任地方官員而已，而是更加耀眼，更加具有影響力也更加全面
的才能，這在〈授李泌平章事制〉〔註103〕講得非常清楚。文中謂李泌有總「山
河粹氣」的大能，其道德、儀表也清正英特；有「高明」的智慧，其行事也
平易質樸；有「深厚」真摯的性情，而頂天立地行於世也無往不利；能「識
窮化本」，而行事也恰到好處；「讜正居心」而言論中肯，所定之計每每也都
展現其人之聰慧。從以上可見，在官方人員及皇帝的眼中，李泌內外兼備，
而真正能夠全面發揮李泌才能的，是一國首宰之位。

　　李泌在朝中聲望極高，認識或想要認識李泌的人應該也不少，但查找史

〔註102〕《全唐文》，卷48，頁 527 上。
〔註103〕《全唐文》，卷50，頁 548 下。

書，卻只有柳渾、顧況二人有與其交往〔註104〕，且所存交往詩也只有顧況一首。而除了顧況之外，唐代文人書寫李泌的也是極少，大概只有杜甫一人而已。先看到顧況的〈送李泌〉：

> 昔別吳堤雨，春帆去較遲。江波千里綠，□□□□□。（缺末句。《全唐詩》，卷267，頁2954）

此詩既缺末句，寫作時間也難以推測。但就內容來看，大概是以傷春爲背景，並與送別李泌的離情扣合，約略可見二人的情誼並不一般。李泌與顧況有所交往，然而顧況此人性情與常人不同，其「性詼諧，不修檢操」〔註105〕，故李泌當時「復引顧況輩輕薄之流，動爲朝士戲侮，頗貽譏誚。」〔註106〕不過料想李泌並不在意，不如說顧況與李泌同是修道中人，其個性上的特異、不修邊幅，還有喜玄道隱逸的特點〔註107〕，反而增加了彼此的親近感。由顧況此人可見，李泌對於修道以及修道之人的確是極爲喜愛。

再來看到杜甫。杜甫與李泌並無直接來往，雖然有有研究者指出，「至德二載（757）五月十六日至閏八月一日有三個半月時間，杜甫與李泌同在鳳翔行在任朝官，杜甫任左拾遺，李泌任元帥廣平王行軍司馬……因此杜甫見過李泌，或有可能認識李泌。」〔註108〕但在各種史傳、筆記或詩文中都沒有二人直接接觸過的例子，故即便杜甫眞的認識或者是與李泌共事過，交情必定也不深。所以，杜甫在詩歌中透露出與李泌相關的訊息，大概僅是杜甫個人對李泌的關注、期許與讚賞。觀杜甫寫到李泌的詩歌共有十首，分別是〈洗兵馬〉〔註109〕、〈幽人〉〔註110〕、〈鳳凰臺〉〔註111〕、〈述古三首〉其一〔註112〕、〈寄韓諫議〉〔註113〕、〈昔遊〉〔註114〕、〈壯遊〉〔註115〕、〈收京三首〉

〔註104〕見《舊唐書・李泌列傳》，卷130，頁3624～3625。

〔註105〕傅璇琮主編：《唐才子傳校箋》（北京：中華書局，1997年），卷3，頁639。

〔註106〕《舊唐書・李泌列傳》，卷130，頁3623。

〔註107〕顧況曾「隱茅山，煉金拜斗」，見傅璇琮主編：《唐才子傳校箋》，卷3，頁645。

〔註108〕鄧小軍：〈杜甫與李泌（下）〉，《杜甫研究學刊》第4期（2012年），頁71。

〔註109〕《全唐詩》，卷217，頁2281。

〔註110〕《全唐詩》，卷218，頁2290。

〔註111〕《全唐詩》，卷218，頁2300。

〔註112〕《全唐詩》，卷219，頁2315～2316。

〔註113〕《全唐詩》，卷220，頁2328。

〔註114〕《全唐詩》，卷222，頁2362。

〔註115〕《全唐詩》，卷222，頁2363。

其二〔註116〕、〈傷春五首〉其三〔註117〕、〈大曆三年春白帝城放船出瞿塘峽久居夔府將適江陵漂泊有詩凡四十韻〉〔註118〕，此十首詩的內容很多是杜甫觀察時局有感而發之作，每首詩歌中大概也都有一兩句與李泌相關，如此看來貌似不少，但杜甫在詩歌中書寫的李泌形象卻極為單純，內容所表達的概念也都非常相似，屢屢將李泌比之為「商山四皓」，此乃取二者皆有「定儲之功」且都在功成之後遁隱山林來講，對於李泌能夠如此，杜甫相當崇敬。雖然看到李泌遁隱，杜甫甚至也有「景晏楚山深，水鶴去低回」此等想法出現。但杜甫對於大唐的興衰仍相當關心，他多次表明當朝皇帝肅宗非循常規登基者，如此則又更需要能人輔佐，杜甫由衷的希望李泌能夠積極出山輔國，其謂「隱士休歌紫芝曲」、「安得萬丈梯，為君上上頭」的意思便在於此。杜甫認為李泌乃是輔國之大才，隱而不用極為可惜，在肅宗到德宗期間，李泌或隱或貶，很長一段時間都沒有得到重用，對此情況，杜甫也是抑鬱難耐，遂作〈傷春五首〉其三、〈大曆三年春白帝城放船出瞿塘峽久居夔府將適江陵漂泊有詩凡四十韻〉二詩，以表現「期望李泌能再得到皇帝重用」的渴望。

最後來看到李泌的文學表現，前文曾提到，史傳或筆記皆云李泌有文集二十卷，但今日都已亡佚。然而在唐朝，確實有人得睹李泌所著之文集，更為之撰序，唐人梁肅的〈丞相鄴侯李泌文集序〉〔註119〕便是。〈丞相鄴侯李泌文集序〉一文，是現存李泌文集相關資料之瑰寶，雖李泌文章已不可見，但根據梁肅的序仍可尋出一些李泌作文章的大致風格，對於形塑李泌的詩文風格有相當大的幫助。序中謂李泌「用比興之文，行易簡之道」，這在李泌現存的詩文如〈感遇詩〉、〈議復府兵〉中俱可以見，而「賛事盛聖，辨章品物」者如〈奉和聖製中和節曲江宴百僚〉、「疏通以盡理」者如〈對肅宗破賊疏〉都是，此可見李泌的詩文能「步驟六義」並「發揚時風」所言應該不虛。又講到李泌「習嘉遯，則有滄浪紫府之詩」、「在王庭，則有君臣賡載之歌」、「或依隱以玩世」、「或主文以譎諫」，此可以說李泌的詩文類型還能在出世與入世之間變化，能夠以隱逸遊仙為題，也能夠與王宮貴族唱和，更可以譎諫以輔帝王。不僅如此，李泌的文章還能「敷黃老之訓」，又能「昭纂堯之道」，其學問之淵博，貫通儒道、縱橫經史，得令「獨善兼濟之略」與「經邦緯俗之

〔註116〕《全唐詩》，卷225，頁2412～2413。

〔註117〕《全唐詩》，卷228，頁2473。

〔註118〕《全唐詩》，卷232，頁2552。

〔註119〕《全唐文》，卷518，頁5259上～5259下。

謨」二者並行，可謂眞正崇高明睿之智者也。唐人梁肅對李泌的詩文極爲推崇，所言之風格特徵在現存的李泌詩文中也可略見其容，只可惜現今李泌所遺作品實在太少，難以一一驗證。

第四節　李泌大隱宰相形象的確立

有關於李泌此人的形象，歷來多褒貶不一。要說李泌有功於國，在史傳書寫中便可證明；然而欲貶李泌者，卻也不放過他「事鬼神」、「講玄道」、「好隱逸」、「性虛妄」的幾個特質。在比較過史傳、筆記、還有自我詩文及唐人詩文書寫下的李泌後，卻又發覺人們所貶李泌者，又是形塑李泌形象無比精彩的重點特質。且人們批評李泌的一些文字，其內容客觀與否，此亦有待商榷。

一、詭道求容還是學究天人——李泌博學之內涵

在前三節文字中，關於李泌對玄道的偏好與內涵已有論述。不容否認，李泌對於玄道之事是極爲鍾愛，在其青少年時期就已毅然雲遊衡、嵩、終南之間，先拜得道高人張大空爲師，又受恩於高僧明瓚禪師，一面「修黃光谷神之要」，又在生活的俯仰之間也實踐了「絕粒咽氣」此等修道者的功課。甚至可以說，李泌已形成一種偏執，也由於這種偏執，令人們以爲他「嘗與赤松子、王喬、安期、羨門遊處」，並「常服氣導引」、「學禹步方術之事」，乃至於「與隱者是同道人」，其形象儼然就是一名隱士、道士。

由以上可見，李泌所展現的個性、行爲與形象的確是相當的不同於常人。但李泌此等人物卻能夠入朝爲官，乃至於把持朝衡，這在傳統儒者的眼中自是極不合理，也因此有誣李泌「爲代所輕，雖詭道求容，不爲時君所重……上稍以時日禁忌爲意，而雅聞泌長於鬼道，故自外徵還，以至大用」〔註120〕的言論。觀此等評論對李泌實是莫大之侮辱，評者以爲李泌通過「詭道求容」而不可得，終於在德宗時因「長於鬼道」受到重用。然此論的證據卻不甚穩固，其云「不爲時君所重」實是自摑嘴巴，實際上李泌在初次仕宦即得到玄宗的信任，並與太子結爲師友關係。又李泌既爲肅宗師友，在興元年間才能博得肅宗的信賴，且更委以重任。至代宗，則又因爲李泌與代宗曾爲戰友，於肅宗時共圖二京，且李泌還有定儲之功，故代宗方屢屢恩遇。而

〔註120〕《舊唐書‧李泌列傳》，卷130，頁3622～3623。

德宗，則是因爲在患難之時想起安史亂時的大功臣李泌，方急召之以平亂局，最終也以其功績授以朝柄。且李泌雖然偏好玄道，但也並非一昧迷信之人，他曾與德宗語：

> 夫命者，已然之言。主相造命，不當言命。言命，則不復賞善罰惡矣。桀曰：「我生不有命自天？」武王數紂曰：「謂己有天命。」君而言命，則桀、紂矣。（《新唐書・李泌列傳》，卷139，頁4637）

李泌的這番話語，眞是一佐國良輔當有之大言。此間有何「詭道」或「鬼道」之說？只見一忠心爲國而可爲帝之師長的大臣而已。由此可見，所謂「不爲時君所重」、「雅聞泌長於鬼道……以至大用」云云，乃評者有意貶低李泌之言論，實不可信。眞要爲李泌解釋，則可謂其私下好玄道、講詭言，那是他的興趣與愛好；但在朝廷之上、大寶之前，李泌卻是以他的博學與睿智開導皇帝，這也是獨有橫貫儒道之人方能展現的絕技。

　　除此之外，對李泌的相關誤評與誤解還有很多，有謂李泌「居相位而談鬼神，乃見狂妄浮薄之蹤」〔註121〕、「其術雖高，而學或未粹矣」〔註122〕、「非相材」〔註123〕者，而此等說法眞有憑據麼？李泌未居相位時，「善治易」、「講《老子》」這是以其博學之偏好迎合到帝王的興趣，而李泌爲肅宗師友，雖然肅宗的確是「頗好鬼神」〔註124〕之人，但豈可能只授鬼神之事，而不講安邦治國之理？又反過來講，肅宗既然如此喜愛鬼神之事，李泌若不懂、不講、不授，又如何能深得肅宗所愛？由此看來，李泌在當時能得到很好的舞台來發揮，其精通黃老玄易、鬼神異說這方面的學問，所給予的幫助是相當大的。但李泌精通此道，也不能就因此說他「狂妄浮薄」或「學或未粹」，此處引湯承業〈李德裕與唐代十五名相比較論〉中評論李泌的一段文字：

> 蓋「下學而上達」（論語・憲問）爲孔子所願，「學究天人之際」（史記序）爲司馬遷所望：既能談鬼神，又能談政治，這正表示泌的學問淵博。蓋「才欲學也」；故諸葛亮曰：「非學無以廣才」（諸葛：誡子書）。所以其「智辯」與「高術」，與其學養至爲相關。論其好學的精神，則「聞其名」而「親詣」請教於陽城（舊唐書一九

〔註121〕《舊唐書・史臣語》，卷130，頁3630。
〔註122〕明・李東陽：《新舊唐書雜論》（《叢書集成初編》據學海類編本排印，上海：商務印書館，1939年），冊3842，頁9。
〔註123〕《舊唐書・史臣語》，卷130，頁3630。
〔註124〕《資治通鑑・乾元元年》，卷220，頁7054。

二，陽城傳）；論其修養的工夫，則隱逸山中，曾「絕粒二十餘年」
（通鑑二二四，大曆三年）。若非學養有素，怎會對德宗說出「貧不
學儉而儉自來，富不學奢而奢自至」（唐・李濬：松窗雜錄）的話
來？〔註125〕

湯承業指出李泌既好學又重視修養，其學養有素而能夠同時兼顧鬼神與政治
雙方面的學問，以為「這正表示泌的學問淵博」。此評相當中肯，但仍可補充。
據前文的各種文獻與分析來看，要論李泌的「學問淵博」，在李泌的自我書寫
以及唐人書寫的詩文中便可窺見。按李泌的文章能「步驟六義」並「發揚時
風」，能「依隱以玩世」而通滄浪紫府，能行君臣賡載之樂也能「主文以譎諫」，
其學問並不囿於一家一說，而是能融會儒道雙方並貫通經史，左「敷黃老之
訓」、右「昭纂堯之道」。如此看來，李泌還真有肩負「學究天人」之智者形
象的本錢。事實上，李泌能夠恣意的出世入世，並進而擁有隱士宰相的形象，
亦是賴其博學之助。正所謂，於隱則有「獨善兼濟之略」、於仕則有「經邦緯
俗之謨」，二者並行不礙，所指即此。

二、恆以智免還是貫徹志向──李泌「政隱兩全」之實踐

　　李泌的一生，雖然多次出入朝廷，但真正由李泌自行辭退，遁隱山林的
卻只有一次。那次便是在肅宗至德二年（757）收復兩京時，李泌以「五不可」
為由斷然隱逸。李泌的「五不可」，其一為「遇陛下太早」、其二為「陛下任
臣太重」其三為「寵臣太深」、其四為「臣功太高」、其五為「迹太奇」，故「不
可留也。」所云句句有理，李泌也看似不得不隱，否則恐招李輔國、張良娣
之忌而引來殺身之禍。然而，李泌在詩中曾有「不然絕粒昇天衢。不然鳴珂
遊帝都」、「千生氣志是良圖……業就扁舟泛五湖」此等志向的書寫，這與其
佐肅宗而立功，功成而身退的事蹟相謀合。由此看來，李泌於肅宗時遁隱的
決定便更加饒富意味，李泌是真忌憚奸人害命，還是由於不信任肅宗，抑或
是他單純想要完成他仕隱雙全的志向？以下詳論。

　　先看到李輔國、張良娣恐謀害李泌這一點。在前文有提到李輔國、張良
娣二人聯合謀害建寧王李倓之事，而據《資治通鑑》所載「上皇賜張良娣七
寶鞍，李泌言於上……建寧王倓泣於廊下，聲聞於上」〔註126〕一事可知，李

〔註125〕湯承業：〈李德裕與唐代十五名相比較論〉，《國立編譯館館刊》第 5 卷第 1
　　　　期，頁 88。
〔註126〕《資治通鑑・至德元載》，卷 218，頁 6998～6999。

泌與李俶乃是意氣相投，但也因此招致張良娣所恨。而當時「張良娣與李輔國相表裏，皆惡泌」，李俶也曾表示欲「爲先生除害」〔註127〕，此可見李俶與李泌之間的情誼實在緊密。可惜李俶除害之計未得實行，反而先受其害，李輔國、張良娣二人誣陷李俶，謂「俶恨不得爲元帥，謀害廣平王」〔註128〕，而肅宗卻也不查明此事，旋即賜死李俶。此建寧王之禍深深烙印在李泌心中，一直到李泌將遁隱時方與肅宗重提故事〔註129〕。由此可見，要說李泌遁隱的原因出在「李輔國、張良娣」二人身上是有根據的，而大多數史傳、筆記或是詩文書寫也都歸因於此。當然，以此推測李泌遁隱的原因相當合理，但還有其他因素也影響著李泌，他是否想要在安史之亂尚未完全平定時便離開中央，還建立在對唐肅宗的信任程度上。

　　談到李泌對唐肅宗的信任程度，李泌曾三度對肅宗失望，其一爲肅宗靈武即位稱帝，其二爲建寧王之禍，其三則是沒有貫徹靈武定計的內容。在這三個事件中，後面兩個俱可在各種資料中見其蹤跡，唯獨李泌對肅宗靈武即位表示失望的資料甚少。不過當時肅宗擅自即位，的確是遭到眾人所非議的，如杜甫書寫詩歌時，便屢屢表示斥責之意〔註130〕。而李泌對於肅宗擅自即位之事，雖無直接表態，但在《資治通鑑》中曾云「臣固嘗言之矣，戎事交切，須即區處；至於家事，當俟上皇。不然，後代何以辨陛下靈武即位之意邪！」〔註131〕從李泌的語氣以及語義推測，可知李泌固然瞭解肅宗靈武即位的意圖，但心中仍以玄宗爲尊。既然李泌以爲玄宗最尊，那麼肅宗的行爲明顯的就不合禮法。而李泌是肅宗之師，爲師者聞學生如此踐踏規範，乍聞其事時必定既震驚又失望。

　　然而，李泌雖然對肅宗擅自即位的事情感到失望，但他仍前往輔佐肅宗，這是李泌審慎分析局勢後做出的選擇。李泌在肅宗手下爲了收復大唐河山竭心盡力，但期間卻發生駭人聽聞的建寧王之禍。在建寧王之禍中，李泌頓悟了，深知肅宗並非明君，既然連復唐有功的親生兒子都可因讒言而殺之，李泌即便在當下深得肅宗所信任，也難保往後沒有殺身之禍。此二度的失望也是讓李泌於功成後遁隱的主因之一。

〔註127〕《資治通鑑・至德元載》，卷219，頁7009。
〔註128〕《資治通鑑・至德元載》，卷219，頁7013。
〔註129〕見前文，第三章第一節，頁72～73。
〔註130〕見前文，第三章第三節，頁107。
〔註131〕《資治通鑑・至德元載》，卷219，頁7012。

　　最後，讓李泌對肅宗徹底失望的是沒有按照靈武定計的內容行事。本來，按李泌的計策，先蕩平范陽巢穴再收復兩京，則能夠保證叛軍再無復甦的可能。但肅宗卻為了取得國君地位的正統性，而急取長安。在這事件中，李泌對肅宗的信任降到低點，他徹底瞭解肅宗並非可佐之君，也立下了功成歸隱的決心。而李泌在表明歸隱之意時，以言語保得皇儲安穩之事，卻是他在僅存的一絲信任上以命相博獲得的成果。

　　李泌辭歸，是因為他不再信任肅宗，深恐李輔國、張良娣二人害其性命。但以尋常觀點來看，有榮華富貴卻不去享受也確實不易。李泌能夠急流勇退，他澹泊名利而好修道隱逸的個性也有起到關鍵的作用。而李泌毅然歸隱時，肅宗卻仍是相當重視他的，也因此「有詔給三品祿，賜隱士服，為治室廬」〔註132〕名為「端居室」〔註133〕。李泌能夠帶官隱逸，大大地超越了他早年定下的志向，能達到此等政隱兩全之境界者古來罕見，大概如范蠡、商山四皓等人便是，也難怪在杜甫在其詩中屢屢引用「范蠡遊五湖」、「商山四皓」的典故，便是認同李泌也已達到此種境界。

三、辭肅宗而相德宗──李泌大隱的實踐

　　李泌在肅宗朝時遁隱衡山，到代宗大曆三年（768）方應皇帝之邀出山，期間經過十一年。誠然，就算是代宗如此無能的君主，卻也識得李泌之才能，代宗相當禮遇李泌，還想方設法的想要挽留住他，先後「舍蓬萊殿書閣」〔註134〕、「賜光福里弟」〔註135〕，「令泌數日宿第中，數日宿蓬萊院」〔註136〕，且還命李泌食酒肉、娶妻生子，所為的便是要能夠達成「自給、舍以上及方鎮除拜、軍國大事，皆與之議」〔註137〕的目的。雖然代宗此舉，旋即因元載、常袞等權臣排擠李泌而告失敗，但也為李泌未來實踐「大隱」〔註138〕之境界，

〔註132〕《新唐書・李泌列傳》，卷139，頁4634。
〔註133〕見宋・曾慥輯：《類說》引《鄴侯家傳》，卷2〈端居室〉，頁35上。
〔註134〕《新唐書・李泌列傳》，卷139，頁3634。
〔註135〕《新唐書・李泌列傳》，卷139，頁3634。
〔註136〕《資治通鑑・大曆三年》，卷224，頁7200。
〔註137〕《資治通鑑・大曆三年》，卷224，頁7199。
〔註138〕此處的「大隱」一詞，乃摘取白居易〈中隱〉詩所謂「大隱住朝市」之意義而來。依照白居易所言的「大隱」，乃處於喧擾紛鬧的政治核心中，以及「多憂患」的高貴權位上，卻仍能將行政佐國、遊隱宴歡兩者並行而「全其兩道」的生活模式。詩見，《全唐詩》，卷445，頁5011。

製造了良好的機緣與場地。

　　經過代宗朝，李泌在德宗時方來到一生政治生涯的高峰期。與肅宗時相比，李泌不信任肅宗，卻甘於在德宗手下爲相，可知李泌信德宗之深。與代宗時相比，代宗無法將李泌拱上高位，但德宗皇帝卻能辦到，可見德宗的確是有力之君。而李泌辭肅宗相德宗，歷來多遭人非議，有「譏其無定情，始以賓友自尊，而終喪其所守」〔註139〕的說法。但前文曾提到，肅宗三度令李泌失望，李泌便知肅宗是「可以同患難，但不可同富貴」的君主，遂沒有繼續追隨他。且回溯到李泌奔赴靈武時，其時李泌並無顯赫的政治功績，肅宗欲以之爲相也難服眾。雖然李泌在肅宗麾下有些貢獻，但李泌在朝中資歷尚淺也是不爭的事實。當然李泌也有自知之明，綜合多方因素後，李泌遂辭相位、辭肅宗。

　　再看到德宗時，李泌之所以能夠、或是說敢於相德宗，原因有二：其一說來諷刺，代宗時常袞欲貶李泌所言「陛下久欲用李泌，昔漢宣帝欲用人爲公卿，必先試理人，請且以爲刺史，使周知人間利病，俟報政而用之」〔註140〕卻也有其道理。李泌在累積許多從政經驗後，以其事三朝、有政績、有名望，任宰相職也就名正言順；其二則因德宗乃一肯納諫、願說理之有德之君。例如在李泌聯回制蕃的策略中，最大的困難原本在德宗身上，但德宗當時仍能冷靜的說出「朕非拒諫，但欲與卿較理耳」〔註141〕此等話語，可見其明君之本色。且德宗本身喜歡說理，他曾以楊炎、盧杞與李泌相較，認爲能得李泌是其最大樂事，原因在「朕言當，卿有喜色；不當，常有憂色……朕問難往復，卿辭理不屈，又無好勝之志，直使朕中懷已盡屈服而不能不從」〔註142〕，由此可見李泌面對德宗此等肯納諫的帝王，自然可以盡情的發揮。而德宗對李泌能夠推心置腹，任李泌輔國並造就多項績業，也可視作「君臣之分，千載一時」〔註143〕的又一事例。

　　再回頭看到，李泌在代宗朝先後因元載、常袞的陷害二度出走中央，如此看來，其「蓬萊殿書閣」、「光福里弟」應該都沒有獲得妥善的利用。一直到德宗時，李泌再受皇帝重視，但也先任職於陝虢後，最後才終於在貞元三

〔註139〕清・王夫之：《讀通鑑論》（北京：中華書局，1975年），卷23，頁788。
〔註140〕《資治通鑑・大曆十三年》，卷225，頁7225。
〔註141〕《資治通鑑・貞元三年》，卷233，頁7503。
〔註142〕《資治通鑑・貞元四年》，卷233，頁7512。
〔註143〕《舊唐書・史臣語》，卷174，頁4530。

年六月（787）入京拜相，其「蓬萊殿書閣」、「光福里弟」在此時才得到他充分的運用。李泌仕於朝又隱於朝，為德宗造功立業的同時，卻也享受著修道隱逸的快活。觀其一生，他在中年時就已完成早年所定的志向，更一舉躍上「政隱兩全」的境界。而當他晚年時，卻還能夠在「政隱兩全」的境界中更加提升，其事功之完美、學養之高超、修養之深厚，處於喧囂的核心仍能保有美好的自我。李泌真可謂高人隱於朝，乃是名符其實之「大隱」代表人物。

第四章　元和名相裴度的事功與文學

　　安史亂後的唐朝，朝裏朝外皆充斥著矛盾與對立，極待君主與有識之士的整飭與重建。而在經過唐肅宗、代宗、德宗三朝君主的鋪陳。到憲宗時，才終於再將國家恢復至安詳和平之局面，史稱「元和中興」〔註1〕。

　　唐憲宗「元和中興」，是君主與朝野上下共同努力之成果，但若要爲此事推一功臣，首推中興第一名相裴度。裴度此人的生平事蹟，在史傳記載中非常豐富，他在憲宗時拜相，並在元和年間督軍並平定淮西，開創「元和中興」。其後歷穆宗、敬宗、文宗數朝，也都曾掌宰輔之職，在政壇中擁有舉足輕重的影響力。又裴度在文學方面也有創作與見解，他當時詩人、文人來往，以及宅園爲據點發展宴集活動，也堪稱一時文壇盟主。因應裴度豐富的一生，本章便通過史傳、筆記、詩文與裴度自我詩文之書寫來探析，希望能夠從事功與文學的角度下手，釐清裴度的政治事蹟與生活面貌，以期能夠更加深入瞭解這名元和中興之名相。

〔註1〕「元和中興」一詞，乃史家對憲宗在元和年間積極治國，得令擁兵自重之蕃鎮順服於朝，皇權達到高度之集中，並重振唐朝國威的讚譽之詞。「元和中興」之時間與內容，大致自元和元年（806）討伐劍川得勝始，期間經過元和五年（810）擒昭義節度使、元和九年（812）魏博六州歸順朝廷、元和十二年（817）平定淮西、元和十三年（818）三月橫海節度使程權以滄景二州歸朝、元和十三年（818）四月成德軍節度使王承宗獻德棣二州以表順從，並在元和十四年（819）收復淄青十二州達到顛峰。最終至元和十五年（820）憲宗亡，穆宗長慶元年（821）起朱克融自領幽州軍節度留後、王廷湊自領成德軍節度使、史憲誠亦自稱魏博留後，此三鎮復亂於河朔，「元和中興」遂告一段落，前後約十五年。

第一節　裴度的事功表現

　　裴度爲憲宗朝著名的「中興名相」，在事功方面的表現無比的突出。本節便仔細的探討裴度的事功思想與史傳、文章書寫中裴度的具體事功表現，以彰顯其人在政治場合、政壇中擁有的形象。

一、裴度的事功思想

　　欲造就事功者，首先必須對國家擁有強烈的責任感，再來其內心也要有堅定的想法，且爲人之特質也必需果斷、不偏不移。裴度正好符合上述條件，並更進一步擁有一套事功思想。而欲探查裴度的事功思想，在其文章中最易看見，以下詳論。

（一）文章中展露之治才

　　唐代以科舉取士，以文章來評判其人是否有興國安邦的才能，故當時人們紛紛鑽研文章的寫作，希望能夠把自己擁有的一切治才都濃縮到文章中。因此，欲瞭解某人是否有從政、輔國的治才與追求事功的積極心態時，觀察他的文章便是最快的途徑。

　　裴度一生連中三榜，其才能相當受朝廷肯定。觀裴度文章，特別強調「載道」之功能，而文章之所以必須載道，乃因載道之文有益於國家、君主與政事。裴度秉持這個理念，在文章中屢屢掛心於國政，在展現文采的同時，也將其才能與抱負充分地揭示出來。

　　裴度有〈鑄劍戟爲農器賦〉，一般認爲此賦撰成於唐德宗貞元八年左右（792）〔註2〕，屬於裴度早期的作品。但賦中不難發現已有一套撰文理念，其字詞多不奇拗，句式亦不拘於格套，用典則多出自四書五經，可見裴度早就以「載道」與「實用」爲撰文之宗旨。加上賦中韻律嚴整且鏗鏘有力，全篇展現的格局宏大，營造的氛圍亦相當的典雅莊重，也因此深受選家所愛，在眾多選本中都有選入，堪稱是裴度律賦的代表作〔註3〕。不過賦中時空背景並不如裴度講得如此安定，當時的唐朝外有吐蕃劫盟亂邊，內有藩鎮恃強自

〔註2〕　〈鑄劍戟爲農器賦〉中有「皇帝嗣位之十三載」，按德宗於大曆十四年（779）即位，往後推十三年當在貞元八年（792）。賦篇載入《全唐文》，卷537，頁5450下～5451上。

〔註3〕　見簡宗梧、游適宏：〈清人選唐律賦之考察〉，《逢甲人文社會學報》第5期（2002年11月），頁21～35。此論統計清代賦選選文之狀況，其中裴度便以〈鑄劍戟爲農器賦〉多次入選。

重，遠遠未到「鑄劍戟爲農器」的時機。但若將此賦視作裴度內心的期望，
是爲天下黎民希冀之「大同世界」發聲，那便可發現字裡行間透露的都是裴
度的仁心、正義與鴻鵠之志。唐代趙璘在《因話錄》中有這麼一段話：

> 晉公貞元中，作〈鑄劍戟爲農器賦〉……憲宗平蕩宿寇，數致太平，
> 正當元和十三年，而晉公以文儒作相，竟立殊勛，爲章武佐命，觀
> 其辭賦氣概，豈得無異日之事乎？〔註4〕

趙璘認爲，裴度能躍居相位，甚至爲憲宗創立不朽功業，其才能與抱負早在
貞元年間的〈鑄劍戟爲農器賦〉便能窺見。

　　雖然趙璘對裴度的讚頌並非先見之明，但裴度擁有治世之才並取得偉大
的事功卻是無庸置疑的事實。裴度在進入朝廷中樞後，每每提出治世之良
方，屢屢展現追求事功的積極心態，這在他的文章中都可以看見。此處先看
到裴度對國家提出的政見，如〈三驅賦〉〔註5〕便是借「三驅之禮，網開一
面」的道理，指示皇帝需重視「休養生息」的原則，治理國家的同時也要節
制人力、物力的耗費；而〈不置冢宰議〉〔註6〕則更爲具體，明確地指示皇帝
不應另置「冢宰」一職擾亂官職制度。再來，裴度也能爲戰事出謀劃策，如
〈論田宏正討李師道疏〉〔註7〕便是，裴度此文上疏後，受憲宗肯定並依疏中
戰策施行，隨後果立奇功，此事在《舊唐書》中亦有載〔註8〕。更甚至，裴度
還肩負起督導皇帝的責任，如〈諫晏朝疏〉〔註9〕便是裴度觀察到皇帝作息不
正，乃撰文以糾正之；又如〈諫坐朝稀少疏〉〔註10〕則是裴度見敬宗皇帝耽
於玩樂而少上朝，乃撰文章開之以理，而裴度撰此文後，敬宗果然較頻於上
朝〔註11〕。從上述可見，裴度的這些文章，確實具有「載道」與「實用」的
功能，造福國家與社稷，其人能夠貫徹自己的事功思想，方能創立事功並成
爲一代名相。

　　而前文有引趙璘之話語，稱裴度爲「文儒」。但「文儒」並不同於一般的

〔註4〕　唐・趙璘：《因話錄》（《叢書集成初編》本，上海：商務印書館，1939年，據
　　　　稗海本排印），冊2831卷3，頁15。
〔註5〕　《全唐文》，卷537，頁5452下～5453上。
〔註6〕　《全唐文》，卷538，頁5461上。
〔註7〕　《全唐文》，卷537，頁5458下。
〔註8〕　見《舊唐書・裴度列傳》，卷170，頁4420～4421。
〔註9〕　《全唐文》，卷537，頁5460上。
〔註10〕　《全唐文》，卷537，頁5460上～5460下。
〔註11〕　見《舊唐書・裴度列傳》，卷170，頁4429～4430。

儒生〔註12〕，在不同時期也有不同的特質與角色定位，對此前人已有論述〔註13〕。有學者認為裴度是屬於中唐常袞後的「新文儒」一脈〔註14〕，此說不錯，但卻不夠全面。「新文儒」是兼具儒才、文才與吏才於一身的楷模，裴度當然是符合這些特徵，不過他與一般的「新文儒」還是有所差異。裴度在追求經世致用的同時，仍不忘歌頌、粉飾國家之本職，如〈白鳥呈瑞賦〉〔註15〕、〈神龜負圖出河賦〉〔註16〕、〈鈞天樂賦〉〔註17〕、〈二氣合景星賦〉〔註18〕等都是。不只如此，他在〈論田宏正討李師道疏〉〔註19〕中，還展現了「新文儒」所不具備的「軍才」。又關於儒者兼備將才，雖然也還有「儒帥」、「儒將」的稱呼〔註20〕，但其「儒」的內涵並不同於「新文儒」。故此處精確來講，裴度的才能融合「儒帥」與「新文儒」二者，充分地展現了儒才、文才、吏才與軍才，並以其全能的「治世之才」輔佐國君，也難怪能夠在頹靡的中晚唐間再開中興盛世。

（二）文章中展露之人格特質

在裴度自我書寫的文章中，可以看到他高尚的品德與操守，這是其人獨特之人格特質，而這些人格特質，也直接影響到他看待政治、政壇的觀點，並支持他在朝輔政、創造事功的核心價值觀。

〔註12〕 葛曉音在〈盛唐「文儒」的形成和復古思潮的濫觴〉中引《唐大召集令集》，卷四〈改元天寶赦〉云「儒學博通及文辭秀逸」一語來解釋「文儒」之本質，便相當切旨，見《詩國高潮與盛唐文化》（北京：北京大學出版社，1998年），頁 275。

〔註13〕 見臧清：《盛唐文儒研究：以張說為中心》（北京：北京大學博士論文，2007年）；李偉：〈初唐史官對「文儒」的認識〉，《山東大學學報》（2009年第3期），頁 132～136；曲景毅：〈試論中唐常袞制書之文章價值〉，《中國文化研究所學報》第 56 期（2013 年 1 月），頁 59～80。

〔註14〕 關於「新文儒」一詞，以及裴度屬常袞後之「新文儒」一脈的相關論述，可見曲景毅：〈試論中唐常袞制書之文章價值〉，頁 71。

〔註15〕 《全唐文》，卷537，頁 5452 上～5452 下。

〔註16〕 《全唐文》，卷537，頁 5451 下～5452 上。

〔註17〕 《全唐文》，卷537，頁 5453 上～5453 下。

〔註18〕 《全唐文》，卷537，頁 5453 下～5454 上。

〔註19〕 《全唐文》，卷537，頁 5458 下。

〔註20〕 「儒將」、「儒帥」指的是「研習儒學的士人在步入世途後，轉而誠為統兵作戰的將帥者。」在唐代直接稱呼為「儒將」、「儒帥」的例子極少，至宋代以後才比較多，見方震華：〈才兼文武的追求──唐代後期士人的軍事參與〉，頁 1～31。

1. 摒斥奸邪

在史傳記錄中，可以很明顯的看到裴度不喜奸佞之人，而他度量奸佞之人的準則，便在其人「能否促進國家發展」。這方面的偏好，在裴度的文章中也可以很明顯地辨識出來，如〈請罷知政事疏〉〔註21〕便是。

先看到〈請罷知政事疏〉，此文之作成背景在憲宗平定淮西後，當時憲宗以爲程异、皇甫鎛有功於朝廷，乃令此二人拜相。裴度聞之認爲不可，乃力諫憲宗，但憲宗不聽，裴度便撰〈請罷知政事疏〉表明立場。

在〈請罷知政事疏〉中，裴度具陳程异、皇甫鎛二人不宜爲相的原由，尤其在論皇甫鎛時，對其奸鄙之狀是描述得相當透徹。裴度力申，從古至今爲帝者皆須仰賴宰臣之輔弼，而宰臣的賢能與否，對國家是有巨大之影響，所謂「朝廷輕重，在於宰相」〔註22〕便是此理。然而，憲宗新拜之宰相卻是程异、皇甫鎛此等「微人」，裴度認爲此非良策，甚至是樁「笑話」。更以「天子如堂，宰臣如陛，陛高則堂高，陛卑則堂不得高矣；宰臣失人，則天子不得尊矣」此等話語來呼籲憲宗，認爲若用程异、皇甫鎛爲宰相，必令軍心潰散、公卿失望，「使億萬之眾離心，四方諸侯解體」，是「卻自破除」大好「中興」局勢的不智之舉。裴度以國家利益爲先，在文中對憲宗曉以大義，甚至不惜觸怒天威，以責言相向並請憲宗罷己之相位。文間除了可見裴度操心國家而「如火燒心、若箭攢體」之情狀，從裴度羞與程异、皇甫鎛同爲宰相，便請憲宗罷己相位的舉動來看，亦不難見裴度實是相當不喜程异、皇甫鎛此等奸佞之人，而對於摒斥奸邪，也是意志堅定。

裴度極其不喜奸邪之人，對於用文字斥退奸邪，也是無所顧忌，絲毫不留餘地。裴度不喜奸邪的出發點多是爲國家著想，他個人的正義感與對國家的忠心也進一步塑造出他「摒斥奸邪」的人格特質。

2. 自勵自強

裴度以文儒登相，又輔佐帝王創立宏偉的功業，從他的經歷來看，可知其心態是極爲積極。而裴度積極的心態，也可以在他的作品中發現，如〈蜀丞相諸葛武侯祠堂碑銘并序〉〔註23〕、〈歲寒知松柏後彫賦〉〔註24〕這些文章，便充分展現他對自我之期許與要求，展現著一股自勵自強的上進心。

〔註21〕《全唐文》，卷537，頁5459上～5460上。
〔註22〕《舊唐書·皇甫鎛列傳》，卷135，頁3739。
〔註23〕《全唐文》，卷537，頁5463上～5464下。
〔註24〕《全唐文》，卷537，頁5454上～5454下。

　　裴度有〈蜀丞相諸葛武侯祠堂碑銘并序〉，此文表面上看起來是爲諸葛武侯立碑，歌頌其人之功德。然而，裴度實際上也把諸葛武侯的作爲當成一項指標，以次激勵自己。文中有許多歌頌諸葛武侯的作爲與事蹟者，很多也就如裴度往後做爲的範本，例如裴度自請督戰淮西一事，便是相信「自我而作，若金在鎔」的道理，認爲自己的力量也可以左右事情的結果，且裴度果眞也以此理念創造佳績，並平定淮西；又如裴度收復淮西後，是效法「道化行乎域中」、「道德城池」的原則，以德政來取信於民，其成果卓越，據史傳及時人詩文所載來看，淮西人民感謝裴度，還眞達到如諸葛武侯「德及於人也，雖奕葉而見思」、「化人如神，勞而不怨」的那般效果；其他還如元和十三年（818）巧計說服王承宗、寶曆二年（826）智取朱克融、開成二年（837）令張元益歸順等事，也都是效法「不以力制，而取其心服」、以「禮義」爲「干櫓」的策略，達到「務增德以呑宇宙，不黷武以爭尋常」的理想狀態，依此來厚植朝廷之實力。從上述可見，裴度在創創立功業之前，早就以積極的心態制訂了一套治世之法度。他一方面希望自己能夠達到諸葛武侯那般，兼備「事君之節、開國之才、立身之道、治人之術」四者之才能；另一方面也不忘當下，希望國家一統、人心集聚。裴度撰此碑文，本爲歌頌諸葛武侯，但同時也將諸葛武侯奉爲楷模，以此文來鞭策自己。令人倍感欣慰的是裴度還眞能達到他對自己的要求，成爲中晚唐間的「再世諸葛」，爲章武佐命並立千古之殊勳。

　　另外，裴度還有〈歲寒知松柏後彫賦〉，觀賦題「歲寒知松柏後彫」便可知其典故，此賦通篇俱以「松」之本質做發揮，在賦尾「松兮柏兮，猶君子之志行」一句，明顯是作者假頌「松」之名頌「君子」之德。而這君子之德爲何物，觀賦中文字知重點在「貞心勁節翠貫四時」，以此比喻君子的高尚德行不受時間、環境的影響，並能貫串始終。裴度作此賦，除了頌「松」與「君子」之德外，同也欲以此君子之德爲自我品德的期許，賦中有「懿夫春夏榮滋，我不競於芳時。秋冬凜冽，我不改其素節」數語，便是他忠於君子之德的宣言。

　　觀裴度一生，他一心以國家利益爲優先，忠心事主而不與奸臣爲伍。每當面對朝廷重大事件時，也都能力排眾議，輔佐皇帝成就千秋大業。裴度的所作所爲，就如他在〈蜀丞相諸葛武侯祠堂碑銘並序〉、〈歲寒知松柏後彫賦〉二文中的自我期許一般，其文行合一、自勵自強的人格特質著實令人動容。

3. 自謙自足

裴度有為人臣者的正義感與忠心，也有摒斥奸邪的堅定意志，還有堅忍不跋、自勵自強的積極心態，擁有這些人格特質，方能夠對國家有所貢獻。裴度當然是有功於國的，也因這些功績封官晉爵。但他並不以高位自鳴得意，反倒是展現出自謙自足的美德，這在他的〈懇辭冊禮表〉〔註25〕、〈讓平章事表〉〔註26〕中俱可見。

先看到〈懇辭冊禮表〉，此表作成於文宗時，當時文宗感謝裴度為國付出〔註27〕，乃下詔加其官為司徒、平章軍國重事。雖然裴度當時功績確實很高，也早就是國之元老，文宗此次冊勳本也在情理之內，但裴度卻認為此等隆禮不應加諸己身，他在〈懇辭禮表〉云：

> 臣蒙恩授前件官，准制取今月二十八日冊命者。伏以公台崇禮，典冊盛儀，庸臣當之，實為忝越。況累承寵命，亦為便蕃，前後三度，已行此禮。今臣猶忝參樞近，竊懼無以弼諧，重此勞煩，有靦面目……則素餐高位，空負恥於中心。弁冕輅車，免議誚於眾口。不勝慚惶懇迫之至。（《全唐文》，卷537，頁5457）

文中裴度所用文字極為謙遜，甚至是太過貶低自己，如自謂「庸臣」、又說「竊懼無以弼諧，重此勞煩，有靦面目」、乃至說自己是「素餐高位，空負恥於中心」。裴度用的這些詞彙，不論是用時人或歷史公論來評判，都絕對不會成立，明顯是為推辭而用。裴度即便是面對高官厚祿，心事依舊平和，不貪圖名譽與利益，展現了自謙自足的美德。

再看到〈讓平章事表〉，此表裴度也如〈懇辭冊禮表〉一般，他謂己「駑劣而又病」且「本性偏狹」，亦是謙詞。裴度晚年雖病，但其才能並不「駑劣」，關於他才能之大用，從他輔佐數朝皇帝又屢建功績便可證明；而他「本性偏狹」，是因其真知灼見常與他人不合，但不合者通常都是缺乏遠見或謀求私利之輩。裴度認為他「若任在可以匡輔朝廷，則臣以生前，豈敢愛惜生命。但以去之無損，留則可哀」，從此數語可見其堅持退讓之心。

觀上面二例，裴度那謙讓知足的人格特質是非常明顯。但裴度所表現的

〔註25〕《全唐文》，卷537，頁5457上。

〔註26〕《全唐文》，卷537，頁5456上～5456下。

〔註27〕文宗感謝裴度者，是在裴度輔佐各時期皇帝造就之功績。尤其是文宗即位之初，滄、景變亂，當時裴度亦有助戰出力，見〈加裴度司徒詔〉，載入《全唐文》，卷71，頁753下～754上；《舊唐書·裴度列傳》，卷170，頁4431。

「謙讓知足」，卻也太過刻意，探其原因，還與他晚年「稍嫌沈浮」有關。裴度晚年氣力漸弛，雖然帝王惜其一生鞠躬盡瘁，而屢加褒獎撫慰，但他自覺無功於朝廷，也無力再與奸臣對抗，乃就越趨退隱，不爭上位。裴度在〈讓平章事表〉、〈懇辭冊禮表〉中展現的除了自謙自足的美德外，還有明哲保身的態度與急流勇退的智慧。

二、史傳書寫中的裴度事功

裴度做為唐朝中晚季的宰相之一，以功業著稱，史傳對他的書寫也相當豐富，在《舊唐書》、《新唐書》都有傳，而《資治通鑑》、《續通志》中也都有很多記錄，此處便以裴度的生平事蹟為線索，探查史傳書寫下裴度的具體事功。

（一）仕宦前期之狀況

裴度在仕宦前期就已有事功的表現，此處指的「仕宦前期」，主要在他初次入仕到介入淮西戰役之前。以下先見表格，再進入正文討論。

表 4-1　裴度仕宦前期事功一覽表

中國年（西元年）	重要事功
元和七年（812 年）	1. 奉憲宗之命出為朝使、宣慰魏博，使魏博一鎮忠心於唐。
	2. 與憲宗闡明五坊小使之惡，營救受害官員。

裴度，生於唐代宗廣德二年，卒於文宗開成四年（764～839），享年七十六。河東聞喜人，出身東眷裴氏，雖為望族之後，但其所在支系並不顯赫〔註 28〕。裴度的祖父與父親官僅止於縣令與縣丞，位階不高，不過仍可說裴度的家族是有學習的風氣與仕宦之傳統。裴度承繼著祖父與父親建立的家風，憑藉著才能與努力，於貞元五年（789）到貞元十年（794）間，先後舉進士、登博學宏詞科，且還入賢良方正、能直言極諫科等〔註 29〕。

〔註 28〕 裴度所在的支系為「東眷裴道護欣敬支」，鄰支為「東眷裴道護客兒支」、「東眷裴道護鴻智支」，這三支中「東眷裴道護欣敬支」在裴度以前為官者確實比較少，故言裴度所在支系並不顯赫，見《新唐書・宰相世系表》，卷 71 上，頁 2234～2244。

〔註 29〕 舉進士在唐德宗貞元五年（789），登博學宏詞科在貞元八年（792），入賢良方正、能直言極諫科在貞元十年（794），見傅璇琮主編：《唐五代文學編年史》（瀋陽：遼海出版社，1998 年）中唐卷，頁 454～455、489、515。

裴度通過政府的考試，進入朝廷的仕宦體系中，一路從校書郎升爲河陰縣尉。元和元年（805）裴度轉遷監察御史，但隨後因疏諫過於耿直，不合上意，被貶爲河南功曹參軍，不過很快的又在元和二年（806）被武元衡所發掘，拜入其幕下爲書記。到元和四年（808）再次被召回朝廷時，乃升爲起居舍人，仕途可謂相當平順。

憲宗元和五年（810）時，成德戰爭結束，當朝宰相裴垍因應戰後局勢，提攜了一批人才，裴度亦在列中。裴度受裴垍提攜，以司封員外郎兼知制誥〔註30〕，隔年更轉司封郎中，從此正式進入文官體制的中樞，漸受朝廷所重用，表現的機會也接踵而來。

裴度任起居舍人以來，侍奉於皇帝左右，展現才能的機會越來越多。從上表可見，元和七年（812）時，裴度的政治生涯來到了第一個轉捩點，其時憲宗指派一項任務給裴度，見史載：

> 七年，魏博節度使田季安卒，其子懷諫幼年不任軍政，牙軍立小將田興爲留後。興布心腹於朝廷，請守國法，除吏輸常賦，憲宗遣度使魏州宣諭……魏人深德之。興又請度徧至屬郡，宣述詔旨，魏人郊迎感悅。使還，拜中書舍人。（《舊唐書·裴度列傳》，卷170，頁4413～4414）

這是裴度入朝後，首次被委以重任〔註31〕，而他亦不負朝廷所望，妥善的宣達朝廷之諭令，令魏博節度使與魏博人民盡皆順服，爲元和中興奠下基礎。魏博六州歸於朝，更加鞏固「元和中興」一事成眞。不過在這事件中，首功歸宰相李絳〔註32〕，裴度當時僅爲使節，並非策劃者。但只要細探其內容，便可知此事除了宰相李絳的謀略外，裴度之才能亦不可或缺：

> 度勁正而言辯，尤長於政體，凡所陳諭，感動物情。自魏博使還，宣達稱旨，帝深嘉屬。（《舊唐書·裴度列傳》，卷170，頁4415）

憲宗在選拔前往魏博之使節時，實是慧眼識英，知裴度有言語上的長才，方

〔註30〕見《新唐書·裴垍列傳》，卷169，頁5149；《舊唐書·憲宗本紀》，卷14，頁432。

〔註31〕見《舊唐書·憲宗本紀》，卷15，頁444；《舊唐書·田弘正列傳》，卷141，頁3849；《新唐書·田弘正列傳》，卷148，頁4782。

〔註32〕見《舊唐書·李絳列傳》，卷，頁4289；《新唐書·李絳列傳》，卷，頁4840～4841；《資治通鑑》，卷，頁7692～7697。可知唐憲宗在本事件中採用的是宰相李絳之意見。

任之爲使〔註33〕。且裴度的才能，在當時也有其用：

> 自弘正〔註34〕歸國，幽、恆、鄆、蔡有齒寒之懼，屢遣客間說，多
> 方誘阻，而弘正終始不移其操。裴度明理體，詞說雄辯，弘正聽其
> 言，終夕不倦，遂深相結納，由是奉上之意逾謹。（《舊唐書・田弘
> 正列傳》，卷 141，頁 3850）

可見因爲裴度在陳諭時能「感動物情」、「詞說雄辯」，具有很高的感召力，方
能令魏博節度使對朝廷忠心不二、令魏博民心皆趨向朝廷，大大地鞏固中央
集權。

裴度因宣慰魏博之功拜中書舍人，跨越了六品與五品官員之間的障礙，
其才能是受到極高的肯定，而聲勢亦越加隆赫〔註35〕。至元和九年（814）再
晉升爲御史中丞，時有五坊小使〔註36〕擾民，誣陷下邽縣令裴寰對皇帝不
敬，害其入獄。宰相武元衡見此事，即前往勸諫憲宗，但憲宗怒而不納，至
裴度入殿開導，方有所開悟，一解怒氣，釋放裴寰〔註37〕。在此事件中，裴
度亦展現了其言語上之長才，縱使皇帝因怒氣掩蔽了理性，仍能以理誘之，
令其能夠以民爲本，致憲宗不淪爲昏君，令裴寰不因小人而送命。

從上文來看，史傳對裴度仕宦前期之書寫，著重在他「言語、文字」上
的長才。而做爲一個從政人員，欲輔佐天子治國，這方面的能力極其重要，
裴度在仕宦前期就已展現這方面的特長，對其往後受憲宗重用裨益良多。

（二）出將入相，平定淮西期間之狀況

裴度在仕宦前期就已建立事功，而他也因爲表現良好而得以一直升官。
元和十年（815）起，裴度開始正式介入憲宗「平定淮西」一系列戰役中，這

〔註33〕見「弘正知度爲帝高選」，這個說法也提高的裴度的地位，並非人人皆可擔當
此任，皇帝是相信裴度的能力方任命爲之。見《新唐書・裴度列傳》，卷 173，
頁 5209。

〔註34〕「田弘正，本名興。」見《舊唐書・田弘正列傳》，卷 141，頁 3848。

〔註35〕孫國棟指出中書舍人的品階爲正五品上，且「中書舍人是中書省的骨幹……
不僅需有文才，而且必須有識見……所以中書舍人始終是文人之華選」、「唐
人以五品爲遷官的重要界線……省臺的重要幹部都是五品……所以對遷入五
品特別定有限制。」《唐代中央重要文官遷轉途徑研究》（上海：上海古籍，
2009 年），頁 30、270。

〔註36〕唐立五坊，爲雕坊、鶻坊、鷹坊、鷂坊、狗坊，置五坊使掌管之，見《新唐
書・殿中省志》，卷 47，頁 1218；《唐會要・五坊宮苑使》，卷 78，頁 1421。

〔註37〕見《舊唐書・裴度列傳》，卷 170，頁 4414；《新唐書・裴度列傳》，卷 173，
頁 5209～5210；《唐會要・忠諫》，卷 52，頁 909。

段時期對裴度而言極爲重要，也奠定他在歷史上的重要地位。此處以裴度參
與淮西戰役期間爲主，同樣先列表，再討論他在這個時期的具體作爲與創立
之事功。

表 4-2　裴度元和淮西戰役期間事功一覽表

中國年（西元年）	重要事功
元和十年（815 年）	1. 奉使蔡州行營，宣諭諸軍，同時巡視前線狀況。並推測當下戰局，更在不久後印證其說。
	2. 裴度代武元衡之職拜相，主導淮西戰役走向。
	3. 堅定憲宗伐叛思想，排除當朝主和派的干擾。
元和十二年（817 年）	1. 自請督戰淮西，親赴前線指揮。
	2. 前往淮西行營，巡視軍隊、宣達聖意，並革除軍隊監軍制度，軍心大振。
	3. 督戰淮西兩月便大破蔡州叛軍，一舉平定淮西。
	4. 招撫淮西降卒，撫慰蔡州黎民，施以文治、大布德政，使當地士卒、人民甘於順服朝廷。

從上表可見，裴度在這段時間首先參與的是擔任使節到蔡州宣諭上意，
同時審查前線狀況，見史載：

　　尋以度兼邢部侍郎，奉使蔡州行營，宣諭諸軍。既還，帝問諸將之才，
　　度曰：「臣觀李光顏見義能勇，終有所成。」不數日，光顏大破賊軍
　　於時曲，帝尤歎度之知人。（《舊唐書・裴度列傳》，卷 170，頁 4414）

此事需追溯至元和九年（814）「淮西節度使吳少陽卒，其子元濟匿喪，自總
兵柄，乃焚劫舞陽等四縣。朝廷遣使弔祭，拒而不納。」[註 38] 可以看到吳
元濟自立爲王，此舉乃是對朝廷大大之不忠，憲宗也因此在同年十月令嚴綬
爲申、光、蔡等州招撫使，前往討伐叛軍吳元濟 [註 39]，裴度便在隔年奉命
前往蔡州行營宣慰並觀察狀況 [註 40]。而裴度自蔡州歸朝後，面對憲宗詢問，
回答得也相當穩當，力主持續用兵淮西，俱云「淮西必可取之狀」[註 41]、「所

[註 38] 《舊唐書・憲宗本紀》，卷 15，頁 450。
[註 39] 見《舊唐書・憲宗本紀》，卷 15，頁 451；《舊唐書・嚴綬列傳》，卷 146，頁 3961。
[註 40] 見《舊唐書・憲宗本紀》，卷 15，頁 452。
[註 41] 《資治通鑑・元和十年》，卷 239，頁 7712。

言軍機，多合上旨」〔註42〕，尤其又以「問諸將之才」一段極爲精闢，可見裴度亦善於「識人、知人」。由此，憲宗對裴度是愈加青睞，令其以御史中丞進兼刑部侍郎〔註43〕。

元和十年（815）六月，王承宗、李師道不欲朝廷平淮西，便遣人刺殺主戰淮西之宰相武元衡、朝臣裴度〔註44〕，武元衡不幸身亡、裴度重傷，此事一時驚動朝野，人心惶惶。主和派趁此時諫言憲宗罷去裴度官職，以安成德、淄青二鎮之心。對此意見，憲宗不從，怒而斥曰：

> 若罷度官，是姦計得行，朝綱何以振擧？吾用度一人，足以破此二
> 賊矣。（《舊唐書・裴度列傳》，卷170，頁4415）

由此可見，憲宗當時不畏奸人脅迫，想要重振朝廷威權。從憲宗欲倚重裴度來看，此時裴度之才能已全面地被接受。同月，裴度傷癒後官拜門下侍郎、同中書門下平章事（即拜相）〔註45〕。至此，裴度之仕宦生涯來到他一生的巓峰期，位登文官之首、國之首輔的宰相。

而裴度之所以能登上宰相之高位，除了才能受憲宗賞識外，他「主戰淮西」的想法亦是原因之一。當時憲宗極力地想要平定淮西以鞏固威權，不過平定淮西早期並不順利，一方面前線戰況吃緊，屢不聞捷報，另一方面多數蕃鎮皆不欲朝廷統一，奸計百出、四處造亂。且除了外部之抵抗，內部的矛盾亦相當嚴重，主和派重臣錢徽、蕭俛等，爲求偏安之便，屢次建議憲宗罷兵〔註46〕，唯獨裴度持不同意見，力陳收復淮西之重要性，其云：

> 病在腹心，不時去，且爲大患。不然，兩河亦將視此爲逆順。（新唐
> 書・裴度列傳》，卷173，頁5211）

此言深得憲宗之意，遂力排主和派眾臣之議，重用裴度，並持續對淮西用兵。

〔註42〕《舊唐書・憲宗本紀》，卷15，頁452。

〔註43〕見《新唐書・裴度列傳》，卷173，頁521：《舊唐書・憲宗本紀》，卷15，頁452。

〔註44〕王承宗、李師道不欲朝廷平淮西而屢屢造亂，刺殺武元衡、裴度爲其一例。見《舊唐書・王承宗列傳》，冊12卷142，頁3880～3881：《新唐書・王承宗列傳》，卷136，頁5957～5958：《舊唐書・李師道列傳》，卷124，頁3538～3539：《新唐書・李師道列傳》，卷138，頁5992～5993。

〔註45〕見《舊唐書・裴度列傳》，卷170，頁4415：《新唐書・裴度列傳》，卷173，頁5210：《舊唐書・憲宗本紀》，卷15，頁453：《新唐書・憲宗本紀》，卷7，頁214。《新唐書・裴度列傳》、《新唐書・憲宗本紀》載爲「中書侍郎」。

〔註46〕見《舊唐書・裴度列傳》，卷170，頁4415：《新唐書・裴度列傳》，卷173，頁5211。

至元和十二年（817）「李愬、李光顏屢奏破賊」〔註47〕，戰情終有好轉，但至此已聚朝野上下人力、物力四年，軍民死傷無數、國庫逐漸空虛，宰相李逢吉、王涯等人又趁此時力諫罷兵。當此情勢，裴度料定吳元濟已技窮，乃挺身而出云「臣請身自督戰」〔註48〕，又云「臣誓不與此賊偕全」〔註49〕，更云「若臣自赴行營，則諸將各欲立功以固恩寵，破賊必矣」〔註50〕，所言合情合理，感動憲宗，更加貫徹平定淮西之意志，乃詔裴度爲淮西宣慰招討處置使〔註51〕，實則掌都統事，專責統領諸軍平定淮西〔註52〕。同年八月，裴度以所信之人「刑部侍郎馬總爲宣慰副使，太子右庶子韓愈爲彰義行軍司馬，司勳員外郎李正封、都官員外郎逢宿、禮部員外郎李宗閔等爲兩使判官書記」〔註53〕，共征淮西，離京前奏曰：

> 主憂臣辱，義在必死。賊滅，則朝天有日；賊在，則歸闕無期。（《舊唐書・裴度列傳》，卷170，頁4418）

所言感動物情、正氣凜然，可見其強烈的責任心與正義感，也難怪憲宗聽到這段話會爲之動容〔註54〕。

同月，裴度至淮西行營，他巡視眾軍並宣達聖意，振奮軍心。巡視期間馬上便發現軍隊中存在之問題：

> 時諸道兵皆有中使監陣，進退不由主將，戰勝則先使獻捷，偶創則凌挫百端。度至行營，並奏去之，兵柄專制之於將，眾皆喜悅。軍法嚴肅，號令畫一，以是出戰皆捷。（《舊唐書・裴度列傳》，卷170，頁4418）

他發現朝廷派至軍隊中負責監視之「中使」，一方面左右陣中主將之決策，另一方面又好居功，相當不利於軍，便上奏請削中使之職，令兵權集中到各陣主將手中。裴度能立即發現軍隊中的病灶，並予以根除，令軍容整肅、眾軍

〔註47〕《舊唐書・裴度列傳》，卷170，頁4416。
〔註48〕《舊唐書・裴度列傳》，卷170，頁4416。
〔註49〕《舊唐書・裴度列傳》，卷170，頁4416。
〔註50〕《舊唐書・裴度列傳》，卷170，頁4416。
〔註51〕後裴度請改爲宣慰處置使，見《舊唐書・裴度列傳》，卷170，頁4417。
〔註52〕見《舊唐書・裴度列傳》，卷170，頁4416～4418；《新唐書・裴度列傳》，卷173，頁5211；《舊唐書・憲宗本紀》，卷15，頁460；《新唐書・憲宗本紀》，卷7，頁216。
〔註53〕《舊唐書・裴度列傳》，卷170，頁4417。
〔註54〕見《舊唐書・裴度列傳》，卷170，頁4418。

一心。由此可見，裴度不僅僅具有言語文字及政治上的長才，在帶兵、行軍打仗之軍事方面亦極爲優秀。在排除一切不利軍隊之因素後，軍隊屢戰屢勝，並在裴度親赴前線督軍兩月後，同年十月間李愬便攻破蔡州、生擒吳元濟，自此淮西平定，「元和中興」中最重要之功業已成。

在擒獲淮西叛亂之首惡吳元濟後，淮西平定之勢大致底定，裴度旋即展開一連串的安撫策略，以撫慰降卒、安定民心：

> 度先遣宣慰副使馬總入城安撫。明日……度既視事，蔡人大悅。舊令：「途無偶語，夜不燃燭，人或以酒食相過從者，以軍法論。」度乃約法，唯盜賊鬥殺外，餘盡除之，其往來者，不復以晝夜爲限，於是蔡之遺黎始知有生人之樂……吾受命爲彰義軍節度使，元惡就擒，蔡人即吾人也。」蔡之父老，無不感泣，申、光之民，即時平定。（《舊唐書·裴度列傳》，卷170，頁4418～4419）

從這兩則裴度撫恤淮西降卒與黎元的記錄來看，裴度在「收買人心」之策略上是相當成功，充分展現他治國的敏銳度。裴度知道淮西一帶不受朝廷統治已久，數年之影響，必使民心生異而不歸大唐，他便先從基本之法治上下手，革除民眾所厭惡之法令，令當地百姓生活的更自由也更快樂，既然百姓能生活的自在無虞，當然也就會心向大唐，不致再反。而裴度對於淮西降兵則盡釋前嫌，視之爲親兵，展現充分之信任與大度，從心理下手，以軟化其防備。而降兵與百姓聞之，乃知身受其惠而不疑有它，紛紛順服朝廷。

從以上可見，史傳對裴度平定淮西這一時期的描寫相當詳盡，給予非常多的肯定與讚揚。不難發現裴度在平定淮西的想法與策略上，是深受憲宗所賞識，也因此將裴度提攜至相位。在這一時期，裴度展現了他敏銳的觀察力，對淮西一帶的局勢，每每皆能「洞燭機先」。面對朝野「主和」之壓力，他更「自請督戰」，以鞠躬盡瘁之忠、身先士卒之勇，鞏固憲宗平定淮西之意志。而裴度亦不辜負憲宗之美意，親身赴陣前督戰，展現極其卓越的軍事長才，在帶兵兩月後即平定淮西，更以其智謀與號召力收復民心，令光、申、蔡三州迅速歸順。至此，裴度在歷史中的形象不再侷限在「政、文」之間的朝中首宰，而一舉躍升至「出將入相」通曉「軍、政、文」三方領域的全能地位之上。

（三）中興名相與元和中興晚期之狀況

唐憲宗在元和年間傾盡全力平定淮西，爲「元和中興」中期極其重要的

功業，裴度在淮西之役中扮演的角色至關重要，他在此役中取得莫大的成功，其名聲也因此響徹古今。而淮西一役固然是裴度的代表作，但是他並沒有停下腳步。在收服淮西叛鎮後，裴度還積極對付河朔地方的諸多反叛勢力，同時也樹立許多事功。此處以裴度平定淮西之後，到完全收復河朔地區，完成所有中興功業的這個時期為主，同樣先列表，後詳細說明。

表4-3　裴度元和中興晚期事功一覽表

中國年（西元年）	重要事功
元和十三年（818年）	1. 遣辯士遊說，使成淄青節度李師道、橫海節度程權、成德節度王承宗歸順朝廷。
	2. 主張剿滅復叛之淄青節度李師道，再次堅定憲宗伐叛之心。
	3. 與憲宗再次闡明「五坊使」之惡，略挫宦官威勢。
	4. 力諫不可用程异、皇甫鎛為相，但諫言失敗。
元和十四年（819年）	提供前線計策，使大唐以最低限度的人員、糧米耗損便得收服淄青。

在淮西之役前後勞苦奔走的裴度，因功加官為金紫光祿大夫、宏文館大學士，且更加勳為上柱國，封為晉國公，仍知政事〔註55〕，儼然已得名垂青史。不過從上表可見，裴度並沒有因此停下腳步。元和十三年（818）裴度知朝廷收復淮西後威勢正旺，其時蕃鎮既然已心生恐懼，便施計於成德軍節度使王承宗：

> 初，淮、蔡既平，鎮、冀王承宗甚懼，度遣辯士遊說，客於趙、魏間，使說承宗，令割地入質以效順。故承宗求援於田弘正，由度使客諷動之，故兵不血刃，而承宗鼠伏。（《舊唐書・裴度列傳》，卷170，頁4420）

王承宗以成德軍節度使盤據恆、冀一帶，在朝廷討伐淮西期間屢屢造亂，其囂張跋扈之狀可見一斑。而王承宗能夠如此肆無忌憚，所倚賴的是眾蕃鎮與朝廷相互制衡之情勢，不過眾蕃鎮與朝廷相互制衡的情況，在朝廷平定淮西之後有了重大的改變。淮西既平，河南一帶蕃鎮遂歸於一統，唐朝政府乃得集中兵力討伐河朔。感受到此壓力，位居河朔一帶的淄青節度使李師道先以三州獻朝以

〔註55〕同宰相。見《舊唐書・裴度列傳》，卷170，頁4419；《新唐書・裴度列傳》，卷173，頁5212。

表歸順〔註56〕，緊接著橫海軍節度使程權又以滄、景二州歸朝〔註57〕，而位處
魏博、淄青、滄景之間的王承宗頓失依靠、惶恐不堪。裴度在此時洞悉此點，
便智遣辯士前往遊說王承宗，王承宗既陷於恐懼之中，聞有生路便以德、棣
二州獻朝，以表其忠心。觀此事件，裴度能不動干戈地收復失土，令王承宗
歸順朝廷，其智謀絕不亞於元和七年（812）以逸待勞取魏博的宰相李絳。而
此事又爲裴度在「元和中興」之貢獻再添上一筆。

在收復成德王承宗後，大唐本該歸於一統。但在前段提到之淄青節度使
李師道，原本因淮西遭朝廷平定，震懾於朝廷之威勢，方以三州獻朝以表歸
順，卻在歸順後不久，又受部將蠱惑反叛朝廷〔註58〕。李師道在憲宗討伐淮
西期間便極不合作，此番反叛乃仰仗著淄青十二州之財力、物力與軍力。既
見此狀，裴度乃勸憲宗全力誅殺李師道以捍衛朝威，而憲宗也同意裴度之意
見，便傾宣武、義成、武寧、橫海及魏博五鎮之師共剿淄青。在平定淄青一
役，所遇到之阻礙較平定淮西期間少，各鎮所出之師也都紛紛告捷，以當時
之情況要平定淄青僅是時間上的問題。不過裴度在一次行動中提出一個更具
效率之方法：

> 弘正奏請取黎陽渡河，會李光顏等軍齊進。帝召臣於延英議可否，
> 皆曰：「閫外之事，大將制之，既有奏陳，宜遂其請。」度獨以爲不
> 可，奏曰：「魏博一軍，不同諸道……若欲於河南持重，則不如河北
> 養威。不然，則且秣馬屬兵，候霜降水落，於楊劉渡河，直抵鄆州。
> 但得至陽穀已來下營，則兵勢自勝，賊形自撓。」（《舊唐書·裴度
> 列傳》，卷170，頁4420～4421）

此行動原先爲魏博田弘正上奏憲宗，欲從黎陽渡河並與李光顏會合，令二鎮
會爲一鎮共進，然裴度不建議如此。裴度建議令魏博田弘正取楊劉渡河，而
至陽穀紮營，並以龐大之軍容壓迫之。淄青之叛軍見此龐大之軍容，其軍心
自會動搖進而覆滅。聞此良策憲宗亦相當肯定，便以此策令田弘正實行：

> 乃詔弘正取楊劉渡河。及弘正軍既濟河而南，距鄆州四十里築壘，
> 賊勢果蹙。傾之，誅師道。（《舊唐書·裴度列傳》，卷170，頁4421）

〔註56〕 見《舊唐書·憲宗本紀》，卷15，頁462；《新唐書·憲宗本紀》，卷7，頁217。
〔註57〕 見《新唐書·憲宗本紀》，卷7，頁217。
〔註58〕 見《新唐書·李師道列傳》，卷213，頁5993～5994；《舊唐書·李遜列傳》，
　　　　卷155，頁4124。

田弘正領詔旨並依計行之,絷營鄆州四十里外。不久,淄青叛軍內部果亂,「淄青都知兵馬使劉悟斬李師道并男二人首請降」〔註59〕。元和十四年(819)李師道既誅,淄青十二州亦平。觀此事件,裴度的策略極為成功,他洞悉了朝廷、蕃鎮、叛軍與叛軍內部的安定與不安定要素,力求以最小的投資換取最龐大的報酬,如此不僅僅減少糧餉之消耗,更降低了士兵之傷亡。

唐朝在元和十四年(819)收復淄青十二州之時,唐憲宗「元和中興」之功業也已全部完成。河南、河北數鎮無不歸順朝廷,大唐復歸於和平之盛世。細數憲宗「元和中興」之功業共有七件,裴度參與其中四件,由此我們可以肯定裴度是左右「元和中興」能夠成真與否的重要角色,裴度以「中興名相」載入史冊亦當之無愧。

觀「元和中興」之本質,就是從蕃鎮之歸順來看「唐朝皇權」之再次集中、鞏固,多以外部的統一與否來做為評判的準則。在安史亂後皇權之所以會分散,不僅僅因地方蕃鎮之跋扈,朝廷內部之佞臣、宦官亂政亦是主因之一。「元和中興」在朝廷內部的成效較無外部之功績明顯,即便有所整肅,亦如曇花一現而無法長久。關於對朝廷內部之整肅,據史傳所載,裴度在元和中興期間數次欲削弱佞臣、宦官之權力,下文詳述。

裴度在元和十二年(817)「自請督戰淮西」時,就已有成功削弱宦官權力之事例。當時他發現朝廷以宦官為「中使」,派至軍隊中監視軍情,但中使每每皆左右陣中主將之決策,而勝則奪其功、敗則嫁其禍,極不利於戰事,乃奏請憲宗削去中使一職。在裁撤各軍隊之中使後,各軍隊旋即每戰每勝,由此可見當時置宦官於軍中實是百害而無一利,裴度削其職權實有其道理。

又前文曾提到之「五坊小使」,亦屬宦官所掌,其殘害忠良、擾民亂國的情況已持續數年,及至裴度居於相位時方得予以懲治:

> 又賈人張陟負五坊使楊朝汶息利錢潛匿……御史中丞蕭俛及諫官上疏陳其暴橫之狀,度與崔羣因延英對,極言之。憲宗曰:「且欲與卿商量東軍,此小事我自處置。」度奏曰:「用兵小事也,五坊追捕平人大事也。兵事不理,祇憂山東;五坊使暴橫,恐亂輦轂。」上不悅。帝久方省悟,召楊朝汶數之曰:「向者為爾使我羞見宰相。」遽命誅之。(《舊唐書・裴度列傳》,卷170,頁4420)

〔註59〕《舊唐書・憲宗本紀》,卷15,頁466。

觀「五坊使」亂於民間，裴度早有所聞，元和九年（814）方救裴實於五坊小使手中，但據當時之記載，裴度應無法對「五坊使亂民、亂政」之事做出太多的矯正。至裴度躍升至宰相的位置後，又見五坊使亂於民間，這些宦官出身的五坊使，私行高利貸之勾當，肆無忌憚地索取利息。不僅如此，更胡亂的誣陷他人，如有不從者便逕自逮捕並嚴刑拷打。看到這種情況，裴度上奏憲宗，俱陳其狀況。在裴度極力開導憲宗後，憲宗終於瞭解「五坊使」乃禍國殃民之毒瘤，遂誅當時之五坊使楊朝汶，略挫宦官之威勢。

在史傳記錄中，裴度對於朝廷內部之整肅，成功的大抵只有上述二件，有其成效但並非至關重要。而在最為重要的事件上，卻又由於唐憲宗對任用官吏之問題時，就不如對戰爭時那般言聽計從而失敗。此失敗之事發生在元和十三年（818）九月，時值平定淮西之後，出師淄青之間。當平定淮西一事確立，憲宗志得意滿，乃大舉宴席、大興土木。然時值戰後，國庫吃緊，有專領財政之官程异、皇甫鎛二人，抓緊憲宗欲大興土木之心理，以搜刮來之軍餉民脂〔註60〕，供憲宗花費，討好憲宗。憲宗便以此事及平定淮西時程异、皇甫鎛二人供輸不斷為由，拜此二人為同平章事（即拜相）。裴度聞之便力諫憲宗，認為程异、皇甫鎛二人沒有相才，且皇甫鎛德行極差，使之為相，恐令天下恥笑，大大損朝廷之威勢，更甚至會影響到當時的淄青戰役。雖然裴度據之以理並開之以理，其言鏗鏘而大義凜然，甚至以「罷己之相位」為脅，憲宗卻以為裴度為朋黨之輩而不採其諫，堅持任用程异、皇甫鎛此等奸佞之人為宰相〔註61〕。

裴度無法說服憲宗不用程异、皇甫鎛二人為相，不僅對當時的朝廷有所影響，對裴度的影響也相當巨大。當皇甫鎛位登宰相後，屢獻讒言、誣陷忠臣，此時憲宗受小人所惑，竟在元和十四年（814）平定淄青後，貶裴度為太原尹、北都留守〔註62〕。做為「中興名相」的裴度，在參與「元和中興」期間盡心盡力，怎料在「元和中興」晚期，不敵小人之言，只得遠離京師。

從以上可以看到，史傳對裴度在「元和中興」晚期的表現仍相當肯定，尤其是平叛事功尤其顯赫。裴度做為一國之宰相輔佐肅宗，能夠不動干戈就令王承宗歸順，又巧計令李師道自內部崩潰，俱以極小的代價換取極大的成

〔註60〕 其搜刮之情狀可見《舊唐書‧皇甫鎛列傳》，卷135，頁3740。
〔註61〕 見《舊唐書‧裴度列傳》，卷170，頁4420。
〔註62〕 見《舊唐書‧裴度列傳》，卷170，頁4421；《舊唐書‧憲宗本紀》，卷15，頁467～468。

果，大大保存唐朝政府的實力。但與平叛的事功相比，裴度對朝廷內部的整
肅就少有成效。據史傳所載，元和晚年裴度對朝廷內的整肅不過兩件，雖有
一定程度的打壓，但宦官勢力仍舊龐大。而在元和十三年（818）憲宗以宦官、
佞臣為相的事件中，裴度極力上諫，卻因為憲宗剛愎自用而告失敗。這次的
失敗，最終也令裴度成為奸臣陷害之對象，遭到貶官並離開京城，更失去輔
佐天子的機會。

（四）四朝為相，「元和中興」後之狀況

裴度於憲宗時得到重用，提拔至宰相之位。而裴度亦相當忠心事主，替
憲宗開闢出偉大之功業，做為「中興名相」，裴度的地位是無庸置疑的。可惜
裴度在完成「元和中興」所有功業後，卻無法對朝廷內部之宦官、佞臣給予
太多壓制，乃至憲宗聽信奸臣，最終貶裴度離開京城。雖然當時裴度仍兼同
中書門下平章事，其相位未遭褫奪，但他身處外地，無法隨侍於憲宗左右，
亦無法給予憲宗督促。而憲宗既聽信於小人，又把裴度置於京城之外，因此
在元和晚年，憲宗便再也沒有樹立其他功業，裴度也無表現之機會。不過裴
度當時被貶，卻也不是就此終止了政治生涯，他在憲宗朝之後還歷任三朝宰
相，具體的事功雖然不如元和年間顯赫，但對大唐仍有貢獻。以下就裴度完
成元和中興所有功業之後，仍不斷創立事功、歷仕多朝的狀況來看，此處同
樣先列表，後分述。

表 4-4　裴度元和中興後事功一覽表

中國年（西元年）	重要事功
長慶元年（821 年）	河朔三鎮復叛，裴度奉旨討伐，雖小有斬獲，但不如元和年間順利。
長慶二年（822 年）	1. 幽州節度朱克融、成德節度王廷湊二鎮合圍深州，裴度寄書信與此二鎮，論以大義，方解此圍。
	2. 與李逢吉等人奏請冊立景王李湛為皇太子。
長慶四年（824 年）	令裴度再次拜相，重啟他議政之權力。
寶曆二年（826 年）	1. 裴度歸朝，復知政事。
	2. 幽州節度朱克融挾持朝廷使臣，並要脅敬宗。裴度居中出謀劃策，安撫敬宗並排除此患。
	3. 敬宗死於宦官之手，裴度聯合神策軍等誅滅逆弒人等，並擁立唐穆宗二子江王李昂即位。

大和元年（827年）	奏請討伐橫海逆賊李同捷。
大和九年（835年）	甘露之變爆發，裴度營救遭迫害者，全活數十姓。
開成二年（837年）	遣使勸易定節度使張元益歸順朝廷。

元和十五年（820），憲宗去世，穆宗即位。穆宗時，裴度仍被排擠於京城之外，朝中之宰相蕭俛、段文昌、崔植、杜元穎、王播等皆「不顧遠圖」〔註63〕、「不知兵，心無遠慮」〔註64〕之輩，以爲天下已安，乃獻銷兵之計，令各蕃鎮逐年減兵百分之八〔註65〕，又以爲河北蕃鎮既已歸順，便不再提防叛軍之部下〔註66〕。長慶元年（821）秋天起，因上述朝廷政策之不當，一連串的事件終於爆發。穆宗長慶元年（821）七月，劉總〔註67〕麾下舊將朱克融首先發難，他囚禁朝廷所派之幽州軍節度使張弘靖，旋即自領爲幽州軍節度留後。隔月，田弘正〔註68〕遭部下王廷湊殺害，自領成德軍節度使。隔年，史憲誠亦自稱魏博留後。上述三鎮於穆宗登基兩年內先後作亂，擁地自重、逼迫朝廷，「元和中興」後和平之狀況才持續一年便宣告破局。

穆宗見河北蕃鎮反叛，便再重用憲宗朝平定河北之功臣。從上表可知，長慶元年（821）八月時，穆宗先以裴度爲河東節度充幽、鎮兩道招撫使〔註69〕，十月又令裴度充鎮州四面行營招討使〔註70〕，專門前往對付叛鎮。而裴度親赴討伐時雖小有斬獲，但就不如憲宗時平定淮西般的勢如破竹。細細分析此時唐朝局勢，可以發現穆宗雖以裴度等名臣、名將討伐叛軍，但因早先施行之「銷兵之計」已削弱了唐政府本身之軍力。又當時「所銷之兵」在幽州反叛時，因不滿唐政府反而又加入叛軍之行。再加上「中使」制度並未根除，朝廷仍以中使爲監軍，於戰陣中左右主將判斷。如此看來，叛軍所有的乃先朝平亂之精兵，

〔註63〕《舊唐書・憲宗本紀》，卷15，頁486。

〔註64〕《舊唐書・憲宗本紀》，卷15，頁490。

〔註65〕見《舊唐書・憲宗本紀》所載：「宰臣蕭俛等不顧遠圖，乃獻銷兵之議，請密詔天下軍鎮，每年限百人內破八人逃死……」，卷15，頁486。

〔註66〕見《舊唐書・憲宗本紀》所載：「宰相崔植、杜元穎素不知兵，心無遠慮，爲兩河無虞，不復禍亂矣，遂奏劉總所籍大將並勒還幽州……」，卷15，頁490。

〔註67〕於憲宗朝間爲幽州軍節度使，穆宗長慶元年（821）二月歸順朝廷，除去節度使之職位，見《舊唐書・憲宗本紀》，卷15，頁486。

〔註68〕時田弘正爲成德軍節度使，見《舊唐書・憲宗本紀》，卷15，頁482。

〔註69〕見《舊唐書・憲宗本紀》，卷15，頁491。

〔註70〕見《舊唐書・裴度列傳》，卷170，頁4421；《舊唐書・憲宗本紀》，卷15，頁491。

唐政府所擁的卻是新舊雜處的烏合之兵，加上中使擾亂主將、影響士氣，這樣縱有前朝功臣、猛將之助，亦無辦法平定叛軍。且在史傳記錄中，可以發現裴度出討叛軍期間，裴度欲上奏之戰略一直都受「姦臣之黨，曲加阻礙」〔註71〕。可見當時朝臣政爭定相當強烈，而裴度即被攻擊的對象，當然穆宗也難免會聽信佞臣之言，失去對裴度之信任，進而產生錯誤的判斷。

穆宗傾盡全力的想要平定河北，但在謀略與制度上的種種缺失，令其無法取得成功，龐大的軍隊逐漸壓垮政府的財政，不得已只能尋求權宜之計，於穆宗長慶元年（821）十二月赦免朱克融之罪，令朱克融為幽州軍節度使〔註72〕。在長慶二年（822）正月間，魏博一帶史憲誠又造反，朝廷受情勢所逼，也只得姑息其行為，授史憲誠旄節，令其充魏博節度使〔註73〕。甚至連大逆不道的王廷湊，朝廷也在長慶二年（822）二月間，詔雪其罪，並充成德軍節度使〔註74〕。

唐穆宗拱手讓出河北三鎮之權力，大損朝廷之威嚴，原本期望能以名利為誘，換取天下之和平。但事與願違，長慶二年（822）三月，朱克融、王廷湊二人雖受朝廷恩惠，仍合二鎮之兵攻擊深州。裴度見此狀，乃「與二鎮書，諭以大義」〔註75〕，朱克融、王廷湊見裴度之書，乃折服於其大義之下，分別撤退、緩兵。此番裴度以「書信」解二鎮圍城之事，為其人自元和末年被貶以來最顯赫之事功，這事件除了說明裴度在當時的威嚴與聲望之外，也再次證明他「言語文字」方面之長才，以及其強烈的責任心與正義感。其後穆宗為鞏固裴度對朱克融、王廷湊二鎮之壓制力，乃授淮南節度使之職予裴度，令其擁有兵權〔註76〕。

雖然裴度在長慶元年（821）、二年（822）間對朝廷有其貢獻，但先後充東都留守〔註77〕、楊州大都督府長史〔註78〕等職，皆不在京城。此乃因穆宗先寵信元稹，後接近宦官，此二者皆不欲裴度再回歸朝廷所致。至長慶二年

〔註71〕《舊唐書·裴度列傳》，卷170，頁4423。

〔註72〕見《舊唐書·憲宗本紀》，卷15，頁496。

〔註73〕見《舊唐書·憲宗本紀》，卷15，頁494；《舊唐書·史憲誠列傳》，卷181，頁4685～4686。

〔註74〕見《舊唐書·憲宗本紀》，卷15，頁494。

〔註75〕《舊唐書·裴度列傳》，卷170，頁4423。

〔註76〕見《舊唐書·裴度列傳》，卷170，頁4423。

〔註77〕見《舊唐書·憲宗本紀》，卷15，頁495。

〔註78〕見《舊唐書·憲宗本紀》，卷15，頁496。

（822）五、六月間，李逢吉意欲牟取相位，奸計陷害裴度、元稹〔註79〕，令裴度被貶爲尚書右僕射〔註80〕，而李逢吉代裴度成爲朝廷首宰。且李逢吉代裴度之位後，又與李仲言、張又新、李續等人「立朋黨以沮度」〔註81〕，屢謗裴度之名聲，而穆宗並非明君，聽信讒言後，再貶裴度爲山南西道節度使，且除平章事之權〔註82〕，完全位列宰相群之外。裴度既受奸人陷害，不但身處京城之外，其宰相職位也被褫奪，在無法參與核心政治的情況下，裴度於穆宗長慶末年便無顯眼之表現。

唐穆宗在長慶四年（824）過世，在位僅四年。所幸於長慶二年（822）十二月時，李逢吉、裴度等有先奏請冊立景王李湛爲皇太子〔註83〕，在穆宗死後李湛便銜接而上，是爲唐敬宗。唐敬宗即位後，見穆宗朝時王廷湊挾怨報復牛元翼家族之事，以爲「宰輔非才，致奸臣悖逆如此」〔註84〕，此時翰林學士韋處厚上奏云：

> 臣伏以裴度勳高中夏，聲播外夷，廷湊、克融皆憚其用，吐蕃、迴鶻悉服其名。今若置之嚴廊，委其參決，西夷北虜，未測中華；河北山東，必稟廟算。況幽、鎮未靜，尤資重臣……今有一裴度尚不留驅使，此馮生所以感悟漢文，云雖有廉頗、李牧不能用也。〔註85〕

翰林學士韋處厚見敬宗感嘆朝中宰臣皆無能之輩，乃提醒敬宗朝野尚有裴度能用，力申裴度之名聲及才能。敬宗聞韋處厚所奏，方驚覺裴度此等能臣位列宰相之外，問其原委，韋處厚方奏裴度受李逢吉一黨排擠之狀況〔註86〕。敬宗見此情狀，在長慶四年（824）六月令裴度復兼同平章事，如此裴度自長慶二年（822）被褫奪相權後，終於又得再擁有議政之權力。在裴度復兼同平章事後，於寶曆元年（825）十一月裴度便再疏請入朝，以便輔國。見

〔註79〕 李逢吉爲牟取相位，奸計陷害裴度、元稹之情狀，見《舊唐書·裴度列傳》，卷170，頁4425～4426；《舊唐書·李逢吉列傳》，卷166，頁4365～4366。

〔註80〕 見《舊唐書·裴度列傳》，卷170，頁4426；《新唐書·裴度列傳》，卷173，頁5215；《舊唐書·穆宗本紀》，卷15，頁497。

〔註81〕 《舊唐書·裴度列傳》，卷170，頁4426。

〔註82〕 見《舊唐書·裴度列傳》，卷170，頁4426；《新唐書·裴度列傳》，卷173，頁5215；《舊唐書·穆宗本紀》，卷15，頁497。

〔註83〕 《舊唐書·穆宗本紀》，卷15，頁501。

〔註84〕 《舊唐書·裴度列傳》，卷170，頁4426。

〔註85〕 《舊唐書·裴度列傳》，卷170，頁4426。

〔註86〕 翰林學士韋處厚謂裴度「爲逢吉所擠，度自僕射出鎮興元，遂於舊使銜中減落。」見《舊唐書·裴度列傳》，卷170，頁4427。

此情狀,李逢吉一黨甚爲惶恐,又以奸計陷害裴度、毀其名聲〔註87〕。不過敬宗年紀雖小,卻也明辨事理,兩相比較李逢吉黨人與朝臣、士子之言,便知裴度之忠誠與清廉。隔年裴度入朝,備受禮遇,更復知政事,得深入朝廷政治核心。

而據史傳所載,敬宗皇帝即位時方十六歲,尚居童年驕縱之齡,耽溺於玩樂之中,對國家政事少有留意。不過值得慶幸的是,敬宗於寶曆年間令裴度回朝輔政,對唐朝國政又起到導正之作用。在裴度復歸相位後,期間較著名之事件乃發生在寶曆二年(826),朱克融囚禁朝廷使臣楊文端,並要脅朝廷一事:

> 幽州朱克融執留賜春衣使楊文端,奏稱衣段疏薄;又奏今歲三軍春衣不足,擬於度支請給一季春衣,約三十萬端匹;又請助丁匠五千修東都。(《舊唐書‧裴度列傳》,卷170,頁4428)〔註88〕

此事明顯爲幽州軍節度使朱克融欺凌唐朝政府,欲以威勢從中央榨取財物。敬宗見朱克融如此跋扈,雖然憤怒卻也無法予以鎮壓,本欲派遣使者前往宣慰,但裴度認爲朱克融「祇敢於巢穴中無禮,動即不得」〔註89〕,且「克融家本凶族,無故又行凌悖,必將滅亡」〔註90〕,便獻二、三計與敬宗,更勸敬宗不需過度在意。敬宗依裴度之計對付朱克融,朱克融果然就無計可施,不久後更被幽州軍將所殺。觀此事件,雖然在唐敬宗時,朝廷對蕃鎮的控制力已降到低點,但裴度仍能洞察局勢,巧計制敵於千里之外而不費一兵一卒,其智略超群是不在話下。

唐敬宗於寶曆二年(826)十二月,死於宦官劉克明等人之手〔註91〕。當時謀害敬宗之劉克明一黨人,假造遺詔擁立唐憲宗六子絳王李悟即位。裴度見此狀便聯合樞密使王守澄、神策護軍中尉梁守謙等人,以左右神策及六軍飛龍兵誅盡劉克明及絳王一干人等,並擁立唐穆宗二子江王李昂即位,是爲

〔註87〕 事見《舊唐書‧裴度列傳》,卷170,頁4427;《新唐書‧裴度列傳》,卷173,頁5216。

〔註88〕 朱克融欲以五千丁匠助敬宗修東都,探求源由,乃因敬宗本欲行幸洛陽,但裴度奏云「東都宮闕及六軍營壘、百司廨署,悉多荒廢。陛下必欲行幸,亦須稍稍修葺。一年半歲後,方可議行。」而來。此處朱克融自出五千丁匠助敬宗絕非善意,其中有欺壓、脅迫之意圖。另可見《新唐書‧裴度列傳》,卷173,頁5216。

〔註89〕 《舊唐書‧裴度列傳》,卷170,頁4429。

〔註90〕 《舊唐書‧裴度列傳》,卷170,頁4428~4429。

〔註91〕 見《舊唐書‧敬宗本紀》,卷17,頁522。

唐文宗〔註92〕。裴度擁立唐文宗,其用意乃在避免劉克明等宦官把權。但裴度所聯合之王守澄、梁守謙等人本就是權宦,在擁立文宗後地位更加提升,且權宦王守澄更掌握了軍、政二權,大大地左右當時的朝政。雖然唐文宗本身相當厭惡宦官,在位期間也有大之規模的動作,但最終卻都無法完全肅清宦官勢力,以致執政末期還是被宦官把持國政。

裴度在文宗朝間並無太多表現,據史傳所載,有大和元年(827)橫海軍節度使李同捷謀叛時,奏請討伐李同捷之事〔註93〕。還有甘露之變後,自宦官濫殺無辜的一系列事件中「上疏申理,全活數十姓」〔註94〕之事。另外還有開成二年(837),裴度為河東節度使時,遣使勸易定節度使張元益歸順朝廷之事〔註95〕。而文宗雖然是相當禮遇裴度,屢封其高官,欲重用裴度。但眼見朝廷內部充斥奸臣、權宦,年紀漸大的裴度身心俱疲,也因此逐漸地淡出中央。裴度晚年先後任東都留守、北都留守,生活的環境已從京城中移出,他更在東都洛陽立第,第名綠野堂,常於其中與文人詩酒相會〔註96〕。文宗開成三年(838),古稀之年的裴度身在太原,以疾病纏身為由請歸洛陽養病,隔年(839)便不堪疾病侵擾,於家中去世。至此,身為中興名相、四朝宰輔的裴度結束了他的一生。

從以上史傳記錄所載可以看到,裴度在元和末期失勢,無法再參與中央朝政,至長慶初年,緊接著迎來的便是河朔一帶蕃鎮的再度叛亂。裴度在河朔三鎮復叛後再為朝廷所用,仍以其智略與言語上的長才,對壓制蕃鎮做出一定的貢獻,但其時奸臣、宦官當道,屢受排擠的裴度無法回歸高位。直至敬宗朝裴度才再次拜相,對朝廷制馭蕃鎮起到較積極的作用。此處將唐朝局勢與裴度失勢前後相互比較,真就如《舊唐書》中所云「用之則治,捨之則亂」〔註97〕的狀況一樣。而裴度晚年「稍浮沈以避禍」〔註98〕並逐漸淡出政

〔註92〕劉克明弒唐敬宗並擁絳王即位,後遭裴度、王守澄、梁守謙等人誅盡,另擁江王即位之事,見《舊唐書·文宗本紀》,卷17,頁522~523;《新唐書·文宗本紀》,卷8,頁229~230;《舊唐書·劉克明列傳》,卷208,頁5884。

〔註93〕見《舊唐書·裴度列傳》,卷170,頁4430;《新唐書·裴度列傳》,卷173,頁5217。

〔註94〕《新唐書·裴度列傳》,卷173,頁5218。

〔註95〕見《新唐書·裴度列傳》,卷173,頁5218。

〔註96〕見《舊唐書·裴度列傳》,卷170,頁4432;《新唐書·裴度列傳》,卷173,頁5218。

〔註97〕《舊唐書·裴度列傳》,卷170,頁4435。

〔註98〕《舊唐書·裴度列傳》,卷170,頁4431。

壇，其生活比起輔佐朝政，更多是與當代文人詩酒相會的場面，這一方面因
奸臣、權宦已滿溢於朝廷，另一方面也與裴度年邁體弱脫不了關係。

第二節　裴度的文學表現

　　裴度的文章、詩歌在《全唐文》中有文三十一篇，《唐文拾遺》中有文兩
篇，《全唐文補編》中則有殘文五則；而在《全唐詩》中有詩十八首、殘句四
則及與時人聯句詩十首，《全唐詩補逸》中有詩一首，《全唐詩續拾》中有殘
句兩則。由以上的統計資料看來，裴度作品數量確實很少，又從白居易〈池
畔閒坐兼呈侍中〉詩句「一卷晉公詩」來看，相信是因為散佚的狀況嚴重，
以致於如此。不過即便裴度流傳至今的作品不多，仍能從中發現他獨特的文
學表現，以下分別從文章與詩歌兩方面來說明。

一、強調文章「載道、實用」的功能

　　唐代文壇走到中晚期，進入一個劇烈震盪的時期，韓愈、柳宗元、李翱、
皇甫湜等人推行古文，欲以古文矯正當時頹敗的社會風氣。而裴度生在此時，
並與這些「古文派」人士交流，其文章可能也有受古文運動的影響。不過裴
度本身也有自己的一套創作理念，撰成之文章仍有屬於裴度之本色。

　　想探查裴度的文章並不困難，很容易就可以在文章中發覺裴度作文章之
法度，在〈寄李翱書〉〔註99〕中有便透露出他的文學觀及撰文之理念。文章
中，裴度從上古之文章開始論析，特別推崇「周、孔、荀、孟」之文，認為
那是「理身、理家、理國、理天下」的典範，不可「一日失之」，又談到「屈
原、司馬相如、賈誼、司馬遷、董仲舒、劉向」等人，認為他們皆是「擅美
一時」之文家，各有所長，亦有所短。但不論是「孔、孟」或是「屈、賈」
等人，撰文皆「不詭其詞」、「不異其理」，所以其「詞自麗」、「理自新」，所
成文章方得「至易、至直」又能「大彌天地、細入無間」。可見裴度的文學觀
乃是承繼聖賢之文而來，力求「平易近人」卻又能載「天地正義」，這與當時
大行其道的韓派文學是不大相同，裴度撰書信，便是欲以其文章理念開示並
糾正當時深受韓派文風影響的李翱。

　　裴度以為李翱文章「可以激情教義」，值得嘉獎。也認同李翱「謂文非一

〔註99〕《全唐文》，卷538，頁5461上～5462下。

藝」的觀點。但在「觀弟近日製作大旨，常以時世之文，多偶對儷句，屢綴風雲，羈束聲韻，爲文之病甚矣。故以雄詞遠志，一以矯之，則是以文字爲意也」數句，一方面是肯定李翱效法聖賢撰文「假之以達其心」，但另一方面也透露出裴度對李翱「以文字爲意」的疑慮。裴度贊成李翱與韓愈一同致力於「文以明道」、「經世致用」的目標，但同時也指出韓愈古文的弊端。認爲韓愈推行之古文運動，有矯枉過正之嫌，過於側重在「高之下之，詳之略之」之形式與技巧上，便如「昔人有見小人之違道者，恥與之同形貌共衣服，遂思倒置眉目，反易冠帶以異也，不知其倒之反之之非也，雖非於小人，亦異於君子矣。」裴度指出韓派文章的缺點，認爲李翱師從韓愈，雖習其所長，卻也不避其短，如此便易墮入韓門古文之弊中，大暢「奇言怪語」乃至「以文爲戲」〔註100〕，而有違古聖先賢的爲文之道。裴度企求人們撰文能夠以「大學之道，在明明德，在止至善」爲旨，不求「碟裂章句，隳廢聲韻」〔註101〕，而重在「氣格之高下，思致之淺深」。此可見裴度的文學並不侷限在章法、字句或是文體的形式上，看重的是撰文者本身的能力與思緒。

　　在〈寄李翱書〉中，可知裴度之文學觀，宗法於聖人，十分強調文章的「載道」功能。同時，裴度也非常重視這些「載道之文」的「實用」功能，強調文章必須寫得通曉明白、自然流露，以便於流佈與實踐。在裴度的眼中，「文學」乃建立在服務國家、君主、與人民之目的上，「文學」必須有益於「興國安邦」方可顯其大用。

二、詩歌表現「調劑身心、追求閒適」的作用

　　綜觀裴度現存之詩歌作品，總共有三十五首（包含殘句及聯句詩）。再爲其分類，最多的是與人「宴飲遊樂」、「贈酬應和」或「送別」的作品，有二十二首；其次是具有「閒適」風格的作品，有七首。此可見裴度將詩歌視作

〔註100〕日本學者川合康三指出，裴度所云之「以文爲戲」，是「批評韓愈筆下所見的表現上的有意出格。」見〈遊戲的文學——以韓愈的「戲」爲中心〉，載入蔣寅等譯：《終南山的變容——中唐文學論集》（上海：上海古籍，2007 年），頁 175。

〔註101〕李建崑指出：「裴度〈寄李翱書〉……這針對韓愈部分作品，碟裂章句，隳廢聲韻之奇言怪語所提出之批評。也是後世一切批評韓愈『以文爲戲』論者之開端。」見〈歷代學者對韓愈詩之評價〉，《國立中興大學文史學報》第 22 期（1992 年 3 月），頁 11～30。可見裴度做爲一位文人、宰相，在當代或後代的影響力都不容小覷。

「應酬交際」的工具及「聯繫情誼」之載體，同時也具有抒發性靈、調劑身
心的作用。這樣看來，裴度的詩歌與文章在功能上的表現相當不同，他詩歌
所寫的是公務之外的交遊、遊樂或閒適，強調的是自我以及私領域的描寫與
抒發。不過如果詳細分析裴度的詩歌內容，又可知其詩歌之撰寫筆法仍如其
撰文章主張之「文者，聖人假之以達其心」這般，遵循著達其心、不矯揉做
作的原則，不求「碟裂章句，隳廢聲韻」，而重在「氣格之高下，思致之淺深」，
故所成詩歌也就飽含著真摯的情感且又清新自然、平易近人〔註102〕。

　　裴度的詩歌深具討論的價值，他詩歌的「閒適」與「交際」內容訴說著
他政治生涯與心境轉變的調適過程，對於全面瞭解裴度此人是不可缺少的
部分。事實上，從前一節的內容就可以發現，裴度在歷史中的形象是「出
入中外，以身繫國之安危，時之輕重者二十年」〔註103〕，這形象與他的文
章的文學觀也相符合，重在「載道」與「實用」的功能，並有利於「興國
安邦」，但以這種角度來談裴度的詩歌卻不適用。一般認為裴度的詩歌也應
與其文章相仿，同樣是注重「興國安邦」的作用，但這類作品裴度詩作中
卻相當少，就算如人們極頌為「大臣聲口」〔註104〕、「居然元老，有厚力而
無鈍氣」〔註105〕的〈中書即事〉一詩，詩中字句雖然能見大臣一生鞠躬盡瘁
的忠心，然而尾聯「高陽舊田裡，終使謝歸耕」展現的卻是趨於「閒適」的
意涵。

　　在裴度的詩歌中，除上述之〈中書即事〉〔註106〕外，還有〈夏日對雨〉、
〈太原題廳壁〉、〈溪居〉、〈涼風亭睡覺〉、〈傍水閒行〉、〈真慧寺〉等作品，也
都具有「閒適」之成分，以下逐首探析。首先看到〈夏日對雨〉一詩：

　　　　登樓逃盛夏〔註107〕，萬象正埃塵。對面雷嗔樹，當街雨趁人。簷疏
　　　　蛛網重，地溼燕泥新。吟罷清風起，荷香滿四鄰。(《全唐詩》，卷
　　　　335，頁 3759)

此詩敘述裴度在炎夏登樓避暑，恰逢雷雨襲來，觀賞夏日驟雨的景致後，嘴

〔註102〕關於裴度詩歌亦遵循其撰文原則的論述，可見陳玉雪《裴度交往詩研究》(臺
　　　　中：國立中興大學中國文學研究所碩士論文，1995 年)，頁 204～205。
〔註103〕《舊唐書‧裴度列傳》，卷 170，頁 4433。
〔註104〕明‧周珽：《刪補唐詩選脈箋釋會通評林》(《四庫全書存目叢書補編》本，濟
　　　　南：齊魯出版社，2001 年)，冊 26，頁 399。
〔註105〕同前註。
〔註106〕《全唐詩》，卷 335，頁 3760。
〔註107〕一作「暑」。

中吟送著詩篇，乘著雨後的清風，並嗅著清新脫俗的荷香，沈溺在韻味無窮的美好氛圍中。觀此詩，可知裴度是真有「閒情逸致」的人，他本為登樓偷涼，不過登樓後巧遇雷雨，便趁著居高臨下亦可觀遠的優勢，先是看「雷嗔樹」後是觀「雨趁人」，直到雷雨停歇，他仍追尋著雨景的細節，如樓簷上被雨水淋濕的蛛網，甚至是燕子所銜的雨後新泥，其觀察入微，若非心境平和恬靜者絕不可達。而「吟罷清風起，荷香滿四鄰」此聯，更可理解為裴度滿足於老天賜給他的恩惠中，在滿足於視覺的饗宴後，他全然地放鬆自己，將自我置於聽覺、觸覺與嗅覺的感覺世界中，其自適自在的「閒適」風情在詩中洋溢不絕。

　　而〈傍水閒行〉一詩：

　　　　閒餘何處覺身輕，暫脫朝衣傍水行。鷗鳥亦知人意靜，故來相近不

　　　　相驚。（《全唐詩》，卷335，頁3761）

此詩寫裴度閒暇之餘，欲退去俗務之煩擾，便漫步於水邊，沈澱自己的心情。裴度這首詩與〈夏日對雨〉很相似，同樣說明了他的「閒情逸致」。詩中裴度思考「閒餘」時要去何處放鬆，最後決定去溪水邊散步，從他這種平凡的決定可知，他並不希望以俗世的犬馬聲色來滿足自己的身心，他企求的還是「心境的平和與恬靜」。到末尾兩句，裴度對於他「傍水閒行」的決定相當滿意，他在水邊漫步，有鷗鳥相伴，且鷗鳥亦有靈性，知其是來「取靜」者，故相隨不驚，此等畫面何其祥和、何其愜意。綜觀此詩，自裴度「求身輕」到「得意靜」之前後，不難發現他的慾望很小，只要能漫步在水邊，讓身心放鬆，且更接近「閒適」的生活，他便心滿意足了。

　　再來看到〈溪居〉一詩：

　　　　門徑俯清溪，茅簷古木齊。紅塵飄〔註108〕不到，時有水禽〔啼〕

　　　　〔註109〕。（《全唐詩》，卷335，頁3761）

此詩為裴度寫自宅景致的作品，所用文字古樸典雅，詩意高古脫俗。而這首詩的背景為裴度晚年任東都留守時，其時裴度已淡出政壇，他立第於集賢里，又於午橋置別墅，並常與文人雅士文酒相會，其生活風流不羈，自適自在。從詩句中裴度描述自己宅第周邊的情況，如門前的小徑連通到清澈的溪畔、蒼古的樹木與屋舍相伴，可知其環境幽美，而「紅塵飄不到」一句，也點明

〔註108〕一作「飛」。

〔註109〕《全唐詩》題。

此居儼然就如世外桃源般，乃至於連聽「水禽啼」也化做一種享受。由上述
不難推斷，當時裴度對其「溪居」相當自滿，更醉心於閒居的生活，能夠不
以世事爲意，並求取心靈上的滋潤與富足，便是他最大的幸福。

最後看到〈涼風亭睡覺〉一詩：

> 飽食緩行新睡覺，一甌新茗侍兒煎。脫巾斜倚繩床坐，風送水聲來
> 耳邊。(《全唐詩》，卷335，頁3761)

此詩大抵就是描述裴度用餐、散步後，在涼風亭小睡，睡醒發覺侍童已煎好
茶，喝完茶便倚繩床而坐，享受著潺潺的水流聲與和風的吹拂。裴度的這首
詩，約在大和八年（836）留守東都時所作，應是在他在集賢里宅園內休憩之
事，內容相當簡單、樸實，洋溢著一股慵懶的氛圍，而這股「慵懶的氛圍」，
便是此詩之關鍵。一般來講，若是事多之人，定不可能有心情及時間令自己
陷於「慵懶」，更遑論能享受「慵懶」。而裴度此詩，不僅說明他陷於慵懶之
中，他更享受這種慵懶的感覺與氣氛。從裴度自書自況的情狀來看，其時裴
度的心境已有轉變，不如他處政治核心時那般，他願意令自己「閒」下來，
並且適應、滿足於「慵懶」情況。雖然〈涼風亭睡覺〉一詩用內容題材都極
爲簡單、平凡，但字句的流暢、詩意的平順，也極眞切地表現出裴度「閒適」
的形象與生活態度。

裴度的詩歌不同於他的文章，透露的是安居與閒適的境界，前面已有舉
例分析。而裴度在詩歌中大量展露出的「閒適」態度，又以裴度第二次前往
東都前後爲界，在他二度前往東都前，其詩歌的「閒適」內容大概是做爲公
務後的調劑，陶冶其性情，用以緩和緊繃的神經；但在第二次前往東都後，
卻與其仕宦歷程與心境之轉換有相當大的關係。裴度長年爲國家付出，爲了
輔佐皇帝，並將國家導上正途，屢屢地與奸臣、與蕃鎮對抗，但人生苦短，
一個人的影響終究有限，大環境的變遷與個人氣力的衰竭，令裴度不得不放
棄原本崇高的志向，轉而尋求「明哲保身」。裴度在這過程中有展現掙扎，看
到他的〈眞慧寺〉一詩：

> 遍尋眞跡躡莓苔，世事全抛不忍回。上界不知何處去，西天移向此
> 間來。巖前芍藥師親種，嶺上青松佛手栽。更有一般人不見，白蓮
> 花向半天開。(《全唐詩》，卷335，頁3759～3760)

此詩寫裴度造訪眞慧寺之事，他對眞慧寺的環境相當滿意，認爲此處便如西
方極樂世界。被如此美好的世界所感染，裴度遂有「不忍回」的想法，這個

想法也說明他的內心正糾結於「出世」或「入世」的問題。不過在這首詩中，裴度的內心仍以「入世」為主，他有此認知，知其雖「不忍回」，但他必須回歸到俗世中。然而，裴度雖然在〈真慧寺〉一詩中展現出一股「入世」而回歸中央之心，但他最後卻只能如〈太原題廳壁〉所云「危事經非一，浮榮得是空。白頭官舍裏，今日又春風」〔註110〕這般，在反覆掙扎後選擇無奈的放棄，且在放棄原本理念的同時，從勘破世事的心態中轉化出「閒適」的特質，並以此特質為人生目標的實踐。

裴度在「勘破世事」後，調適自我並卸下「兼善天下」的大任，退而求取「獨善」的閒適生活。裴度為了追求心靈的解放，首先著眼的是「閒居」這一點，他所蓋的集賢里宅園與午橋莊綠野堂別墅便是具體的實踐。裴度晚年相當用心地經營此二處宅園，充分展現他對恬靜悠閒生活之追求。事實上裴度詩歌中展現的閒適生活與內容，很多背景也就是這兩處宅園，他的詩歌與他的兩處宅園密不可分。

裴度不論是居於宅園之中、或是邁起步伐出外，都相當沈浸於透過感覺的方法來探尋生活中隱伏的趣味，以其雅致來滿足他真實自我的渴望，就如同廖師美玉指出「陶淵明之類的詩人則藉由本能的感受能力，從觀看、傾聽、感受等日常活動中，開啟不同的視域，展現豐富的生活內涵，恆常充滿驚奇的感覺，並且從不停止思索，由此體悟出人生的真諦，映現自在而美好生命本質」〔註111〕那般，裴度也在日常生活中，透過視覺、聽覺、觸覺、味覺、嗅覺等感知來挖掘獨屬於閒居、閒適生活所具有之雅趣，希望能夠汲取不同的生活經驗，來驅散那些長久以來盤據他在心中的「遠大志向」。從結果來看，可以說裴度在調劑自我這方面表現得非常成功，他自前線退下卻仍能尋覓到一個全新的自我與理想的生活模式，進而呈現一個截然不同於「中興名相」的形象。裴度在晚年從入世而出世，從橫身討賊到閒居家中、高歌放言，他在詩歌中展現之「閒適」態度與形象，也更添加他在歷史定位上的多元性。

第三節　裴度的生命情態

本節延續著前一節裴度詩歌的「閒適」面來討論，並分兩大時期詮釋裴

〔註110〕《全唐詩》，卷335，頁3760～3761。
〔註111〕廖美玉：《回車：中古詩人的生命印記》（臺北：里仁書局，2007年），頁67。

度「閒適」形象的不同面貌，以爲那種面貌便是裴度獨特的生命情態。第一
個時期大概在長慶二年到大和四年（822～830）間，以下詳論。

一、大隱於朝的追求

裴度於元和年間拜相，當時仰賴憲宗對他的信任，終於能夠成就大業，
也因此獲得了許多人的肯定。雖然裴度受到人們的肯定，但他政治場合中的
高位仍引人嫉妒，在元和末年以及長慶年間的幾次政爭中，裴度最終無法抵
抗有心人士的阻沮及誹謗，丟失了宰相的職位。而當時丟失相位的裴度爲了
調適心情，轉往追求閒適的生活，但在不久後卻又得到皇帝的重用，重返臺
閣，並進一步展開閒忙兩兼的生活，以下詳論。

（一）逍遙自適到閒忙兩兼

裴度在長慶二年（822）六月罷相後，被貶爲尚書右僕射的閒職，這個情
況令他十分挫折。裴度在罷相前，不僅是居朝之中樞，還親自出征、以身討
賊，其生活忙碌之情狀絕不在話下。但裴度在罷相後，生活內容被迫轉向，
這對裴度的心境必定產生劇烈的衝擊。不過裴度有找到解決之法門，觀韓愈
〈和裴僕射相公假山十一韻〉〔註112〕、〈奉和僕射裴相公感恩言志〉〔註113〕、
〈和僕射相公朝迴見寄〉〔註114〕以及張籍〈和裴僕射移官言志〉〔註115〕、〈和
裴僕射朝回寄韓吏部〉〔註116〕等詩，可知裴度在罷相後，生活由忙而閒，便
開始醉心於「林園」之中，過起「不與事相撼」的逍遙生活。裴度的心境在
當時產生很大的變化，選擇一個不同於以往的生活，用來舒緩或是填補他心
靈的空隙。事實上，裴度是被迫選擇如此，就如程學恂說韓愈〈奉和僕射裴
相公感恩言志〉詩之結句「必爲慍於群小而思，爲退避之詞也」〔註117〕一樣，
裴度是看到當時賊臣、小人林立，受到排擠而志不得申，無奈之下方採退避
之策。

裴度在長慶二年（822）時受奸臣排擠而思退避，並寄情園林、山水之間。

〔註112〕《全唐詩》，卷342，頁3843。
〔註113〕《全唐詩》，卷344，頁3873。
〔註114〕《全唐詩》，卷344，頁3873。
〔註115〕《全唐詩》，卷384，頁4328。
〔註116〕《全唐詩》，卷384，頁4329。
〔註117〕唐・韓愈著、錢仲聯集釋：《韓昌黎詩繫年集釋（下）》（上海：上海古籍，1998
　　　　年），卷12，頁1245。

觀當時韓愈、張籍寫給裴度的詩歌,從「文武功成後,居爲百辟師」、「功成歸聖主,位重委群司」、「逍遙功德下,不與事相捱」、「從容朝早退,蕭灑客常通」等句子來看,好似也說明裴度有意淡出政壇;再從「林園窮勝事,鐘鼓樂清時」、「放意機衡外,收身矢石間」、「看疊臺邊石,閒吟篋裏詩」、「案曲新亭上,移花遠寺中」等句子來看,當時的裴度也確實表現出「功成身退」的樣貌,享受著悠閒的生活,以達儘量不沾政事,同時亦不沾小人之目的。不過即便裴度盡可能表現出退避的意願與悠閒的形象,但其才能與聲望仍令朝中奸黨所懼,在李逢吉等「八關十六子」的經營之下,長慶三年(823)時裴度更被貶爲山南西道節度使。

　　本來,裴度在長慶三年(823)被貶後便再無復歸臺衡之望,但穆宗在長慶四年時駕崩,敬宗即位後發覺裴度乃是有大用之人,旋即恢復裴度的宰相資格,這無疑是給裴度再開一條政途上的康莊大道。裴度也沒錯失這次機會,在寶曆二年(826)正月回到長安,也重拾他輔政興國的美好志向。而裴度在寶曆年間重持權柄,雖然從其作爲仍可見他對國家抱有積極的心態,但其心境與生活的模式卻不是回歸到長慶年間罷相前的狀態,反而保留了罷相後寄情於園林、山水之中的雅興,之後還發展成宴飲遊樂、詩文唱和的集會活動,充分地表現追求「閒忙兩兼」此等「大隱」理想之意圖。

(二)裴度在西京長安的興化宅園

　　裴度在長慶二年(822)間受奸臣、朋黨陷害而被貶官,其後便寄情於園林、山水之間,由此也可合理推斷,在長慶二年前,裴度在長安便已有屬於自己的宅園。探查史料,裴度在長安永樂坊〔註118〕有一宅園〔註119〕,但關於裴度永樂坊宅園的資料相當有限,無從得知其中狀況。不過裴度於長安興化坊還另有池亭別墅〔註120〕,據白居易〈酬裴相公題興化小池見招長句〉、〈宿裴相公興化池亭〉以及裴度與白居易等人的聯句詩〈春池泛舟聯句〉、〈首夏猶清和聯句〉、〈西池落泉聯句〉、〈薔薇花聯句〉、〈宴興化池亭送白二十二東

〔註118〕兩《唐書》載爲「平樂里」。

〔註119〕見《舊唐書·裴度列傳》,卷170,頁4427～4428;《新唐書·裴度列傳》,卷173,頁5216;清·徐松:《增訂唐兩京城坊考》(西安:三秦出版社,1996年),頁68;日·平岡武夫著、楊勵三譯:《長安與洛陽(地圖)》(西安:陝西人民出版社,1957年),〈圖版五〉。

〔註120〕見清·徐松:《增訂唐兩京城坊考》,頁171。

歸聯句〉的描述，可知裴度興化坊別墅有「亭臺」、「東閣」、「泉水」、「石渠」、「水塘」、「潭洞」、「舟船」、「蓮蓬」、「芰荷」、「柳樹」、「松竹」、「桃李」、「薔薇」、「梅花」等各式各樣的園林造景，極其氣派、雅致。當裴度在長安時，其永樂坊宅第或興化坊的別墅明顯就是他於公務外偷閒、退避，或是與當時文人雅士對話、同樂之所在。

二、中隱的實踐

本段接續在第一個時期，也就是大和四年（830）後，繼續深入探討裴度的生命情態。

（一）退避之思到非忙亦非閒

在前一節的內容中，看到裴度在寶曆二年到大和四年（826～830）間完成了大隱的嘗試。但當時朝中局勢一日不如一日，李宗閔、王守澄等奸臣、宦官敗壞朝綱，縱使文宗胸有大志也無力回天。裴度洞察此點，在大和四年（830）時欲保全自身，遂有退避之思，他以「高年多疾，懇辭機政」〔註121〕，然而文宗卻仍欲用裴度，特許其為「平章軍國重事」並可「每三日、五日一度入中書」〔註122〕。雖然文宗以隆恩示裴度，令其在高位卻不需盡其職，但這終究不是裴度真正想要的待遇。終於，裴度在同年九月遭李宗閔所害，出為山南東道節度使，離開中央。

雖然裴度可能在大和六年（832）時一度返京〔註123〕，但仍舊無法長久。在大和八年（834）時，裴度充東都留守一職，並在任內遭逢「甘露之變」，事變後朝廷演變成「中官用事，衣冠道喪」〔註124〕如此腐敗不堪的狀況，而這個事件也完全澆熄裴度的政治熱情，他「不復有經濟意」〔註125〕，遂在東都洛陽集賢里內建宅園，又於郊外蓋午橋莊綠野堂別墅，以此二處為他晚年生活的主要地點。

裴度任東都留守，對他而言也算是因禍得福，比起京城權勢鬥爭的波濤

〔註121〕《資治通鑑・太和四年》，卷244，頁7871。
〔註122〕《舊唐書・裴度列傳》，卷170，頁4431；《舊唐書・文宗本紀》，卷17，頁537；《新唐書・裴度列傳》，卷173，頁5217，所載略同。
〔註123〕在《舊唐書・文宗本紀》有載「山南東道節度使裴度來朝」，卷17，頁546。
〔註124〕《舊唐書・裴度列傳》，卷170，頁4432。
〔註125〕《新唐書・裴度列傳》，卷173，頁5218。

洶湧、或是山南東道節度使距離京城之遙遠,東都洛陽的官場單純,地理位置離長安也不遠,且其時洛陽乃是「散地」〔註126〕,而東都留守的職責也並不繁重〔註127〕,正符合他先前不想再任「機政」之願望。且裴度在長慶年間就已擔任過東都留守,此番第二次赴任應該也是駕輕就熟。

既然東都留守是為閒差,於公務後也就有更多時間可供使用,而裴度早先被迫中斷的「大隱」,也在此種情況下得再啟動。只不過其時裴度已不在中央,權位與忙碌的情況皆不如在京時。「閒忙兩兼」的「大隱」生活已成過往,其時所能實踐的實是「非忙亦非閒」的「中隱」〔註128〕生活。

(二)東都洛陽的宅園

裴度在東都洛陽有二處宅園,一在集賢里中,一在洛郊午橋莊。先看到裴度的集賢里宅園。據白居易〈代林園戲贈〉詩題自注「裴侍中新修集賢宅成」〔註129〕,可知裴度的集賢里宅園在大和八年便已竣工〔註130〕,又據唐代洛陽城圖可知其座落在洛陽城東南方〔註131〕。史書中說裴度集賢里宅園是「沼石林叢,岑繚幽勝」、「築山川池,築木叢萃,有風亭水榭,梯橋架閣,島嶼迴環,極都城之盛概。」而觀白居易〈裴侍中晉公以集賢林亭即時詩三十六韻見贈猥蒙徵和才拙詞繁輒廣為五百言以伸酬獻〉〔註132〕一詩則更能清楚的瞭解集賢里宅園中的環境與景觀,從詩句「嵩峰見數片」可證宅園與東

〔註126〕趙建梅:《唐大和初至大中初的洛陽詩壇——以晚年白居易為中心》(北京:中國社會科學院研究生院博士論文,2002 年),頁 109。

〔註127〕東都留守的職責有「訓兵守境」、「巡內」、「拜表行香」,見趙建梅:《唐大和初至大中初的洛陽詩壇——以晚年白居易為中心》(北京:中國社會科學院研究生院博士論文,2002 年),頁 107～109;東都留守的職掌還有「守衛東都」、「施行教化」、「維護東都社會治安」、「修葺東都」、「發展畿內經濟」和「主管畿內兵民財政」等職責和權力,見程存潔:〈唐代東都留守考〉,《魏晉南北朝隋唐史資料》第 13 輯(1994 年),頁 116～117。

〔註128〕此處的「中隱」一詞,乃取白居易〈中隱〉詩中的意義而來。依照白居易所言的「中隱」,是「隱在留司官、非忙亦非閒、不勞心與力、終歲無公事」,而能行「登臨、遊蕩、赴宴醉飲、歡言賦詩、高臥掩關」等事的生活狀態。詩見,《全唐詩》,卷445,頁 5011。

〔註129〕《全唐詩》,卷 455,頁 5177。

〔註130〕此據白居易〈代林園戲贈〉一詩,繫於大和八年(834)作成,故裴度「集賢宅成」應也在此時,見唐·白居易、朱金城箋校:《白居易集箋校》(上海:上海古籍,1988 年),卷 32,頁 2190。

〔註131〕見日·平岡武夫著、楊勵三譯:《長安與洛陽(地圖)》,〈圖版二六〉。

〔註132〕《全唐詩》,卷 452,頁 5139～5140。

南方的嵩山遙望〔註133〕，「伊水分一支」又點出宅中的南溪與中央的平津池乃從伊水引來，此外宅園中還有北方壯麗的宅館、東方的晨光島、西方的夕陽嶺，以及水心亭、開闊堂、怪石假山、竹林樹木、幽泉、方舟、橋桁等園林景致。

再來看到裴度的午橋莊綠野堂別墅，據兩《唐書》載裴度「又於午橋創別墅，花木萬株，中起涼臺暑館，名曰綠野堂。引甘水貫其中，釃引脈分，映帶左右」〔註134〕、「午橋作別墅〔註135〕，具燠館涼臺，號綠野堂，激波其下。」可知裴度的午橋莊綠野堂別墅亦不輸他的集賢里宅園。考察裴度綠野堂，其前身是開元著名樂工李龜年之宅第，到裴度接手後遂將其從東都通遠里移往定鼎門外的南城郊〔註136〕。又據史料所載，早在李龜年時，此宅就已是「僭侈之制，踰於公侯」〔註137〕，而在裴度經營下更名為綠野堂，當然也還是有聲有色。在午橋莊綠野堂這邊，除了東方仍可見嵩山之景外〔註138〕，還有「小兒坡，茂艸盈里……白羊散於坡上」〔註139〕、「文杏百株」〔註140〕、「櫻花千萬朵」〔註141〕、「柳樹」、「桃李」、「竹林」、「石峭」、「亭台」、「池塘」、「泉脈」、「畫舫」等自然景色或造景，多不勝數。

觀裴度晚年在洛陽所立之集賢里宅園與午橋莊綠野堂別墅，不難揣摩他在建造時的用心，故所成之居所，皆極為氣派、雅致。從裴度如此大興土木的舉動來看，正呼應他欲退出中央朝政，並久安於洛陽的想法。裴度在放下權力後，以自己的想法另闢天地，開啟他晚年別有意韻的生活。

〔註133〕另外，劉禹錫〈酬樂天請裴令公開春嘉宴〉：「二室煙霞成步障，三川風物是家園」亦指出「太室」、「少室」二山宛若屏幕一般，橫亙在裴度集賢里宅第的遠方。詩見《全唐詩》，卷 360，頁 4080。

〔註134〕《舊唐書・裴度列傳》，卷 170，頁 4432。

〔註135〕《新唐書・裴度列傳》，卷 150，頁 5218。

〔註136〕唐・鄭處誨：《明皇雜錄》（《唐宋史料筆記叢刊》本，北京：中華書局，1994年），頁 27。

〔註137〕同前註。

〔註138〕白居易〈和裴令公南莊絕句〉：「何似嵩峰三十六，常隨申甫作家山」也指出裴度午橋莊綠野堂有「嵩峰三十六」為「家山」。詩見《全唐詩》，卷 456，頁 5204。

〔註139〕唐・馮贄：《雲仙雜記》引《窮幽記》（《叢書集成初編》本，上海：商務印書館，1939年，據唐宋叢書本排印），冊 2836 卷 4〈白羊妝點芳草〉，頁 30。

〔註140〕《雲仙雜記》引《曹林異景》，卷 6〈碎錦坊〉，頁 41。

〔註141〕見白居易〈令公南莊花柳正盛欲偷一賞先寄兩篇〉有詩句：「最憶櫻花千萬朵，偏憐提柳兩三株。」詩見《全唐詩》，卷 456，頁 5202。

第四節　筆記與唐人詩文書寫下的裴度

前面已經有看到裴度在史傳書寫與自我詩文書寫之下的各種事功、作為、生活脈絡、心靈活動等內容。以這些資料固然已可對裴度擁有某種程度的認識，不過真要說對他的認識與探討已達「全面性的深入」，卻仍嫌不足。故本節便從筆記書寫與唐人詩文書寫的資料著手，詳細地分析裴度的種種事蹟與相關形象，以期能真正「全面且深入」的認識裴度此人，以下分述。

一、筆記書寫所映現的裴度

史傳中對裴度的書寫相當豐富，不過內容大概都與其政功脫不了關係。本節則從筆記書寫著眼，以非官方的、民間流傳的形象來補足史傳書寫之不足。在《太平廣記》、《唐語林》、《劇談錄》、《北夢瑣言》、《唐摭言》、《雲仙雜記》、《樂善錄》、《獨異志》、《曹林異景》、《窮幽記》、《唐詩紀事》、《容齋隨筆》、《因話錄》等書中，都有許多對裴度的書寫。其中有與史傳所載相同者，也有在史傳記錄上添加細節者，當然還有史傳書寫中所沒有的部分，涉及一些瑣碎的生活性謠傳與軼聞。雖然筆記書寫下的裴度可能並非其真實的樣貌，但卻也能將裴度在民間流傳的形象烘托出來，故探查筆記書寫下的裴度，對其形象之瞭解也是必要的，以下詳述。

（一）事功

在民間的書寫中，部分文字將裴度成功的原因歸咎於他善良之德行，這當然可以視作民間對裴度此人的普遍觀感之一，但卻不是裴度真正能夠名垂千古的關鍵。一般認為，裴度最重要的事功仍在他對中央集權的貢獻，尤其是平定淮西一事，這點不論是史傳或筆記的口徑都相當一致，史傳方面前已有述，筆記方面如《唐語林》有載：

> 吳元濟亂淮西，以宰相裴度為元帥，召對於內殿，曰：「蔡賊稱兵，昨晚擇帥甚難……朕今託卿以摧狂寇，可謂一日萬里矣。」度曰：「臣雖不才，敢以死效命。」因泣下霑衿，上亦為之動容。〔註142〕

便以裴度將蕩平淮西為己志，以死效命並為憲宗分憂為例，說明他至忠至勇的美德。當時皇帝受裴度德行之感召亦「為之動容」，給予高度的信任，而這份信任感不僅僅只是皇帝對裴度而言，也是民間對裴度信任的展現。這來自

〔註142〕宋・王讜撰、周勛初校證：《唐語林校證》（《唐宋史料筆記叢刊》本，北京：中華書局，1987 年），卷 1，頁 66～67。

民間的「信任」在《劇談錄》中也可見端倪：

> 裴晉公度微時羈寓洛中，常乘蹇驢入皇城。方上天津橋，時淮西不
> 庭已數年矣，有二老人傍橋柱而立，語云：「蔡州用兵日久，徵發甚
> 困於人，未知何時得平定？」忽覩裴公，驚愕而退。有僕者攜書囊
> 後行，相去稍遠，聞老人云：「適憂蔡州未平，須待此人爲將。」
> 〔註143〕

在這則筆記書寫中，那二名「老人」對裴度寄予厚望，實際上這兩名「老人」代表的便是市井百姓心中深切之期許，他們對裴度給予極高的肯定及抱持高度的信心，以爲裴度才能平定淮西並持續鞏固唐朝國勢。

　　裴度不負眾望的平定了淮西，筆記中所描寫的「儒風武德，振耀古今」，便是讚譽他「出可爲將、入可爲相」的奇能。而「泊留守洛師，每話天津橋老人之事」云云，則是書寫者爲了添加此事之公信力所用的技法，以當時朝廷要人爲媒介，營造出朝裡朝外齊心肯定裴度作爲與功績的普遍觀感。

（二）形貌

　　關於裴度外在形貌的描寫，裴度曾有〈自題寫眞贊〉稱「爾才不長，爾貌不揚」〔註144〕，而兩《唐書》所云是「度狀貌不踰中人，而風彩俊爽」〔註145〕、「度退然纔中人，而神觀邁爽」〔註146〕，雖有所美辭，謂其儀容舉止與散發氣質卻出類拔萃、異於常人，不過仍申明裴度的外貌是與一般人相左，甚至要再更差一些。

　　裴度的平凡外型是有史傳佐證的，而這形象特點也被延伸爲筆記小說的書寫題材。如《唐摭言》中便有《山神廟裴度還帶》故事的原形〔註147〕，其云「裴晉公質狀眇小，相不入貴」，便是以裴度形貌不佳的條件做發揮，一方

〔註143〕唐‧康駢撰：《劇談錄》（上海：古典文學出版社，1958 年），卷上〈裴晉公天津橋遇老人〉，頁 18。

〔註144〕《全唐文》，卷 538，頁 5462 下；五代‧孫光憲、林艾園校點：《北夢瑣言》（《唐五代筆記小說大觀》本，上海：上海古籍，2000 年），卷 10〈前賢戲調〉，頁 1890，所載略同。

〔註145〕《舊唐書‧裴度列傳》，卷 170，頁 4433。

〔註146〕《新唐書‧裴度列傳》，卷 173，頁 5219。

〔註147〕見五代‧王定保：《唐摭言》（《中國文化經典文學叢書》本，臺北：世界書局，2009 年），卷 4〈節操〉，頁 45～47；《太平廣記》引《唐摭言》，卷 117，頁 816～817；宋‧李昌齡：《樂善錄》（《叢書集成新編》本，臺北：新文豐，1985 年，據稗海本排印），冊 81 卷上，頁 576；宋‧王讜撰、周勛初校證：《唐語林校證》，卷 6，頁 567～568，都有關於此故事之書寫。

面說明唐代選舉擇人之法的嚴苛〔註148〕，另一方面也進一步用裴度的「體貌
不良」襯托他最終卻能「位極人臣」的可貴。

　　而《山神廟裴度還帶》的故事與其原形的筆記書寫，其間最重要的轉折
乃在裴度「還帶救人」的善舉。書寫者顯然認為裴度具有肩負起一時代之
善良風俗的條件，乃給予裴度「還帶救人」的事蹟，並將此事蹟與往後「位
極人臣」之情況相附會，強調「致陰德」與「得善果」之間的連動關係。
且書寫者為了宣揚「人性之美善」、「社會之善良風俗」的正當性，通過裴
度的例子，也相當充分地說明「陰德的積累能夠扭轉各種先天不良條件」之
理念。

（三）園林

　　裴度此人除了在國家、在公務之上竭心盡力外，在退公之際卻也相當會
享受生活，尤其是在園林這方面，更是情有獨鍾。而關於裴度園林的書寫，
有以下數點為例：

> 晉公午橋莊有文杏百株，其處立碎錦坊。（《雲仙雜記》引《曹林異
> 景》，卷6，頁41）

> 午橋莊小兒坡，茂草盈里，晉公每使數羣白羊散於坡上，曰：「芳草
> 多情，賴此妝點也。」（《雲仙雜記》引《窮幽記》，卷4，頁30）

> 唐裴晉公度寢疾永樂里，暮春之月，忽遇遊南園，令家僕僮异至藥
> 欄，語曰：「我不能見此花而死，可悲也。」悵然而返。明早報牡丹
> 一叢先發，公視之，三日乃薨。〔註149〕

> 裴令臨終，告門人曰：「吾死無所繫，但午橋莊松雲嶺未成，軟碧池
> 繡尾魚未長，《漢書》未終篇，為可恨爾。」〔註150〕

在《曹林異景》、《窮幽記》中，可略見裴度經營園林的狀況，他植文杏、立
錦坊、牧白羊，在滿足趣味與雅興的同時，也兼顧了生活上的經濟機能，他
巧妙的將二者結合，賦予普通的日常更多的美好景致。

　　而在《獨異志》、《晉公遺語》中，展現的卻是裴度對其園林的強烈執念，
這兩則筆記所定之時間皆在裴度「死前」，說到裴度死前滿心所繫的都是他的

〔註148〕唐代選舉擇人之法有四：「一曰身，體貌豐偉；二曰言，言辭辯正；三曰書，
　　　　楷法道美；四曰判，文理優長。」見《新唐書‧選舉制下》，卷45，頁1171。
〔註149〕唐‧李冗：《獨異志》（《唐五代筆記小說大觀》本），卷上，頁917。
〔註150〕《雲仙雜記》引《晉公遺語》，卷1〈午橋莊〉，頁6。

園林，這與史傳記錄卻有相當大的差距。兩《唐書》說裴度遺書「旨以未定儲貳爲憂，言不及家事」〔註151〕、「以儲貳爲請，無私言」〔註152〕，其形象與筆記書寫有所出入，不過這方面的差異，應可歸咎於載體與書寫意識之不同。兩《唐書》屬官方史書，所錄之事雖不乏筆記資料，但大抵仍以正統之事爲依歸，又史傳書寫者對裴度的評價極高，自然都挑著能夠「歌功頌德」的事蹟來講；而筆記的資料，則大多以街談巷語爲主，眞實性通常不高。不過關於裴度的園林，史傳中也有些書寫，加上許多當時文人與裴度宴飲遊樂、交遊唱和的作品，其發生地點很多也都在裴度的園林中，這些都可以證明「裴度的園林」在其生命歷程中的地位與價值。而《獨異志》、《晉公遺語》中的記載，也就是採用一種較爲誇張的手法，來呼應裴度對其園林之重視。

（四）交往

在史傳書寫中，已有文字說明裴度與當時文人交遊唱和，而在筆記中，也不乏這方面的書寫。在筆記中的文字，除了可以用來呼應史傳所載，還能補充史傳之不足，如裴度與白居易的交往狀況，兩《唐書》僅載裴度與白居易一同在綠野堂「高歌放言，以詩酒琴書自樂」〔註153〕之事，在《唐詩紀事》中就還有這麼一段文字書寫：

> 樂天求馬，裴贈以馬，因戲云：「君若有心求逸足，我還留意在名姝。」引妾換馬之事。樂天答云：「安石風流無奈何，欲將赤驥換青娥。不辭便送東山去，臨老何人與唱歌？」〔註154〕

在這則筆記書寫中，裴度與白居易之間的情誼，明顯比史傳記錄中的還要更加密切，他們以詩贈答並合以幽默的戲謔，跳脫嚴肅的正統形象，反而刻畫出更鮮明又更貼近凡人的具體樣貌。

又裴度與白居易之交往，在詩歌往來的資料上也較容易得到印證，觀〈三月三日祓禊洛濱〉一詩之序文，白居易應裴度之約參宴，當時座上賓客不乏朝中大臣、公卿貴族，若白居易非與裴度相友善，又怎能參與如此盛事，而關於此事之記錄，也同樣被做爲筆記的一部份流傳下來〔註155〕。

〔註151〕《舊唐書・裴度列傳》，卷170，頁4433。
〔註152〕《新唐書・裴度列傳》，卷173，頁5218。
〔註153〕《舊唐書・裴度列傳》，卷170，頁4432。
〔註154〕宋・計有功撰、王仲鏞校箋：《唐詩紀事校箋》（《中國文學研究典籍叢刊》本，北京：中華書局，2007年），卷33，頁1150。
〔註155〕見南宋・洪邁：《容齋隨筆》（《唐宋史料筆記叢刊》本），卷1〈裴晉公禊事〉，頁12。

　　而〈三月三日祓禊洛濱〉一詩之序文及《容齋隨筆》所載的內容中，不難發現除了白居易，當時著名的詩人劉禹錫也是座上賓。劉禹錫與白居易一樣，同樣與裴度私交甚篤，也是晚年與裴度「高歌放言，以詩酒琴書自樂」的重要角色。裴度相當賞識劉禹錫，對他提供了一定程度的提攜與保護，這在《因話錄》中有提到：

> 憲宗初，徵柳宗元、劉禹錫至京，俄而以柳爲柳州刺史，劉爲播州刺史。柳以劉須侍親，播州最爲惡處，請以柳州換，上不許……裴晉公進曰：「陛下方侍太后，不合發此言。」上有愧色，既而語左右曰：「裴度終愛我切。」劉遂改授連州。（《因話錄》，載入《叢書集成初編》，冊2831卷1，頁4）

此事在兩《唐書》也有記錄〔註156〕，由時間的先後順序來看，〈三月三日祓禊洛濱〉宴於開成二年（837），而裴度保護劉禹錫之事發生在元和十年（815），由此可見裴度與劉禹錫很早就已培養出極爲濃厚的情誼，否則裴度怎可能爲其在憲宗面前喉舌，他們彼此之間的友誼必定是相當堅定。

二、唐人詩文所映現的裴度

　　既然裴度能登上宰相之高位，且在事功表現又極爲顯赫，人們也就常以其事功爲題，撰詩文來歌頌。又裴度本身亦富有文采，加上其名望，令許多當代文人聚集在他身邊，爲政之餘也常相互唱和，相關作品很多也被保存了下來。本節便從唐人書寫裴度之詩文作品來探勘，仔細的梳理這些作品，便能發掘唐代文人眼中裴度的政治形象，在不同時期、不同身份下究竟擁是何種形象與面貌。

（一）對裴度「平淮」功績的頌揚

　　裴度自登科仕宦以來，對國家有實際的貢獻，大概從他第一次奉使宣慰淮西起。當時裴度以朝廷使節的身份介入淮西戰役中，受到眾人之矚目，楊巨源〈送裴中丞出使〉云「宣諭生靈眞重任」〔註157〕，深刻的指出裴度出爲使節之重要性。而裴度其時之表現，當然也有被人們發掘並書寫。如韓愈〈平淮西碑〉〔註158〕中有「曰：度，汝長御史，其往視師。」便載元和十年（815），

〔註156〕見《舊唐書・憲宗本紀》，卷15，頁452；《舊唐書・劉禹錫列傳》，卷160，頁4211；《新唐書・劉禹錫列傳》，卷168，頁5129。
〔註157〕《全唐詩》，卷333，頁3728。
〔註158〕即「韓碑」。文見《全唐文》，卷561，頁5675上～5677上。

憲宗命裴度以御史中丞往赴蔡州行營巡視宣慰之事。而在韓碑之後，還有段文昌的〈平淮西碑〉〔註159〕，其撰文立場雖然與韓碑不同〔註160〕，不過文中「乃命御史中丞裴度，布挾纊之恩，奉如絲之命，以諭群帥，以撫輿師」等文字，將裴度第一次奉使宣諭淮西期間的事蹟書寫得更加詳細，比起韓碑增加了更多的細節。而觀裴度當時的「宣慰軍隊之功」，得載入碑中並供人瞻仰，可見其事蹟也是相當受人肯定的。

在裴度第一次出使淮西後，緊接著便發生聳動京城的刺殺事件，宰相武元衡受刺身亡，主戰伐叛的勢力大受打擊。不過憲宗並未氣餒，他旋即重用同樣「主戰」的裴度為武元衡之繼承人，將裴度拔置於相位，令他得為國家做出更多貢獻。觀韓碑中「曰：度，惟汝予同，汝遂相予，以賞罰用命不用命。」、「群公上言，莫若惠來。帝為不聞，與神為謀，乃相同德……」可知其時裴度是相當意氣風發的，他以「主戰」的立場深受皇帝信任，也因此令其名聲、權力兩者兼收。

而裴度在拜相後，亦相當積極把握機會，他以宰相之身，自請親臨前線督戰淮西並促成朝廷之勝利。此舉成功的令裴度從唐代數百名宰相中脫穎而出，成為千古流傳的「中興名相」。而人們頌揚裴度之功績，最普遍也最膾炙人口者，也就在他平定淮西之功業上。如韓愈〈桃林夜賀晉公〉〔註161〕、劉禹錫〈郡內書情獻裴侍中留守〉〔註162〕、張籍〈和裴司空酬滿城楊少尹〉〔註163〕、白居易〈和裴令公一日日一年年雜言見贈〉〔註164〕等詩中所云之「元功」、「功成」、「功德」、「元和第一功」等〔註165〕，皆是褒揚裴度的實例。

〔註159〕即「段碑」。文見《全唐文》，卷607，頁6234下～6237下。

〔註160〕觀韓愈〈平淮西碑〉，可見碑中是屢屢提及裴度，頻頻稱頌裴度之功績的。而碑文中多言裴度之功，難免就會壓縮到他人所佔之篇幅，也因此導致李愬等將不服。在看到韓碑後，李愬乃上奏欲磨去韓碑而另撰碑文，憲宗為安撫李愬等將乃命段文昌重撰〈平淮西碑〉。

〔註161〕《全唐詩》，卷344，頁3864～3865。

〔註162〕《全唐詩》，卷360，頁4078。

〔註163〕《全唐詩》，卷385，頁4348～4349。

〔註164〕《全唐詩》，卷452，頁5143。

〔註165〕其餘還有，韓愈：〈和裴僕射相公假山十一韻〉（《全唐詩》，卷342，頁3843）、韓愈：〈晉公破賊回重拜台司以詩示幕中賓客愈奉和〉（卷344，頁3865）、韓愈：〈奉和僕射裴相公感恩言志〉（卷344，頁3873）、劉禹錫：〈奉和裴令公新成綠野堂即書〉（卷362，頁4101～4102）、白居易：〈侍中晉公欲到東洛先蒙書問期宿龍門思往感今輒獻長句〉（卷454，頁5171）、白居易：〈題裴晉公女几山刻石詩後〉（卷453，頁5144）……等等，皆有以「功德」、「元功」、「功

　　不過上述詩作對裴度討伐淮西的事蹟多無詳盡的描述，相較之下韓碑、段碑是專爲歌頌平定淮西而作，是有更多裴度討伐淮西期間的資料可探討。如韓碑寫裴度親臨前線時，先點出「丞相度至師，都統弘責戰益急」此乃裴度親赴前線督戰之目的之一，重在迫使眾將爲「爭功」而表現得更加積極，進而能夠激勵軍隊士氣，得以用更高的效率平定淮西，讚揚的是裴度洞悉人性之「智略」。至收復淮西後，韓碑則大力書寫裴度撫慰蔡人之情狀，碑云：

> 丞相度入蔡，以皇帝命赦其人，淮西平，大饗賚功。師還之日，因以其食賜蔡人。凡蔡卒三萬五千，其不樂爲兵，願歸爲農者十九，悉從之……帝有恩言，相度來宣：「誅止其魁，釋其下人。」蔡之卒夫，投甲呼舞，蔡之婦女，迎門笑語……爲之擇人，以收余德，選吏賜牛，教而不稅。（《全唐文》，卷561，頁5676上～5676下）

此可見韓碑所歌頌的，不僅僅是「武功」〔註166〕，「文德」亦佔據很大的成分，這一方面是彰顯朝廷「恩威並重」的政策，另一方面則意欲抬高裴度的地位，以裴度爲皇帝之代言人、朝廷之門面。而韓碑至末尾總結云：

> 始議伐蔡，卿士莫隨，既伐四年，小大並疑。不赦不疑，由天子明。
> 凡此蔡功，惟斷乃成。（《全唐文》，卷561，頁5677上）

其重點在「惟斷乃成」一句，表面上是大力頌揚憲宗之「決斷」，但將此句與前述碑文相合，可知裴度的「主戰」立場，乃是助憲宗「決斷」的關鍵。以裴度如此關鍵之身，韓愈便得以理所當然地將討伐淮西前後之決斷、布策與招安等功績都匯聚到裴度身上，極頌其重要性與成就，令裴度於平定淮西此一事件上得以確實的「功居第一」。

　　將段碑與韓碑相比較，段碑更大幅度的是稱頌憲宗與眾將臣之「武功」，令李愬等人的事蹟更完整地記錄下來。而關於裴度之事蹟，增補的部分如「復命丞相裴度，擁淮蔡之節，撫將帥之臣，分鄧禹之麾旆，盛竇憲之幕府，四牡業業，於藩於宣……丞相之來也，群帥之志氣逾勵，統制之號令益明，勢如雷霆，功在漏刻。」是將裴度第二度親臨淮西之內容敘述的更加詳盡、完備。但也有刪除的部分，尤其是原本存在於韓碑中，裴度代憲宗安撫

　　成」、「功業」等文字入詩，專用來褒獎裴度平定淮西之事。

〔註166〕韓碑中「顏、胤、武合攻其北……取元濟以獻」、「既斬吳蜀……六州降從」、「乃敕顏……莫不順俟」等文字，皆頌「武功」之言。

蔡人之「文德」，在段碑中完全不見其載。更甚至有翻轉韓碑之論點者，如裴度助憲宗「決斷」討伐淮西一事，至段碑則變成憲宗「獨發宸慮，不尋眾謀」，完全不見裴度之貢獻。此可見段碑所頌揚裴度者，大概就只餘裴度「指揮軍隊」、「巧智勵軍」與「鼓舞士氣」之「武功」方面。

除了韓碑、段碑外，柳宗元也有〈奉平淮夷雅表〉〔註167〕上奏朝廷，其〈皇武命丞相度董師集大功也〉〔註168〕便專以裴度爲主角，給予他大量的歌頌。詩中先以「皇咨於度，惟汝一德」稱頌裴度助憲宗伐蔡之信念。至裴度出征時乃以「天子餞之，罍斝是崇。鼎臑俎戢，五獻百籩。凡百卿士，班以周鏇」鋪張其場面，展現的是天子與朝中大臣們對裴度的信任與敬重。再來「熟圖厥猶，其佐多賢」、「訓於群帥，拳勇來格」、「公曰徐之，無恃額額」等，則稱讚裴度帶兵指揮之才幹。到了平定淮西後，詩中更以「載辟載袚，丞相是臨。弛其武刑，諭我德心。其危既安，有長如林。曾是讙讀，化爲謳吟」稱頌裴度奉詔對蔡州人民施行之招撫策略，肯定「文德」之重要性。柳宗元此詩對裴度的讚許相當無微不至，除了肯定裴度助憲宗之「決斷」，對其領兵指揮之「武功」亦有兼論。最重要的，詩中也將「文德」的施行視作善後之重點，而代皇帝布揚「文德」的裴度，其地位也就可以抬高到「皇帝之代言人」與「朝廷之門面」的層級，予人讚頌不絕。又劉禹錫對於平定淮西一事，亦有上表朝廷，不過此表中沒有談到裴度之事，反而在他的〈平蔡州三首〉其一〔註169〕有「相公從容來鎮撫，常侍郊迎負文弩」的句子，也是側重在裴度對蔡州人民施行「文德」之方面。而白居易在多年之後，一首〈題裴晉公女几山刻石詩後〉〔註170〕也把裴度當時的功德拿來大肆讚揚，詩中有大半篇幅也在讚揚裴度的「文德」，其云「爾後多少時，四朝二十年。賊骨化爲土，賊壘犁爲田。一從賊壘平，陳蔡民晏然。驟軍成牛戶，鬼火變人煙。生子已嫁娶，種桑亦絲綿。皆云公之德，欲報無由緣。」白居易藉由時間的推移，將裴度當時布行「文德」之成果展示出來，其說服力肯定比「初破蔡州」時更有力。

再看到元稹的〈賀裴相公破淮西啓〉，其文云：

〔註167〕《全唐詩》，卷350，頁3926～3929。
〔註168〕《全唐詩》，卷350，頁3927～3928。
〔註169〕《全唐詩》，卷356，頁4015～4016。
〔註170〕《全唐詩》，卷453，頁5144。

　　某聞舉世非之，而心不惑者，謂之明；群疑未亡，而計先定者，謂
　　之智……聖上以睿謨神算，方議翦除，群下守見習聞，鹹懷阻沮。
　　公英猷獨運，卓立不回，內排疑惑之詞，外輯異同之旅，三軍保任，
　　一意誅鋤……（《全唐文》，卷653，頁6640下～6641上）

觀此文對於裴度平定淮西期間的「文德」與「武功」都少提及，側重的卻是
裴度助憲宗「決斷」一事，若僅以「決斷」之事來與韓碑相比，元稹此表是
更加的詳細。可見元稹對於裴度平定淮西前後的事蹟，最敬佩的乃在其「先
見之明」的智慧與「疏通異議」的手腕。

　　綜合前文所述，可以發現在詩文書寫中，人們對裴度的「文德」、「武功」
多有所關照，且大抵上人們頌揚裴度平定淮西間的重要事蹟都是「文德」高
於「武功」，而這個結果也在情理之內。須知，這些「詩」、「文」多出自文人
之手，一般文人多讀聖賢之書，身懷經世治國的思想，對於塗炭生靈的兵戎
之事多不樂見。他們所欲看到的是沒有戰亂、民生富庶的大同世界，他們所
留意的是天子之賢能與德音之廣布。故當裴度奉憲宗諭命布揚恩德之時，他
們當然是樂見其成，並將此事給予詳盡的書寫及讚頌。

（二）對裴度「官爵」的敬重與欽羨

　　從前文可知，雖然裴度所立之「武功」是不容否認的，也因為他有「將
相全才」才得留芳百世，不過因為在文人圈中，「將」的身份是附屬於「相」
之下，以相才為尊又兼有將才方顯其可貴。不論是文人或是從政者，一般來
講還是比較看重「相位」的，他們對「相位」都有著一股執著與迷信，而這
方面的趨向在他們所撰的詩文中亦可發覺。

　　探查人們與裴度往來的詩文中，有很大部分便是聚焦在他「宰相」的身
份上，如韓愈〈晉公破賊回重拜台司以詩示幕中賓客愈奉和〉〔註171〕，以及
前面提到的〈和裴僕射相公假山十一韻〉、〈奉和僕射裴相公感恩言志〉、〈奉
和裴令公新成綠野堂即書〉……等等作品，都可以在詩題或詩文內容中，發
覺他們用「相國」、「相公」、「令公」、等字眼指涉「宰相」的這個身份。而這
類指涉「宰相」的字眼之所以如此頻繁出現，一方面展現的是人們對裴度能
在憲宗、穆宗、敬宗、文宗四朝頻繁為相之敬意；另一方面也說明這群以文
字指涉「宰相」官位的人，其視野必定無法脫離「相位」的光環，所透露的
便是濃濃的欽羨之情。

〔註171〕《全唐詩》，卷344，頁3865。

　　而實際上，裴度的職官官位並不只在握有「宰相」職權的「同中書門下平章事」，他更有「司空」、「司徒」的職銜。若單就品秩來講，「司空」、「司徒」屬三公三師之列，爲文官的最高品級，甚至凌駕於宰相之上。雖然說在唐代，三公三師未必有議政之權，但做爲地位的象徵，絕對是一人之下萬人之上的保證。而人們在書寫裴度的詩文中，很多也都把「司空」、「司徒」的職銜冠於其中，同樣也是表示尊敬與敬佩的意思〔註172〕。

　　又裴度在宰相、三公三師的身份外，還有一個更加顯赫的尊銜，即在平定淮西後受封之「晉國公」。國公是唐代封爵的制度下的產物，以爵位的品級來看屬從一品，僅次於正一品的親王。裴度以一屆書生之身份躍居到「晉國公」的高位極其不易，其人受皇帝賞識而升至宰相，但並非每個居高爲者都能夠受封爲「國公」。韓愈在〈晉公破賊回重拜台司以詩示幕中賓客愈奉和〉〔註173〕云「相國新兼五等崇」，便是指裴度以他的才能跨越巨大的藩籬，以其對朝廷、社稷的功德獲得爲人臣者最高的榮耀〔註174〕。又在白居易〈題裴晉公女几山刻石詩後〉〔註175〕，也可以看到白居易對「裴晉公」展現的敬重之意，甚至以「地上仙」來稱呼裴度平蔡後的狀況。從以上可以看到，當代詩人以「晉公」書寫裴度的詩文，滿溢的也盡是高山仰止的尊崇。

　　除了上述以實際官爵讚頌者，值得注意的還有如劉禹錫〈奉和裴侍中將赴漢南留別座上諸公〉〔註176〕、白居易〈奉和晉公侍中蒙除留守行及洛師感悅發中斐然成詠之作〉〔註177〕、白居易〈題裴晉公女几山刻石詩後〉〔註178〕、李紳〈和晉公三首〉其二〔註179〕等作品，是以「金貂」、「貂蟬」來稱呼裴度之官爵，所用頌語更加的古雅。而白居易〈奉和裴令公新成午橋莊綠野堂即

〔註172〕如韓愈：〈奉使鎮州行次承天行營奉酬裴司空〉（《全唐詩》，卷344，頁3873）、劉禹錫：〈奉送裴司徒令公自東都留守再命太原〉（卷362，頁4095）、張籍：〈和裴司空即事通簡舊僚〉（卷384，頁4332）、張籍：〈謝裴司空寄馬〉（卷385，頁4342）、張籍：〈和裴司空酬滿城楊少尹〉（卷385，頁4348～4349）……等等。
〔註173〕《全唐詩》，卷344，頁3865。
〔註174〕「按五等之爵，公侯伯子男。度以宰相封晉國公，爵最崇也」，見唐・韓愈著、錢仲聯集釋：《韓昌黎詩繫年集釋（下）》，卷10，頁1078。
〔註175〕《全唐詩》，卷453，頁5144。
〔註176〕《全唐詩》，卷361，頁4086。
〔註177〕《全唐詩》，卷454，頁5171。
〔註178〕《全唐詩》，卷453，頁5144。
〔註179〕《全唐詩》，卷483，頁5530。

事〉〔註180〕、白居易〈三月三日祓禊洛濱〉〔註181〕、白居易〈送盧郎中赴河東裴令公幕〉〔註182〕、溫庭筠〈中書令裴公挽歌詞二首〉〔註183〕等詩作,則以「荀令」來稱呼裴度,不但頌其官高,同時也讚揚其德行。當然,不論是「貂蟬」或「荀令」,使用這種具有典故內涵的稱呼方式,也確實更能體現書寫者濃厚的敬意與欽羨。

裴度光榮的一生,從他連中三榜開始,至出使淮西而受人注目,旋即在時代的驅使下躍升至國之首宰,最終又在平叛之功業中取得千古歌頌的偉大成就。他為他自己博得相當多的讚頌,在這些接連不斷的頌揚中,裴度在文人眼中的形象也是愈加明晰。在他人書寫裴度的詩文中,最明顯可以看到的是他「主戰」並支持憲宗平叛之「決斷」,展現出的是正義凜然的忠心與對君主集權的極度擁護。而裴度以宰相之身自請督戰淮西並取得勝利一事,人們更成功的把「文德」與「武功」集聚在裴度的身上,書寫而成的是兼具「智」、「文」、「勇」三方面之將相全才。裴度以將相全才的鮮明形象登上「元和第一功」之寶座,而「裴令公」、「裴司空、司徒」、「裴晉公」等稱呼,也就是當時人們對於裴度與其成就的一種更為具體、簡潔的稱頌方式,用以表示書寫者對裴度「天上中台正,人間一品高。休明值堯舜,勳業過蕭曹」的敬意,與「高名大位能兼有,恣意遨遊是特恩」的羨慕之情。

(三)冀望裴度之提攜與肯定

裴度在晉升至宰相後,聚集在他身邊的人很多,這些人們聚集在裴度的身邊,或多或少也帶有功利之目的,不過裴度也相當的知人善任,對於提攜有相應能力之後進亦不遺餘力,更甚至上奏改革制度,以便延攬賢哲:

> 德宗朝政多僻,朝官或相過從,多令金吾伺查密奏,宰相不敢於私第見賓客。及度輔政,以羣賊未誅,宜延接奇士,共為籌畫,乃請於私居接延賓客,憲宗許之。自是天下賢俊,得以效計議於丞相,接士於私第,由度之請也。(《舊唐書・裴度列傳》,卷170,頁4417～4418)

〔註180〕《全唐詩》,卷456,頁5188。
〔註181〕《全唐詩》,卷456,頁5203。
〔註182〕《全唐詩》,卷456,頁5206。
〔註183〕《全唐詩》,卷577,頁6768。

因應裴度之改革，當代有志之士紛紛出入裴度宅第，或商討國家大事，或把酒言歡，造就白居易在〈奉和令公綠野堂種花〉〔註184〕所云「令公桃李滿天下，何用堂前更種花」，以及姚合在〈和裴令公遊南莊憶白二十章七二賓客〉〔註185〕所云「樽前多野客，膝下盡郎官」的盛況。其中亦不乏中晚唐文學界中的重要人物，如韓愈、白居易、劉禹錫、張籍等人都與裴度關係密切。裴度對聚集在他身邊的這些文人給予了一定程度的提攜與保護，這些事蹟在他人書寫裴度之詩文中皆可見許多實例。

　　裴度成爲宰相後，第一件大事便是討平淮西。出征淮西時裴度親點了數名文武朝臣同行，韓愈便爲彰義行軍司馬〔註186〕，專爲征軍出謀劃策。考察韓愈與裴度交遊，可知韓愈在裴度拜相前便已與裴度有互動〔註187〕，裴度出征淮西時，也立刻就予以提攜，此可證裴度對韓愈是相當信任的。韓愈在〈奉和裴相公東征途經女几山下作〉〔註188〕詩句云「敢請相公平賊後，暫攜諸吏上崢嶸」，可見韓愈也樂於受裴度之庇蔭，深信裴度能夠平定淮西，並帶著其幕僚們飛黃騰達。其後，裴度果眞蕩平淮西，隨軍的一行人也紛紛因功升官，在〈晉公破賊回重拜台司以詩示幕中賓客愈奉和〉一詩中，韓愈對裴度是推崇之至，更以歌頌的方式來回應知遇之恩。

　　韓愈的例子屬於裴度拜相早期的案例，其受裴度恩惠的因果有較爲明確的資料可做佐證。而在裴度居顯赫之位後，還有許多人展現出強烈之冀望，希望能接受裴度庇蔭，如劉禹錫〈上門下裴相公啓〉〔註189〕云「某頃墮危厄，常受厚恩，誼盟於心……敢因賀箋，一寄丹懇」，張籍〈和裴司空酬滿城楊少尹〉云「誰不望歸丞相府」，李紳〈和晉公三首〉云「願假樽罍末，膺門自此依」、「貂蟬公獨步，鴛鷺我同群」等等，皆是滿心期望能夠進入裴度之門下。一般來講，他們之所以想要依附在裴度麾下，自然就是希望裴度將他們提拔到更高的官位上。且裴度既居政治場合之高位，以其宰相之權力，欲

〔註184〕《全唐詩》，卷456，頁5191。

〔註185〕《全唐詩》，卷501，頁5739。

〔註186〕《舊唐書・裴度列傳》，卷170，頁4417。

〔註187〕韓愈有詩〈酬裴十六功曹巡府西驛途中見寄〉作於憲宗元和二年（807）秋，當時裴度爲河南府功曹，尚未居於相位。此可證韓愈於裴度拜相前便已與其有所交流。此詩之繫年可見唐・韓愈著、錢仲聯集釋：《韓昌黎詩繫年集釋》，卷6，頁672。

〔註188〕《全唐詩》，卷344，頁3863。

〔註189〕《全唐文》，卷604，頁6106上～6106下。

安插某人至某位應非難事〔註190〕，但綜觀以詩文書寫裴度的人們，目前能指出是因為裴度提攜而升官者仍屬少數。

上述這個問題，有可能是因可證明的詩文已散佚，也有可能是與裴度任用賢才的策略有關。據史籍所載，裴度為人是正義且正直的，他不與奸臣為伍、不私結黨派，可見裴度應也不會徇私而任免官吏。故能夠受到裴度提拔者，很可能就只餘一些真正有「濟世之才」的人，如李德裕便是〔註191〕。

雖然現階段仍無法詳細地辨別每個與裴度交遊之人，是否都在他們各自之「仕途」中獲得正面的幫助，但還是有小部分的例子可做參考。如上述之韓愈，除了在裴度拜相早期受其恩惠而得晉升外〔註192〕，在韓愈諫迎佛骨惹怒憲宗時，乃賴裴度等朝臣權貴方免於極刑〔註193〕。還有劉禹錫在作〈元和十年自朗州承召至京戲贈看花諸君子〉詩時，因內容諷刺意味太重惹怒執政者，憲宗本欲將劉禹錫貶至偏遠的播州，幸賴當時還是御史中丞的裴度之助，方得改遷至稍近之連州〔註194〕。且在唐文宗大和二年（828），時裴度居

〔註190〕在玄宗時的宰相姚崇，「嘗於帝前次序郎吏，帝左右顧，不主其語。崇懼，再三言之，卒不答，崇趨出。內侍高力士曰：『陛下新即位，宣與大臣裁可否。今崇亟言，陛下不應，非虛懷納誨者。』帝曰：『我任崇以政，大事吾當與決，至用郎吏，崇顧不能而重煩我耶？』崇聞乃安，由是進賢退不肖而天下治。」玄宗認為，任用郎吏是宰相的職權，用不著要他表態。《舊唐書‧崔祐甫傳》說：「崔祐甫任平章事時，『薦言推舉，無所疑滯，日除數十人。作相未逾年，凡除吏幾八百員，多稱允當。』」由上可見，宰相擁有任官吏之權，見鄧德龍：《中國歷代官制（上）》，頁247；另外關於宰輔薦進、任用官員的狀況與演變，可見雷家驥：《隋唐中央權力結構及其演進》（臺北：東大圖書，1995年），頁359～360。

〔註191〕裴度與李德裕之間的交情並不深，甚至可說是毫無交情。然而裴度在文宗大和三年（829）卻推薦李德裕為相，可見裴度看中的也就只會有李德裕的「濟世之才」了。但裴度的推薦卻沒有讓李德裕順利拜相，此乃因當時李宗閔從中阻撓的緣故。詳見《舊唐書‧李德裕列傳》，卷174，頁4518；《新唐書‧李德裕列傳》，卷180，頁5331；《舊唐書‧李宗閔列傳》，卷176，頁4552；《新唐書‧李宗閔列傳》，卷174，頁5237；《資治通鑑‧太和三年》，卷244，頁7866。

〔註192〕即指韓愈受裴度提攜，在裴度幕中為官，隨後裴度於淮西之役取勝，韓愈亦受裴度之蔭而連帶升官。見《舊唐書‧韓愈列傳》，卷160，頁4198；《新唐書‧韓愈列傳》，卷176，頁5260～5258。

〔註193〕見《舊唐書‧韓愈列傳》，卷160，頁4200；《新唐書‧韓愈列傳》，卷176，頁5260～5261。

〔註194〕見《舊唐書‧憲宗本紀》，卷15，頁452；《舊唐書‧劉禹錫列傳》，卷168，頁5129；《新唐書‧劉禹錫列傳》，卷168，頁4211。

相位,愛劉禹錫之才,乃先將其提攜至主客郎中,後本欲薦爲知制誥,但其時劉禹錫又作〈再遊玄都觀〉及詩序,此番又惹執政者不悅,故裴度只能將劉禹錫拉拔至集賢院學士、禮部郎中的位置上而已〔註195〕。

當然,若撇開較爲現實功利的層面來看,在人們不斷書寫裴度的作品中,不難發現廣大士人的「治世思想」是被裴度在現實中實踐的,面對裴度這種實踐者,人們當然不吝於給予讚頌。又在稱頌裴度的同時,稱頌者也希望獲得這個經世思想之「實踐者」的注視與肯定,通過這種注視與肯定的過程,書寫者便可以獲得一種人生價值上的認同感。可見人們接近裴度,所欲得到的除了在官位上的「提攜與晉升」外,也很可能是想獲得「成功者的賞識與肯定」,是種精神層面的慰藉。如此,或許也就能夠解釋「爲何人們爭相想要依附、歸屬於裴度之門下」。

又不論是謀求升官晉位,或是尋求思想、精神上的認同,聚集在裴度身邊並有較密集之交遊與書寫者,他們有「進士」背景者佔了相當大的比例,如韓愈、柳宗元、白居易、張籍、姚合、王建、李紳……等人皆是。裴度本身也是進士出生,雖然他並沒有主動的發起號召,但他顯赫的功業與深厚的文學底子,使得四方進士們圍繞著他形成一個進士集團。這種進士集團在中晚唐是相當常見的,集團內的人們靠著這個內部的相互提攜與保護,可以令他們仕途更加穩定。實際上,裴度仕宦生涯遭遇的兩個關鍵人物,其一爲宰相武元衡、其二是宰相裴垍,此二人也都是進士出身,他們也都屬於進士集團中的一份子,以武元衡與裴度、裴垍與裴度之間的關係來看,其原理事實上也與裴度及聚集在他身邊之進士集團相同。

(四)歌詠裴度的文學表現

談到唐人對裴度詩文一類之「文學」關注者,數量是比較少的。故此處跳出詩文之限制,舉凡與裴度「文學」相關者,皆予以論述。

例如唐代重視文學,最具體反應在科舉取士中。而細探裴度的生平,可知他相當善於考試,白居易的〈寄獻北都留守裴令公〉〔註196〕中說到裴度「始善文三捷」,便是指裴度在五年內連登三榜之事蹟,楊巨源〈上裴中丞〉〔註197〕所云「三捷東堂總漢科」指的也是同一件事,都能代表裴度在科考方

〔註195〕見《舊唐書・劉禹錫列傳》,卷 168,頁 5131;《新唐書・劉禹錫列傳》,卷 168,頁 4212。
〔註196〕《全唐詩》,卷 457,頁 5207～5208。
〔註197〕《全唐詩》,卷 333,頁 3729。

面的文學表現，充分受到大眾所肯定。須知唐代科考競爭激烈，文人得登進士已屬不易，何況裴度在冠進士銜後還能再奪二榜，光這一點，便足夠令天下士人欽佩並羨慕不已。

裴度在以文學入仕後，還不斷循文官體系往上升遷，到拜相之前所任之職多為清貴之官，乃是文人之華選，如中書舍人、御史中丞、邢部侍郎等職都是。其中中書舍人對文才的倚重又特別明顯，若非文學過人，實難勝任。王建〈上裴度舍人〉有詩句云：

> 天意皆從彩毫出，宸心盡向紫煙來。非時玉案呈宣旨，每日金階謝賜回……（《全唐詩》，卷 300，頁 3400）

以及楊巨源〈寄中書同年舍人〉也有詩句云：

> 五色天書詞煥爛，九華春殿語從容。綵毫應染爐煙細，清珮仍含玉漏重……（《全唐詩》，卷 333，頁 3726）

同見楊巨源〈上裴中丞〉還有詩句云：

> 清威更助朝端重，聖澤曾隨筆下多……（《全唐詩》，卷 333，頁 3729）

從這些詩句中，可以看到裴度任中書舍人一職時，執制誥之筆、以文章與言語輔佐帝王的英姿。另外，即便裴度在任相或罷相後，除了以事功聞名外，他以文學秉政筆的表現也有受人關注，如劉禹錫〈奉和司空裴相公中書即事通簡舊僚之作〉云：

> 儀形見山立，文字動星光。日運丹青筆，時看赤白囊……（《全唐詩》，卷 358，頁 4046）

或如張祜〈獻太原裴相公三十韻〉云：

> 重輕毫在手，斟酌斗回樞……（《全唐詩補逸》，載入《全唐詩》，卷 11，頁 10488）

這些詩句都說明裴度以文學影事功表現，其事功恆常由文學輔助而來，故當時人們留意他事功的同時也不會忘記其文學方面的成就。以上這些對裴度文學的誇讚與讚揚，多半指的都是政文一體的官文書，但官文書廣義來講也屬於文學的一部份，那是普遍士人一生專心致志的一大範疇，裴度能在官文書中取得成就，當然可稱做文學過人。

而除了官文書方面，唐人書寫裴度文學表現之內容，還有一些集中在贈酬唱和方面，如韓愈〈酬裴十六功曹巡府西驛途中見寄〉有詩句云：

　　遺我行旅詩，軒軒有風神。譬如黃金盤，照耀荊璞眞……（《全唐
　　詩》，卷 339，頁 3810～3811）

此詩在元和二年到四年間（806～808）所作，裴度原有詩寄韓愈，然其詩已
佚。不過從韓愈此詩來看，其時裴度的詩作風格應該是透露出高揚軒昂之樣
貌，帶有在仕途上尋求突破之意圖。這也與裴早期仕宦到拜相期間表露的人
格特質相符，反應裴度在初次罷相前的詩歌並非一昧的追求高逸閒適。可惜
關於裴度初次罷相前的詩作大多已散佚，只能從一些片段來推測他當時詩作
的面貌，至少在韓愈的眼中，其時裴度詩歌的文采神韻是頗受肯定，且還具
有積極進取之意義。

　　不過誠如前文所述，裴度在初次罷相後的文學書寫有很大的變化，韓愈
〈奉和僕射裴相公感恩言志〉〔註198〕就有「擺落遺高論，雕鐫出小詩」的句
子，說明當時裴度的文學作品固然有「高論」者，但也不否認其時也以「小
詩」當成調劑生活的媒介。且裴度自長慶年間罷相後，還大幅拓展他與當
時文人的交流圈，他的文學作品大肆的往唱和、聯句方面發展，內容不僅側
重在閒隱之中，更緊密的聯繫長安、洛陽一帶的核心文人集團，並茁壯其
人風雅交流的興趣，如李紳〈和晉公三首〉〔註199〕其二所云「插羽先飛酒，
交鋒便著文」、姚合〈和裴令公新成綠野堂即事〉〔註200〕所云「攜詩就竹寫，
取酒對花傾」、白居易〈寄獻北都留守裴令公〉〔註201〕所云「花月還同賞，琴
詩雅自操。朱弦拂宮徵，洪筆振風騷。」以上詩人的句子，都在講裴度風
雅交流、酣飲唱和並譜成詩篇的狀況，其時裴度的文學，與韓愈說裴度早
期詩歌「軒軒有風神」的狀況已相當不同，多以純粹的閒適內容爲主，相
關的內容在唐人與裴度的唱和、聯句詩中都可以清楚的看到，在下節將詳細
討論。

第五節　裴度風流宰相形象的確立

　　在前面裴度自我詩文書寫的文字中，可以看他以其高超的人格特質成功
追求到極爲顯赫的事功。而裴度也以其事功博得史傳、筆記、唐人等各方面

〔註198〕《全唐詩》，卷 344，頁 3873。
〔註199〕《全唐詩》，卷 483，頁 5530。
〔註200〕《全唐詩》，卷 501，頁 5736。
〔註201〕《全唐詩》，卷 457，頁 5207～5208。

廣大的讚頌。不過只要詳細的考察，人們對裴度的讚頌大多都集中在「淮西戰役」中，在淮西戰役之後，裴度的事功事實上並不顯赫。然而，在裴度無顯赫事功，甚至浮沈於宦海之中的這段時間內，他一方面追求閒適自在的生活，另一方面也積極的與文人交往、唱和。裴度成功的與當時文人搭起一個交流的管道，而這些文人對裴度有著一股憧憬，他們樂於圍繞在裴度身邊，並給予大量的讚揚。這些文人讚揚的內容大大強化裴度的政壇、文壇地位與形象，也間接的令裴度「元和中興名相」的名聲在史間聲名大噪。裴度「元和中興名相」的形象相當耀眼，但筆者認為這個形象並不能涵蓋裴度的所有樣貌。在裴度與當時文人的交往，還有當時文人對裴度的讚揚下，其人應該還有另一個更為特殊的形象存在。以下分析裴度與這些文人的來往的詩歌，探討其內容，並一步步確立其人之全新形象。

一、興化宅園的從容吟詠

　　裴度仕宦生涯在長慶年間二度受挫，乃決意抽身至朝廷之外，退避閒居，不過在長慶四年（824），卻又再被皇帝所賞識，並在寶曆二年（826）時重返京城。裴度對於能夠復歸朝廷當然是樂見其成，但在幾次宦途之浮沈後，其心境與生活模式也發生了一些改變。

（一）融入興化宅園的詩作

　　裴度在重返臺閣後仍積極的經營他早先醞釀而成的「閒情逸致」，他一方面從政並深入中央，另一方面仍保有「悠閒」之雅致，而他這種「雅致」的具體實現，除了反應在其賞玩園林景致與享受閒適生活中，裴度更以其宅園為據點，將宅園做為唱和的內容的一部份。而人們當然樂於與裴度唱和，融入興化宅園內容的詩歌也為彼此搭起一座橋樑，更好的聯絡了彼此的情誼。

　　裴度不吝於分享自己的宅園，白居易〈酬裴相公題興化小池見招長句〉〔註202〕首聯「為愛小塘招散客，不嫌老監與新詩」便充分指出這點，不過從流傳下來的詩歌作品來看，固定的班底還是只有白居易、劉禹錫、張籍三人而已。在大和二年（828）前後，白居易、劉禹錫、張籍三人不約而同回到長安，並與早已有所交遊的裴度形成更加緊密的關係，他們三人雖然在此之前已有與裴度唱和，但其數量與密集程度遠不及此後的這個時期，且以裴度個人宅園為主的作品在此後更是明顯地增加。

〔註202〕《全唐詩》，卷448，頁5064。

　　雖然說與裴度相互唱和的屬白居易、劉禹錫、張籍三人爲多，但其中又以白居易的交往詩數量居冠，明顯壓過另外二人。由此也可以合理推測白居易與裴度之間的情感尤其緊密，也難怪裴度會有〈白二十二侍郎有雙鶴留在洛下予西園多野水長松可以棲息遂以詩請之〉此等以詩乞鶴的作品出現。裴度詩中寫到「且將臨野水，莫閉在樊籠。好是長鳴處，西園白露中」，便是仰仗他的宅園可以提供更好的環境，便專門寫詩表明，希望能夠取得白居易的雙鶴來妝點他的宅園。這件事在當時可謂轟動一時，引起眾多詩人相互應和。起初，白居易聞裴度乞鶴詩是非常抗拒的，旋即以〈答裴相公乞鶴〉回應，以爲裴度的宅園固然美好，然而卻非有「疏野性」的雙鶴該前往的去處。在白居易回詩後，應該以拒絕裴度收場的事件，卻又因爲劉禹錫的〈和裴相公寄白侍郎求雙鶴〉以及張籍的〈和裴司空以詩請刑部白侍郎雙鶴〉再起波瀾。此二人與白居易的交情都非常深，但他們卻都表明雙鶴應該要前往裴度的宅園，詩句云「留滯清洛苑……何如鳳池上，雙舞入祥煙」、「遠留閒宅中……丞相西園好，池塘野水通。欲將來放此，賞望與賓同。」這也終於說服白居易，最終白居易依依不捨的作〈送鶴與裴相臨別贈詩〉云「司空愛爾爾須知……曉浴先饒鳳占池。穩上青雲勿回顧，的應勝在白家時」，劉禹錫也趕忙作了〈和樂天送鶴上裴相公別鶴之作〉安慰白居易：

> 昨日看成送鶴詩，高籠提出白雲司。朱門乍入應迷路，玉樹容棲莫揀枝。雙舞庭中花落處，數聲池上月明時。三山碧海不歸去，且向人間呈羽儀。（《全唐詩》，卷 360，頁 4062）

劉禹錫在這首詩中講的也很有道理，既然雙鶴已不可能回歸山林，那麼「朱門」之大，又有玉樹、庭花、池塘、明月可以爲伴，讓雙鶴安置在裴家「且向人間呈羽儀」應該也是最理想的辦法了。

　　裴度乞鶴的一系列唱和，最終在白居易將雙鶴送出終結。可以留意到，在這一系列的唱和中，裴度一開始是以他的宅園可養雙鶴爲由乞鶴，而往後相繼出現的詩歌也都圍繞著裴度的宅園來書寫。而詩中多次出現的「朱門」、「鳳池」，本來也並非專指裴度的宅園，是權貴人家以及對宰相身份的代稱，但在詩歌中，卻很巧妙的跟裴度的身份地位以及宅園做結合。此等手法確實是相當的精妙，尤其是劉禹錫，他在〈和裴相公寄白侍郎求雙鶴〉一詩中實實在在的提點白居易，他「有意提醒白居易不要忘了裴度的權勢」〔註203〕。

〔註203〕美・楊曉山著、文韜譯：《私人領域的變形》（南京：江蘇人民出版社，2008年），頁 130。

從劉禹錫提點白居易的事件來看，可見他有相當高的政治敏感度，此應是賴先時「永貞革新」失敗所賜。又從裴度乞鶴的一系列詩歌來看，詩中的「朱門」、「鳳池」既然能夠代裴度的權勢，也就可以推導出「裴度的宅園事實上也用以表示其身份與權勢」〔註204〕此一答案。

前文提到，裴度的宅園也是其身份與權勢的象徵，他對外邀請天下賢士到他的宅園來，一方面可能有「宣傳」〔註205〕、「炫耀」的意思，另一方面也有「同樂」的目的，而更可能有的還是「政治上的意義」〔註206〕。不過當時人們對前往裴度宅園的意義應該也是了然於心，如白居易的〈酬裴相公題興化小池見招長句〉便是他應裴度之約到興化宅園所作，詩句中「山公倒載無妨學，范蠡扁舟未要追」便有些奉承之意，而在奉承之餘，白居易也不忘跟裴度說「蓬斷偶飄桃李徑，鷗驚誤拂鳳皇池。敢辭課拙酬高韻，一勺爭禁萬頃陂」，表示自己可能驚動宰相之身的裴度，但仍期望裴度能開一條「桃李徑」給他，讓他能「酬高韻」好好的展現自己的長才。再來，白居易還有〈宿裴相公興化池亭〉，則更是充分地說明這點：

> 林亭一出宿風塵，忘卻平津是要津。松閣晴看山色近，石渠秋放水
> 聲新。孫弘閣鬧無閒客，傅說舟忙不借人。何似掄才濟川外，別開
> 池館待交親。（《全唐詩》，卷449，頁5080）

在詩中，白居易身處滿是賓客宅院中，連池畔想要登船汎遊的人也是一位難求的狀況下，卻能借一艘船舫遊汎其中〔註207〕，光此點便可知白居易與裴度的交情並不一般，有別於一般的賓客。而白居易登船後，將眼見的景致與感受化為詩句，在首聯與頷聯點出興化宅園中的池、亭景致，其風光明媚，透露著一股清新脫俗的高雅意趣，甚至讓白居易忘記所處的所在乃是位高權重、當朝宰輔的居所。白居易的這種寫法，一方面極指裴度的身份地位，另一方面也同時稱讚裴度的宅園。又白居易在船上享受當下的同時，視線所及的是「孫弘閣鬧無閒客，傅說舟忙不借人」的盛況，想到裴度坐擁如此美

〔註204〕關於宅第園林「是其主人社會地位的有力象徵」的說法，見美‧楊曉山著、文韜譯：《私人領域的變形》，頁30。
〔註205〕關於裴度欲讓自己園林之美為世所知，便透過與當時重要詩人的唱和之作，達到宣傳目的的說法，可見鍾小峰：《詩藝的對話與影響：元和詩人交往詩研究》（花蓮：國立東華大學中國語文研究所博士論文，2010年），頁251。
〔註206〕美‧楊曉山著、文韜譯：《私人領域的變形》（南京：江蘇人民出版社，2008年8月），頁134。
〔註207〕白居易〈宿裴相公興化池亭〉後有小標題「兼蒙借船舫遊汎」。

好的事物卻毫不藏私，他「好客」並樂於分享的個性，著實彌足珍貴，便在尾聯給予讚賞。而白居易的讚賞，用「要津」、「孫弘」、「傅說」三度點出裴度的「宰相」身份，到最後再說「何似掄才濟川外，別開池館待交親」一方面讚揚裴度交友廣闊，樂於提攜人才，另一方面卻也是希望位高權重的裴度能多多留意他並加以提拔，期望能夠在「別開池館」處，與裴度再次聯絡感情。

從以上看來，根據劉禹錫、張籍、白居易等人詩句對裴度身份與權勢之留意與奉承，可以合理的推測，即便當時朝廷遭權臣宦官控制，但裴度有名望、有相職、有擁立皇帝之功績，單裴度一人似也自成勢力。而關於他所擁有的權力，至少在「任免官吏」方面，還有一定的影響力。而裴度的宅園既然能夠代表他的身份與地位，他以宅園為內容入詩，人們當然也樂以裴度的宅園為內容做回應。這種回應的方法能夠滿足裴度「宣傳」、「炫耀」以及「同樂」的需求。當然，在滿足裴度需求的同時，人們與裴度唱和所隱藏的政治目的也達到了效果。

（二）圍繞興化宅園的聯句

裴度在重秉國鈞後，一面為國操心，一面也把自己的宅院經營的有聲有色。使得他坐擁高名大位與權勢的同時，卻又能享受到脫離俗務的閒適恬靜。而且裴度也樂於與人交遊唱和，加上他自己握有一個如此合適的場地，也就理所當然地讓人們來到他的宅園中一起同樂。當時文人雅士來到裴度興化宅園，一同享受宅園中的良辰美景，更以此激發出許多共鳴，也因此產生多首圍繞興化宅園所形成的聯句詩。而在上一段文章中，以融入興化宅園內容的詩做為探討對象，本段文章實際上也涵蓋在這個範疇之下，只不過更聚焦在「聯句詩」之中。

此時期的聯句詩有〈春池泛舟聯句〉〔註208〕、〈西池落泉聯句〉〔註209〕、〈首夏猶清和聯句〉〔註210〕、〈薔薇花聯句〉〔註211〕、〈宴興化池亭送白二十二東歸聯句〉〔註212〕、〈西池送白二十二東歸兼寄令狐相公聯句〉〔註213〕六

〔註208〕《全唐詩》，卷790，頁8984。
〔註209〕《全唐詩》，卷790，頁8984。
〔註210〕《全唐詩》，卷790，頁8985。
〔註211〕《全唐詩》，卷790，頁8985。
〔註212〕《全唐詩》，卷790，頁8985。
〔註213〕《全唐詩》，卷790，頁8987。

首。歷來研究文學者常認爲聯句詩並不具有太高的文學內涵，故聯句時爲人所輕，然而聯句詩卻是充分展現社交與官場藝術的良好媒介。透過聯句詩，未登第的文人得以展現自我、職等低的官員得以與高官交流、而高官則可厚植自己的實力。說得極端一些，未顯達之人作聯句詩乃是攀附的工夫，已顯達之人作聯句詩是鞏固自己的地位。然而，聯句詩卻也並不是那麼好發揮，需以彼此的關係與生平經歷爲背景，否則褒之太過則矯情、述之太平則無意、更遑論有貶意的文字，如何拿捏其中分寸，同時考驗著書寫者的學識、文學素養與政治敏銳度。

若考量到書寫者的學識、文學素養與政治敏銳度，上述提到的六首聯句詩的表現都堪稱上乘之作。這是因爲共同聯句的詩人如白居易、劉禹錫、張籍……等人都是中晚唐的詩文大家，他們見識之廣博、文筆之絕妙、應對進退法度拿捏之得當，一般士人皆不可相比。這些人對裴度名位之隆赫自是極爲瞭解，而面對裴度此等人物時，想要再褒揚些什麼卻也顯得相當困難。所幸當時裴度除了重操國柄外，也極盡全力的經營他的興化宅園，一般人在此時當然也不會放過這一點，便將裴度興化宅園的各種景致悉數入詩。如〈春池泛舟聯句〉中寫到的「鳳池、柳絲、畫舸、水鏡、雕梁、潭洞、煙霞、鶯聲、竹色、壺觴、晚景、時芳」，又或是〈西池落泉聯句〉中寫到的「東閣、泉落、噴雪、松竹、芰荷」，以及〈首夏猶清和聯句〉中寫到的「草香、雲勢、芳謝、水萍、繞樹、苔蘚、亂蝶、疏蕊、殘鶯、西池」，跟〈宴興化池亭送白二十二東歸聯句〉中寫到的「仙舟、賓閣、琉璃水、綠縟堆、花萍、竹梅、亭岸、林塘、槐、石、苔」，最後還有〈西池送白二十二東歸兼寄令狐相公聯句〉中寫到的「回塘、威鳳池」這些。這些字句全都是用來描寫裴度宅園內的各種景致，從自然到人爲等種種無所不包。可以想見，裴度看到這些聯句詩中屢屢出現自己宅園中的景色，必定感到親切與自豪，以這種方法來討好裴度這個園主是相當聰明的。

前文談到以興化宅園的景致來討好裴度可見書寫者聰明的一面，但在這個方法上卻還有更高明的，便是把宴飲歡樂、恬靜閒適或符合當時情境的氣氛融入詩中，又或是將物品的特質及古賢的典故來比喻裴度者。當然，這些方法也都是建立在裴度的興化宅園之中，方得其效。而在這六首聯句詩中，幾乎人人也都能得此要領，以下分述：

其一，如賈餗的「杯停新令舉，詩動綵牋忙」；張籍的「鶯聲隨笑語，竹

色入壺觴」、「顧謂同來客，歡遊不可忘」、「惟思奉歡樂，長得在西池」。這些
詩句便將興化宅園中的物景、人景以及宴會的內容跟與會人的思緒融合為
一，充分營造出裴度興化宅園中宴飲歡樂、超然物外的愉悅氣氛。

其二，如劉禹錫的「離瑟殷勤奏，仙舟委曲回。征輪今欲動，賓閣為誰
開」、「威鳳池邊別，冥鴻天際翔。披雲見居守，望日拜封章」；白居易的「擬
作雲泥別，尤思頃刻陪。歌停珠貫斷，飲罷玉峰頹」；張籍的「岸蔭新抽竹，
亭香欲變梅。隨遊多笑傲，遇勝且裴回」、「春盡年華少，舟通景氣長。送行
歡共惜，寄遠意難忘」；□行式的「東道瞻軒蓋，西園醉羽觴」。這些詩句有
的突出裴度之身份，並襯托白居易受其愛戴的可貴；有的寫送別宴中大家殷
勤的面貌或頹喪的形象；有的則以景喻事，奉裴度的人格為準則，以此來勉
勵白居易。總體來講，詩人們通過興化宅園中的宴會，用讚頌與安慰、離情
與殷情以及鼓舞打氣之類的話語，來充分地應和裴度對白居易離去的不捨。

其三，如劉禹錫的「鳳池新雨後，池上好風光」、「噴雪縈松竹，攢珠濺
芰荷」；賈餗的「潭洞迷仙府，煙霞認醉鄉」；□行式的「東閣聽泉落，能令
野興多」、「水萍爭點綴，梁燕共追隨」、「得地依東閣，當階奉上台」；張籍的
「岸蔭新抽竹，亭香欲變梅」。這些詩句明顯將裴度的高名大位、品德節操與
興化宅院的風光意韻融合在一塊，是頌揚意味相當濃厚的句子，也趁機表明
「追隨」、「依附」的意思。

其四，如崔群的「逸韻追安石，高居勝辟彊」；白居易的「記得謝家詩，
清和即此時」；□行式的「謝公深眷眄，商皓信輝光」。這些詩句是以古賢、
名物來稱讚裴度，在褒揚的同時也有其道理。如東晉賢相謝安，其歷史形象
集風流才性、隱逸志向與佐世功勳〔註214〕於一身，而細論佐世功勳，謝安有
助東晉北伐成功的事蹟，裴度也有助唐蕩平淮西並致中興之功業；再論風流
才性，謝安與當時名流交往，裴度也以政、文雙壇盟主之姿與天下文人雅士
交流；雖然裴度沒有隱逸的志向與相關事蹟，但在長慶年間的洗禮後，裴度
也正如謝安那般急流勇退，轉移了生活重心，而在他的相關詩文中，也都屢
屢展現他閒適安居，追求仕於朝而隱鬧市的「大隱」境界與泛遊唱和的「風
流」生活。而裴度對其生活境界的追求，圍繞在他周遭的人當然也都看在眼
中，用「謝安」、「商皓」美譽裴度，用「辟彊園」讚頌「興化宅園」。而詩人

〔註214〕陳谷峰：《謝安形象的歷史形塑及其文化意義初探》（花蓮：國立東華大學中
國語文研究所碩士論文，2008年），頁37。

們對裴度的這些讚頌與比喻，也就逐漸地形塑出裴度晚年不同於一般「中興名相」的形象。

裴度煞費苦心的經營自己的宅園，而人們與裴度相互唱和，也極盡所能的去書寫裴度的宅園。當時文人想方設法的想要與裴度有所聯繫，其動機可能有爲了「友誼」，也更有可能是爲了「名位」。但不論如何，這群人最終也成功的把裴度「功高位極之當代名相」與「逍遙閒適的興化園主」這兩個形象給融合在一塊。事實上，裴度在寶曆二年到大和四年（826～830）間，位重於朝同時又閒適、宴飲遊樂於家，他所做的事情便是一種「大隱」的嘗試與「風流」生活的實踐，而這種獨屬於裴度的「大隱」、「風流」，也在眾星拱月情勢下短暫的成立，是相當可貴的一項事蹟，歷來可以完成此等境界的人是少之又少。

二、東都宅園的詩人雅集

裴度在大和八年（834）到洛陽任職，他以其雄厚的財力迅速的將集賢里宅園佈置的更加雅致、豪奢，且也如同裴度早先在興化宅園時的狀況一般，廣邀文人雅士一同宴會遊樂，形成「視事之隙，與詩人白居易、劉禹錫酣宴終日，高歌放言，以詩酒琴書自樂，當時名士，皆從之遊」〔註215〕的雅集。而以裴度東都宅園爲主要場地所形成的雅集，也成爲當時標誌一時文壇發展情況的代表。

（一）圍繞裴度東都宅園的詩人群體

在裴度初到洛陽時，當時白居易已分司東都一年，聞裴度任東都留守之職，白居易必定也相當的開心。他們兩人在長安時互動不少，白居易也時常與裴度共同遊宴於長安的興化宅園。當裴度到洛陽旋即著手建造集賢里宅園，不久又再建成午橋莊宅園，白居易也就循著先前的模式繼續與裴度交流，創造了不少詩篇，內容有歌功頌德、有品味園林、有宴集同樂、有遊隱自適，且融入裴度東都兩處宅園的詩篇，也比在長安興化宅園時還要多、還要密集。不過其時白居易已對官場不再眷戀，見其〈中隱〉一詩：

> 大隱住朝市，小隱入丘樊。丘樊太冷落，朝市太囂諠。不如作中隱，
> 隱在留司官。似出復似處，非忙亦非閒。不勞心與力，又免飢與寒。
> 終歲無公事，隨月有俸錢。君若好登臨，城南有秋山。君若愛遊蕩，

〔註215〕《舊唐書・裴度列傳》，卷170，頁4432。

城東有春園。君若欲一醉，時出赴賓筵。洛中好君子，可以恣歡言。
君若欲高臥，但自深掩關。亦無車馬客，造次到門前。人生處一世，
其道難兩全。賤即苦凍餒，貴則多憂患。唯此中隱士，致身吉且安。
窮通與豐約，正在四者間。（《全唐詩》，卷445，頁5011）

由詩句可見白居易所過的是「非忙亦非閒」的生活，本來要實踐此種生活相
當不易，不過東都洛陽的環境卻正好能令其達成。「隱在留司官」所指的是分
司東都職責不重而言〔註216〕，既然職責不重，能夠利用的時間也就更多，而
洛陽兼有名山、名園，也有君子、有宴席，可以「赴賓筵而恣歡言」、可以
「自高臥而深掩關」。白居易深明「賤即苦凍餒，貴則多憂患」，故當其年
邁，能夠「致身吉且安」的過上「中隱」的生活也就滿足了。實際上，裴度
當時到洛陽後，其生活既然因為現實的因素不能繼續嘗試「大隱」，退而求其
次的安於閒職，並繼續宴飲遊泛於宅園、隱逸閒適於家中，也就如同白居易
的「中隱」一般快樂自在。白居易詩歌〈和裴令公一日日一年年雜言見贈〉
〔註217〕、〈對酒勸令公開春遊宴〉〔註218〕中所指裴度的「自由身」，也就是指
這個道理。

又其時劉禹錫雖然不在洛陽〔註219〕，但看到有恩於己的裴度〔註220〕及
摯友白居易二人在洛陽團聚，其心情也相當複雜，全都表現在〈郡內書情獻
裴侍中留守〉一詩中：

功成頻獻乞身章，擺落襄陽鎮洛陽。萬乘旌旗分一半，八方風雨會
中央。兵符今奉黃公略，書殿曾隨翠鳳翔。心寄華亭一雙鶴，日陪
高步繞池塘。（《全唐詩》，卷360，頁4078）

由此詩首聯可見劉禹錫知道裴度的退避之思，但他心中仍覺得可惜。在「萬

〔註216〕分司大抵皆是「閒秩」，一般用以擱置大臣。其中又以太子東宮的三太、三少
　　　　與太子賓客，這些官職本來就無具體執掌，故再以太子賓客、太子少傅等位
　　　　分司東都者，其職責就更輕，生活也更為閒散，如白居易就是，見趙建梅：《唐
　　　　大和初至大中初的洛陽詩壇──以晚年白居易為中心》（北京：中國社會科學
　　　　院研究生院博士論文，2002年），頁110。

〔註217〕白居易〈和裴令公一日日一年年雜言見贈〉，《全唐詩》，卷452，頁5143。

〔註218〕白居易〈對酒勸令公開春遊宴〉，《全唐詩》，卷456，頁5200。

〔註219〕劉禹錫於大和五年（831），因應排擠裴度勢力的影響，先被外放到蘇州。大
　　　　和八年至九年（834～835）又先後轉至汝州、同州。一直到開成元年（836）
　　　　才分司東都。見《舊唐書・劉禹錫列傳》，卷168，頁5131；《新唐書・劉禹
　　　　錫列傳》，卷168，頁4212。

〔註220〕如憲宗元和十年時保護劉禹錫；還有文宗大和二年（828）時，提拔劉禹錫。

乘旌旗分一半……書殿曾隨翠鳳翔」兩聯，劉禹錫極力書寫裴度往昔的光輝事蹟，好似認為裴度仍能東山再起，就如同他在〈兩如何詩謝裴令公贈別兩首〉〔註221〕其二所云「終期大冶再鎔鍊，願託扶搖翔碧虛」這般，期望能夠再跟隨著裴度扶搖直上。但到尾聯，劉禹錫認為裴度能「東山再起」的意念卻一股氣的跌落谷底，料想他在反覆思量朝中局勢後，也認為重返中央並非好選擇，他意念一轉，反倒希望能再看看裴度在白居易那邊索得的雙鶴，或是與裴度一同自在的漫步在宅園池塘邊，這樣過著高雅悠閒的日子，也就心滿意足了。照常理判斷，劉禹錫當時應該也希望能夠一同分司東都，如此便得再過著如同西京興化宅園共歡的生活。可惜劉禹錫命運多舛，自出貶中央後一路輾轉不定，雖然在大和九年（835）自汝洲刺史轉同州刺史時，便以經過東都的名義與裴度、白居易團圓，但一直到隔年才終於分司東都。

到開成元年（836）後，裴度、白居易、劉禹錫還有李紳四人共同組成的東都詩人群體全數抵定，這個組合一直要到開成二年（837）後裴度赴任太原留守〔註222〕方告解體。

（二）圍繞裴度東都宅園的詩歌創作

裴度留守東都，雖然因不在中央而不能干預朝政，但閒下來的裴度卻也沒真的就這樣閒著。裴度就如同先前在長安那般，在洛陽以自己的宅園建構出一群相唱和的人馬，很多成員也都是舊識，他們彼此酬唱的模式也早已成熟。其時這群人也圍繞著裴度及其東都宅園創造了許多詩歌，此處便專以這些詩歌做研究對象，探討詩人如何形塑留守東都時期的裴度及其宅園，又裴度「中隱」、「風流」的生活及形象是如何在其宅園中得到實踐。

裴度在洛陽時，曾有〈涼風亭睡覺〉一詩，詩寫裴度在集賢宅園休憩之事，是真切反應裴度「閒適」形象與生活的作品。其時劉禹錫雖然不在洛陽，但他聽聞裴度〈涼風亭睡覺〉一詩後旋即遙相唱和作〈奉和裴晉公涼風亭睡覺〉一詩：

> 驪龍睡後珠元在，仙鶴行時步又輕。方寸瑩然無一事，水聲來似玉
> 琴聲。

觀此詩，首兩句具有濃厚的讚頌意味，而末兩句則指出裴度任東都留守之閒，

〔註221〕《全唐詩》，卷356，頁4015。
〔註222〕見《舊唐書‧裴度列傳》，卷170，頁4432。

能利用此等閒散，在自己的宅園中過著富有高雅意韻的生活。在末兩句詩歌中，劉禹錫確實有應和到裴度原詩，但在詩歌首兩句，先用「驪龍」讚揚裴度的風采與名望，又用「仙鶴」誇讚裴度名重於時又能閒適隱逸，其字句實是有些過度誇飾，不過這也指出了一個書寫裴度詩歌的共性，即「過度的讚頌」。探討這些讚頌之語，對裴度及其宅園內容的瞭解極有幫助，此處就相關詩歌的分析，將這些讚頌根據其對象分門別類，並舉例說明探討。

　　不過在分類探討之前，先談白居易的〈裴侍中晉公以集賢林亭即事詩三十六韻見贈猥蒙徵和才拙詞繁輒廣為五百言以伸酬獻〉〔註223〕。白居易的這首詩內容豐富，包羅裴度集賢宅園內的物景、人景，所頌揚的也涵蓋集賢宅園的各種景致與裴度的事蹟功業、交遊唱和、閒適自在等。故以下文也多以此詩為底，與它詩相互參證。又劉禹錫還有〈奉和裴令公新成綠野堂即書〉〔註224〕，對裴度的午橋莊宅園多有描述，雖然內容不比白居易對集賢宅園所寫的那般詳細，但在書寫裴度另一座宅園的詩歌中，內容卻也相對豐富，故裴度午橋莊宅園方面則以此詩為底。

1. 讚揚宅園景致

　　以裴度為首集結而成的洛陽文人集團，他們對裴度洛陽兩處宅園景致的書寫當然是非常豐富的。誠如前部分談到「裴度的宅園事實上也用以表示其身份與權勢」，雖然裴度在遭受排擠離開朝廷後已不再握有實權，但其聲勢與名望仍高，這根據大和九年（835）唐文宗寵裴度辛勞而進位中書令便可證得〔註225〕。不過，人們書寫裴度東都宅園的景致，在當時卻不再是為了政治目的，而是昇華到一種面對當代偉人的崇敬與欽羨。此乃考量到當時白居易早已對朝廷不再眷戀，而劉禹錫雖有東山再起之志，但其銳氣也隨著時間漸漸磨滅。又此二人還是裴度在東都宅園唱和的核心人物，就此看來，他們對裴度東都宅園的讚揚應該就是一種純粹的崇敬之情。

　　當時讚揚裴度洛陽兩處宅園的詩歌，根據讚頌的宅園景致又可分四種，即水景、林景、山景、樓閣之景等，而這些景色在詩歌中彼此交融，互相襯托，以下大致依景色類別分述：

〔註223〕《全唐詩》，卷452，頁5139～5140。
〔註224〕《全唐詩》，卷362，頁4101～4102。
〔註225〕見《舊唐書‧文宗本紀》，卷17，頁562。

（1）水景

水景做為林園景致的配置，可謂為核心內容。而裴度所擁有的宅園中，從西京長安的興化宅園到東都洛陽的集賢宅園、午橋莊宅園，水景都相當豐富。而來到裴度宅園的文人雅士，其宴遊的內容也都必定有泛遊於舟上。池水、溪水既肩負乘載舟具的責任，也擔負著舟舫宴集中所見景色的主要元素。如白居易〈裴侍中晉公以集賢林亭即事詩三十六韻見贈猥蒙徵和才拙詞繁輒廣為五百言以伸酬獻〉之「解纜始登汎，山遊仍水嬉。沿洄無滯礙，向背窮幽奇。瞥過遠橋下，飄旋深澗陲。」便是寫登船後，詩人們泛遊於曲折的水道中，享受著水景給予的窮奇、空靈感受。

而裴度宅園中的水道、池塘的確是相當清靜幽美，詩人來到其處多應景生情，縱情享樂，也都留下了諸如「水聲來似玉琴聲」〔註226〕、「南溪修且直，長波碧逶迤、前有水心亭，動蕩架漣漪、幽泉鏡泓澄，怪石山敧危」〔註227〕、「引水多隨勢，栽松不趁行、遊絲飄酒席，瀑布濺琴床」〔註228〕、「斸石通泉脈，移松出藥欄」〔註229〕，此等池景致動人的讚頌。由此也不難體會，人們在裴度的宅園中往往是流連忘返，連白居易都大膽地詢問「池月幸閒無用處，今宵能借客遊無」〔註230〕，便是想在其中恣意遨遊、沈澱心靈。也難怪劉禹錫會有「日陪高步繞池塘」〔註231〕此等展現強烈嚮往的詩句出現。

裴度宅園的水景之好，經過前段文之大概已知之八九，人們書寫的文字，有的純以景頌、有的真情流露，不過真要講到對裴度宅園之水塘最高讚頌者，當屬白居易〈裴侍中晉公以集賢林亭……為五百言以伸酬獻〉一詩開頭「三江路千里，五湖天一涯。何如集賢第，中有平津池」這四句。此四句相當具有魄力，劈頭便將裴度集賢宅園與廣大的天下土地相比，以為集賢宅園的平津池與三江、五湖相仿，但卻不需奔波千里，由此看來則天地之廣而包三江、五湖，但卻遜於集賢宅園。並再與「文之者何人，公來親指麾。疏鑿出人意，結構得地宜」相合，更指出集賢宅園全由裴度親自指揮建造而成，以此凸顯

〔註226〕劉禹錫：〈奉和裴晉公涼風亭睡覺〉，見《全唐詩》，卷365，頁4135。
〔註227〕白居易：〈裴侍中晉公以集賢林亭即事詩三十六韻見贈猥蒙徵和才拙詞繁輒廣為五百言以伸酬獻〉，見《全唐詩》，卷452，頁5139～5140。
〔註228〕白居易：〈奉和裴令公新成午橋莊綠野堂即事〉，見《全唐詩》，卷456，頁5188。
〔註229〕姚合：〈和裴令公新成綠野堂即事〉，見《全唐詩》，卷501，頁5736。
〔註230〕白居易：〈集賢池答侍中問〉，見《全唐詩》，卷455，頁5179。
〔註231〕劉禹錫：〈郡內書情獻裴侍中留守〉，見《全唐詩》，卷360，頁4078。

裴度之奇能。而白居易如此誇張的讚頌好似矯情，但對裴度這個園主而言，這種話語卻也能讓他感到無比地體面。

（2）林景

再來看到林景，裴度宅園中的林景相當豐富，亦是構成其宅園內景致的重要背景。不過林景常常也與水景合一成為岸景如「偏憐堤柳兩三株」〔註232〕、「綠絲縈岸柳」〔註233〕，也會跟樓閣合一成景如「玉樹瓊樓滿眼新」〔註234〕，但所取的林景意涵卻還是相似。一般來講，詩人到裴度宅園中書寫林景，所從事的活動大概是在遊泛、休憩或宴集時，不過雖云其為宴集時出現的景致，但透露的卻是較為清靜的情境，如「竹逕鳥錦蠻」〔註235〕、「華林霜葉紅霞晚」〔註236〕、「晨窺苑樹韶光動」〔註237〕、「島樹間林巒，雲收雨氣殘、老鶴兩三隻，新篁千萬竿」〔註238〕、「四郊初雨歇，高樹滴猶殘、斸石通泉脈，移松出藥欄」〔註239〕、「水軒看翡翠，石徑踐莓苔」〔註240〕等等都是。從這些詩句可以發現很有趣的共通點，便是都用竹、松、柳做為吟詠的對象，此一方面是取竹林的幽寂空冥之情境、松樹高挺俊拔之意象、楊柳飄逸之高雅，另一方面卻也可以知道是取「竹、松」有君子美德之意。故人們誇讚裴度宅園的林景，就可以同時讚揚景致與裴度的君子品德。

（3）山景

此處的山景，所指的並非園內的假山之類，而是以自然的山景為背景而

〔註232〕白居易：〈令公南莊花柳正盛欲偷一賞先寄二篇〉，見《全唐詩》，卷456，頁5202。

〔註233〕白居易：〈寄獻北都留守裴令公〉，見《全唐詩》，卷457，頁5207～5208。

〔註234〕劉禹錫：〈答裴令公雪中訝白二十二與諸公不相訪〉，見《全唐詩》，卷365，頁4135。

〔註235〕劉禹錫：〈奉和裴令公新成綠野堂即書〉，見《全唐詩》，卷362，頁4101～4102。

〔註236〕劉禹錫：〈自左馮歸洛下酬樂天兼呈裴令公〉，見《全唐詩》，卷360，頁4078～4079。

〔註237〕劉禹錫：〈酬樂天請裴令公開春加宴〉，見《全唐詩》，卷360，頁4080。

〔註238〕白居易：〈奉酬侍中夏中雨後遊城南莊見示八韻〉，見《全唐詩》，卷455，頁5176。

〔註239〕姚合：〈和裴令公遊南莊憶白二十章七二賓客〉，見《全唐詩》，卷501，頁5739。

〔註240〕裴度、劉禹錫、白居易：〈度自到洛中與樂天為文酒之會時時攜詠樂不可支則慨然共憶夢而夢得亦分司至止歡忺可知因為聯句〉，見《全唐詩》，卷790，頁8986～8987。

言。對於一個追求閒適、隱逸生活的人而言，山乃是一密切相關之所在，而真有能力能拋下一切的人則會「遁隱山林」，與遠山融為一體，但那對一般士人而言卻難達成。故一般士人追求閒散自適的生活，便會看山、寫山，透過欣賞大山，令隱逸閒適的情境滿溢於心，透過想像，也能獲得心靈的慰藉，而令心胸更加寬闊，心情更加平和。

而根據人們書寫裴度東都宅園的詩歌，可知其坐擁大好的山景，如「坐臥看青山」〔註241〕、「二室煙霞成步障，三川風物是家園」〔註242〕、「嵩峰見數片，伊水分一支」〔註243〕、「青山為外屏，綠野是前堂」〔註244〕、「何似嵩峰三十六，長隨申甫作家山」〔註245〕等等詩句都是。從以上詩句可知，「嵩峰」、「二室」（指少室、太室山）乃是裴度東都宅園最大最壯麗的背景，在加上「三川風物是家園」、「伊水分一支」、「綠野是前堂」等句可知不僅是大山，自然景色中的山水草木盡圍繞在裴度東都宅園的周遭。對洛陽的這群詩人而言，此等清新自在的環境、物我合一的境界便是他們所想追求的，而這些也都在裴度的東都宅園中得到了實踐。

（4）樓閣亭臺之景色

最後看到的是樓閣景色，事實上樓閣本身並無太多的具體描寫，最多就如「北館壯復麗」〔註246〕此種簡單的誇讚。但在詩人的筆下，樓閣之美及其意義卻是藉由周遭景致激發出來的，就如「北館壯復麗」下還有「倒影紅參差」一句，是透過水面的到影，知其外觀大概是紅色的，而其的形象通過水景蕩漾而更顯鮮麗華貴。另外還有如「玉樹瓊樓滿眼新」、「前有水心亭，動蕩架漣漪」、「池館清且幽，高懷亦如此、有時簾動風，盡日橋照水」等等，這些樓閣亭臺本隱於水景、林景中，但通過背景的襯托，卻成無比搶眼的所在。事實上，樓閣亭臺在裴度的洛陽宅園中也有其重要性，有了這些樓閣亭

〔註241〕劉禹錫：〈奉和裴令公新成綠野堂即書〉，見《全唐詩》，卷362，頁4101～4102。

〔註242〕劉禹錫：〈酬樂天請裴令公開春加宴〉，見《全唐詩》，卷360，頁4080。

〔註243〕白居易：〈裴侍中晉公以集賢林亭即事詩三十六韻見贈猥蒙微和才拙詞繁輒廣為五百言以伸酬獻〉，見《全唐詩》，卷452，頁5139～5140。

〔註244〕白居易：〈奉和裴令公新成午橋莊綠野堂即事〉，見《全唐詩》，卷456，頁5188。

〔註245〕白居易：〈和裴令公南莊絕句〉，見《全唐詩》，卷456，頁5204。

〔註246〕白居易：〈裴侍中晉公以集賢林亭即事詩三十六韻見贈猥蒙微和才拙詞繁輒廣為五百言以伸酬獻〉，見《全唐詩》，卷452，頁5139～5140。

臺，更顯宅園之雍容華貴，是財力、名望的象徵。而人們從四方八方匯聚到裴度身邊，也是折服於其財力與名望之下，要說裴度宅園的樓閣亭臺最能反應裴度本身，是一點都不過份的。

2.讚頌風采名望

此段看到讚頌裴度風采名望者。與前段相比，本段內容較為單純，在書寫裴度的詩歌中，讚頌其風采名望的大概都不離其功績、權勢與名位。而更進階者，則依據相似特質的古賢來讚頌。

先看到以功績讚頌者，如「功業成來二十年」〔註247〕此句，便指裴度蕩平淮西的顯赫功績。裴度一生最重要的事件就是蕩平淮西一事，與之相比，其它的功業就相形失色，詩人對裴度平淮功業的印象極為深刻，凡有要頌揚裴度者，必定都不會遺漏此點，便如「功成頻獻乞身章……萬乘旌旗分一半，八方風雨會中央。兵符今奉黃公略，書殿曾隨翠鳳翔」〔註248〕、「功成名遂來雖久，雲臥山遊去未遲。聞說風情筋力在，只如初破蔡州時」〔註249〕、「致成堯舜昇平代，收得夔龍強健身」〔註250〕、「休明值堯舜，勳業過蕭曹、始擅文三捷，終兼武六韜……盪蔡擒封豕，平齊斬巨鰲。兩河收土宇，四海定波濤」〔註251〕等等。這些句子反應人們對裴度才能貫通將相，而最終能夠創造功業的敬佩之意。人們對裴度的功業津津樂道，要純以奉承的角度來解釋的確有些過份，此處應該將書寫人的頌揚，解釋為敬意與奉承的思緒二者融合的表現，應該是一個比較合適的說法。

而關於以權勢及名位讚頌者，事實上也與裴度的功業有關，但在此類讚頌中，功業成為背景，集中的卻是在朝廷因應其功業給與的職位與權力。詩人讚頌它，一方面是肯定裴度的功業，另一方面卻是對高官厚祿、大權在握的嚮往與敬佩。如「維云社稷臣，赫赫文武姿。十授丞相印，五建大將旗。四朝致勳華，一身冠皋夔」〔註252〕，便是對裴度以文韜武略事四朝，掙得將

〔註247〕劉禹錫：〈和裴相公傍水閒行〉，見《全唐詩》，卷365，頁4132。
〔註248〕劉禹錫：〈郡內書情獻裴侍中留守〉，見《全唐詩》，卷360，頁4078。
〔註249〕白居易：〈侍中晉公欲到東洛先蒙書問期宿龍門思往感今輒獻長句〉，見《全唐詩》，卷454，頁5171。
〔註250〕白居易：〈奉和晉公侍中除留守行及洛師感悅發中斐然成詠之作〉，見《全唐詩》，卷454，頁5171。
〔註251〕白居易：〈寄獻北都留守裴令公〉，見《全唐詩》，卷457，頁5207～5208。
〔註252〕白居易：〈裴侍中晉公以集賢林亭即事詩三十六韻見贈猥蒙徵和才拙詞繁輒廣為五百言以伸酬獻〉，見《全唐詩》，卷452，頁5139～5140。

相功名表示的欽羨與尊敬。還有如「帝將風后待，人作謝公看。用里年雖老，高陽興未闌」〔註253〕等句，則用來表示皇帝仍欲用裴度，裴度在朝中的名聲仍舊響亮。關於裴度到洛陽後，在朝中名聲仍舊響亮，乃是當然之理，這在「天上中台正，人間一品高」、「千年落公便，進退處中央」說得非常清楚。其時裴度進位中書令，此等榮耀之銜雖非代表實際的權力，但卻足夠反應裴度對唐王朝的重要性，故即便是虛銜，但卻也是一般士子爲官也極難觸及的高度，這也足夠讓圍繞他在身邊的眾人致上最高的敬意與羨慕之情了。

最後看到以古賢來讚頌裴度風采名望者。事實上這與前面裴度在長安時，眾人與其聯句所讚頌的方式相似，最大的差異是用來代稱裴度的古賢變得更多，甚至還用了一些比較的手法。先看到同樣用謝安的典故如「詩聞安石詠」〔註254〕、「謝安入東山」〔註255〕、「人作謝公看」〔註256〕、「花妒謝家妓」〔註257〕，還有商山四皓的典故如「兵符今奉黃公略」〔註258〕、「用里年雖老」〔註259〕等，明顯是取古賢與裴度相似處來讚頌。而增加的部分，如「帝將風后待」〔註260〕、「公雖慕張范，帝未舍伊皋」〔註261〕、「蘭偷荀令香」〔註262〕、「荀令見君應問我」〔註263〕，所取的有「風后」、「伊皋」、「張良」、「范蠡」、「荀彧」等人的典故來比喻裴度，但事實上這些古賢的事蹟，與裴度相似的程度都不如謝安、商山四皓，故此等頌語便真的只是「歌頌」之語，

〔註253〕白居易：〈奉酬侍中夏中雨後遊城南莊見示八韻〉，見《全唐詩》，卷455，頁5176。
〔註254〕裴度、白居易、李紳、劉禹錫：〈劉二十八自汝赴左馮翊經洛中相見聯句〉，《全唐詩》，卷790，頁8985～8986。
〔註255〕白居易：〈裴侍中晉公以集賢林亭即事詩三十六韻見贈猥蒙徵和才拙詞繁輒廣爲五百言以伸酬獻〉，《全唐詩》，卷452，頁5139～5140。
〔註256〕白居易：〈奉酬侍中夏中雨後遊城南莊見示八韻〉，見《全唐詩》，卷455，頁5176。
〔註257〕白居易：〈奉和裴令公新成午橋莊綠野堂即事〉，見《全唐詩》，卷456，頁5188。
〔註258〕劉禹錫：〈郡內書情獻裴侍中留守〉，見《全唐詩》，卷360，頁4078。
〔註259〕白居易：〈奉酬侍中夏中雨後遊城南莊見示八韻〉，見《全唐詩》，卷455，頁5176。
〔註260〕白居易：〈奉酬侍中夏中雨後遊城南莊見示八韻〉，見《全唐詩》，卷455，頁5176。
〔註261〕白居易：〈寄獻北都留守裴令公〉，見《全唐詩》，卷457，頁5207～5208。
〔註262〕白居易：〈奉和裴令公新成午橋莊綠野堂即事〉，見《全唐詩》，卷456，頁5188。
〔註263〕白居易：〈送盧郎中赴河東裴令公幕〉，見《全唐詩》，卷456，頁5206。

甚至是有些矯情。不過，最特別的如「陶廬僻陋那堪比，謝墅幽微不足攀」〔註264〕、「陸賈功業少……乘舟范蠡懼」〔註265〕等句，此處非以古人代指裴度，而是以裴度比古人，單以事蹟功業、心靈境界等相比，將裴度置於他們之上，而藉此等方法卻更能達到強烈的頌揚之意。

3. 誇讚風雅交流

裴度自仕宦以來便已有與文人雅士相互交流，而尚在長安時，招攬天下賢士並共同宴飲遊樂之事前亦有述。裴度長久以來風雅交流的狀況是眾所皆知，到洛陽後此等狀況更是有增無減，人們與裴度唱和，更以其廣結文士酣飲同樂之事入詩，如「今朝華幄管弦迎」〔註266〕、「分張歡樂與交親」〔註267〕、「好客交珠履，華筵舞玉顏」〔註268〕、「主人晚入皇城宿，問客裴回何所須」〔註269〕、「宴餘日云暮，醉客未放歸」〔註270〕、「朱門陪宴多投轄，青眼留歡任吐茵」〔註271〕等詩句，便都是寫裴度好客、好與人交流的事蹟。而受到裴度熱情款待的詩人們，對於裴度的邀約也都相當樂意，在他們的詩句中，可見他們歡遊的狀況，如「更接東山文酒會，始知江左未風流」〔註272〕、「弦管常調客常滿，舊逢花處即開樽」〔註273〕、「親賓次第至，酒樂前後施……乞公殘紙墨，一掃狂歌詞」〔註274〕、「坐久欲醒還酩酊，夜深

〔註264〕白居易：〈和裴令公南莊絕句〉，見《全唐詩》，卷456，頁5204。
〔註265〕白居易：〈裴侍中晉公以集賢林亭即事詩三十六韻見贈猥蒙徵和才拙詞繁輒廣為五百言以伸酬獻〉，見《全唐詩》，卷452，頁5139～5140。
〔註266〕劉禹錫：〈酬樂天齋滿日裴令公置宴席上戲贈〉，見《全唐詩》，卷360，頁4079。
〔註267〕白居易：〈奉和晉公侍中蒙除留守行及洛師感悅發中斐然成詠之作〉，見《全唐詩》，卷454，頁5171。
〔註268〕劉禹錫：〈奉和裴令公新成綠野堂即書〉，見《全唐詩》，卷362，頁4101～4102。
〔註269〕白居易：〈集賢池答侍中問〉，見《全唐詩》，卷455，頁5179。
〔註270〕白居易：〈裴侍中晉公以集賢林亭即事詩三十六韻見贈猥蒙徵和才拙詞繁輒廣為五百言以伸酬獻〉，見《全唐詩》，卷452，頁5139～5140。
〔註271〕白居易：〈和劉汝州酬侍中見寄長句因書集賢坊勝事戲而問之〉，見《全唐詩》，卷455，頁5183。
〔註272〕劉禹錫：〈自左馮歸洛下酬樂天兼呈斐令公〉，見《全唐詩》，卷360，頁4078～4079。
〔註273〕劉禹錫：〈酬樂天請裴令公開春加宴〉，見《全唐詩》，卷360，頁4080。
〔註274〕白居易：〈裴侍中晉公以集賢林亭即事詩三十六韻見贈猥蒙徵和才拙詞繁輒廣為五百言以伸酬獻〉，見《全唐詩》，卷452，頁5139～5140。

初散又踟躕……南山賓客東山妓，此會人間曾有無」〔註275〕、「聞道郡齋還有酒，花前月下對何人」〔註276〕等等都是。此可見這些來到裴度東都宅園的詩人，度過了多少甜美快樂的時光。而這群詩人受到裴度的恩遇，他們自然也都相當感謝裴度，便在詩歌中屢言「無因隨賀燕，翔集畫梁間」〔註277〕、「雪銷酒盡梁王起，便是鄒枚分散時」〔註278〕、「鄒生枚叟非無興，唯待梁王召即來」〔註279〕、「鄒枚未用爭詩酒，且飲梁王賀喜杯」〔註280〕、「梁王捐館後，枚叟過門時」〔註281〕、「梁王舊館雪濛濛，愁殺鄒枚二老翁」〔註282〕、「樽前多野客，膝下盡郎官」〔註283〕此等詩句，便是想要誇讚裴度做為主人之優秀，而這些來到裴度宅園的人們，也都順服於裴度的恩德之下，甘為賓客，相知相惜而蔚為佳話。

4. 尊崇高逸閒適

談到高逸閒適，事實上裴度留守東都期間，深化最多的便是其高逸閒適的性情。這反應的不但是裴度的自我追求，也與圍繞裴度洛陽宅園的詩人群體密切相關。當時分司東都的官員多表現對閒適恬靜生活的嚮往，而裴度做為東都官員之首，加上其一生有顯赫的事功與名位，卻能在晚年轉而追求恬淡的生活，如此便理所當然地成為人們競相尊崇的對象。這方面的內容也反應在他們的詩作中，如「仙鶴行時步又輕」〔註284〕、「為愛逍遙第一篇，時時閒步賞風煙。看花臨水心無事」〔註285〕、「靜將鶴為伴，閒與雲相似」〔註286〕、

〔註275〕白居易：〈夜宴醉後留獻裴侍中〉，見《全唐詩》，卷455，頁5179。

〔註276〕白居易：〈和劉汝州酬侍中見寄長句因書集賢坊勝事戲而問之〉，見《全唐詩》，卷455，頁5183。

〔註277〕劉禹錫：〈奉和裴令公新成綠野堂即書〉，見《全唐詩》，卷362，頁4101～4102。

〔註278〕白居易：〈裴令公席上贈別夢得〉，見《全唐詩》，卷456，頁5189～5190。

〔註279〕白居易：〈酬令公雪中見贈訝不與夢得同相訪〉，見《全唐詩》，卷456，頁5199。

〔註280〕白居易：〈喜夢得自馮翊歸洛兼呈令公〉，見《全唐詩》，卷456，頁5196。

〔註281〕白居易：〈雪後過集賢裴令公舊宅有感〉，見《全唐詩》，卷458，頁5225。

〔註282〕白居易：〈過裴令公宅二絕句〉其二，見《全唐詩》，卷458，頁5236～5237。

〔註283〕姚合：〈和裴令公遊南莊憶白二十章七二賓客〉，見《全唐詩》，卷501，頁5739。

〔註284〕劉禹錫：〈奉和裴晉公涼風亭睡覺〉，見《全唐詩》，卷365，頁4135。

〔註285〕劉禹錫：〈和裴相公傍水閒行〉，見《全唐詩》，卷365，頁4132。

〔註286〕白居易：〈和裴侍中南園靜興見示〉，見《全唐詩》，卷453，頁5147。

「閒嘗黃菊酒，醉唱紫芝謠。」〔註287〕這些詩歌，讚頌裴度對高逸閒適的追
求與實現。人們歌頌裴度的逍遙自在，但卻不是一般的歌頌，見詩句還有如
「位極卻忘貴，功成欲愛閒」〔註288〕、「從來海上仙桃樹，肯逐人間風露秋」
〔註289〕、「山簡醉高陽，唯聞倒接。豈如公今日，餘力兼有之」〔註290〕、「功
成名遂來雖久，雲臥山遊去未遲」〔註291〕、「鸞鳳翱翔在寥廓，貂蟬蕭灑出埃
塵」〔註292〕、「昔號天下將，今稱地上仙」〔註293〕、「巢許終身穩，蕭曹到老
忙」〔註294〕、「古今功獨出，大小隱俱成。」〔註295〕這些詩句通通點出裴度
高逸閒適之性情可為人所大頌特頌的重點，那便又是其功德之高、名位之重，
但卻能如此恬靜自適的稀有性。裴度此等作為之可貴，直令人覺得不可思議，
遂有「公有功德在生民，何因得作自由身」〔註296〕的疑問，更有「時泰歲豐
無事日，功成名遂自由身」〔註297〕的稱讚。人們認為裴度高逸閒適的實踐是
極不易、極可貴的，他們旋即尊崇裴度為「閒中第一人」〔註298〕，也追隨其
腳步，就如其詩句講「日陪高步繞池塘」〔註299〕、「自有園公紫芝侶，仍追少
傅赤松遊」〔註300〕的這般，隨侍左右，閒逸度日。

　　事實上，裴度的高逸閒適的性情與生活，早在寶曆二年到大和四年（826

〔註287〕白居易：〈和令公問劉賓客歸來稱意無之作〉，見《全唐詩》，卷456，頁5197。
〔註288〕劉禹錫：〈奉和裴令公新成綠野堂即書〉，見《全唐詩》，卷362，頁4101～
　　　　4102。
〔註289〕劉禹錫：〈奉和裴令公夜宴〉，見《全唐詩》，卷365，頁4138。
〔註290〕白居易：〈裴侍中晉公以集賢林亭即事詩三十六韻見贈猥蒙徵和才拙詞繁輒
　　　　廣為五百言以伸酬獻〉，見《全唐詩》，卷452，頁5139～5140。
〔註291〕白居易：〈侍中晉公欲到東洛先蒙書問期宿龍門思往感今輒獻長句〉，見《全
　　　　唐詩》，卷454，頁5171。
〔註292〕白居易：〈奉和晉公侍中蒙除留守行及洛師感悅發中斐然成詠之作〉，見《全
　　　　唐詩》，卷454，頁5171。
〔註293〕白居易：〈題裴晉公女几山刻石詩後〉，見《全唐詩》，卷453，頁5144。
〔註294〕白居易：〈奉和裴令公新成午橋莊綠野堂即事〉，見《全唐詩》，卷456，頁
　　　　5188。
〔註295〕姚合：〈和裴令公新成綠野堂即事〉，見《全唐詩》，卷501，頁5736。
〔註296〕白居易：〈和裴令公一日日一年年雜言見贈〉，《全唐詩》，卷452，頁5143。
〔註297〕白居易：〈對酒勸令公開春遊宴〉，《全唐詩》，卷456，頁5200。
〔註298〕白居易：〈和裴令公一日日一年年雜言見贈〉有「不敢與公閒中爭第一，亦應
　　　　占得第二第三人」之詩句，見《全唐詩》，卷452，頁5143。
〔註299〕劉禹錫：〈郡內書情獻裴侍中留守〉，見《全唐詩》，卷360，頁4078。
〔註300〕劉禹錫：〈自左馮歸洛下酬樂天兼呈斐令公〉，見《全唐詩》，卷360，頁4078
　　　　～4079。

～830）便已形成，只不過中途遭到中斷。而到大和八年（834）時，裴度留守洛陽，其環境又得令其閒適、風雅的生活繼續實行。而裴度先時「閒忙兩兼」者，可謂之「大隱」；後來「非忙亦非閒」便只能稱做「中隱」。裴度在當時能偷得「中隱」的生活，以一朝廷命臣來講，也算極好之退路。且當時洛陽多是志同道合之士，裴度來到洛陽與舊友相會，也共同體驗了許多獨屬於「中隱」之人才能享受到的生活情趣，並以此為題創造許多的詩歌。這些詩歌在當時有相當程度的影響力，使得東都詩人集團的詩歌普遍以閒適、享樂、泛遊、宴集之內容，甚至是「中隱」的生活為書寫主題，形成一股獨特的詩風。裴度本身雖然並非有意，但其時的作為與詩歌卻引領一時詩壇之發展，加上詩人們的簇擁之勢，裴度儼然就如詩壇盟主一般。其時裴度的詩歌雖然並非特別突出，但他「閒隱家中」、「賞景自適」的生活，還有他「詩文唱和的雅集活動」，都成為當時標誌一時文壇發展情況的代表。裴度在事功表現、中隱實踐、風雅交流等各方面都有亮點，加上眾人的簇擁之狀，每每將他與謝安相比，故要說他是「風流宰相」也是相當貼切。

另外，裴度那被奉為楷模的「中隱」、「風流」生活與形象，也如同他在長安時，在眾星拱月的情勢下再次成立。不過他在開成二年（837）被迫任調任太原留守，在無法辭退的狀況下，裴度在東都洛陽的生活雖得實踐，卻也再次終止。

第五章　會昌名相李德裕的事功與文學

　　在安史亂後，地方與中央分合不斷，中央權力亦起伏跌宕。每當戰爭終結，中央權力再次鞏固時，便能迎來短暫的承平之世，人們將之呼作大唐的中興。然而中興之勢的真正實踐，在 755 年後卻不常見，前文有提到兩次，本章則進入第三次中興的範疇，即「會昌中興」。

　　「會昌中興」發生在唐武宗會昌年間（841～846），此時賴武宗勤政與宰相李德裕輔國，方得令中晚唐積弱不振的時局再造巔峰。而談到李德裕此人，他一生起落顛簸，多次出走中央，但不論在中央或地方，政治實績卻都不少。尤其著名的事件在會昌年間，他當時為萎靡的中晚唐再開中興，作為首功之宰相，其「會昌中興名相」的稱號也令他不斷的被流傳、歌頌。

　　既然李德裕功績彪炳、名聲響亮，且其人不但有政略，還富有文采，精通詩詞賦篇、奏章議論等。在加上其人一生出鎮多處、行跡廣闊，熱愛文學、交友亦多，故他在文學界也有相當高的地位。這方面李德裕與裴度非常相似，人們因李德裕的學養與政治上的聲望聚集在他身邊，促擁的結果也令其儼然有股文壇盟主的聲勢，也因此當時文人們對李德裕的頌揚也就不少。故本章便以李德裕在史傳、筆記、唐人詩文及自我詩文中的書寫為主，探析其人的政治功績、文學表現，冀望能夠將李德裕最完整的政治、文學與歷史形象挖掘出來。

第一節　李德裕的事功表現

　　在史傳書寫中，李德裕的相關材料極為豐富，且多集中在他的政治功業上。本節便以兩《唐書》、《資治通鑑》、《續通志》等史書為主，取長補短，

將李德裕一生的具體事功羅列出來,並加以論述。

一、李德裕的事功思想

在李德裕的自我書寫中,恆常可以看到他對事功的積極追求。探討此類文章,對其才能與人格特質的瞭解有很大的幫助,更可以刻畫出其事功思想的具體面貌。

在李德裕為數龐大的文章中,可以看到他對時政的批評與幫助,也充分地展現出他輔國的大能。如在國家的基本運作上,李德裕極度尊崇君權,以為「夫能獨斷者英主也」〔註1〕,強調「獨斷」為英主之本色,認為國家的一切運作都應由君主親自定奪。其謂「人君不可一日失其柄……所謂柄者,威福是也,豈可假於臣下哉」〔註2〕,指出為君者統攝天下,應該極力地掌控國家運作的每一個環節,不應置身事外,也不可以隨意的釋放權力,尤其是賞罰之權,更應由人主柄之。但以一國之君要掌控天下,即便精力過人也是難事,此時君主若要釋放權力,首先要明辨正邪是非,這是因為當時朝廷最為嚴重的問題便是小人、朋黨充斥。李德裕針對這種狀況,也有屢屢闡明小人、朋黨的性質與為惡的狀況。他指出「世所謂小人者,便辟巧佞,翻覆難信」〔註3〕且行為多是「以怨報德、背本忘義」〔註4〕,他們貪戀富貴權位,但又多是無德無能之人,即便有「辯若波瀾,辭多枝葉」〔註5〕者,也只是「文經意而飾詐,矯聖言以蔽聰」〔註6〕的「奸人之雄」〔註7〕,終究還是無法明獻替、建功業,也正因為他們無法以功圖名,故只能「聚黨成群」〔註8〕、「以眾多為其羽翼」〔註9〕,此即當世朋黨之狀況。

李德裕指出,本來朋黨並非「惡黨」,這群人的初衷本是「誌在於維持名教,斥遠佞邪」〔註10〕,故「雖乖大道,猶不失正。」〔註11〕但朋黨演變到

〔註1〕李德裕:〈張禹論〉,見《全唐文》,卷708,頁7271下～7272上。
〔註2〕李德裕:〈三國論〉,見《全唐文》,卷708,頁7272上～7272下。
〔註3〕李德裕:〈小人論〉,見《全唐文》,卷710,頁7285上～7285下。
〔註4〕李德裕:〈小人論〉,見《全唐文》,卷710,頁7285上～7285下。
〔註5〕李德裕:〈王言論〉,見《全唐文》,卷709,頁7275下～7276上。
〔註6〕李德裕:〈王言論〉,見《全唐文》,卷709,頁7275下～7276上。
〔註7〕李德裕:〈王言論〉,見《全唐文》,卷709,頁7275下～7276上。
〔註8〕李德裕:〈論侍講奏孔子門徒事狀〉,見《全唐文》,卷706,頁7246上～7247上。
〔註9〕李德裕:〈虛名論〉,見《全唐文》,卷709,頁7282上～7282下。
〔註10〕李德裕:〈朋黨論〉,見《全唐文》,卷709,頁7281下～7282上。

後來，黨內多充斥小人之輩，他們多「依倚幸臣……竊儒家之術以資大盜」
〔註12〕、「唯務權勢，聚於私室，朝夜合謀」〔註13〕，並且專行「誣善蔽忠，
附下罔上」〔註14〕、「誣陷君子」〔註15〕之事，以致朝廷是「陰附者羽翼自生，
中立者抑壓不進」〔註16〕，同時也令「時不敢害，後來者以聲價出其口吻，
人不敢議，以此相死，自謂保太山之安。」〔註17〕從以上可見惡黨即由小人
而來，而小人則是「朝廷不和，轉相非怨」之淵藪。小人、惡黨誠為害國之
本，但既然此類人乃無能者，又如何能夠把權？這是因為他們「嗜欲深」又
與時君「性相近」的關係，所以李德裕特別強調「唯人君少欲英明者，則能
反是」〔註18〕，一切都寄望在君主能夠明自節儉、明聖聰、辨是非，方能革
除小人、惡黨干政之事。

　　而在摒除小人、惡黨之眾後，李德裕指出君主還應該要慎重的選賢任能，
這是因為「國之隆替，時之盛衰，察其任臣而已」〔註19〕，所任之臣合適與
否，大大地影響國家的運作。因此君主除了必須辨明小人、惡黨之輩，還要
能夠區分賢才的性質以惟才是用，並善加駕馭，如「相之相在乎清明……必
得大權，不能享豐富」〔註20〕，此類人可以置於朝並委其權以治國；「將之相
在乎雄傑……必當昌侈，不能為大柄」此類人便不可授重權，但可置於戰場
以平亂；唯獨「兼而有之者……必身名俱榮，福祿終泰」，此類人不論處於朝
中或置於朝外都可以成大事，乃是取「專任之效」〔註21〕的最佳人選。又有
鑑於當時時勢，於內要注意小人、朋黨，於外則要留意把持軍權之武將，故
李德裕還說「帝王之於英傑，當須禦之以氣，結之以恩，然後可使也。若不

〔註11〕　李德裕：〈朋黨論〉，見《全唐文》，卷709，頁7281下～7282上。
〔註12〕　李德裕：〈朋黨論〉，見《全唐文》，卷709，頁7281下～7282上。
〔註13〕　李德裕：〈論侍講奏孔子門徒事狀〉，見《全唐文》，卷706，頁7246上～7247上。
〔註14〕　李德裕：〈論侍講奏孔子門徒事狀〉，見《全唐文》，卷706，頁7246上～7247上。
〔註15〕　李德裕：〈朋黨論〉，見《全唐文》，卷709，頁7281下～7282上。
〔註16〕　李德裕：〈論侍講奏孔子門徒事狀〉，見《全唐文》，卷706，頁7246上～7247上。
〔註17〕　李德裕：〈虛名論〉，見《全唐文》，卷709，頁7282上～7282下。
〔註18〕　李德裕：〈近倖論〉，見《全唐文》，卷709，頁7283上。
〔註19〕　李德裕：〈任臣論〉，見《全唐文》，卷709，頁7281上。
〔註20〕　李德裕：〈折群疑相論〉，見《全唐文》，卷710，頁7287上～7287下。
〔註21〕　李德裕：〈管仲害霸論〉，見《全唐文》，卷709，頁7275上～7275下。

以英氣折之，而寵以姑息，則驕不可任；若不以恩愛結之，而肅以體貌，則怨不爲用。」他提供帝王駕馭英傑之將的法門，以爲「英氣」、「恩愛」乃是重點之所在，事實上這個方法也不僅僅適用於武將，對於駕馭普天之下、王土之內的文武百官也是良方。

從以上可見，李德裕對於君主的權術與用人的法則頗有一番見解，其論點對於時政當然也多有幫助。而除了君主擇人的學問之外，從前文已屢次提及宰相「舉賢」的職責來看，李德裕一生所舉賢才數量不多，但大抵都有才能，如李回、鄭薰、韋溫、王質等人都是。李德裕對於「賢才」的標準也甚爲嚴苛，這是因爲「自天寶之後，俗尙浮華，士罕仗義，人懷苟免，至有棄城郭、委符節者，其身不以爲恥，當代不以爲非。」〔註22〕他痛恨當世風氣敗壞、人心不古，認爲必須要推廣教化方可糾正歪風，而要順利地推行教化，又必須愼選人才，所選之人必須是「貞孝、忠烈」之輩，方能「絕意貪緣，迎斥浮虛，就專志節」。李德裕擇人特重「志節」，因爲那是爲士者最可貴的品德，也是爲人臣者最高尙的情操，而詳細地拆解「志節」一詞，又可以說是有「志氣」而能「立名節」，相關的文章如〈臣子論〉：

> 士之有志氣而思富貴者，必能建功業；有志氣而輕爵祿者，必能立名節。二者雖其誌不同，然時危世亂，皆人君之所急也。何者？非好功業，不能以戡亂；非好名節，不能以死難。此其梗概也。好功業者，當理平之世，或能思亂；唯重名節者，理亂皆可以大任。（《全唐文》，卷 709，頁 7274 上～7274 下）

在〈臣子論〉中，可以看到「有志氣而輕爵祿者，必能立名節」此乃所謂「專志節」之士，此類人便等同前面談到的「兼而有之者……必身名俱榮，福祿終泰」，其能佐太平之世，亦能治紛亂之時，也難怪是李德裕最爲推崇的人才類型。不過「專志節」之士實在稀有，故李德裕對人才的遴選上也稍有讓步，以爲「有志氣而思富貴者」亦可用之才，其雖然不能用於太平之世，但能夠居安思危，遭逢亂世也足以戡亂並建立功業。但不論如何，「專志節」與「立功業」之士都必定要有「志氣」，故「君之擇臣，士之求友，當以志氣爲先」，由此亦可知李德裕擇人的一切標準便在「志氣」。事實上，李德裕對於君主擇人、宰相舉賢方面用心很深，他的種種論述都與此密切相關，可見他相當清楚致成盛世的基本條件爲何，雖有君主在上，又有宰相總領百官，但百官之

〔註22〕李德裕：〈薦處士李源表〉，見《全唐文》，卷 700，頁 7194 下～7195 下。

質素好壞也深深影響著國家的走向，不可不多加注意。

上面談到的是李德裕對國家用人方面方針的批評，而李德裕除了對這方面展現其積極的心態與貢獻以外，在其他方面也多有表現。如他在寶曆元年（825）出鎮浙西時，看到敬宗「荒僻日甚，遊幸無恆，疏遠賢能，昵比羣小」[註23]遂作〈丹扆箴〉六首勸諫，內容大概是對敬宗坐朝稀少、服裝不整、奢侈浪費、不能納諫、輕信奸邪、肆意遊幸等事予以諷諫；又如〈諫敬宗搜訪道士疏〉，同樣也是規諫敬宗，只不過此番是是想要阻止敬宗搜訪道士，認爲「縱使必成黃金，止可充於玩好」，於國並無甚大幫助。由以上可見李德裕一心向國的熱情與忠誠，恨不得將敬宗此類荒淫之君導入正途，雖然不一定有取得成果，但也足以表明他的心意。又李德裕對於國家的各種大小事務還多有提出改良的方針。如〈駙馬不許至要官私第狀〉、〈停進士宴會題名疏〉，是對當時制度的陋習予以改正，以杜絕朋黨壯大勢力；又如〈請增諫議大夫等品秩狀〉、〈請復中書舍人故事〉、〈論河東等道比遠官加給俸料狀〉三者，皆是針對人事體制提出的改革，重點是在提高辦政效率，以利國家運轉；還有如〈禱祝論〉、〈論兩京及諸道悲田坊狀〉、〈亳州聖水狀〉，則是關心黎元社稷而提出的治術與政策，展現李德裕了仁心仁術的胸懷。

而在李德裕的文章中，還有兩類文章佔去的篇幅特別多，也充分地展示了他的才能，一是外交方面、二是用兵方面。這兩方面的事務，也直接影響李德裕的事功，他之所以能夠被稱爲「會昌中興」名相，與他在外交、用兵方面的貢獻有極大的關聯。正如傅璇琮、周建國所言：

> 會昌時期，河北藩鎮能夠悚息聽命，實爲晚唐政治史的一大奇蹟。詔
> 敕是朝廷政策的體現，文如其人，《一品集》中外攘夷狄、内伐叛亂的
> 詔敕非常之多，它們正是德裕堅強個性與雄才大略的反映。[註24]

李德裕的文章極具實用性與感染力，內容雄健簡潔，讀之令人感到肅然起敬，也難怪他能夠透過這些文章獲取絕世功業，而關於李德裕這些文章的內容，在本章第五節還會再討論，此處不再累述。

最後，眾所皆知的是李德裕不同於裴度，他沒有經過科考，而是以蔭補入仕，但這無損於他的政治才能、熱情與渴望的展現。而要說李德裕事功思

[註23]《舊唐書・李德裕列傳》，卷174，頁4514。
[註24] 傅璇琮、周建國：〈中晚唐政治文化的一個縮影——寫在《李德裕文集校箋》出版前〉，《河北學刊》1998年第2期，頁109。

想的真正面貌究竟為何？這很簡單，就如他在〈臣子論〉中強調的，要「有
志氣」而能「建功業」、「立名節」；能致力於承平之時，亦能殉身於亂世之中；
「理亂」皆可展大才，則不枉為人臣之道。以上也就是李德裕想要成為的臣
子榜樣，也就是他事功思想中最後核心的宗旨。李德裕固然是有實踐他的事
功思想，不過他在「思富貴而建功業」與「輕爵祿而立名節」二者之間的定
位卻頗為模糊，這是因為李德裕固然有「理亂」皆可任的大能，也有功成身
退上表讓官的美德〔註25〕，但他一生的功業特別顯赫者多在紛亂之時，平亂
後又屢封高官，又他多次讓官辭官也都不能盡如其意，最重要的是他為相時
還致力於收束相權並提高威勢，這種種因緣際會使得他不思富貴而富貴至，
在當代的權勢極為隆赫，實在不似一般的「立名節」之士。

二、史傳書寫中的李德裕事功

　　李德裕為唐朝中晚季最著名的宰相之一，以其功業與權勢著稱，史傳對
他的書寫也相當細緻且豐富，在《舊唐書》、《新唐書》都有傳，而《資治通
鑑》、《續通志》中也都有很多記錄，此處便以李德裕的生平事蹟為線索，探
查史傳書寫下李德裕的具體事功。

（一）仕宦前期的作為

　　李德裕字文饒，生於唐德宗貞元三年，卒於唐宣宗大中三年（787～849），
享年六十三。出身名門，為趙郡李氏西祖之後，其祖父李栖筠為大曆賢臣，「魁
然有宰相望」〔註26〕，但遭奸人所忌，止官於御史大夫。父李吉甫為元和時
宰相，權勢極隆。李德裕在一個有深厚政養與學養的家族中長大，受其家風
薰陶而「苦心力學」，方年幼時便有「壯志」，有未來國家棟梁的風範。

　　在史傳書寫中，李德裕自幼隨父奔波，憲宗元和元年（806）回京時已成
年。雖然李德裕成年時已有所學，但他卻相當有自己的想法而異於常人。李
德裕不喜科試〔註27〕，受其父庇蔭（時李吉甫為相）於元和八年（813）任校

〔註25〕如會昌三年（843）上〈讓官表（伏以臣之事君）〉欲辭相位；又如會昌四年
　　　　（844）連上〈讓太尉第二表〉、〈讓太尉第三表〉、〈請改封衛國公狀〉，表明
　　　　不願居於顯赫之位；還有如會昌五年（845）上〈讓官表（臣聞道不欲盈）〉
　　　　再辭相位等，見傅璇琮：《李德裕年譜》，頁 362、419～421、461～462。
〔註26〕《新唐書·李栖筠列傳》，卷 146，頁 4736。
〔註27〕湯承業把李德裕不喜科試的原因，歸咎於科舉考試「祖尚浮華，不根實藝。」
　　　　而李德裕的所學是在《西漢書》、《左氏春秋》此等曉治理、尚實用的學問，

書郎一職，也為了避嫌辭退，此乃《新唐書》讚其「卓犖有大節」的原因。直到元和九年（814）李吉甫卒，李德裕丁父憂兩年後，終於在元和十二年（817），受張弘靖辟為河東節度使掌書記。至元和十四年（819），李德裕隨張弘靖入朝，更「召拜監察御史」，開始進入一系列文官升遷的體制中。

　　元和十五年時憲宗亡，穆宗即位，便召李德裕「入翰林充學士」。不久，又賜金紫、更升為屯田員外郎，由此的確可見穆宗對李德裕的愛戴。雖然史傳載為「帝在東宮，素聞吉甫之名，既見德裕，尤重之」〔註28〕、「帝為太子時，已聞吉甫名，由是顧德裕厚」，似有李德裕依靠其父名聲而得重用之意。但那也無妨，不容否認李吉甫名位之重必定蔭及子孫，但李德裕也非無才之人，至少史傳對李德裕任翰林學士期間的表現極為稱讚，謂「禁中書詔，大手筆多詔德裕草之」〔註29〕、「凡號令大典冊，皆更其手」〔註30〕。且李德裕在任內，對政局時弊也展現了關心，其上疏謂「伏見國朝故事，駙馬緣是親密，不合與朝廷要官往來……今後公事即於中書見宰相，請不令詣私第」〔註31〕便是顯例。而李德裕在上此疏後，更深得穆宗所信賴，乃「轉考功郎中、知制誥」。

　　到了長慶二年（822），李德裕的官運更加亨通，先後加中書舍人、御史中丞之職，充分反應朝廷對李德裕的倚重。而李德裕在元和十四年到長慶二年（819～822）一連串的升遷過程確實非常迅速，本來依照李德裕此等聲勢，應可在短期內位極宰相〔註32〕，《舊唐書》亦謂「時德裕與牛僧孺俱有相望」。然其時李逢吉意欲牟取相位，先陷害裴度、元稹，後引牛僧孺為援。而裴度與李德裕之父李吉甫政治立場相同，李逢吉恐裴度引李德裕為援，遂極力排擠。在李逢吉拜相得逞後，李德裕亦不敵其勢力，遂被逐出朝廷為「浙西觀察使」。

　　　　故他當然「恥與諸生從鄉賦」而不喜科試。見《李德裕研究》（臺北：嘉新水泥公司文化基金會，1973年），頁19。

〔註28〕《舊唐書·李德裕列傳》，卷174，頁4509。

〔註29〕《舊唐書·李德裕列傳》，卷174，頁4509。

〔註30〕《新唐書·李德裕列傳》，卷180，頁5327。

〔註31〕《舊唐書·李德裕列傳》，卷174，頁4509～4510；《舊唐書·穆宗本紀》，卷16，頁485；《新唐書·李德裕列傳》，卷180，頁5327，所載略同。

〔註32〕如裴度便是，其仕宦進程便是從校書郎到監察御史與方鎮書記開始，一路任起居舍人、司封員外郎、司封郎中、中書舍人、御史中丞、刑部侍郎，並在最終拜相。由此來與李德裕對照，則李德裕確實有可能一路升遷而拜相。

　　觀史傳書寫下的李德裕，他恥與諸生從鄉試而不願參加科考，受父蔭為官卻又避嫌辭官，此可見他年雖少但志向高，很有自己的一套想法。而當其父亡後，方展開正式的仕宦生涯，他先任方鎮書記，後受皇帝賞識，一路由文官途徑迅速升遷。雖然史傳有稱李德裕受其父名望庇蔭之文字，但李德裕實以其才能與對政治的關心博得眾人的肯定。雖然李德裕最終受制於李逢吉等人，而沒能如裴度元和時一路由文官升之遷途徑拜相，但他往後出鎮浙西等地也為他博得更多的稱讚與拜相的實力。

（二）出鎮在外的鎮功

　　在史傳書寫中，李德裕出鎮在外所造的功績不少。他一生曾鎮浙西、滑州、西川、淮南、荊南等地。其中出鎮浙西三次，前後歷時九年；出鎮西川約兩年；出鎮淮南約三年；其餘如鎮滑州一年，鎮滁州、荊南等地都不到半年。以下先表列李德裕出鎮之鎮功，之後再據表格詳述其時之狀況。

表 5-1　李德裕地方事功一覽表

治理地區	中國年月（西元年）	重要事功
浙　西	1.長慶二年九月到大和三年七月（822～829 年） 2.大和八年九月到大和九年四月（834～835 年） 3.開成元年十一月到開成二年五月（836～837 年）	1.收拾因王國清之亂而分散的軍心。 2.收拾因旱災而不穩的民心。 3.破除巫祝、鬼怪迷信，矯正民俗風氣。 4.毀淫祀、罷私邑，改善治安。
西　川	大和四年十月到大和六年十二月（830～832 年）	1.備邊禦敵（吐蕃、南詔）。 2.安定民心，樹立威望。 3.開闢糧運路線。 4.愛兵惜民，不戰而屈人之兵。 5.革除販賣人口之陋習。 6.毀浮屠私廬數千，以地與農。 7.禁剔髮若浮屠，畜妻子之事。
淮　南	開成二年五月到開成五年九月（837～840 年）	史傳無載其作為與功績。
滑　州	大和三年九月到大和四年十月（829～830 年）	史傳無載其作為與功績。
荊　南	會昌六年四月到十月（846 年）	史傳無載其作為與功績。

　　從上表可知，在史傳書寫與記載中，提及李德裕在外之鎮功者多集中在其浙西、西川兩任中。而李德裕在鎮浙西時的作爲多與民生、民情、民俗有關；在鎮西川時，作爲則與軍民之政相關。

　　首先看到李德裕鎮浙西在長慶二年（822）始，這也是他首次出鎮，往後李德裕還二度、三度鎮浙西，不過史傳對李德裕首次出鎮浙西的書寫比較多，往後兩次則較簡略。李德裕初到浙西時，當地才剛經歷王國清兵亂〔註33〕，因應此亂地方是「軍旅寖驕，財用殫竭」，對李德裕而言是極大的挑戰。不過李德裕見此情況，乃「儉於自奉，留州所得，盡以贍軍」，他以自身之簡約示人，而將所存之所得勞軍，「雖施與不豐」但最終仍感動士卒，如此遂使「將卒無怨」而上下一心，免去兵變之隱憂。

　　而李德裕在安撫軍心後，下一步方「銳於布政」，針對地方民俗、民風與治安做出導正。如其時當地民眾「信巫祝，惑鬼怪」極爲迷信，乃至於「雖父母癘疾，子棄不敢養」而成爲一大社會問題。李德裕當然知道巫祝鬼怪之類迷信是極其虛妄，但他也知道要杜絕此迷信之困難。故其不求速成，乃「擇鄉人之有識者，諭之以言，繩之以法」〔註34〕、「諭以孝慈大倫，患難相收不可棄之義，使歸相曉救，違約者顯寘以法」〔註35〕，此是以己爲師而授可教之人，而可教之人學成後再教其子弟，如此層層相授而民智漸開，民俗信仰與民風方可能往好的方面走去。而此法也得其功效，「數年之間，弊風頓革」，由此確實可見李德裕之大能。

　　不過李德裕以這種開化的方式功效仍舊有限，如寶曆二年時（826），亳州有「妖僧誑惑」以聖水害人，其所鎮浙西一帶亦深受其害。見此，李德裕上奏「乞下本道觀察使令狐楚，速令填塞，以絕妖源」，以強硬手法方終於剷除此害。

　　迷信的威力極其強大，李德裕深知此理。故其時李德裕既然導正了民俗、民風，下一步方能除淫祠、去私邑。之所以要淫祠，因其爲迷信之中心，聚集在此的人非愚即心術不正。而除私邑，則因其難統計、難管制，寇盜多隱匿其中。除此二處對是有益而無害。又當地還有「厚葬」之習俗，李德裕見此，以爲當時正逢天災人禍，府庫空虛、地方枯竭，不宜繼續維持「厚葬」

〔註33〕　王國清兵亂之原委可見《舊唐書・李德裕列傳》，卷174，頁4511；《新唐書・李德裕列傳》，卷180，頁5328；《舊唐書・竇易直列傳》，卷167。
〔註34〕　《舊唐書・李德裕列傳》，卷174，頁4511。
〔註35〕　《新唐書・李德裕列傳》，卷180，頁5328。

此等奢侈之習，遂上奏請中央定制改革，以約束地方。觀李德裕以上數件作為，對於導正民俗、民風與地方治安有很大的好處。而當地人民經過李德裕的開化也能理解箇中道理，由是「人樂其政，優詔嘉之」。

李德裕鎮浙西之功有三，一為收束軍心節制兵變，二為破除迷信導正民風，三為鞏固治安使民安居。以上三點看似簡單，但考量李德裕接手浙西時，一來軍心離散、倉庫空虛，二來民風詭譎、迷信甚篤，三則寇盜橫行、隱匿難除。由此看來，李德裕能盡除其弊而致「賦輿復集、賦物儲物」，卻也是相當不易。

再來看到李德裕鎮西川，其事發生在大和四年到大和六年（830～832），為期兩年。史傳對李德裕鎮西川之功績，書寫極多，足夠成為李德裕出鎮及其鎮功之代表作。

西川乃唐王朝西南疆之要地，主要用來抵南詔、抗吐蕃，然而在大和三年時，守此邊的杜元穎卻是「不曉軍事，專物蓄積」〔註 36〕的庸才。以杜元穎此等庸才守邊，最終也導致南詔長驅直入，大肆燒殺擄掠而無法制止。其時西川兵民離心、劫掠不斷，再派郭釗來鎮亦是無用，直到李德裕鎮西川，方逆轉頹勢。其時李德裕到西川使得其地「完殘奮怯，皆有條次」，論其具體作為大概有四，以下分述。

其一，李德裕積極的穩定軍心，備邊禦敵。李德裕到西川後，首先便「作籌邊樓，圖蜀地形」〔註 37〕，此因西蜀地形複雜「通蠻細路至多」〔註 38〕之故。而對於「細路至多，不可塞」，李德裕以為「惟重兵鎮守」〔註 39〕可解之。然其時「蜀人恟懼」、「蜀兵脆弱，新為蠻寇所困，皆破膽，不堪征戍」〔註 40〕，縱有大批蜀兵也無法有太大作用。李德裕知其道理，遂奏請「鄭滑五百人、陳許千人以鎮蜀」〔註 41〕。而所請的這批人，也並非真是雄師，其真意乃欲以外援來振奮軍心，或是以此警告南詔、吐蕃，告誡他們中國之兵源源不絕，莫要輕舉妄動。又李德裕除了向外求援，振奮軍心外，還對內「料擇伏瘴舊獠與州兵之任戰者，廢遣獰耄什三四」〔註 42〕，且更「簡募少壯者千人……

〔註 36〕《資治通鑑・太和三年》，卷 244，頁 7867。
〔註 37〕《資治通鑑・太和三年》，卷 244，頁 7872。
〔註 38〕《資治通鑑・太和三年》，卷 244，頁 7872。
〔註 39〕《資治通鑑・太和四年》，卷 244，頁 7872。
〔註 40〕《資治通鑑・太和四年》，卷 244，頁 7872。
〔註 41〕《資治通鑑・太和四年》，卷 244，頁 7872。
〔註 42〕《新唐書・李德裕列傳》，卷 180，頁 5332。

募北兵已得千五百人，與土兵參居，轉相訓習，日益精練。」李德裕如此除老兵、納新血，兵力問題則免，其後更請安定、河中、浙西之工匠來建造、修理兵器〔註43〕，如此精兵有之、利器有之，遂成一「無不堅利」之軍。加上李德裕認爲與其「脩塞清溪關」，不如於「大度水北更築一城」，待城一成，便更可貫徹重兵鎮守之策，由此備邊禦敵大計方成。

其二，李德裕爲民著想，收服民心。李德裕至西川時，當地因受飽受劫掠之苦而與政府離心。其時李德裕積極增強西蜀軍事實力的同時，事實上也透過軍隊逐漸的強盛而挽回民心。而當蜀軍成熟時，李德裕更「奏遣使詣南詔索所掠百姓，得四千人而還。」此舉的成功，大大地挽回當時離散之民心。又其時當地運輸條件不良，「常以盛夏至，地苦瘴毒，輦夫多死」，李德裕爲民著想，乃另關「邛、雅粟」以分陽山漕運之難，而「遠民乃安」，民心亦收。觀以上可知李德裕治理地方有奇能，作爲當地的領導，能體恤人民，方能令人民順服。

其三，李德裕愛兵惜民，不戰而屈人之兵。在李德裕一連串的備邊大計中，事實上也並非一味急進。如中央以爲「脩塞清溪關」便可拒敵，但李德裕以爲其法不僅無守禦之效，更勞民傷財。又當其蜀兵之大勢已成時，他也沒有妄做攻勢，反而以重兵守成，不戰而使維州來降〔註44〕。

其四，李德裕對於地方民俗陋習深深厭惡，聞之必革。這就如同李德裕鎮浙西時一般，在鎮西川時，他仍積極革除地方惡習。觀史傳中有載的便是「蜀人多鬻女爲人妾」此等販賣人口之事，以及「其民剔髮若浮屠者，畜妻子自如」此等怪異行徑，李德裕皆予以禁止。除此之外，李德裕還「毀屬下浮屠私廬數千，以地予農」，此亦如同他早先毀淫祠之事，不過此番他更將其地與農，促進地方生產力，事實上這也是積累地方實力，並與外敵對抗的一道良策。

從以上來看，李德裕鎮西川時眞是大施拳腳，使一幾近亡殆之地再次復甦，他使「蜀人粗安」、「夜犬不驚，瘡痏之民，粗以完復」，且此等功績還是在短短的兩年內完成，此間種種也確實有能臣之風，也難怪在鎮西川後遂拜相、進封贊皇伯。

事實上，史傳書寫李德裕出鎮之鎮功最多的浙西、西川兩處，在李德裕

〔註43〕　《新唐書‧李德裕列傳》，卷180，頁5332。
〔註44〕　《舊唐書‧李德裕列傳》，卷174，頁4519。

接手時狀況都非常不好。如鎮浙西時，前任官員竇易直治理不當，軍生變、民情亂，卻要李德裕來收拾；而鎮西川時，前兩任官員杜元穎、郭釗也都是無能之輩，受南詔、吐蕃侵逼卻無以為抗，但此殘局卻仍讓李德裕來接手。而這些狀況，很可能都與李逢吉、牛僧孺、李宗閔當朝而屢加陷害有密切的關聯〔註45〕。不過李德裕並沒有敗給困境，即便他接手地方時的情勢悲觀，但他仍力挽狂瀾，終令地方富庶、生民安樂，觀其鎮功以推天下，亦足見其必為治國之良才。

（三）拜相在內的政功

　　李德裕的拜相之路坎坷，長慶年間本有「相望」，但遭李逢吉、牛僧孺阻擾，而不能成；大和初年李德裕受裴度推薦，又遭李宗閔阻礙而不得拜相，且兩次拜相失敗換得的結果都是外調，情狀相當悲哀。不過李德裕終於在大和七年（833）初次拜相，在史傳書寫中，雖無明指李德裕因何事拜相，但其時方及鎮西川之後，故也可以合理推測是因鎮西川有功而登相位。而李德裕的才能在出鎮浙西與西川時的鎮功已可說明，拜相後也旋即施展其治才，可惜在大和八年（834）時又被李訓、鄭注、李宗閔等人排擠而罷相。一直到開成五年（840）文宗卒，武宗即位，李德裕受武宗重用而再次拜相，也開啟他仕宦生涯中最重要的一個時期。在這個時期中君相二人以其才德創造「會昌中興」的大好局勢，堪稱「君臣之分，千載一時」。李德裕在兩度拜相其間的政功很多，以下表列：

表 5-2　李德裕任相期間事功一覽表

中國年（西元年）	重要事功
大和七年（833 年）	1.改革朝制，令一般官員不得恣意謁宰相。
	2.破朋黨，驅逐李宗閔一黨人，令其不得干預朝政。
	3.進用李回、鄭薰、沈傳師、韋溫、王質等賢才。
	4.改革進士科考內容，主張以經術為本。
	5.主張諸王應出為諸州刺史佐，但此議失敗。
大和八年（834 年）	1.奏罷進士名單需呈宰相以取捨之制。
	2.鄭注、李訓、王守澄等人與李宗閔為黨，李宗閔歸朝為相，破朋黨之策失敗。

〔註45〕 此說可見湯承業：《李德裕研究》，頁 105、109。

開成五年（840 年）	以爲政之要進諫，旨在辨邪正、委專任、政歸中書。
會昌元年（841 年）	1. 令張賈爲使，探回鶻之虛實。
	2. 力言遣使撫慰回鶻，並運糧資助，以爲交好之策。
	3. 幽州軍亂，李德裕其策收服。
	4. 奏請武宗節制游獵之事。
	5. 回鶻烏介可汗欲借一城居公主與可汗。李德裕奉旨撰文拒絕，並勸其回歸舊土。
會昌二年（842 年）	1. 奏請增兵太原以北，以防回鶻。
	2. 回鶻犯唐橫水一帶，李德裕奏請回擊，令回鶻烏介可汗心生畏懼。
	3. 回鶻兵犯天德軍，天德軍自出追擊。李德裕上奏數策，以利抵禦回鶻。
	4. 李德裕計策成功，回鶻部分部眾歸附大唐。
	5. 李德裕上奏，請以石雄率兵夜襲回鶻大營，然此策當時未能實行。
	6. 李德裕具陳回鶻局勢，主張出師。
	7. 李德裕部署討回將帥，準備出師。
	8. 上奏催促劉沔、張仲武進軍，並與李思忠配合。
會昌三年（843 年）	1. 石雄等人大破回鶻烏介部，李德裕會昌二年提出之計亦有所助。
	2. 改革科考制度，增加進士人數。
	3. 武宗欲收復安西、北庭，李德裕諫言制止。
	4. 昭義（澤潞）節度使卒，劉稹自爲留後，欲叛。李德裕具陳利害，以爲劉稹不可自爲留後。
	5. 李德裕主張討伐劉稹，武宗從其議。
	6. 李德裕奏請攻伐劉稹諸軍，直取州，不取縣。
	7. 李德裕巧計令魏博進軍攻伐劉稹。
	8. 王茂元兵敗，息兵之議又起，然李德裕仍力主用兵。
	9. 奉旨撰文，令河東節度使與幽州節度使共伐劉稹。
會昌四年（844 年）	1. 劉稹欲降，李德裕諫言不應受其降，主張繼續進兵。
	2. 楊弁作亂太原，李德裕主張攻伐。
	3. 奉旨撰文，催促王宰進兵伐叛。
	4. 以劉沔鎮河陽，以激王宰出兵伐叛。
	5. 李德裕對澤潞叛軍勸降，造成澤潞內部的分化。

	6. 李德裕改變軍隊部署，持續攻伐劉稹。
	7. 對澤潞軍內部詳加探析，奏請諸鎮全力討劉稹。
	8. 收復山東三州，李德裕奏請盧宏止爲三州留後。
	9. 郭誼殺劉稹，李德裕謂武宗郭誼不可赦。遂以石雄入潞州，盡除叛賊。澤潞之亂終於平定。

觀李德裕在任相時的作爲與功績，主要分兩種，一爲對朝廷內部改革，二爲對邊事與叛鎮的廟戰之功。又其人對朝廷內部的改革較常發生在國家平和時，或是戰爭與戰爭之間進行。但李德裕拜相期間，經歷戰爭的時間是比較多的，故其戰功也較多些。

1. 對朝廷內部的改革

在李德裕對朝廷內部的改革中，以對進士科考制度及其陋習的改革最多。當李德裕年輕時，曾因「不喜與諸生試有司」而拒絕科考，以此可見當時他對科舉考試制度及其陋習已有相當程度的認識，而當他拜相後，更積極的改革其制度。首先如大和七年（833）時，便奏請令「進士試論議，不試詩賦」〔註46〕，此乃以實用之目思考後得出的結論，蓋因文辭的華美並無助於國家發展，但經史中的學問卻有助於形成能臣。由李德裕對科考的改革來看，他重視學以致用，於國有益的學問，可見其人既不僅有政治之遠略，在教育方面也有遠見。

李德裕對進士科考制度及考試內容予以改革，同時他也全力摒除進士科中衍生之惡習，而此又與其破除朋黨的方針有關。唐代走到中晚唐，地方官員、朝臣及宦官多相互勾結，他們彼此勾搭成黨並敗壞朝綱，乃至於宰相亦身陷其中，如李逢吉、李宗閔、牛僧孺等輩便是。所以在李德裕大和七年（833）當權時，便諫言文宗，以爲「朝廷唯邪正二途，正必去邪，邪必害正。然其辭皆若可聽，願審所取捨。不然，兩者並進，雖聖賢經營，無由成功。」而邪者爲何？文宗亦知，故李德裕更陳朝中朋黨情況，給予意見，其謂：「今中朝半爲黨人，雖後來者，趨利而靡，往往陷之。陛下能用中立無私者，黨與破矣。」〔註47〕文宗聞李德裕之意見，亦深感認同，推動改革。李德裕的改革，一方面針對朝制，令「有以事見宰相，必先白台乃聽。凡罷朝，由龍尾道驅出」，此乃是李德裕任翰林學士時諫言「駙馬宜於中書見宰相，請不令

〔註46〕《資治通鑑・太和七年》，卷244，頁7886。
〔註47〕《新唐書・李宗閔列傳》，卷174，頁5235。

詣私第」之策的延伸，主要便是要杜絕以高官爲首組成的朋黨；另一方面更是終止「進士及第人名先呈榜宰相，然後放榜」之舊制，此乃是針對「雖後來者，趨利而靡，往往陷之」所定之計，以節制以宰相爲首吸納新進官員爲黨之憂。且在李德裕改革制度的同時，他也與文宗一同排除朝內黨人，如楊虞卿、楊汝士、楊漢公、張元夫、蕭澣等人俱外出爲官，最終也終於將朝中最大黨魁李宗閔之相職罷去，逐出朝廷。而在剔除奸黨一眾時，李德裕也不忘履行宰相挖掘賢才、任免官吏之職責，進用如李回、鄭薰、沈傳師、韋溫、王質等人，其中不乏「強幹有吏才」〔註48〕、「通經學」〔註49〕、「質清廉方雅，爲政有聲」〔註50〕、「中立自將，不爲黨」〔註51〕之人。

　　在李德裕對朝廷內部的改革中，發力最多的是對進士科考與破除朋黨，不過他也有對治國之策提出具體意見。開成五年（840）時李德裕歸朝再拜相，在此之前李德裕因破除朋黨之策失敗，又被李宗閔一黨人逐出中央，歸朝後他便與武宗諫言爲政之要。而所示爲政之要其旨有三，一爲「辨邪正」，而辨邪正之法無他，觀「正人一心事君，無待於助。邪人必更爲黨，以相蔽欺」便可分別，李德裕在此同樣是想要破除朋黨，雖然他在文宗朝時失敗，但仍以此理開示武宗；二爲「委專任」，而委專任之旨在明辨邪正的基礎上，信任賢臣並委以重權，且「夫輔相有欺罔不忠，當極免，忠而材者屬任之」，由此則可選出盡忠職守並有治才之宰相；三爲「政歸中書」，旨在通過辨邪正與委專任選出良相後，此時乃將權力收束，令「政無他門」，盡歸帝王與宰相，如此則朝綱載肅、政令得行，方可能大治天下。李德裕的三點爲政之要，乃是極高度的菁英策略，事實上此法並非時時可行。慶幸的是武宗願意重用李德裕，且李德裕在當時也是才能過人，《新唐書》載：

> 元和後數用兵，宰相不休沐，或繼火乃得罷。德裕在位，雖邊書警奏，皆從容裁決，率午漏下還第，休沐輒如令，沛然若無事時。其處報機急，帝一切令德裕作詔，德裕數辭，帝曰：「學士不能盡吾意。」〔註52〕

由引文可見，武宗極爲信任李德裕，而李德裕既有大能，遂將原屬翰林學士

〔註48〕《舊唐書・李回列傳》，卷173，頁4501。
〔註49〕《舊唐書・鄭薰列傳》，卷173，頁4490。
〔註50〕《舊唐書・王質列傳》，卷163，頁4268。
〔註51〕《新唐書・王質列傳》，卷164，頁5053。
〔註52〕《新唐書・李德裕列傳》，卷180，頁5342。

制詔奏議的權力交與李德裕。這事實上也正符合李德裕「委專任」、「政歸中書」的策略，令當時擁有「內相」之稱的翰林學士權勢下降，而宰相的權力則得到了提升。會昌年間因應武宗與李德裕二人推心置腹，使得許多政策得以順利推行，由此方得大展宏圖，開創難得的中興局面。

2. 廟戰之功

觀史書中，李德裕之所以能夠名傳千古，與他退南詔、破回鶻、收幽州、伐太原、平澤潞的廟戰之功有密切關聯。而破回鶻、收幽州、伐太原、平澤潞四事又發生在他任宰相職間，謂其有將相全才亦不過份。〔註53〕

李德裕一生拜相兩次，在第二次拜相時（會昌元年，841），正處回鶻亂唐的醞釀期，且回鶻在會昌二年（842）更是大舉犯唐，不過到會昌三年（843）時回鶻即遭唐所破，戰爭結束。在此番唐回戰爭中，李德裕在朝中出謀劃策，頗有軍師風範，功德極高。

德裕於會昌元年（841）起介入唐回問題中，當時邊境不安，乃因回鶻內亂，其一支以嗢沒斯為首的部眾聚集在天德邊境，其時天德軍欲「欲擊回鶻以求功」。李德裕聞此，先是禁止邊將出兵，以免攻伐不利而自城遭陷；再則「遣使者鎮撫，運糧食以賜之」並訪問太和公主之所在〔註54〕。從以上可見李德裕處理邊事之謹慎，以「恩義撫而安之」，李德裕此策也在之後感動嗢沒斯，令其一心向唐。又回鶻除了嗢沒斯一部，當時其餘部眾還擁立了烏介可汗，為回鶻烏介部。回鶻烏介部，當時假復國之名步步進逼唐土，以太和公主名義遣使入朝，求大唐冊命，並借一城居公主與可汗。李德裕以為不可，奉旨撰文拒絕，並勸其「宜帥部眾漸復舊疆，漂寓塞垣，殊非良計」〔註55〕，此乃好言相勸，以保兩國關係良好。

本來李德裕的策略是與回鶻交好，然而事與願違，會昌二年（842）時嗢沒斯手下赤心等「謀犯塞」，旋即侵擾橫水一帶。雖然李德裕在回鶻掠橫水前都一意表示交好，但也並不代表他對回鶻沒有防備，他早開始部署「奏請增兵鎮守，及脩東、中二受降城以壯天德形勢」〔註56〕。而當回鶻寇橫水，李德裕更採取強硬的態度，討逐寇橫水之回鶻部眾。會昌二年（842）四月，回

〔註53〕 此處僅討論破回鶻、平澤潞方面，關於李德裕收幽州、伐太原之事蹟，見傅璇琮：《李德裕年譜》，頁310～311、396～399。
〔註54〕 見《資治通鑑・會昌元年》，卷246，頁7952～7955、7957。
〔註55〕 《資治通鑑・會昌元年》，卷246，頁7957。
〔註56〕 《資治通鑑・會昌二年》，卷246，頁7958。

鶻侵邊頻繁，天德軍「不俟朝旨，已出兵三千拒之。」〔註57〕李德裕觀回鶻
已無求好和平之打算，遂詳加部署，以利攻伐，其奏：

> 牟殊不知兵。戎狄長於野戰，短於攻城。牟但應堅守以待諸道兵集，
> 今全軍出戰，萬一失利，城中空虛，何以自固！望亟遣中使止之。
> 如已交鋒，即詔雲、朔、天德以來羌、渾各出兵奮擊回鶻，凡所虜
> 獲，並令自取。回鶻羈旅二年，糧食乏絕，人心易動。宜詔田牟招
> 誘降者，給糧轉致太原，不可留於天德。嗢沒斯情僞雖未可知，然
> 要早加官賞。縱使不誠，亦足為反間。且欲獎其忠義，為討伐之名，
> 令遠近諸蕃知但責可汗犯順，非欲盡滅回鶻。石雄善戰無敵，請以
> 為天德都團練副使，佐田牟用兵。(《資治通鑑‧會昌二年》，卷246，
> 頁7960)

由以上可見，李德裕深知敵我兵將之優缺，以此擬定策略，其策一乃禁止天
德軍出城野戰，其策二乃引雲、朔、天德以來羌、渾之兵為援，其策三乃以
糧食招降敵軍，其策四乃以石雄前往佐天德軍用兵，其策五乃對回鶻降將嗢
沒斯加官進賞以誘其誠，即便嗢沒斯不效忠，亦有反間之用。而李德裕的計
策精準，本來嗢沒斯只是率眾來降，加其官後其人更顯忠誠，之後甚至充軍
使為唐將，前往討敵。

　　而當李德裕主攻回鶻時，朝中也有反對勢力崛起。以牛僧孺為首的一派
以為「今百僚議狀，以固守關防，伺其可擊則用兵」，然李德裕卻力排眾議，
以為「以迴紇所恃者嗢沒、赤心耳，今已離叛，其強弱之勢可見……」，武
宗認為李德裕言之有理，遂繼續攻伐。雖然其後尚有多次反對意見之崛起，
但李德裕都一一反駁。而在李德裕反駁的同時，他仍奉旨任命劉沔、張仲
武、李思忠（嗢沒斯）等人為主要將帥，之後更持續積聚實力、部署各方
軍將，以圖大計。最後終於在會昌三年（843）正月，以石雄等人奇襲破烏
介營寨，大唐獲得了勝利。而事實上，石雄的奇襲之計也出於李德裕之提點
〔註58〕。

　　總結而言，李德裕在此番唐回戰爭中表現亮眼。從他一開始審慎的態度
始，到收服嗢沒斯部眾，再到軍隊的部署進退，以及斥退反對勢力，並在最
終以奇計克敵。此間種種足可見其軍略之高，可謂當代最成功的軍事專家。

〔註57〕《資治通鑑‧會昌二年》，卷246，頁7960。
〔註58〕見《舊唐書‧李德裕列傳》，卷174，頁4522。

又李德裕爲唐朝大破回鶻，乃是一件令人歡欣鼓舞之事。然而在唐回戰爭結束後不久，國土內的澤潞之亂又起。澤潞之亂的肇因，爲昭義節度使劉從諫亡，「其從子稹擅留事，以邀節度。」此等行爲，對帝王乃是大逆不道之舉，此因地方節度，非父死子替，需由中央派任。然而此種前任節度死，節度使子弟或手下部將擅領節度之事，在中晚唐卻屢見不鮮，大大地損害了中央的威嚴與權益。劉稹自爲留後，中央當然不允，遂邀「劉稹護喪歸洛，以聽朝旨」，但劉稹不從，旋即叛變。而針對此次澤潞之亂，李德裕同樣挑起朝中軍師的大樑，積極的爲平叛奉獻心力。

在澤潞之亂初期，朝廷中有姑息劉稹的意見出現，謂「回鶻餘燼未滅，邊境猶須警備，復討澤潞，國力不支，請以劉稹權知軍事。」然而李德裕此番又再度挺身而出，「以爲澤潞內地，前時從諫許襲，已是失斷，自後跋扈難制，規脅朝廷。以稹豎子，不可復踐前車，討之必殄。」〔註59〕他力排眾議，認爲朝廷不該再放縱此等自爲節度之事，且更示其謀略，謂「稹所恃者河朔三鎮。但得鎮、魏不與之同，則稹無能爲也……」〔註60〕，而此數言也說服武宗，其曰「吾與德裕同之，保無後悔」〔註61〕，遂全力討伐澤潞。

在排除朝內反對意見後，李德裕旋即實行計策，奉旨詔告鎮冀及魏博兩鎮，令其懼怕，安於本分〔註62〕。其後更以鎮海王元逵、魏博何弘敬爲澤潞南、北面招討使，並與陳夷行、劉沔、王茂元等人合力討伐劉稹〔註63〕。其時李德裕還以進軍方略示上，令「元逵、弘敬，只令收州，勿攻縣邑」〔註64〕，如此則令軍隊攻伐之效率更高，不致曠日廢時，空耗糧餉。且更請「詔書付宰司乃下，監軍不得干軍要，率兵百人取一以爲衞。自是，號令明壹，將乃有功」〔註65〕，此與先時裴度平蔡時的策略相同，李德裕此法雖然未必是效法裴度，但能洞察此軍制之弊並將其革除，必令軍心大振，勝機已成。本來依照李德裕的策略與部署，勢單力薄的澤潞應該很快就被攻陷，然而當時許多將領卻都觀望不進。李德裕乃奉旨屢加督促〔註66〕，並調和不協節鎮，更

〔註59〕《舊唐書・武宗本紀》，卷18，頁595。
〔註60〕《資治通鑑・會昌三年》，卷247，頁7980～7981。
〔註61〕《舊唐書・武宗本紀》，卷18，頁595。
〔註62〕《資治通鑑・會昌三年》，卷247，頁7981。
〔註63〕《資治通鑑・會昌三年》，卷247，頁7984～7991。
〔註64〕《舊唐書・李德裕列傳》，卷174，頁4525。
〔註65〕《新唐書・李德裕列傳》，卷180，頁5342。
〔註66〕《資治通鑑・會昌三年》，卷247，頁7988。

重用良將石雄。而在會昌四年（844）時，劉稹爲手下郭誼所殺，郭誼請降，但李德裕以爲郭誼不可赦，遂令石雄入潞盡數誅滅，澤潞之亂平。

在澤潞之亂平定後，唐王朝繼平定安史之亂及「元和中興」後，再次來到一個「中興」的時期，此喚作「會昌中興」。而「會昌中興」之英主當屬唐武宗，而在會昌年間輔佐武宗的宰相李德裕，其功績與作爲也受到廣大的肯定，他爲大唐王朝的貢獻皆載入史傳，與人歌頌，其「會昌名相」的美名也千古流傳。

（四）晚年的行迹

李德裕一生爲國鞠躬盡瘁，於內於外皆有功績，然而他的晚年卻甚爲淒涼。武宗於會昌六年（846）卒，李德裕痛失明主，而繼任之宣宗又「素惡德裕之專」〔註67〕，乃貶李德裕爲荊南節度使，後更罷其相位，留守東都。

至大中元年（847），當時李德裕於朝廷失勢，來到一生的低潮中，但苦難卻沒有完結。其時白敏中爲相，與崔鉉、令狐綯共結爲黨，他們因懼怕李德裕再回朝，乃利用宣宗不喜李德裕此點，更令其黨人誣陷李德裕，使其更貶爲太子少保、分司東都，史傳有載此事：

> 白敏中、令狐綯，在會昌中德裕不以朋黨疑之，置之臺閣，顧待甚優。及德裕失勢，抵掌戟手，同謀斥逐，而崔鉉亦以會昌末罷相怨德裕。大中初，敏中復薦鉉在中書，乃相與挿擁構致，令其黨人李咸者，訟德裕輔政時陰事。乃罷德裕留守，以太子少保分司東都……〔註68〕

此可見李德裕一生識人無數，其厭惡朋黨，以爲中立無私者方能重用，但卻因一時錯看而導致如此局面，且白敏中一黨之惡毒遠遠不僅於此。大中元年冬，白敏中一黨人「又導吳汝納訟李紳殺吳湘事，而大理卿盧言、刑部侍郎馬植、御史中丞魏扶言：『紳殺無罪，德裕徇成其冤，至爲黜御史，罔上不道。』……」〔註69〕，此可見白敏中一黨乃無所不用其極的打擊李德裕，欲令其永難翻身。而白敏中等人此番經營卻是大獲全勝，李德裕因在吳湘冤案被貶爲潮州司馬，隔年九月又再加重罰責，遠貶爲崖州司戶。李德裕於大中三年（849）正月到達崖州，並在同年十二月卒於此處。

〔註67〕《資治通鑑·會昌六年》，卷248，頁8023。
〔註68〕《舊唐書·李德裕列傳》，卷174，頁4528。
〔註69〕《舊唐書·李德裕列傳》，卷174，頁5341。

史傳書寫下的李德裕，一生歷事六朝，兩朝爲相，有才能、有功績、有聲望，最珍貴的是他還曾開創「會昌中興」的美好局面。可惜中晚唐朋黨傾軋實在嚴重，李德裕亦無法自其中脫身，終致晚景淒涼，令人感到不勝欷歔。

第二節　李德裕的文學表現

關於李德裕的文學表現，在今人的眼中已被淡忘、隱沒，就如傅璇琮所云：「或許在今人看來，李德裕只是一位重要的政治人物，卻算不上什麼重要的文學家。」〔註 70〕李德裕一生以功業著稱，他在政治上面的表現的確無比的亮眼，此在前已有論。但或許就因爲李德裕的事功過於顯赫，隨著時間的流轉，人們對李德裕的印現逐漸改變，乃至於有「世之論衛公者，必以功烈言，而鮮及於文章」〔註 71〕此等現象發生。但事實上李德裕「在歷代文人學者的心目中，其不僅是重要的政治人物，而且也是文學名家……都曾受到歷代文學家的高度評價。」〔註 72〕故本節茲就李德裕的文學表現來深入研究，探討其人的文學觀與文學成就。

一、李德裕的文學觀

前文有提到，唐代文壇走到中晚期，進入了一個詩文書寫風格的變革期，韓愈等人引領的古文運動如火如荼的進行。雖然古文運動到大和之後氣焰漸弱，但其餘波仍持續震盪的整個文壇。李德裕身處在那個時代，避無可避的也會受到古文運動的影響，不過李德裕本身也有非常明確的創作動機與撰文手法，其文章也有獨屬於他自己的風格，爲晚唐卓然獨立的一名兼容政治與文學二方面長才的大家。

想探討李德裕的詩文需要費上一番功夫，不過其人〈文章論〉便已指出他文章觀的要點，見引文：

> 魏文典論稱文以氣爲主，氣之清濁有體，斯言盡之矣。然氣不可以不貫，不貫則雖有英辭麗藻，如編珠綴玉，不得爲全璞之寶矣。鼓

〔註 70〕傅璇琮、周建國：〈中晚唐政治文化的一個縮影——寫在《李德裕文集校箋》出版前〉，《河北學刊》1998 年第 2 期，頁 108。

〔註 71〕唐・李德裕、傅璇琮、周建國校箋：《李德裕文集校箋》（石家莊：河北教育出版社，1999 年），頁 710。

〔註 72〕傅璇琮、周建國：〈李德裕及《會昌一品集》研索〉，《唐代文學研究》第 7 輯（1998 年 10 月），頁 675。

氣以勢壯爲美，勢不可以不息，不息則流宕而忘反……古人辭高者，
蓋以言妙而工，適情不取于音韻。意盡而止，成篇不拘于隻耦。故
篇無定曲，辭寡累句……世有非文章者，曰：「辭不出于風雅，思不
越於離騷。摸寫古人，何足貴也。」余曰：「譬諸日月。雖終古常見，
而光景常新。此所以爲靈物也。」余嘗爲文箴，今載于此，曰：「文
之爲物，自然靈氣。怳惚而來，不思而至。杼柚得之，淡而無味。
琢刻藻繪，珍不足貴。如彼璞玉，磨礱成器。奢者爲之，錯以金翠。
美質既雕，良寶所棄。」此爲文之大旨也。（《全唐文》，卷 709，頁
7280 上～7281 上）

這篇文章標誌了李德裕撰文的幾個中心觀念，歷來留意到李德裕文學面的學
者也多引此文爲論證之材料〔註73〕，故此處不再累述，僅列出幾個重點：其
一，李德裕以曹丕《典論・論文》的「文氣論」爲基礎，同意「氣之清濁有
體」，不過又更加擴展的提出「氣貫」、「氣壯」說，以爲此二者方是一篇好文
章的主要骨幹。其二，強調文章不過份依賴音韻、聲律，應該重視其內涵，
以「文旨」爲尊，且要能達到「意盡而止」。其三，主張「古詞」、「古文」乃
最可貴之「至音」、「靈物」，今人模寫之，應師其法、其意並繼承創新。其四，
認爲創作文章的過程應該是自然而然「怳惚而來」，此等文章既成，則不應再
多加雕飾，以「璞」當做爲文之大旨。從以上看來，李德裕對於作文章有自
己的一套標準，其〈文章論〉也可以概括他對文學的一些堅持。

　　既然李德裕有〈文章論〉來建立一套屬於他的標準，以下便可以從〈文
章論〉出發，來審視李德裕的詩文究竟是否有達到所論之目標，又或是他還
有不同於〈文章論〉的文學觀存在。不過誠如前述，要詳細探討李德裕的每
首詩文實在困難，故以下茲就大方向的類別來討論。而關於李德裕詩文內容
的分類，周建國〈富有文才的名相李德裕〉中曾談到：

　　李德裕作品的內容，體裁與其仕途上的榮辱進退有密切的對應關

〔註73〕如徐曉峰：《李德裕創作心態研究》（北京：北京大學中國古代文學碩士論文，
2006 年）；韓鵬飛：《論李德裕的政論文》（陝西：陝西師範大學中國古代文學
系碩士論文，2008 年）；許東海：〈宰相・困境・家園：李德裕辭賦之罷相書
寫及其陶潛巡禮〉，《中正大學中文學術年刊》第 16 期（2010 年 12 月），頁
57～80；許東海：〈南國行旅與物我對話──李德裕罷相時期的辭賦書寫及其
困境隱喻〉，《成大中文學報》第 42 期（2013 年 9 月），頁 75～102；朱榮智：
〈李德裕「氣貫說」之研究〉，《古典文學》第十一輯（臺北：臺灣學生書局，
1990 年），頁 171～196。

係，這種密切程度在唐人中甚至可以說是罕有的。他的詩文由此清
楚分為三類。〔註74〕

由上可見因應李德裕一生的浮沈，在不同時期他的文學面貌也都不太一樣，
以下就周建國所分李德裕詩文的類別來加以論述。

李德裕第一類的文學作品，即為數龐大的應用文、論說文，這兩種體裁
的文章充分反應李德裕大政治家的身份。因為在應用文方面，乃是李德裕為
官時制誥奏議的文章，與國家當下的運作與政治事件密切相關，如處理外交
問題方面的〈賜回鶻可汗書〉、〈賜回鶻可汗書意〉、〈賜回鶻嗢沒斯等詔〉……
等等，或是處理戰爭相關事件的如〈論回鶻事宜狀〉、〈條疏太原以北邊備事
宜狀〉、〈賜石雄詔意〉、〈賜劉沔詔意〉……等等；而在論說文方面，則多是
李德裕以觀察國家、政治多年經驗所作的批評與建議，如〈三國論〉、〈臣子
論〉、〈臣友論〉、〈任臣論〉……等等都是。在這一類文章中，很容易發覺李
德裕政文一體的觀念，他認為文章乃為服務政治所存在，強調的是政教與實
用的功能。故文章中的文字多半不矯飾，且往往還要配合對象調整撰寫的筆
法與表達的方式，力求的就是達到「明白詳實，曲盡事理」的作用。由此看
來，李德裕在他的應用、論說文中費盡心思，其撰寫的法門卻也符合他〈文
章論〉中，不以「音韻為病」、不「琢刻藻繪」的主張，且進一步的圖求接受
者能順利地參透文旨，使得政令、行動能夠順利進行，又或是令論說、批評
的內容能夠被接受，由此方能使國家更加迅速的邁往承平之世。

李德裕第二類的文學作品，側重在受貶謫後對「仕隱矛盾和宦海風波言
志抒情」〔註75〕的詩賦作品。在這類詩賦中，最突出的就是李德裕「體物寫
志」手法的表現。李德裕處理這些作品，就如同他在〈文章論〉中所標榜的
那般，很好的繼承《詩經》與屈〈騷〉的傳統，透過美好的事物歌詠君子、
貞士的美德，更以此為修身立德的典範，展現了崇高志向的追求與渴望，如
〈通犀帶賦〉、〈斑竹管賦〉、〈大孤山賦〉等等便是。另外，李德裕也同時在
此類賦中思索人生逆境的去留，如〈山鳳凰賦〉、〈孔雀尾賦〉便是。又除了
繼承《詩經》與屈〈騷〉者，李德裕當然也有創新與變化的篇章，如〈瑞橘
賦〉、〈丹扆箴〉、〈郊壇回輿與中書二相公蒙聖慈召至御馬前仰感恩遇輒書是
詩兼呈二相公〉……等等，便有「體國經野」、「潤色王政」的意涵。而還有

〔註74〕周建國：〈富有文才的名相李德裕〉，《文史知識》1991 年第 11 期，頁 79。
〔註75〕同前註。

一些如〈振鷺賦〉、〈二芳叢賦〉、以及一系列思念「平泉莊」的「平泉詩」，
還流露出對閒適隱逸生活的嚮往，但也透露出積極入世的情操，這方面的作
品透露出李德裕仕隱之間的矛盾與掙扎，與他當時的際遇有很大的關係，暴
露的是李德裕心靈脆弱、消極的一面，但也是他最眞誠、樸實的內在寫照。
從他透過文學緩頰志向的矛盾來看，可知李德裕當然也將文學作爲調劑身心
的良好媒介。

　　李德裕第三類作品，側重在「同僚唱酬或抒寫個人閒情的偏什」〔註76〕。
這類作品多是詩歌，在已少被重視的李德裕文學作品中，受到的關照又是敬
陪末座。但事實上，李德裕這類作品數量非常多，在他文學創作的表現中佔
有重要的位置。考察這些作品，對李德裕交往、私生活的狀況與心靈活動有
很大的裨益，更可以挖掘出李德裕在大臣外衣之下更加豐沛形象，同時對李
德裕文學觀的整體認識也大有幫助。觀李德裕在此類作品中，如〈述夢詩〉、
〈送張中丞入台從事〉、〈憶金門舊遊奉寄江西沈大夫〉……等等，都是唱酬
應和的內容，其聯繫感情，即事賦詩的作用自不必多言；而如〈贈圓明上人〉、
〈奉和山亭書懷〉、〈漢州月夕遊房太尉西湖〉、〈懷山居邀松陽子同作〉、〈思
歸赤松子村呈松陽子〉、〈郊外即事奉寄侍郎大尹〉……等詩，內容許多便透
露著強烈的「歸隱」、「閒適」意韻。事實上前面談到李德裕的第二類作品中
的「平泉詩」，其內容也有部分可以歸到第三類中，因爲那便是李德裕透過詩
歌，表述他往昔閒適生活的最好證據。這類作品表現出的是李德裕最自然、
最直率的一類書寫，其透過詩歌抒寫性情的作用相當明顯。

　　從以上可以看到，李德裕的文學觀隨著他仕途的起伏，還有文體的變化
而略有不同，但大體上他的文學還是比較積極「入世」的，絕大多數也都與
國家、政治的關聯性比較大；不過也有不少脫離了積極面的文章，主要存在
於詩賦中，單從詩歌來看，李德裕也如同裴度一般，將其視作應酬交際、
調劑身心的媒介。最後，還有一個值得留意的地方，那就是李德裕的詩文還
有「存史意圖」〔註77〕，這事實上也屬於他文學觀的一環。總而言之，李德
裕眞不愧是有唐一代政文兼備的名相、名家，其文學觀涵蓋的面相也相當的
廣闊。

〔註76〕周建國：〈富有文才的名相李德裕〉，《文史知識》1991 年第 11 期，頁 81。
〔註77〕相關的論述可見，徐曉峰：《李德裕創作心態研究》，頁 24；傅璇琮：《李德裕
　　　　年譜》，頁 484、14。

二、李德裕的文學成就

　　要論李德裕的文學成就，最具體的就是從他的作品數量來看。李德裕一生撰文無數，曾三次自編文集，第一次在唐武宗會昌五年（845）「謹錄新舊文十卷進上」〔註78〕，但這十卷本今已不存〔註79〕；第二次在宣宗大中元年（847），乃將其所作具有「政教」、「實用」功能的應用文集結成冊，是爲《會昌一品集》；第三次在大中三年（849），匯集了李德裕貶潮州、崖州前後的文章成《窮愁志》。李德裕以上諸集的文章多被載入《全唐文》、《全唐詩》中，今人傅璇琮、周建國更有《李德裕文集校箋》，詳細地蒐羅李德裕現存的所有詩文作品並附上補遺、佚文佚詩、存目詩文等，共成文集二十卷、別集十卷、外集四卷。

　　李德裕的功業無比顯赫，而文章作品的產量亦極多，這是相當稀有的，故傅璇琮才說「唐朝任宰相而所著有如此多種，是極少見的。」〔註80〕李德裕在政、文二方面皆有所成，相關的形象與評論在兩《唐書》中俱有載：

> 德裕以器業自負，特達不羣。好著書爲文，獎善嫉惡，雖位極台輔，而讀書不輟……在長安私第，別構起草院。院有精思亭，每朝廷用兵，詔令制置，而獨處亭中，凝然握管，左右侍者無能預焉。東都於伊闕南置平泉別墅，清流翠篠，樹石幽奇。初未仕時，講學其中。及從官藩服，出將入相，三十年不復重遊，而題寄歌詩，皆銘之於石。今有花木記、歌詩篇錄二石存焉。有文集二十卷。記述舊事，則有次柳氏舊聞、御臣要略、伐叛志、獻替錄行於世。（《舊唐書・李德裕列傳》，卷174，頁4528）

> 德裕性孤峭，明辯有風采，善爲文章。雖至大位，猶不去書。其謀議援古爲質，袞袞可喜。常以經綸天下自爲，武宗知而能任之，言從計行，是時王室幾中興。（《新唐書・李德裕列傳》，卷180，頁5342）

從以上可見，關於李德裕「凝然握管，左右侍者無能預焉」、「援古爲質，袞袞可喜。常以經綸天下自爲」此等凝斂認眞的一面，可說李德裕固以相業爲尊，制誥奏議的文章當然是必須「認眞爲之」。在《資治通鑑》中有一段文字

〔註78〕李德裕：〈進新舊文十卷狀〉，見《全唐文》，卷403，頁7217上～7217下。
〔註79〕見傅璇琮：《李德裕年譜》，頁441～442。
〔註80〕傅璇琮：《李德裕年譜》，頁442。

講到「每有詔敕，武宗多命德裕草之，德裕請委翰林學士，武宗謂：『學士不能盡人意，須卿自爲之。』」〔註81〕這段書寫也爲李德裕「凝斂認眞的一面」作了很好的補充，以爲李德裕當時書寫文字的功力之高，深受武宗所青睞，此亦是他在政文二界皆共享的成就。而李德裕撰寫的詩文篇章，也還有「軍政之餘……吟詠終日」此等放蕩不羈的一面；更有「題寄歌詩」寫「平泉別墅，清流翠篠，樹石幽奇」此等抒寫內心，歌詠自在自適的一面。可知以其才識與博學，從政之餘尚有心力能兼顧學術與詩文。史傳中的這些記錄，雖然並不能說是李德裕完整的文學成就，但對於他面對文學的態度與作爲卻也有很好的表述。

又除了李德裕的作品數量、史傳的書寫之外，歷來還有許多人深入瞭解李德裕的詩文後，給予其人與其詩文一些批評與評價，探討這些文字，可以知道人們如何看待李德裕的文學作品，更可以知悉李德裕的文學在當時或後世的影響狀況，以下就歷來的批評與評論作一整體的論述。

首先如清代陳鴻墀便以爲「德裕所上詔意敕書意至多，爲唐人文集所僅見。見其邊之策，經世之文，俱略備於此矣。」〔註82〕這是看到前面曾提到「李德裕的第一類作品」後的評論，以爲李德裕在官文書方面的成就，不論是數量還是質量，都是有唐一代最突出者。清代王士禎也指出「李衛公一代偉人，功業與裴晉公相伯仲。其《會昌一品制集》，駢偶之中，雄奇駿偉，與陸宣公上下。」〔註83〕這便也從李德裕制誥奏議的文章來稱頌他的文學成就，以爲在公文方面，李德裕的文章是「雄奇駿偉」，與一代公文聖手陸贄不分上下。而如清代孫梅也說到：

> 唐代演論，始稱妙選……自顏、岑、崔、李、燕、許、常、楊，起家濟美、染翰垂名者以時百數，而超羣特出，尤推陸贄、李德裕焉。天子常呼陸九，時人目爲內相，是宣公以珥筆而秉機政也。「學士不盡人意，敕書須卿自爲」，是衛公以攙路而攝掌綸也。迄今讀興元典赦之制，沈痛切深，宜有以結山東將士之心，觀《一品會昌》之集，明白曉暢，自足以伐敵國陰謀之計。豈非才猷迥出，詞筆參

〔註81〕《資治通鑑・會昌三年》，卷247，頁7976。

〔註82〕清・陳鴻墀：《全唐文紀事》（上海：上海古籍出版社，1987年），卷1〈體例一〉，頁2。

〔註83〕清・王士禎撰、勒斯人點校：《池北偶談》（《清代史料筆記叢刊》本，北京：中華書局，1982年），卷16〈會昌一品集〉，頁416。

長者乎。〔註84〕

引文中可見孫梅讚頌唐代的制誥文書，推崇「顏、岑、崔、李、燕、許、常、楊」等公文名家，認爲他們共同構築起唐代官文書的美好境界，以「濟美、染翰」而垂名青史者亦不在少數。而在唐代爲數眾多的公文好手中，又更是大力的推尊陸贄與李德裕二人，認爲陸贄「以珥筆而秉機政」，李德裕則「以揆路而攝掌綸」，二人皆以「才猷迥出，詞筆參長」而大顯於世，乃是殊途同歸。但孫梅還特別補充其「觀《一品會昌》之集」的評論，以爲李德裕官文書的內容是「明白曉暢，自足以伐敵國陰謀之計」，更稱頌《幽州紀聖功碑》是「經濟大文，英雄本色，自非兼資文武，未易學步邯鄲也。」〔註85〕由孫梅多提李德裕此點來看，亦可知其在陸贄與李德裕二人之間是比較偏好李德裕的。還有明代王世貞更表示「得文饒《一品集》讀之，無論其文辭劖鑿瑰麗而已，即揣摩懸斷，曲中利害，雖鼌、陸不勝也。」〔註86〕這同樣也是稱讚李德裕制誥奏議文章之優秀、卓越，乃至於同公文手筆見稱的鼌錯、陸贄相比亦絲毫不遜色，更甚至是有過之而無不及。

由以上可見，人們相當肯定李德裕在制誥奏議文章方面的成就，而這些稱讚是一點都不過份的，否則武宗怎麼會捨棄翰林學士而專委李德裕，令「奏請雲合，起草指蹤，皆獨決於德裕，諸相無預焉」〔註87〕，這當然是因爲李德裕的文筆能夠令「號令整齊」〔註88〕，並令計策、旨意等能夠順利進行。在充斥著繁雜的政務、戰事的會昌時期，李德裕「雄奇駿偉」、「明白曉暢」的「大手筆」能耐，創造了「揣摩懸斷，曲中利害」的「經濟大文」，其官文學方面的成就，也可與他致成中興的成果相互聯繫，的確實值得留意與歌頌的。

上面談到的是人們對李德裕制誥奏議之類官文書的評論，事實上有些評論也不僅僅只是評判官文書方面，對於他的詩賦，或是說整體文學的成就也可以作爲很好的註腳。如「雄奇駿偉」、「英雄本色」，固然可以說是李德裕官

〔註84〕 清・孫梅撰：《四六叢話》（《歷代文話》本，上海：復旦大學出版社，2007年），卷6，頁4372。

〔註85〕 清・孫梅撰：《四六叢話》，卷18，頁4615。

〔註86〕 明・王世貞：《讀書後》（《景印文淵閣四庫全書》本，臺北：臺灣商務，1983年），卷5〈讀會昌一品集〉，頁68下～69上。

〔註87〕 《舊唐書・李德裕列傳》，卷174，頁4527。

〔註88〕 清・毛鳳枝撰：《關中金石文字存逸考》（《石刻史料新編》本，臺北：新文豐，1979年），冊14卷9，頁10563下。

文書方面表現的氣韻與風範，但也可以套用在他的詩賦作品中。陳振孫也說李德裕的文章「其論精深，其詞峻潔，可見其英偉之氣」〔註89〕，此可見人們對於李德裕「雄壯英偉」的筆鋒是有所共識的，這也與李德裕〈文章論〉中標舉的「氣貫」、「氣壯」、「不假雕飾」相和，可以說這些特徵便是李德裕獲取文學成就背後的因素。而關於李德裕的詩賦，當然也有人特別揀出來評論，如宋代歐陽修便稱「贊皇文辭，甚可愛也」〔註90〕，清代王士禎在論其駢文之後還說「別集憶平泉五言諸詩，較白樂天、劉夢得不啻過之」〔註91〕，此乃就根據李德裕詩歌中「體物寫志」與「閒情」方面的內容來論，以為他的詩歌是真情流露，也應和〈文章論〉中所言的「自然為文」之法，與同時期長於此道的白居易、劉禹錫相比也在伯仲之間，這是對他詩歌方面成就的最大肯定。不過總體而言，人們留意李德裕的文學成就，還是比較集中在奏議疏狀、典章制誥等官文書方面，畢竟那是「體國經民」之大智與文學的極致結合，一般文人大抵上還是比較喜愛將文學面向政治的，而李德裕更是此間之楷模。

第三節　李德裕的生命情態

　　李德裕位極宰相，一生功業過人，但他的仕途卻也不是一帆風順。他曾遭受朋黨排擠，也曾流落各地，其志向遠大，但在低潮時也有迷茫。本節就李德裕一生的低潮期為主，探討他在這段時期的活動內容，瞭解他的心靈狀態，以彰顯其人獨特的生命情態。

一、寄情自然而養性脫俗

　　李德裕的仕途起起落落，多次出走中央，歷任浙西、滑州、西川、東都、淮南、荊南、潮州、崖州等地，且很多外任都與朋黨謀害有關。不能在中央任官，只能治理地方對李德裕的打擊是很大的，因為他擁有的是治國安邦大能而非治理地方的小才。尤其是在文宗大和年間，雖然李德裕在大和七年（833）終於登上相位，但隔年很快的又失勢被貶。李德裕此番被貶，乃是人

〔註89〕　宋・陳振孫：《直齋書錄解題》（上海：上海古籍出版社，1987年），卷16，頁482。

〔註90〕　宋・歐陽修著、李逸安點校：《歐陽修全集》，卷142〈唐李德裕大孤山賦〉，頁2286～2287。

〔註91〕　清・王士禎撰：《池北偶談》，卷16，頁416。

生的一個重大的挫折，因為在飽嚐位高權重的滋味後，失敗的落寞感又必定
更為強烈。在罷相後，李德裕一路南遷，在南遷的旅途中以及到達南方任職
期間，沿途的自然風景給予李德裕一種轉換心境的能量。在被貶的這段日子
中，李德裕創作了許多詩賦，且作品多與自然景致有關，反應出他寄情自然
而養性脫俗的生命情態。

在李德裕南謫的賦篇中，〈山鳳凰賦〉、〈孔雀尾賦〉及〈振鷺賦〉，可謂其
人心境轉換最好的註腳。先看到〈山鳳凰賦〉的序文及本文的一段文字謂：

> 山在郡之坤隅，高鬆翳景，名翬所集。有麗鳥殊色，文如綿繡，邑
> 人呼為山鳳凰。愛其毛羽，重於身命，雖遭矰繳，終不奮飛。比夫
> 雄雞斷尾，則殊知異心矣。餘感而賦之，以貽親友。（《全唐文》，卷
> 696，頁7146上）

> 懿靈山之岑寂，實珍禽之可依。何文章之英麗，信羽族之所稀。混
> 赤霄而一色，與白日而增輝……或飲於澗，或集於磯。糅芙蕖之絳
> 采，掩虹霓之夕霏。（同上）

此可見李德裕到達南方，看到山中美禽遂有所感，他以山鳳凰為比，伸張山
鳳凰「愛其毛羽，重於身命」就如君子愛其貞節般的美好。此兩段文字看似
想要大展其人忠貞高潔的風範，但這些文字，卻並非單純地展現李德裕的德
行而已。反而是要襯托出「鳳凰死於其毛羽」、「君子死於其貞節」的警訊，
看到下文：

> 既而衡網高懸，虞人合圍。身掛纖繳，足履駭機。畏采毛之摧落，
> 不淩屬而奮飛。乃知玉之敗也，以致其瓊弁；翠之焚也，猶襲其
> 寶衣。何異夫懷祿耽寵，樂而忘歸。玩軒冕而不去，惜印綬而無
> 時。嗟乎乘君子之器，與茲鳥而同譏。（《全唐文》，卷696，頁7146
> 上）

此可見李德裕觀山鳳凰，以為其愛毛羽就如君子之愛貞節。但鳳凰愛其羽，
遭人「衡網高懸」卻還「畏采毛之摧落，不淩屬而奮飛」，就如君子有貞節的
德行固然是相當美好，但貞節之士卻也不能免受宦海浮沈的摧殘，過於拘
泥，終究還是身受其害。李德裕的這個想法，在〈孔雀尾賦〉中是說得更加
明白，其謂：

> 感君子之嘉惠，意未忘於所知。攜表禽以贈餘，諒有貴乎羽儀……
> 忽哀鳴而望絕，遂委翼而長辭。異黃鵠之高翔，揭空籠而載馳。想

綷羽而不見，睹修尾而增悲。（《全唐文》，頁 7146 上～7146 下）

李德裕固然是稱頌君子的美德，以山鳳凰「愛其毛羽」或如孔雀「貴乎羽儀」來比喻之。但誠如前述「鳳凰死於其毛羽」、「君子亦死於其貞節」，而孔雀雖然「貴其羽儀」，就如君子「貴在美德」，但不論是孔雀或君子，若死於籠中、死於被貶，縱使有多麼美麗動人的羽儀或德行，看來也只令人感嘆、傷悲。又孔雀死於籠中的際遇，對李德裕的衝擊也最大，這光是看〈孔雀尾賦〉的序文就可以知道：

故人以孔雀見遺，死於中途。將命者提挈空籠，與翠尾皆至。餘憫而爲賦。（《全唐文》，頁 7146 上～7146 下）

他看到孔雀中途死於籠中，心生悲憫。但此情此景，也必定讓他聯想自己連番貶謫，最終是否也會不堪折磨而死於道上，如此縱有美好的貞節德行，又能如何？由此，李德裕南貶期間的心境一轉，既然朝廷當下是污穢不堪，又現實的情況並無法讓他回歸中央，那麼他對於所謂的輔佐之責、匡政之功，以及名位、榮祿也就不再如此看重，也能適度的拋下，就如同他〈振鷺賦〉寫的：

爾其遊止有度，不徐不疾。散雪彩於江煙，皎霜容於寒日。映楓葉而暫見，入蘆花而還失……或暫往而得遊儵，或終夕而守空陂。隱青沙以延佇，若田父之輟菑。重曰：振鷺於飛，於彼滄洲。聊自適於逶曠，本無心於去留……（《全唐文》，頁 7148 下～7149 上）

通過「振鷺於飛，於彼滄洲。聊自適於逶曠，本無心於去留」的表述，可知李德裕表現出一股強烈的決心，冀望擺脫仕宦風波的枷鎖，轉而追尋「修潔可貴、閑散自在」〔註 92〕的美好生活。又追尋此等生活最具體的作法，便是投身自然的景致中，以自然的美景作爲慰藉心靈的食糧。

關於李德裕寄情自然、書寫自然的賦篇，如〈二芳叢賦〉〔註 93〕便是。在此賦中作者表明「余所居精舍前，有山石榴黃躑躅，春晚敷榮，相錯如錦。因爲小賦，以狀其繁而焉」，可見李德裕對於貶謫生活似已習慣，乃至於有心觀賞居所周遭的花草。賦中對二芳叢有相當細膩的描寫，如「糅鮮葩而如織。金散蹄之輝，玉耀雞冠之色……又似黃星爛於霄漢，瑞鵲來於建章。彼紅榮之煜煜，麗幽叢而有光。其舒焰也，朝霞之映白日；其含彩也，丹砂

〔註 92〕林淑貞指出：「鷺鷥寫修潔可貴、閑散自在。」見《中國詠物詩「託物言志」析論》（臺北：萬卷樓，2001 年），頁 137。
〔註 93〕《全唐文》，卷 697，頁 7153 下～7154 上。

之生雪床」等句,便將二芳叢豔麗動人的形貌姿態展現了出來。李德裕能用如此細膩的筆法描述,若非有高度的「賞心」,否則也必然不能達到。且他還在賦中自謂「楚澤放臣,小山遊客。厭杜蘅之䕺靡,忘桂花之潔白。玩此樹而淹留,倚幽巖而將夕。嗟衰老之已遽,念流芳之可惜。」這更是說明他當時掙脫仕宦榮辱的限制,在地方當個「放臣」、「小山遊客」,以遊賞自然、自得其樂為樂。

再來又如〈白芙蓉賦〉〔註94〕與〈重臺芙蓉賦〉〔註95〕,此二賦同樣說明李德裕「賞心」之濃烈,賦中有言:

> 余乃鼓輕枻,入澄瀛。度柳杞,越蘭蘅。徘徊容與,放志遺榮。近汀洲而菱密,出蓮徑而潭平。飛鸂鶒,起鵁鶄。揮水珠而濺葉,動波紋而抗莖。傳羽巵而適性,合金絲而寫情。管度風而音遠,歌臨流而轉清。既而稍憩川陰,暫遊霄外。極望漪瀾,靜無夕靄。又如遊女解珮於漢曲,宓妃採蓮於湍瀨。舒蘊藻以為席,倚立荷以為蓋。發巧笑之芬芳,感嘉期之來會。(《全唐文》,頁7144下~7145上)

> 於是縱蘭棹,泛淪漣。吟朱鷺於笛管,鳴鷓雞於瑟弦。臨漪瀾以遠望,歎華豔之何鮮。是日際海澄廓,微風不起。涵麗景於碧湍,爛朝霞於清沚。鮮膚秀穎,攢立叢倚。疑西子之顏酡,自館娃而戾止。遠以意之,若珠闕玲瓏,疊映昆峰。粲玉女之光色,抗霓旗以相從。迫而察之,若桂裳重複,鬱撓丹縠。思江妃之窈窕,發紅羅之紛鬱。爾其映蘭芷,出蘋萍。掩萋萋之眾色,挺嫋嫋之修莖。泛清露以擢秀,流鮮飆而發精。雖草木之無情,亦獨立而傾城。右乃行潦既收,秋光始靜。見涼野之夕陰,悵回塘之餘景。思摘芳以贈遠,更臨流而引領。(《全唐文》,頁7145上~7146下)

這些文字指出,李德裕親自「鼓輕枻,入澄瀛」,與嘉客一同遊泛、賞花,對白芙蓉、重臺芙蓉美麗的樣貌有著鉅細靡遺的書寫,其人親近自然、玩賞自然的樣貌,還有「與嘉客泛玩,終夕忘疲」的「玩心」在賦中是表露無遺。綜觀以上的幾首賦篇可以說明,李德裕在仕途受到壓抑時,選擇轉換他的心情,迎合於當下的情境,以親近自然做為身心調劑的良方,以閒適自在的風

〔註94〕《全唐文》,卷696,頁7144下~7145上。

〔註95〕《全唐文》,卷696,頁7145上~7146下。

情來驅離宦海風波造成的鬱悶與愁結。

　　不過李德裕被貶時期的賦篇，也並非全是寄情自然而養性脫俗的篇什，
誠如他在〈山鳳凰賦〉、〈孔雀尾賦〉所表現的，也有很多體物言志、展現貞
士風範的內容與意涵。只不過在當時，李德裕認為那些高潔的自我，在黑暗
的政治環境中並不利於生存，再加上現實環境的困頓，他不得不選擇效法屈
原、陶潛那般遠離政治核心，以潔身自愛與自適自在的生活模式來撫慰自己。
真要說李德裕的賦篇，還是在養性脫俗與積極養志之間遊蕩，這兩種看似悖
離的生命情態，事實上是一體兩面，是共存共榮的情志表現。在李德裕身上
表現出來的情志與生命情態，是面對政治之險惡與政途之顛簸，在仕隱矛盾
的議題中發掘出的道路。事實上，這也是中晚唐士人陷於宦海之浮沈中，所
展現出的一種經典類型，如裴度、牛僧孺、白居易、劉禹錫、元稹……等人，
都有類似的狀況。

二、對平泉山居的經營與思念

　　在唐代，節儉並非至要之德行，在很多時候，能力所及的豪奢亦為人所
稱頌。也因此，唐代的文化展現的是便是相當外顯、璀璨耀目的樣貌。很多
達官顯要，除了固定的宅邸外，大抵都還會有一處以上的別業，且還會精心
的裝潢、布置，極盡所能的充實宅園內的景致。如裴度在長安及洛陽就有三
處宅園，每處宅園皆集氣派、雅致之能事。而談到李德裕當然也不例外，他
在長安與洛陽都有置第，其中又以洛陽的平泉莊別墅是享譽盛名，以至於「洛
中士君子，多以平泉見呼」〔註96〕。而在李德裕南貶期間，除了寄情自然的
賦作之外，還有一整個系列的詩歌都在歌詠他的平泉山居。探討這些詩歌，
不僅可以知道李德裕平泉山居的具體規模，更可以知悉他對其平泉山居投注
的心力與情感。

　　關於李德裕的平泉山居的詳細位置，據史傳所載「東都於伊闕南置平泉
別墅」〔註97〕，以及〈劇談錄〉所云「去洛城三十里」〔註98〕，可知在洛陽

〔註96〕　〈洛中士君子多以平泉見呼愧獲方外之名因以此詩為報奉寄劉賓客〉，《全唐
　　　　　詩》，卷475，頁5440。
〔註97〕　《舊唐書・李德裕列傳》，卷174，頁4528。又按《舊唐書・河南道志》：「東
　　　　　都……北據邙山，南對伊闕」，可知「伊闕」在東都洛陽的南方，卷38，頁
　　　　　1420～1421。
〔註98〕　唐・康駢撰：《劇談錄》，卷下〈李相國宅〉，頁34。

城南三十里處〔註 99〕。而在李德裕的詩歌中，如〈早秋龍興寺江亭閑眺憶龍門山居寄崔張舊從事〉〔註 100〕、〈夏晚有懷平泉林居〉〔註 101〕云「念我龍門塢」、〈憶平泉雜詠・憶野花〉〔註 102〕云「悵望龍門晚」、〈憶平泉雜詠・憶晚眺〉〔註 103〕云「龍門宿鳥還」，皆可知「平泉山居」即座落在「伊闕之龍門」〔註 104〕。對李德裕而言，龍門這個詞彙所代表的意義非凡，因為那是他得以寄託身心的一個重要所在。

李德裕對其平泉山居寄情極深，其原因見〈平泉山居誡子孫記〉：

> 經始平泉，追先志也。吾隨侍先太師忠懿公，在外十四年，上會稽，探禹穴，歷楚澤，登巫山，遊沅湘，望衡嶠。先公每維舟清眺，意有所感，必淒然遐想，屬目伊川。嘗賦詩曰：「龍門南岳盡伊原，草樹人烟目所存。正是北州梨棗熟，夢魂秋日到郊園。」吾心感是詩，有退居伊、洛之志。前守金陵，於龍門之西，得喬處士故居。天寶末避地遠遊，鞠為荒榛。首陽翠岑，尚有薇蕨；山陽舊徑，唯餘竹木。吾乃剪荊茅，驅狐狸，始立班生之宅，漸成應叟之地。（《全唐文》，卷 708，頁 7267 上～7267 下）

「先太師忠懿公」即李德裕的父親李吉甫，李德裕年輕時隨其父四處奔波，自父親身上感受到對伊川、東都之地的神往，故李德裕以父志為己志，遂有「有退居伊、洛之志。」而在因緣際會下，李德裕大概在初次鎮浙西時〔註 105〕於「龍門之西，得喬處士故居」，在一番經營之後，方成一「應叟之地」。由上述可見，除了可以知道李德裕深愛平泉山居是受其父親影響外，還可以知道平泉山居早在李德裕拜相之前就已開始經營。李德裕經營平泉山居之所以能夠變成「與造化爭妙」、「若造仙府」之貌，與他不斷充實宅園的內容有關，在他的〈平泉山居草木記〉有云：

> 余二十年間，三守吳門，一蒞淮服。嘉樹芳草，性之所耽，或致自

〔註 99〕關於李德裕「平泉山居」位置的詳細考證，可見黃曉、劉珊珊：〈唐代李德裕平泉山居研究〉，《建築史》2012 年第 3 期，頁 85～87。

〔註 100〕《全唐詩》，卷 475，頁 5436。

〔註 101〕《全唐詩》，卷 475，頁 5436。

〔註 102〕《全唐詩》，卷 475，頁 5446。

〔註 103〕《全唐詩》，卷 475，頁 5447。

〔註 104〕《資治通鑑・武德三年》載：「世民遣行軍總管史萬寶自宜陽南據龍門」，並注「此伊闕之龍門也」（卷 188，頁 5887）。

〔註 105〕大約在長慶二年至太和元年間（822～827）。

同人，或得於樵客，始則盈尺，今已豐尋。（《全唐文》，卷 708，頁
　　7267 下～7268 上）

此可見李德裕愛「嘉樹芳草」，乃是因「性之所耽」，既然天性如此，所以不
論身處何地，都不忘蒐羅奇花異草、奇木怪石，以妝點其平泉山居。李德裕
對其平泉山居投注的心力，在上述文字已說明的非常清楚，由此亦可見李德
裕對園林山水的酷愛。事實上這並不讓人意外，在前一部分的文字中，已可
見李德裕寄情自然以養性脫俗，而平泉山居的園林山水，也是自然風物的一
個縮景，李德裕充實其宅園，便是想要營造出一個獨屬於自己的王國與仙境，
在裡面遨遊、自適。可惜李德裕與他的平泉山居是聚少離多，誠如他〈平泉
山居草木記〉所述「余二十年間，三守吳門，一蒞淮服」〔註106〕，又即使由
鎮赴京也因「且欲大用，慮爲人所先，且欲急行。至平泉別墅，一夕秉燭周
遊，不暇久留」〔註107〕，而史傳也云「及從官藩服，出將入相，三十年不復
重遊」〔註108〕，以上所述在在的說明，李德裕一生少有機會能在平泉山居中
享受園林景致與悠閒的氣氛。

　　不過好似也因爲處於平泉山居時間的「稀有性」，令李德裕更加珍惜山莊
中的每寸光景與光陰，在他第一次罷相出貶期間，對其平泉山居展現出過於
常人的思戀之情，如他的〈懷山居邀松陽子同作〉有云：

　　春思巖花爛，夏憶寒泉冽。秋憶泛蘭厄，冬思玩松雪。晨思小山桂，
　　暝憶深潭月。醉憶剖紅梨，飯思食紫蕨。坐思藤蘿密，步憶莓苔
　　滑……（《全唐詩》，卷 475，頁 5437）

此可見平泉山居景致確實豐富，乃至春夏秋冬、白天晚上映現的樣貌都各自
不同。李德裕固然是喜居其中，乃至於他在作息的俯仰之間都能與平泉山居
的生活作聯想。又除了此詩之外，李德裕思念平泉山居的相關詩作還有八十
餘首，對於山莊內的景色，雖然多是回憶，但書寫的卻是鉅細靡遺，如〈夏
晚有懷平泉林居〉有詩句：

　　密竹無蹊徑，高松有四五。飛泉鳴樹間，颯颯如度雨。菌桂秀層嶺，
　　芳蓀媚幽渚……（《全唐詩》，卷 475，頁 5436）

便點出平泉山居中的林景、山景及水景，而「密竹」、「高松」、「菌桂」、「芳

〔註106〕《全唐文》，卷 708，頁 7267 下～7268 上。
〔註107〕宋・王讜撰、周勛初校證：《唐語林校證》，卷 7，頁 616。
〔註108〕《舊唐書・李德裕列傳》，卷 174，頁 4528。

蓀」等與「飛泉」、「層嶺」相融，造就的景色既壯闊又幽靜，實在非同凡響。
又如〈憶平泉山居贈沈吏部一首〉還有詩句：

> 清泉繞舍下，修竹蔭庭除。幽徑松蓋密，小池蓮葉初。從來有好鳥，
> 近復躍鰷魚。少室映川陸，鳴皋對蓬廬。(《全唐詩》，卷 475，頁 5435
> ～5436)

這些句子同樣指出平泉山居中的水景、林景等靜景，不過除了靜景之外，還
有「鳥」、「魚」等動景，而動靜合一的景色也為平泉山居增添許多活潑靈動
的色彩。

又除了上述詩篇以外，李德裕對其平泉山居最主要的書寫還是集中在
〈思山居一十首〉〔註109〕、〈春暮思平泉雜咏二十首〉〔註110〕、〈思平泉樹石
雜咏一十首〉〔註111〕、〈重憶山居六首〉〔註112〕、〈憶平泉雜詠〉〔註113〕這
些組詩中。在這些李德裕回憶平泉山居的組詩中，可以看到相當豐富的景致
描寫，有以「紫藤」、「紅桂樹」、「金松」、「月桂」、「芳蓀」、「藥苗」、「芙蓉」、
「寒梅」、「茗芽」、「野花」……等花草樹木為主角的詩作；也有以「商山石」、
「似鹿石」、「海上石筍」、「疊石」、「泰山石」、「巫山石」……等奇石造景為
題的詩作；還有以「東谿」、「雙碧潭」、「平泉源」……等水景蕩漾為主的詩
作；更有「書樓」、「瀑泉亭」、「流杯亭」、「釣臺」……等建築景致為主的詩
作。觀這些詩作，李德裕的平泉山居實在是規模非凡，好似包羅了所有園林
景致之元素，在其中生活必定是無比的愉悅、快活、自在自適且心曠神怡，
也難怪李德裕會如此的心神嚮往而難以自拔。

三、對仕隱兼備的矛盾與追求

前面有談到，李德裕有寄情自然養性脫俗的情志，而他對其平泉山居更
是苦心的經營、百般的思念，這都是因為他的「天性」使然。正如李德裕曾
在詩歌中說「我有愛山心，如飢復如渴」〔註114〕，便展現出對隱逸閒適生活

〔註109〕見《全唐詩》，卷 475，頁 5437～5439。
〔註110〕見《全唐詩》，卷 475，頁 5440～5443。
〔註111〕見《全唐詩》，卷 475，頁 5443～5444。
〔註112〕見《全唐詩》，卷 475，頁 5445。
〔註113〕有〈憶初暖〉、〈憶辛夷〉、〈憶寒梅〉、〈憶藥欄〉、〈憶茗芽〉、〈憶野花〉、〈憶春雨〉、〈憶晚眺〉、〈憶新藤〉、〈憶春耕〉等，共十題。見《全唐詩》，卷 475，頁 5446～5447。
〔註114〕〈懷山居邀松陽子同作〉，《全唐詩》，卷 475，頁 5437。

夢想的追求與渴望，但他卻也自詡「我未及懸輿，今猶佩朝紱……惟應詎身恤，豈敢忘臣節」，而不敢心生妄想去追求「逐麋鹿、遊林樾」或「范恣滄波舟，張懷赤松列」之事。那麼折衷的辦法，好似就只有在自己的山居宅園中休憩，李德裕有〈思歸赤松村呈松陽子〉詩：

> 昔人思避世，惟恐不深幽。禽慶潛名岳，鴟夷漾釣舟。顧余知止足，所樂在歸休。不似尋山者，忘家恣遠遊。（《全唐詩》，卷475，頁5437）

在這首詩中，可以推測李德裕固然也是嚮往隱深幽、潛名岳、遊湖垂釣等事，但那種生活對李德裕而言卻是難以實踐境界，故他退一步謂「顧余知止足，所樂在歸休」，強調他只要能夠「歸家休憩」，便已是得其樂、心滿意足。

　　不過李德裕也實在是個政治使命感強烈的人，他雖然每每透露出對平泉山居生活的思念，但在詩歌中卻也還是表示「雖抱山水癖，敢希仁智居」的心態，這也展現他內在矛盾的情結。可以說，李德裕的「天性」事實上也並非只有「愛山」、「愛嘉樹芳草」一類的閒隱趨向，同時也有對追求政治功業、一展抱負的趨向存在。這也與前文呼應，中晚唐的文人常常要在政治與退隱之間做出抉擇，但兩方面都讓人難以割捨、放棄，故在衝突與矛盾間，文人選擇隱於不得志，而靜待出頭之時。不過李德裕在南貶期間的狀況又更爲悽慘，因爲他既不能「造功業」，又不能「歸家休」，所以也就只能將「內蘊的『情』與外發的『志』」通過詩歌交融合一並表抒出來〔註115〕，以對「仕隱矛盾和宦海風波言志抒情」或「抒寫個人閒情」。

　　不過李德裕經過初次罷相南貶後，在會昌年間又奇蹟似的重掌大權。在二度拜相的期間，李德裕一掃對平泉山居的惦念，專心於國事，並創造了偉大的中興功業。有趣的是，李德裕在會昌三年（843）大破回鶻後曾上〈讓官表〉求退〔註116〕，其云：

〔註115〕林淑貞認爲：「詩歌的表抒必須透過內蘊的『情』與外發的『志』共同譜成，此即情志是互通的……」，見《中國詠物詩「託物言志」析論》，頁37。李德裕南貶時期的詩賦作品，往往是兼備「情」、「志」二者的，以其詩歌來看，也正好可以作爲「詩歌乃情志共同譜成」此一說法之註腳。

〔註116〕見《資治通鑑·會昌三年》有載：「夏，四月，辛未，李德裕乞退就閒局」，卷247，頁7978；李德裕：〈讓官表〉，見《全唐文》，卷700，頁7192下～7193上。

> 海內清和，邊朔底寧，干戈永戢⋯⋯患風毒腳氣十五餘年，服藥過
> 慮，又得渴疾。每日自午已後，瞑眩失常，形骸僅存，心氣俱竭。
> 唯恐晚歸私第，殞盡道途⋯⋯伏望陛下察臣懇誠，矜臣衰耗，得罷
> 繁務。退守州行。稍獲安閑，漸自頤養。一二年後，或冀有瘳，臣
> 倘餘齒尚存，筋力未朽，必當灰身粉骨，上報聖慈。

此可見李德裕本身便已患有疾病〔註117〕，在任相操勞三年後，也終於做出成
績。李德裕上表辭退，其「功成身退」的意味相當濃厚，他欲「退守州行」，
說得保守，但欲退何處、欲守何官？卻是再明白不過。按照當時朝中權貴不
論是遭貶或是優詔退休者，所退之處大抵都是洛陽，所守之職大概也就是東
都留守，乃是位尊事少之閒差〔註118〕。此可見李德裕退守洛陽的企圖非常明
顯，而他想要與他的平泉山居團聚的意圖更是不待多言。但武宗卻沒有遂李
德裕的意，他不願意讓李德裕去養老，反而想要更加重用他，無奈之下，李
德裕只得繼續為國效力，在會昌三年（843）後仍不斷創造功績。由此又可見，
李德裕聲稱他「瞑眩失常，形骸僅存，心氣俱竭」，卻也有些言過其實，否則
怎麼能夠獨攬大權，平定叛鎮。其會昌三年（843）上表辭退，意欲歸隱的心
態是有目共睹的。

　　李德裕退隱不成而創立千古功業，說是幸運也是不幸，此乃因重用他的
武宗執政六年便撒手人寰。繼任的宣宗「素惡德裕之專」，其心不在李德裕，
乃令朋黨勢力有機可趁。在皇帝不信任與朋黨巧計排擠的情勢下，李德裕起
先被貶為荊南節度使，後更罷其相位，留守東都。至此李德裕歸隱東都的志
向好似已達成，但其後宣宗與朋黨之輩卻不讓李德裕有喘息的機會，在白敏
中等人連番陷害的情況下，李德裕離開東都，一貶再貶，最終冤死崖州。李
德裕雖然能夠創造名傳千古的中興功業，最終卻不能保全自身，其「歸休」
平泉山居的志向也成為一個永不可能達成的夢想，而其平泉山居的晚景也甚
為淒涼〔註119〕。

〔註117〕傅璇琮推測為「糖尿病兼高血壓」，見傅璇琮：《李德裕年譜》，頁362。

〔註118〕關於唐後期東都留守乃是一「優容、養老、位尊職閒的官」之相關論述，見
　　　　程存潔：〈唐代東都留守考〉，《魏晉南北朝隋唐史資料》第13輯（1994年），
　　　　頁115。

〔註119〕李德裕的平泉山居，在晚唐戰亂中遭到毀滅性的打擊，「洎巢、蔡之亂，洛都
　　　　灰燼，全義披榛而創都邑，李氏花木，多為都下移掘，樵人鬻賣，園亭掃地
　　　　矣。」見北宋・薛居正等撰：《舊五代史・李敬義列傳》（北京：中華書局，
　　　　1976年），卷60，頁806。

第四節　筆記與唐人詩文書寫下的李德裕

　　前文看到李德裕在史傳書寫與自我詩文書寫之下的各種事功作為、生命情態、生活表現的內容。本節則從筆記書寫與唐人詩文書寫的內容切入，分析李德裕在不同書寫中的面貌與形象。

一、筆記書寫所映現的李德裕

　　在筆記文獻中，李德裕的相關書寫很豐富，在《太平廣記》、《說郛》、《唐語林》、《北夢瑣言》、《白孔六帖》、《南部新書》、《唐摭言》、《玉泉子》、《芝田錄》、《劇談錄》都有資料。其中有些資料可與其鎮功與政功互證，不過也有部分書寫礙於他李黨黨魁的形象而多有誣陷。以下就其政功方面來探討，兼論筆記中所載之其它事件與形象。

（一）事功表現

　　李德裕一生功績極多，前已有述，此處就筆記書寫李德裕鎮功與政功的內容來補足史傳之缺，並相互比較其中差異。

　　先看到鎮功。按照前章史傳之書寫，李德裕一生出鎮浙西、西川、淮南、滑州、荊南等地，而有明顯功績者在鎮浙西、西川兩任中。在筆記書寫中，對其鎮功的書寫只有兩則，且都在鎮浙西期間，其一見《唐語林》：

> 寶曆中，亳州云出聖水，服之愈宿疾，亦無一差者……李贊皇德裕在浙西也，命於大市集人，置金取其水，於市司取豬肉五斤煮，云：「若聖水也，肉當如故。」逡巡，肉熟爛。自此人心稍定。妖者尋而敗露。（《唐語林校證》，卷1，頁71）

此則筆記書寫的乃是寶曆二年時（826年），亳州有「妖僧誑惑」以聖水害人，禍及浙西一帶之事。在史傳記錄中，李德裕奏請中央以強硬手段剷除此害，不過這則引文中，卻還可見他用文明且睿智的方法來開導民眾，對於安撫人心頗有自己的一套方法。而談到針對人心的計策，另一則書寫更是切重要點，見引文：

> 唐贊皇公禱祝論，歲或大旱，必先命掾屬祈請，積旬無效，乃自躬行，未嘗不零雨隨車，或當宵而應。其術無他，唯至誠而已。將與祭，必閒居三日，清心齋戒，雖禮未申於洞酌，而意已接於神明。所以理郡八年，歲皆大稔。江左黎庶，謳謠至今。〔註120〕

〔註120〕唐・白居易原本、宋・孔傳續撰：《白孔六帖》（《景印文淵閣四庫全書》本，

《白孔六帖》的這則記錄，事實上即出於李德裕的〈禱祝論〉〔註121〕，內容大致說明李德裕鎮浙西時的治術。須知其時李德裕鎮浙西，當地不僅經歷王國清兵亂，且「時江、淮旱，水淺」〔註122〕，一方面府庫空虛而軍心渙散，另一方面地方也相當貧瘠而民心亦亂。而關於李德裕穩定軍心、整飭民俗、導正民風之相關作為前已有述，不過對於收拾民心的資料卻不見史傳記載，而引文的這則資料正好補足這方面的書寫。由引文中的書寫可見，李德裕收拾民心策略的重點，乃在「自躬行」、「唯至誠」，這與他對付當時「軍旅寖驕」的策略很相似，都是身體力行，以感化對方。其所謂「禱祝」、「祈請」、「意接神明」等，只不過是形式上的作為，為的是能夠服眾，李德裕既能服眾則民心自然集聚，民心集聚後也就能共體時艱，並滿懷希望地積極耕耘，此策方是能迎來「歲皆大稔」的主因。

再來看到李德裕的政功。李德裕的政功照前文有分廟戰之功與對朝廷內部的改革二者，不過在筆記中少見對廟戰之功相關的書寫，頂多就是用「平上黨，破回鶻，立功殊異」〔註123〕這種文字帶過，沒有探討之價值。而對改革朝廷之功的書寫，與史傳相符的，如「有事見宰相者，皆須牒臺」〔註124〕之事。也有進一步補充史傳的，如：

> 會昌三年，贊皇公為上相……奉宣旨，不欲令及第進士呼有司為座主，趨附其門，兼題名、局席等條疏進來者。伏以國家設文學之科，求貞正之士，所宜行敦風，義本君親，然後申於朝廷，必為國器。豈可懷賞拔之私惠，忘教化之根源，自謂門生，遂成膠固……進士及第，任一度參見有司，向後不得聚集參謁，及於有司宅置宴……不得聚集同年進士，廣為宴會。（《唐摭言》，卷3，頁28～29）

觀此引文內容，乃是李德裕對進士科考制度的再一次改革，他不許進士及第者與主考官互有聯繫，更不許同年進士者自為集會，此可見李德裕此番改革，事實上也是「破朋黨」的一環，目的自然是終止新進人員遭朋黨拉攏。

臺北：臺灣商務，1983年），冊892卷82，頁352上。

〔註121〕《全唐文》，卷710，頁7287下～7288上。

〔註122〕《舊唐書‧竇易直列傳》，卷167，頁4364。

〔註123〕宋‧張洎撰：《賈氏譚錄》（《叢書集成新編》本，據守山本排印），冊86，頁405上。

〔註124〕見北宋‧錢易撰：《南部新書》（《全宋筆記》本，鄭州：大象出版社，2003年），卷庚，頁83。

　　由上可見，筆記對李德裕具體功績的書寫非常少，但仍約略可見其在鎮功方面，有身爲父母官的熱忱與智慧；而對朝廷內部改革之功績方面，有積極改革進士科考制度的用心與破朋黨的決心。

（二）非君子之行徑

　　從上文來看，筆記對李德裕的功績少有著墨，此乃一怪事。又在仔細的分類後，卻發現描述李德裕非君子行徑的書寫，卻比其功績的書寫更多，如：

> 李德裕以己非由科第，恆嫉進士舉者……時有舉子投文軸，誤與德裕。舉子既誤，復請之日。某文軸當與及第李評事，非與公也。由是德裕志在排斥。〔註125〕

此則筆記的書寫，把李德裕形塑成一個心眼狹小之人，以爲李德裕本身非由科第入仕，則必嫉妒進士舉者，更以此排擯進士及第之人。須知李德裕並非不能進士，而是不喜、不願進士，且當他登相時，更根據他不喜科考進士的原由改革，也都具有進步之意義〔註126〕。由此看來，單以李德裕非科考出生便排擠進士，理由不免太過牽強〔註127〕。然而卻還有誣陷更深的書寫，以爲：

> 周瞻舉進士，謁李衛公，月餘未得見。閽者曰：「公諱『吉』，君姓中有之。公每見名紙，即顰蹙。」瞻俟公歸，突出肩輿前，訟曰：「君諱偏傍，則趙壹之後數不至『三』，賈山之家語不言『出』，謝石之子何以立碑？李牧之男豈合書姓？」衛公送入。論者謂兩失之。（《唐語林校證》，卷7，頁614～615）

此則書寫更爲過份，在僞造李德裕惡進士之人的基礎上，更把他塑造成一個迷信、固執的人。還有前文曾提到李德裕會昌三年（843）時，曾禁止進士與座主交誼的那則筆記書寫，在末尾還以爲「蓋贊皇公，不由科第，故設法以排之」。由此可見，筆記中的書寫，明顯地反應普遍觀感中，對李德裕非由科舉出生，卻對科舉制度大動干戈地反對。

　　而除了對李德裕排擠進士的書寫外，筆記還有一些書寫，也把李德裕寫

〔註125〕唐・闕名撰、楊羨生校點：《玉泉子》（《唐五代筆記小説大觀》本），頁1423。

〔註126〕其進步之意義，主要指改變進士科考之內容，令其更重實用；又改變進士科考衍生的多種陋習，令其不至於成爲滋養朋黨的溫床。

〔註127〕事實上，李德裕卻是相當善待進士的，其交往之人或集團內多有進士出身的人才，見英・崔瑞德編：《劍橋中國隋唐史》，頁599～600；湯承業：《李德裕研究》，頁59～62。

成非君子之小人，如：

> 吉甫相與武相元衡同列，事多不葉，每退公，詞色不懌。掌武啓伯
> 曰：「此出之何難！」乃請修狄梁公廟。於是武相漸求出鎮。智計已
> 聞於早成矣。（《北夢瑣言》，卷 6〈李太尉請修狄梁公廟事〉，頁
> 1852）

在此則筆記書寫中，完全把李德裕寫成一個善使奸計排擠他人的小人，然而
這也是誣陷之詞，乃是出於牛黨文人之手〔註128〕。觀李德裕一生，最大的
敵人便是牛黨人士，李德裕與其對抗，更被奉爲李黨領袖之一〔註129〕。而李
德裕爲李黨領袖，時因政見與牛黨人士起衝突，更從其中醞釀私怨，此乃
事實。且從李德裕的言論中與作爲中，也可知其爲一權相，然而以此便判
定他便如一般黨人之奸惡，乃至於「奸計助父排武元衡」，又或是「性多忌
刻，當途之士有不協者，必遭譴逐」〔註130〕、「抑忌白少傅，舉類而知也」
〔註131〕等等，這種書寫將李德裕完全刻畫成一小人形象，其眞實性卻宜當愼
重辨明。

（三）博達、貴奢與其宅園

　　李德裕一生爲國，曾流落地方施政於民，也曾位極臺閣大權在握，但史
傳對他個人的興趣、生活方面就少有書寫，頂多知道他「精西漢書、左氏春
秋」、「好著書爲文……而讀書不輟」，或是「在長安私第，別構起草院。院有
精思亭，每朝廷用兵，詔令制置，而獨處亭中，凝然握管，左右侍者無能預
焉」，以及「東都於伊闕南置平泉別墅，清流翠篠，樹石幽奇。初未仕時，講
學其中。及從官藩服，出將入相，三十年不復重遊，而題寄歌詩，皆銘之於
石。」大概指出李德裕精於經史、好學，而生活方面則有兩處私第，常於其
中沈思、講學等等。

　　不過關於其興趣與生活方面，在筆記中就有一些補充，如：

> 李德裕在中書，常飮常州惠山井泉，自毗陵至京，置遞鋪。有僧人
> 詣謁，德裕好奇，凡有遊其門，雖布素，皆接引。僧白德裕曰：「相
> 公在位，昆蟲遂性，萬彙得所。水遞事亦日月之薄蝕，微僧竊有感

〔註128〕見傅璇琮：《李德裕年譜》，頁 49。
〔註129〕李黨高級領袖有三，李德裕、裴度、李紳，見英·崔瑞德編：《劍橋中國隋唐
　　　　史》，頁 592。
〔註130〕宋·張洎撰：《賈氏譚錄》，頁 405 上。
〔註131〕五代·孫光憲、林艾園校點：《北夢瑣言》，卷 1〈李太尉抑白少傅〉，頁 1807。

也。敢以上謁，欲沮此可乎？」德裕頷頤之曰：「大凡爲人，未有無
嗜慾者。至於燒汞，亦是所短。況三惑博塞弋奕之事。弟子悉無所
染。……僧人曰：「貧道所謁相公者，爲足下通常州水脈，京都一眼
井，與惠山寺泉脈相通。」德裕大笑：「眞荒唐也。」僧曰：「相公
但取此井水。」曰：「井在何坊曲？」曰：「在昊天觀常住庫後是也。」
德裕以惠山一罌，昊天一罌，雜以八罌一類，都十罌，暗記出處，
遣僧辨析。僧因啜嘗，取惠山寺與昊天。餘八乃同味。德裕大奇之，
當時停其水遞，人不告勞，浮議弭焉。（《太平廣記》引《芝田錄》，
卷 399〈李德裕〉，頁 3208）

此則筆記書寫指出，李德裕平生並無特殊的奢侈嗜好，但對「飲水」卻錙銖
必較。李德裕令人自「惠山井泉」運水過來，自然是勞民傷財而有奢侈之嫌
的舉動，且這種錙銖必較與奢侈的行徑，在其它筆記書寫下還更形成「武宗
朝宰相李德裕奢侈極，每食一杯羹，費錢約三萬……過三煎，即棄其滓於溝
中。」此等極盡奢侈之能事之形象。不過上述的引文中，乃借一僧人開示李
德裕，而終於停止此種「水遞」的作爲。此則筆記殊難辨別眞有其事與否，
但大概可以推測會有李德裕精於「飲水」的書寫，可能還與他能夠辨別水質
的書寫有關，其文載：

贊皇公李德裕，博達士。居廟廊日，有親知奉使於京口，李曰：「還
日金山下揚子江中冷水，與取一壺來。」其人舉棹日，醉而忘之，
泛舟上石城下方憶及，汲一瓶於江中，歸京獻之。李公飲後，驚訝
非常，曰：「江表水味有異於頃歲矣！此水頗似建業石城下水。」其
人謝過，不敢隱也……（《太平廣記》引《中朝故事》，卷 399，頁
3201）

由此則書寫可見，李德裕確實有很強的感覺器官，而能夠辨明水質，甚至說
出水自何處取來，依靠的卻還有博達之學識。有言「贊皇公博物好奇，尤善
古今異事」〔註132〕，從以上的筆記書寫來看，說得也相當中肯。

又筆記書寫也循著李德裕奢侈、博達之形象，更加延伸出其收藏寶物，
且將奇珍異石都置於他宅第中的文字，如：

朱崖李相國德裕宅，在安邑坊東南隅，桑道茂謂爲「玉椀」。舍宇不

〔註132〕明·陶宗儀纂：《說郛》引《戎幕閒談》（北京：中國書店，1988 年，據涵芬
樓 1927 年 11 月版影印），卷 7，頁 14 上。

　　甚宏侈,而制度奇巧,其間怪石古松,儼若圖畫。在文宗、武宗朝,

　　方秉化權,威勢與恩澤無比,每好搜掇殊異。朝野歸附者,多求寶

　　玩獻之……平泉莊去洛城三十里,卉木台榭,若造仙府……初德裕

　　之營平泉也,遠方之人,多以土產異物奉之。故數年之間,無所不

　　有。時文人有題平泉詩者:「隴右諸侯供語鳥,日南太守送名花。」

　　(《劇談錄》,卷下〈李相國宅〉,頁34)

由這段文字,大概可以看到李德裕長安、洛陽兩處宅邸的狀況,其景致確實
不凡。不過李德裕所收藏的寶物,卻都是「朝野歸附者,多求寶玩獻之」、「遠
方之人,多以土產異物奉之」而來。這種書寫方法,也將李德裕功高勢隆、
位極權重的背景給考量進去,就如同「李贊皇平上黨,破回鶻,自矜其功,
平泉莊置構思亭、伐叛亭。」這段筆記書寫一般,此種書寫的筆法,就形塑
李德裕的形象而言,卻也符合他權相的樣貌。

二、唐人詩文所映現的李德裕

　　李德裕既有事功、又有名望,更位極人臣,以他再創中晚唐治世的成績
來講,當時人們也不吝於給予讚頌,並將其書寫成文章、詩歌。此處就唐人
書寫李德裕的詩文作品來探討,發掘其中對李德裕事功之書寫,以此來探析
在唐人眼中,李德裕的形象究竟如何。而關於唐人詩文所映現李德裕「文學」
方面的內容,因為那與李德裕「文雄宰相」形象之奠定有關,故本節不詳加
討論,而將其內容併入下一節中。

(一)對李德裕鎮功的頌揚

　　李德裕一生歷鎮多處,他被迫離開中央、出鎮地方,很多時候都與牛黨
把權並刻意排擠有關,故所鎮之地常具迫切需要改善的問題存在。不過就史
傳的書寫來看,李德裕在地方的表現相當好,而這方面的表現也映入文人的
眼簾,並對此做出一番歌頌與書寫。如劉禹錫〈奉送浙西李僕射相公赴鎮〉、
〈重送浙西李相公頃廉問江南已經七載後歷滑臺劍南兩鎮遂入相今復舊地新
加旌旄〉:

　　建節東行是舊遊,歡聲喜氣滿吳州。郡人重得黃丞相,童子爭迎郭

　　細侯。詔下初辭溫室樹,夢中先到景陽樓。自憐不識平津閣,遙望

　　旌旗汝水頭。(《全唐詩》,卷359,頁4052)

　　江北萬人看玉節,江南千騎引金鐃。鳳從池上遊滄海,鶴到遼東識

舊巢。城下清波含百谷,窗中遠岫列三茅。碧雞白馬回翔久,卻憶
朱方是樂郊。(《全唐詩》,卷 359,頁 4053)

此二詩作成於大和八年(834)李德裕二度鎮浙西時,俱爲送行之作,且二詩
內容互有關聯。在第一首詩「建節東行是舊遊,歡聲喜氣滿吳州。郡人重得
黃丞相,童子爭迎郭細侯」兩聯,可以看到劉禹錫對李德裕首次鎮浙西的功
績是相當肯定的,所以才會說浙西的人們聽聞李德裕再鎮其處,才會如此的
「歡聲喜氣」,乃至於有「童子爭迎」之事;而第二首詩,從篇名便可見李德
裕已數鎮多地,以其鎮功之顯赫,營造出李德裕再次自京出鎮時,有「江北
萬人看玉節,江南千騎引金鐃」的盛況,這也很好的說明李德裕在廣大人群
中擁有的聲望。

　　而李德裕在地方究竟有何功績,觀唐人徐凝有〈浙西李尚書奏毀淫昏
廟〉:

傳聞廢淫祀,萬里靜山陂。欲慰靈均恨,先燒靳尚祠。(《全唐詩》,
卷 474,頁 5409)

這首詩針對李德裕鎮浙時,除淫祠以導正民俗的作爲給予肯定,以爲有李德
裕的付出,「萬里山陂」得靜,先人之靈也得到了撫慰。事實上,李德裕也不
只在浙西毀淫昏廟、導正民俗,在李商隱〈爲汝南公上淮南李相公狀〉中,
有言:

且廣陵奧壤,江都巨邦。爰在頃時,亦經蕪政。風移厭劫,俗變侵
淩。家多紛若之巫,戶絕孌兮之女。相公必實於理,大爲其防。鄴
中隳河伯之祠,蜀郡破水靈之廟。然後教之厚俗,喻以有行。用榛
栗棗脩,遠父母兄弟。隱形吐火,知非鬼不祭之文……(《全唐文》,
卷 773,頁 8058 上~8059 上)

便指出李德裕在鎮滑州、西川時,對當地「淫祠、廟」給予整肅,也同時對
民眾施予教化,糾正民俗並使其敦厚。且李德裕當時正要出鎮淮南,估計也
會以此法來治理當地。

　　李德裕善於治理地方,他歷鎮浙西、滑州、西川、淮南等地,不過史傳
中對李德裕鎮滑州、淮南方面書寫很少,但這方面的書寫確存在於唐人的詩
文中,如賈餗〈贊皇公李德裕德政碑〉〔註133〕便將李德裕鎮浙西、滑州、西
川三地的功績都頌揚了一番。文中謂「在金陵凡六載。其仁風惠化,磅礴於

───────────────

〔註133〕《全唐文》,卷 731,頁 7542 上~7544 下。

封部，洋溢於歌謳，天下聞之久矣」，便指李德裕治理浙西有方，使生民安樂，而令人歌謳。且其時李德裕的治績，也傳入朝廷，「時公由浙右連帥以治行第一徵複南宮，既至未浹月，乃膺是選」，遂又使其出鎮滑州以「俾人識皇澤，吏識朝典，軍識法令，俗知教化。」而李德裕亦不辜負皇恩，至滑州「下車三日而新政興，涉旬而舊俗革，周月而風偃三郡，逾時而澤流四境，期年而人和歲穰，厥績大成」，此可見李德裕對於治理地方確實相當有一套。又在治理好滑州後，朝廷更派李德裕出鎮西川，而李德裕也「複用滑之治跡，以慰蜀人」，再從「蜀人謳謠」來看，可見李德裕治蜀亦備受好評。總結而言，李德裕治浙西、滑州、西川三地的功績大受褒揚，因其治軍則令「師徒感悅，人百其武，而政成於戎旅」，其馭下則「與善懲違，鹹得其術，而政行乎州邑」，其養人則「化歡息愁恨爲樂和之聲，而政洽乎庶矣」，其訓俗則「日飲其和而政達乎教化矣」，其理財則「軍有餘用，吏有常祿，而政施乎物力矣」，又張次宗〈請立前節度使李德裕德政碑文狀〉也謂其「外有定戎之功，則城柵相望；內有繕完之備，則器甲維新。強寇將罷其東漁，鄰敵自止其南牧」，此可見李德裕不論在何處，都能把其地治理的有模有樣。李德裕擁有高度的才能，他在地方的功德極高，這是當時眾所皆知之事，而詩人文人書寫其事蹟，人們「歌謳」、「謳謠」其故事，所表現的就是對他「恩深施遠俗」之作爲的敬佩與感謝之意。

（二）對李德裕相功的評價

　　李德裕一生曾二度居相位，不過在第一個時期中（文宗朝）的相關事蹟唐人詩文是少有書寫，不過看到唐人對李德裕在會昌年間居相位時的誇讚，內容就相當豐富。以下直接從李德裕會昌年間的拜相輔國之功來看。

　　李德裕一生的仕途來到會昌年間，迎來的是他一生仕宦的最高峰，不過正當他二度拜相時，迎面而來的卻是一連串的戰事。此時大唐外部有回鶻擾邊，內部則有幽州、澤潞、太原等地的叛亂。不過李德裕最終以其大能輔佐武宗，令朝廷以不妥協、不姑息的強硬方針蕩平亂事，也藉此鞏固了唐王朝的威權，達到再一次高度中央集權的局面，此即「會昌中興」的本質。

　　前面史傳書寫的部分，已經有據李德裕對外破回鶻，對內撥亂反正的事蹟做過論述，此處看到當時人們對其作爲的觀感與頌揚。如劉得仁〈馬上別單于劉評事〉一詩：

　　　　廟謀宏遠人難測，公主生還帝感深。天下底平須共喜，一時閒事莫

驚心。（《全唐詩》，卷545，頁6357。）

此詩作於平定回鶻之亂後，詩句以爲「公主生還」、「天下底平」的功績，便是仰賴李德裕「廟謀宏遠人難測」方能達成，給予的評價非常高。而杜牧〈上李太尉論北邊事啓〉〔註134〕，作於平定回鶻之亂後，其要旨是請李德裕繼續厚植北方的軍事實力，以防回鶻再犯，不過其謂「太尉相公文德素昭，武功複著，畫地而兵形盡見，按瑣而邊事無遺」，也肯定李德裕爲大唐北邊所付出的心力。

　　還有李商隱的〈爲李貽孫上李相公啓〉〔註135〕，在澤潞之亂未平時，便已論及李德裕三項「廟戰之功」。其一爲回鶻來亂時，幸賴李德裕如「薛公料敵，先陳三策充國，爲學普通四夷」，方得無恙。其二在太原劉弁叛亂時，亦靠李德裕「出奇兵」方平。其三當澤潞之亂爆發，也還是要依靠李德裕「奉規於帷幄，遵命於指蹤」，而令「趙魏俱攻」，方可能剿滅叛軍。由以上可見，李商隱極頌李德裕的戰功，認爲「葛武侯之八陣」與李德裕相比還略遜一籌，他對李德裕的敬重與期望是非常高的，認爲李德裕乃是收復大唐河山的關鍵人物。

　　當然，李德裕沒有辜負李商隱此番期盼，在會昌四年（844）時成功輔佐朝廷收復澤潞。而針對此事，杜牧有〈賀中書門下平澤潞〉一文，節錄一段如下：

> 伏惟相公上符神斷，潛運廟謨，仗宗社威靈，驅風雲雷電。掌上必取，彀中難逃，才逾周星，果梟逆首。周公東征之役，捷至三年，憲皇淮夷之師，克聞四歲。校虜寇之強弱，曾不等倫；考攻取之敗亡，何至容易。若非睿算英略，借箸深謀，比之前修，一何遠出。
> 自此鞭笞反側，灑掃河湟，大開明堂，再振儒校。（《全唐文》，卷752，頁7799上～7799下）

在這段文字中，很輕易的就可以發現杜牧稱讚李德裕「潛運廟謨」、「才逾周星」、「睿算英略，借箸深謀」，更以周公東征歷時三年，唐憲宗平蔡耗費四年來相比較，認爲李德裕可以爲大唐「大開明堂，再振儒校」，著實相當不容易。又李商隱也有〈漫成五章〉其四〔註136〕，首兩句云「代北偏師銜使節，關中

〔註134〕《全唐文》，卷752，頁7797下～7799上。
〔註135〕《全唐文》，卷777，頁8108上～8109下。
〔註136〕《全唐詩》，卷540，頁6269～6270。

裨將建行臺」便是稱頌李德裕知人善任,重用石雄方得以破回鶻、平澤潞。而李商隱的〈行次昭應縣道上送戶部〉,詩句「將軍大旆掃狂童,詔選名賢贊武功」,便是大賀李德裕一掃澤潞,也成就了千古美名。

(三)對李德裕一生功業的綜論

李德裕以其地方的鎮功,還有在中央為相時的戰功,而得以揚名天下。他成就的乃是一代偉業,而人們看到李德裕,很多時候想要「頌揚」的內容太多,所以也就更擴而張之,對其所創造的「一代功業」給予龐大的歌頌,以表示欽佩之意。如杜牧〈上李太尉論江賊書〉中對李德裕會昌年間功業的歌頌:

> 伏以太尉持柄在上,當軸處中,未及五年,一齊四海,德振法束,
> 貪廉懦立,有司各敬其事,在位莫匪其任。雖九官事舜,十人佐周,
> 校於太尉,未可為比。

這段文字代表杜牧對李德裕「自會昌以來,未及五年,一齊四海」的欽佩之意,雖然其頌語非針對某場戰事,但卻用「德振法束,貪廉懦立,有司各敬其事,在位莫匪其任」說明其治績,又在文中屢次提及「太尉」,更云「雖九官事舜,十人佐周,校於太尉,未可為比」,此間對李德裕才能、權力與名位都給予高度的奉承,如此方足夠表明杜牧心中深刻的敬意。

再如李商隱〈太尉衛公會昌一品集序〉:

> 成萬古之良相,為一代之高士;翳爾來者,景山仰之。〔註137〕

李商隱在此序中,雖然所用言詞極為精簡,甚至沒有提到李德裕的功績等等,但他用「萬古之良相」極頌李德裕,將其歷史的地位推到極高處,而令「翳爾來者,景山仰之」,此可見李商隱對李德裕的追捧較之杜牧是有過之而無不及。而李商隱當然是無比崇敬李德裕,故當李德裕之名聲遭人非議時,他也無法容忍,見〈舊將軍〉一詩:

> 雲臺高議正紛紛,誰定當時蕩寇勳。日暮灞陵原上獵,李將軍是故
> 將軍。(《全唐詩》,卷540,頁6263)

此詩事實上也是讚頌李德裕在會昌年間「蕩寇」之顯赫之勳,只不過在作這首詩時,李德裕已遭貶黜,而李商隱為其感到憤恨不平,遂用此詩反詰。李商隱認為「雲臺高議」等等乃是多此一舉,「誰定當時蕩寇勳」、「李將軍是故

〔註137〕唐‧李商隱著、清‧馮浩詳注、錢鎮倫、錢振常箋注:《樊南文集》(上海:上海古籍出版社,1988年),卷7,頁415。

將軍」直指李德裕便是蕩寇元勳，他所擁有的功績與地位不需他人再去商議，乃是真正有大將軍風範的當代大臣。

從以上各例所見，這種把時間拉長並針對這段時間中李德裕所擁有的一切事蹟給予書寫，其內容比起有明確事件的書寫是籠統許多。不過以此方式來表現李德裕一生的功績與聲望，雖不免文辭上有些虛浮，但書寫者蘊含的思緒卻也更加澎湃。

再來，唐人詩文對李德裕的書寫除了聚焦在其鎮功、戰功以及「一代之功業」外，還有一些書寫某段時間李德裕的作為、聲望等等，如裴潾〈前相國贊皇公早葺平泉山居暫還憩旋起赴詔命作鎮浙右輒抒懷賦四言詩十四首奉寄〉：

> 動復有原，進退有期。用在得正，明以知微。夫惟哲人，會且有歸。
> 靜固勝熱，安每慮危。將憩於盤，止亦先機。
>
> 植愛在根，鍾福有兆。珠潛巨海，玉蘊崑嶠。披室生白，照夜成晝。
> 揮翰飛文，入侍左右。出納帝命，弘茲在宥。
>
> 歷難求試，執憲成風。四鎮咸乂，三階以融。捧日柱天，造膝納忠。
> 建儲固本，樹屏息戎。彼狐彼鼠，窒穴掃蹤。（《全唐詩》，卷 507，
> 頁 5806）

裴潾的這一組詩，按詩注可知作於大和九年李德裕分司東都時，詩中內容是寫大和九年前李德裕之種種事蹟。如詩歌其一，「動復有原，進退有期」便是美稱李德裕多次出入中央；「用在得正，明以知微」則指李德裕在相位時進用賢才之事蹟；「夫惟哲人……止亦先機」等數句則指當時李德裕雖然分司東都，但以其才能堪稱「哲人」，定能再回歸中央，而其時之「止」在東都，亦是以退為進。再如詩歌其二，「植愛在根……照夜成晝」乃是對李德裕才能之稱讚；「揮翰飛文，入侍左右。出納帝命，弘茲在宥」數句，則點出李德裕自任翰林以來等文官，隨侍帝王左右，制成誥命以宥天下之風采。又如詩歌其三，「歷難求試，執憲成風。四鎮咸乂，三階以融。」則指李德裕歷經困難而得重用於君，不論是當朝為官或是出鎮地方，都能確實的履行君命；而「捧日柱天……窒穴掃蹤」等等則讚頌李德裕不論在朝中或是地方都有功績，其盡忠輔佐帝王，才德極為高尚。從以上裴潾的書寫便可見，早在李德裕立會昌之一代功業前，他便以識得其人之才華，詩中的書寫，雖然未盡高山仰止之意，但也很好地把李德裕曖曖含光的內涵表現出來。

在裴潾的詩中，李德裕的形像是曖曖內含光的，不過在溫庭筠的詩中，李德裕的形象卻無比的外顯，〈題李衛公詩二首〉〔註138〕有詩句「蒿棘深春衛國門，九年於此盜乾坤。兩行密疏傾天下，一夜陰謀達至尊」、「勢欲凌雲威觸天，權傾諸夏力排山」。由溫庭筠詩中的字句來看，以為李德裕為官之手腕高超，能在「兩行密疏」、「一夜陰謀」後直躍宰臣之位，其在相位的風采與手段更是宛若「至尊」而「權傾諸夏」，其氣勢甚至能「凌雲威觸天」。在此論溫庭筠與裴潾所營造的李德裕形象之所以有此差距，大概與他們二人著眼的時期有密切的關係。按李德裕在會昌年間為相前，雖已有「委專任、政歸中書」之諫言，但並未徹底實行。直至武宗任李德裕，君相連心，李德裕任相之權力乃大幅高漲。再加上會昌時所開創的龍圖霸業，溫庭筠以此為題書寫，期間李德裕的形象當然也就無比外顯。

第五節　李德裕文雄宰相形象的確立

李德裕其人在政治方面表現亮眼，從史傳、筆記與唐人詩文書寫的分析來看，要說他是一事功顯赫、名聲響亮且極富才幹之中興名相，是相當名實相符的。不過李德裕的形象並不單單只有如此。此處筆者就李德裕的文學作品深入，探討其人貶謫地方體物言志撰寫賦作的內容，還有在朝為相以制誥奏議主導朝中政策走向的經驗，同時更闡明唐人對於李德裕這些詩文的看法與觀感。期望可以將李德裕的文學表現與政治事業、心靈活動、生活情態等相結合，以完整發掘其人的具體形象，以下分述。

一、詩賦所映現的積極養志

前文有談到，在李德裕的生命中有經歷過劇烈的仕宦低潮。當時李德裕欲從仕宦的枷鎖中跳脫出來，並寄情自然而養性脫俗。在養性脫俗這方面，李德裕是有取得一定的成績，就如同他在〈山鳳凰賦〉、〈孔雀尾賦〉、〈二芳叢賦〉、〈白芙蓉賦〉、〈重臺芙蓉賦〉中表現出的心態一樣，他能夠以閒適自在的風情來驅離宦海風波造成的鬱悶與愁結。但李德裕在某些賦篇中，如〈柳柏賦〉、〈大孤山賦〉、〈振鷺賦〉等，卻還展露含蓄內斂、熠熠生輝的美好情志。這表示李德裕即便受挫，也仍保有積極進取的心態，而能養志不墜靜待

〔註138〕《全唐詩》，卷583，頁6819～6820。

再受重用之時。

　　李德裕善於養志，早在他年輕時，便與父親奔波四處，於各地山川風物中凝聚了養志的功夫，而其養志的竅門便在遊歷山水、靜心自適之中。不過李德裕早年還未遭受政治的歷練，其心境尚處於純真無詬之狀態，其時他藉山川風物養志，所養的是眼界的高遠及心胸的曠達，其「幼有壯志」所指的，相信也是缺乏複雜性的單純理念。然而，在李德裕正式進入官場後，接連不斷對他挑戰的是政治的黑暗面，李德裕以其理念與之對抗，卻是屢屢遭到挫敗。在受到政治黑暗的摧殘後，李德裕遭受到的是貶謫南方的現實與殘酷，然而當他南貶期間，當地的山川風物又再次給予他陶冶心靈的能量，李德裕在此時養志於南方，具體的情況都濃縮在他的詩賦之中。

　　如前文已經提過的〈山鳳凰賦〉、〈孔雀尾賦〉，乃是李德裕在南方觀禽鳥時有感而發所作，展現他心境轉換的過程。雖然李德裕在這些賦篇中表現出對君子貞節的悲觀情懷，但卻始終沒有徹底拋棄那些高尚的操守德行。就如他在〈振鷺賦〉中表示追求閒散自在生活的同時，仍不忘保有修潔可貴的情操一般。這也是李德裕遷謫南方時，仍時時刻刻的養志於心的證明。

　　李德裕知道現實的殘酷，也知道君子之志節並無法與政治的黑暗抗衡，但他仍冀望能保有那份美好的內涵，所以他在〈振鷺賦〉中採取獨善其身的消極方法。然而李德裕真的甘於如此消極地度過一生麼？那答案絕對是否定的。觀其〈劍池賦〉，乃在造訪劍池後感發而作，頗有牢騷之詞，見引文：

　　　我不自振，掘之而得。雖潛朽壤之中，每受莓苔之蝕。誠宜英主用
　　　之，提攜指揮。內以靖諸侯，外以服四夷。為東序之秘寶，備有國
　　　之光儀……昔時在獄，今成廢池。寶常棄於茲地，人載懷而孔悲。
　　　（《全唐文》，卷697，頁7155上～7155下）

從以上明顯可見，李德裕以寶劍自喻，用大量的文字如「為東序之秘寶……」等等彰顯自己的身價，強調他本應當由「英主」所重用，輔佐國家並達到安內攘外之效。然而當下的情狀卻遭是遭到棄置，其不甘之情是極為明顯。又如〈斑竹筆管賦〉，見引文：

　　　表貞節於苦寒，見虛心於君子，始裁截以成管。因天資而具美……
　　　綴明璣以為柙，飾文犀以為玩。徒有貴於繁華，竟何資於藻翰……
　　　維茲物之日用，與造化之齊均。方資此以終老。永躬耕於典墳。（《全
　　　唐文》，卷696，頁7151上～7151下）

賦中李德裕觀斑竹筆管，有感於其物有勁節、虛心之本質，遂產生了共鳴。且又看到此斑竹筆管，因外表過於「奇彩爛然」，遂被「飾文犀以爲玩」，不在正確的用途上，便更加感慨。因爲此筆便如同李德裕當下的境遇一般，他透過物我的投射，以此賦申明其志，期望此筆能「維茲物之日用，與造化之齊均。方資此以終老。永躬耕於典墳」這般物盡其用，而自己也能得到更好的時局，盡其所能、有用於世，如此方無遺憾。

　　從以上可以看到，李德裕是極有「入世」之上進心的。同樣再觀其〈柳柏賦〉〔註139〕，賦中他有感於柳柏既能有松柏而後凋之貞美，又能有黃楊風姿濯濯之華美，遂反思「爲人之德、才」是否也可如柳柏一般兼備兩方。李德裕會有這樣的思考，當然是針對當時朝廷局勢之險惡、又無法扭轉而來。他想要再次回歸中央，但想到奸惡小人無法盡除，不得已又必須與之相處時，究竟該如何才能夠在保有自我情操之美好的同時也與這群小人和平共處，以利於有效的輔佐國家。這個問題困擾著李德裕，不過看到他的〈蚍蜉賦〉，賦透過觀察蚍蜉及內心所展開的對話中，好像也有找到解答，見引文：

> 生雖瑣細，亦有行藏。止若群羊之聚，進加旅雁之翔。乘其便也，雖鱣鯨而可制。無其勢也，雖蛭螾而不傷。今願悔過，戢於垣墻。豈同青蠅之點白，汙君子之衣裳。（《全唐文》，卷696，頁7148上～7148下）

這段文字，爲李德裕代蚍蜉所言，雖說是描述蚍蜉的行爲、動作與型態樣貌，但卻擁有很高的指導作用，尤其是「生雖瑣細，亦有行藏」、「乘其便也，雖鱣鯨而可制。無其勢也，雖蛭螾而不傷」數句，便是李德裕表示自己既生於世，則必有所用，然而面對朝中險惡的局勢，又該如何？那便是要學習蚍蜉「乘其便」的精神，順應著局勢的發展行事；還有「無其勢」的狀態，不要表露過於強勢的立場。如此則會無往不利，即便遭受攻擊，也絲毫無損無傷。面對這個想法，李德裕的心中有些掙扎，但在「今願悔過，戢於垣墻」一句，可見他知道過去的堅持是錯誤的，且在「豈同青蠅之點白，汙君子之衣裳」一句，又可知李德裕認同如蚍蜉一般「乘其便、無其勢」方能在官場生存，重點是這些行爲，事實上不同於一般小人的行徑，而是更加高尚的行爲，並不會污損君子美好的節操。就如同他在〈觀釣賦〉中所云「班嗣亦稱『漁釣

─────────────────────

〔註139〕《全唐文》，卷696，頁7151下～7152下。

一鑿，則萬物不奸其誌』，是知古之賢人，皆樂於此」，便是堅稱所謂的君子、賢人，其心境都是悠悠若水、潔淨無比且遺世而獨立的，即便遭外物所擾，亦無法污其本性，動其志節。

李德裕在〈蚍蜉賦〉中體悟到的，是一門精深的政治藝術與學問，而他既然會思考這個問題，便代表他在南貶期間，還是有意回歸中央、輔佐帝國的。講到此處，人們或許會問，為何李德裕的南貶時的賦作，時而表現出放棄政治的意圖，又時而表現出積極進取、養志不懈的內容，好似隨時準備回朝廷效命？這個問題很簡單，那便是李德裕從來沒有放棄他那體國經野的大志。李德裕在詩賦中展現出的拋下「輔佐之責、匡政之功、名位、榮祿」的態度，事實上可以視作一種遭受打擊後的悲劇性格；而他「以自然景致養性脫俗」的想法，或許真的在短時間內慰藉了他的心靈，但那終究是他自以為是的想法。而不論是李德裕的悲劇性格或自以為是的想法，實際上也都很快就被他所作的其它詩賦所推翻，最明顯的就如前文曾提過的〈懷山居邀松陽子同作〉、〈思歸赤松村呈松陽子〉、〈憶平泉山居贈沈吏部一首〉、〈劍池賦〉、〈斑竹筆管賦〉等作品，一直都證明李德裕並無法拒絕他心中參政輔國的渴望。

李德裕始終都是期望著回歸朝廷的，且期望自己再度回朝輔政時，在心境上、行為上都能較往昔更為成熟。也因此，李德裕即便遠走中央，仍能不斷的在周遭景物的刺激下，展開內心的對話與思辨，且事實上李德裕也通過詩賦中的物我對話，由寄情自然而養性脫俗的消極，過渡到體物言志而養志於心的積極。觀其〈大孤山賦〉的內容：

> 勢莫壯於灩澦。氣莫雄於砥柱。惟大孤之角立。掩二山而礌礐……
> 念前世之獨立。知君子之難遇。如介石者袁楊。制橫流者李杜。（《全唐詩》，卷 697，頁 7156 上～7156 下）

賦中之景，乃李德裕臨山面水所見，從所用文字之豪邁、開闊，可見他已一掃消極低迷的心緒。面對此情此景，李德裕以大孤山為榜樣，也以袁安、楊震、李固、杜喬等貞士名臣為楷模，期許自己縱然面對政治黑暗掀起的波濤、重擊，亦能無所畏懼的去面對、解決，其投身國事、積極養志而堅忍不拔的形象，在此賦是表露無遺。再者，李德裕抱持著這種心境，在創作〈柳柏賦〉、〈斑竹筆管賦〉、〈蚍蜉賦〉的過程中，苦思設想，並在最終終於達到了蛻變的目的。這便是李德裕南貶期間由外在景物的觸發、內在心靈的感知，以及

審視過往、當下並展望將來後所取得的最大收穫。

綜合以上，筆者以爲李德裕在南貶期間不斷撰寫詩賦行爲的背後，所隱藏的眞正面目最終還是偏向「養志不墜」、「積極入世」的，這也確實比較符合李德裕一生的綜合性形象。而此處所說這個李德裕的綜合性形象，在他確實跨出低潮，會昌年間大施拳腳的狀況中更可以明顯地看出來，詳見下文。

二、奏議疏狀所映現的關切時政

李德裕的文學與他的政治功績相輔相成，他的作品很大部分都是官文書，其奏議疏狀關切時政之表現，充分體現他政文一體的大手筆風範，探討這方面的內容，對瞭解李德裕的形象有莫大的幫助。

現存李德裕的大部分官文書集中在會昌年間。從本文前一部分的內容來看，好似也可以視作李德裕養志不墜、積蓄能量，而終於在會昌年間得以一舉爆發出來。李德裕在會昌拜相後的相途順遂，創立的功業繁多，他以其政治手腕與官文書的磅礴之勢顯赫於時。不過事實上李德裕會昌拜相之前，他在朝中便有專掌官文書的撰寫，做的也是有聲有色，這在史傳記錄中都可以看到；且李德裕在任地方職時，也有一些官文書的產出。而不論是李德裕早年掌制誥時，或是在地方任職時，又或是會昌年間居相位時，他對官文書的撰寫經驗，對於其人而言都是無比重要，也是底定其人形象關鍵之所在。此處以李德裕會昌拜相爲分界，就會昌拜相前與會拜相後分述。

（一）會昌拜相前

李德裕在仕宦前期最早接觸文書職是在地方掌書記，當時所作的官文書如〈代高平公進書畫狀〉〔註140〕、〈進玄宗馬射圖狀〉〔註141〕等，因爲是李德裕初次接觸，再加上又是較不重要的地方文書，所以在筆法、內容上沒有什麼值得注意的地方。不過李德裕在這個時期的經驗，對他積累寫作基礎而言卻非常重要，因爲通過瑣碎的地方工作，正好可以訓練細膩的心思，有利往後在朝廷處理爲數龐大的制詔文書。

而李德裕在歷經地方掌書記一職後，也很順利地調回朝廷，歷任翰林學士、考功郎中兼知制誥、中書舍人等職，這些職位都會頻繁的接觸各式禁中

〔註140〕《全唐文》，卷705，頁7240下。
〔註141〕唐・李德裕、傅璇琮、周建國校箋：《李德裕文集校箋》，頁510。

典誥，當時李德裕所作的官文書有〈駙馬不許至要官私第狀〉〔註142〕、〈授杜元穎平章事制〉〔註143〕、〈長慶元年試制科舉人敕〉〔註144〕、〈薦處士李源表〉〔註145〕等。雖然就數量上來看，不如史傳所說「禁中書詔，大手筆多詔德裕草之」〔註146〕、「凡號令大典冊，皆更其手」〔註147〕這般，不過這個現象應是因應當時李德裕官文書選集《會昌一品集》多取其人會昌年間作品的緣故。而單看此時李德裕官文書的內容，如〈駙馬不許至要官私第狀〉是指出防堵駙馬與要官勾結之策、〈授杜元穎平章事制〉乃代理皇帝撰文授人宰相官職、〈長慶元年試制科舉人敕〉是爲朝廷科試作引言、〈薦處士李源表〉是推薦在野賢才等，所觸及的範圍頗廣，也確實不乏符合「禁中書詔」、「大典冊」規模的篇章，由此可知史傳書寫對他的稱讚也不是空穴來風。更重要的，李德裕在朝廷任文職、掌制誥時，除了使他能夠全面性的接觸朝中各種大小事務，大大加強政治眼界與實務經驗之外，在「官文書」的撰寫方面李德裕也得到更上一層的蛻變甚至已臻於成熟。

李德裕在朝廷任文職、掌制誥的表現良好，他本來有機會一舉拜相，但在當時受李逢吉、牛僧孺等黨人的排擠而告失敗，且隨後便被貶任地方職。不過李德裕到地方也沒有閒著，屢屢創立鎮功的同時也還在監督中央，這個時期他的官文書有〈奏銀粧具狀〉、〈奏繚綾狀〉、〈論喪葬踰制疏〉〔註148〕、〈亳州聖水狀〉〔註149〕、〈諫敬宗搜訪道士疏〉等，首兩個與地方民生還有勸諫中央節儉有關，中間兩個則是對地方移風易俗提出改革方案，而最後一個則是諫言敬宗莫過度崇拜玄道老易之事。而在這些官文書中，我們都可以感覺到李德裕對政治的熱情與下筆撰文的用心，如文章中需要說理、論證的地方，李德裕往往都能巧引「故事」支撐其述；又如文章中需要訴諸情感時，李德裕那種駢散相間而重視氣勢、大開大合而毫不矯揉的書寫筆法，便尤其能打動人心。此處會特別講到李德裕官文書的風格與書寫筆法，想要點明的，是李德裕在地方創造政績，固然與他的能力有密切關聯，但許多時候還需要中央的

〔註142〕《全唐文》，卷705，頁7240上～7240下。
〔註143〕《全唐文》，卷64，頁683上～683下。
〔註144〕唐・李德裕、傅璇琮、周建國校箋：《李德裕文集校箋》，頁736。
〔註145〕《全唐文》，卷705，頁7194下～7195下。
〔註146〕《舊唐書・李德裕列傳》，卷174，頁4509。
〔註147〕《新唐書・李德裕列傳》，卷180，頁5327。
〔註148〕《全唐文》，卷701，頁7197上～7197下。
〔註149〕《全唐文》，卷706，頁7242下。

援助，而他的這些官文書在這個時候就起到關鍵的作用。唯有李德裕以其生動又不失嚴肅的筆法，將地方的狀況詳細地告知中央，令朝廷知道事態的嚴重性與急迫性，同時更先設想解決之方案，否則也必然不能如此迅速的佈揚其政。

李德裕仕宦早期於朝廷任文職、掌制誥，之後便出任地方，又終於在大和八年（834）初登相位，期間也以〈請罷呈榜奏〉上疏，想要改善進士科考之陋習與朋黨勾結之間的問題。但李德裕初次任相並沒有在位太久，而後也再因黨爭失勢而出貶州鎮。雖然李德裕在仕宦的前半段生涯並不順遂，但這期間李德裕的各種政治表現與官文書的作成，其內容優秀卓越都是有目共睹，而當時文人很多也都給予肯定與讚揚。如劉禹錫便盛讚其文章是「葉動驚綵翰、文星照北斗」〔註150〕，能夠「草詔令歸馬」〔註151〕透過官文書的力量博得國家安定，還能夠「批章答獻犖」達到諷諫君主的功能；又如元稹也說李德裕的文章是「戈矛排筆陣，貔虎讓文韜……傳乘司隸馬，繼染翰林毫。辨穎□超脫，詞鋒豈足囊。」〔註152〕極盡文字書寫之能事，大力讚揚李德裕掌翰林之事，其「刀筆之盛」，功業遠過當代名將；還有如裴潾亦說李德裕「揮翰飛文，入侍左右。出納帝命，弘茲在宥。」〔註153〕便是褒揚他任文職、知制誥能善用其文才服侍帝王，同時也能妥善的宣揚帝命。

由上述可見，關於李德裕從政掌制誥的經驗，從他初次入朝起便不曾間斷。而李德裕對於官文書的掌握，大概從他正式入朝後便已成熟。且人們對李德裕通過文學出納帝命的職責與表現也給予相當高度的肯定，至少在他的文辭筆法以及對政務的處理成績方面都是讚不絕口。這也說明李德裕在會昌拜相之前就已將政、文二方面的才能充分的結合，其人以文筆造就事功而名顯於政界的形象也大致有了個雛形。

〔註150〕劉禹錫：〈和浙西李大夫晚下北固山喜徑松成陰悵然懷古偶題臨江亭并浙東元相公所和依本韻〉，見《全唐詩》，卷355，頁4004。

〔註151〕劉禹錫：〈浙西李大夫述夢四十韻并浙東元相公酬和斐然繼聲〉，見《全唐詩》，卷363，頁4108～4109。

〔註152〕元稹：〈奉和浙西大夫李德裕述夢四十韻大夫本題言贈於夢中詩賦以寄一二僚友故今和者亦止述翰苑舊游而已次本韻〉，見《全唐詩》，卷423，頁4657～4658。第十七句缺一字，用「□」表示。

〔註153〕裴潾：〈前相國贊皇公早茸平泉山居暫還憩旋起赴詔命作鎮浙右輒抒懷賦四言詩十四首奉寄〉，見《全唐詩》，卷507，頁5806。

（二）會昌拜相後，處理唐回問題時

　　既然李德裕制詔奏議經驗的養成從他生涯很早便開始，又他對於官文書的掌握也很快就達到成熟的境界。再加上罷相貶謫期間有過一段沈寂、養志、積蓄能量的過程。那麼李德裕在會昌年間長期任相時，因應當時正處朝廷對外、對內戰正頻繁的時期，四方奏章、對外制誥為數繁多，又武宗謂「學士不能盡吾意」〔註154〕，乃將典詔皆囑託李德裕親為，故其時李德裕的官文書的質與量也就都來到了一個大鳴大放的階段。

　　首先看到會昌初年唐與回鶻爆發的邊亂問題，這一系列事件在前文已有論述不過本節則側重在期間所作的各種官文書所發揮的作用。如會昌元年（841）問題剛爆發時，當時大唐對回鶻的具體狀況仍是混沌未明，不過李德裕見此便先撰〈賜背叛回鶻敕書〉〔註155〕，一面與回鶻表述維持友好情誼關係的意圖，一面也申明中國的大義，指責回鶻不應利用大唐的「友善」之情，行「聚師無名」之事。指導他們不論是欲推翻新立之可汗或與其同心協力，都不可「寄命塞上」擾亂唐邊。且更表示對太和公主行蹤不明的憂心，撰〈請遣使訪問太和公主狀〉〔註156〕，欲了解詳細狀況，而在期望獲取更多情報的同時，也鄭重警告對方不要輕舉妄動。在此，李德裕能根據有限的情報，以其文筆震懾對方，不妄動干戈，相當不易。且更值得一提的是，李德裕如此謹慎的態度在不久後也獲得了回報。

　　從前文史傳部分論李德裕對回鶻之廟戰之功一節中，可以知道大唐最後是與回鶻採取全面開戰的態勢，不過唐政府最終所掃蕩的是回鶻烏介部眾，與一開始接觸的嗢沒斯一部略有不同。最初於天德邊外造亂的，乃是嗢沒斯與宰相赤心一干人等，而之後介入邊亂的才是烏介一部，雖說有兩方部眾，但他們的關係極為密切，且大唐政府對他們採取撫綏的方針始終也都沒有改變。在〈賜回鶻嗢沒斯特勒等詔書〉〔註157〕、〈賜回鶻嗢沒斯等詔〉〔註158〕、〈賜回鶻可汗書〉（我國家臨統）〔註159〕中，可以看到李德裕竭盡全力的以忠義、誠信與禮法進行道德勸說，每一篇的內容口吻都是軟硬兼施，就宛若慈

〔註154〕《新唐書・李德裕列傳》，卷180，頁5342。
〔註155〕《全唐文》，卷700，頁7184上。
〔註156〕《全唐文》，卷703，頁7218下～7219上。
〔註157〕《全唐文》，卷698，頁7171上～7171下。
〔註158〕《全唐文》，卷698，頁7171下～7171上。
〔註159〕《全唐文》，卷699，頁7181上～7181下。

母的叮嚀及嚴父的告誡雙管齊下。除了的勸說之外，李德裕甚至還不惜以物資循循善誘，這在〈請賜回鶻嗢沒斯等物詔狀〉〔註160〕、〈遣王會等安撫回鶻制〉〔註161〕、〈條疏太原以北邊備事宜狀〉〔註162〕中都可以看到。事實上李德裕之所以這樣處理回鶻問題，最主要的就是要避免戰爭的爆發。因為一旦北方邊境有戰爭，也難保西南一帶的吐蕃、更北方的黠戛斯，或是中國境內不安分的藩鎮會趁勢造亂。李德裕的意志是相當堅定的，就如他在〈論田牟請許党項讐復回鶻嗢沒斯部落事狀〉〔註163〕所說的「今若許田牟徇党項貪利之心……事捷亦損耗甲兵，大虧恩信。不成則永為邊患，取笑四夷。況窮鳥入懷，尚須矜憫……昨者所獻表章，詞懇意順。棄而不納，先務誅夷，此不可一也」這般，他的眼界不同於一般人，故其不惜排除朝中反對人士與邊將的意見，所求的就是大唐的安定。也多虧李德裕文筆之流暢與情感之真摯，武宗方能盡信其言，嗢沒斯一眾人也受到感召，終於在會昌二年（842）時大批來降。

對於嗢沒斯一眾能降唐，李德裕自然是倍感歡喜，其刀筆之功功不可沒，也初步達成不動干戈就排解邊境問題的目的。見此李德裕更撰〈論嗢沒斯特勒等狀〉，詳論回鶻嗢沒斯率眾來降的處置方式，並昭告天下以求拋磚引玉之效。李德裕當然是有引誘烏介一部順服的意圖，不過烏介一部始終陰險狡詐，他們曾二度佯稱借振武一城安置太和公主，而李德裕先在〈賜回鶻可汗書〉（我國家臨統）〔註164〕中以「借以一城……實亦屈可汗之尊貴」為由婉拒，但仍無法阻止烏介此議。故李德裕便再撰〈賜回鶻書意〉〔註165〕指出「擬借一城，自古以來，未有此事」，以嚴正的態度拒絕。由以上可見回鶻烏介一部之心機，李德裕對此當然也有感受，他們肆無忌憚地索求糧米、牛羊、器甲、城池，甚至在嗢沒斯降唐後，還與大唐「索人」。見此情況李德裕當然要與其好好的溝通，他撰〈賜回鶻可汗書意〉〔註166〕、〈代忠順報回鶻宰相書意〉〔註167〕，解釋嗢沒斯歸降一事之原委，同時再次申明大唐的立場，表示對回鶻仍採「懷

〔註160〕《全唐文》，卷701，頁7200下。
〔註161〕《全唐文》，卷698，頁7164上～7164下。
〔註162〕《全唐文》，卷705，頁7237上～7238下。
〔註163〕《全唐文》，卷704，頁7225上～7225下。
〔註164〕《全唐文》，卷699，頁7181上～7181下。
〔註165〕《全唐文》，卷699，頁7181下～7182上。
〔註166〕《全唐文》，卷699，頁7182上～7182下。
〔註167〕《全唐文》，卷707，頁7252下～7253上。

柔」之策，並同時警告尚在唐邊之回鶻部眾，不應再任意劫掠，擾亂兩國和平關係。

　　李德裕尋求和平手段解決唐回問題發力極多，但回鶻烏介可汗卻不領情。見此情狀，大唐終於在會昌二年（842）夏末轉為全面的武力攻伐，李德裕在〈討回鶻制〉〔註168〕，強調回鶻擾邊之種種，聲明大唐始終採取善意的勸告、援助，換取而來的卻是更多的劫掠與混亂，在忍無可忍之際，便只得採取武力的制裁。而針對制裁回鶻方略的制訂，在李德裕〈討襲回鶻事宜狀〉（臣等伏見）〔註169〕、〈請發陳許徐汝襄陽等兵狀〉〔註170〕、〈條疏邊上事宜狀〉〔註171〕、〈賜劉沔張仲武等詔〉〔註172〕……等官文書中都有非常詳細的內容，一面有效的圍堵回鶻烏介部眾，另一面也小心防範周遭外敵伺機而動。而這些大動作的部署，也很快就取得了成果，會昌三年（843）正月，回鶻烏介部便受到石雄等人毀滅性的打擊。在此之後，李德裕更撰〈殄滅回鶻事宜狀〉〔註173〕，以重賞圖求邊將盡滅回鶻餘眾，以絕後患。另外還撰〈與紇扢斯可汗書〉〔註174〕，將對回鶻烏介部的處置過程、結果告知北方的紇扢斯（即黠戛斯），因應回鶻已滅，雙方便互為鄰國，故有必要強化彼此的友誼關係。同時更在〈與黠戛斯可汗書〉〔註175〕中指導殄滅回鶻餘部之方策，所求的便是雙方長久的和平關係。

　　李德裕在處理唐回問題中，充分地展現他多年積累的大才。在混亂不堪、繁雜不已的事務中，他都能以明晰的頭腦、精準的眼光洞察一切。李德裕以其官文書數量的高密度以及內容的高質量，依時、依地、依人、依事來面對每一項事務，極有效率的完善大多數事件。會這樣講，固然是因為李德裕處理唐回問題之面面俱到，不過在回鶻亂邊期間，還有一件意外就是幽州軍亂。在這事件中李德裕也能臨危不亂，以具體的分析還有迅速的調度，在兩道〈論幽州事宜狀〉〔註176〕後便將此亂彌平，此等大能何其不易。故此處

〔註168〕《全唐文》，卷698，頁7165下～7166上。
〔註169〕《全唐文》，卷701，頁7198下～7199上。
〔註170〕《全唐文》，卷705，頁7234上。
〔註171〕《全唐文》，卷705，頁7234下～7235上。
〔註172〕《全唐文》，卷698，頁7172下。
〔註173〕《全唐文》，卷701，頁7198下。
〔註174〕《全唐文》，卷700，頁7184上～7185下。
〔註175〕《全唐文》，卷700，頁7185下～7186下。
〔註176〕第一狀，見《全唐文》，卷703，頁7219上；第二狀，見《全唐文》，卷702，

要再次強調李德其人的大能與他以官文書推動事務的功效，真的是相當不同凡響。

（三）會昌拜相後，處理澤潞叛亂時

李德裕在處理完唐回問題後曾一度想要退隱，然而並沒有成功。而在此之後，緊接著發生的便是唐土之內澤潞一鎮的叛亂。關於澤潞一鎮的叛亂之情狀，前已有述，不過此處同樣從李德裕的官文書著眼，觀察這些文書所起到的作用。

事實上唐王朝面對澤潞一鎮叛亂所作的大規模處置，大概在會昌三年（843）五月後才開始，在此之前李德裕早已開始進行準備工作，具體的內容在〈賜張仲武詔〉（卿智略挺生）〔註177〕、〈賜何重順詔〉〔註178〕中可見。李德裕撰此二文的目的，乃因大唐正歷經戰亂，一方面邊境尚未完全安定、另一方面則是有少數藩鎮的忠心可疑，故需要特別關注、予以壓力。又除了朝廷外的問題，李德裕也有留意到朝廷內的反彈聲浪，尤其是每有重要事務需要決策時，都必定會有「反對李德裕」的勢力從中阻撓，故其撰〈論昭義三軍請劉稹勾當軍務狀〉〔註179〕，請朝臣與皇帝共同商議應對之策略。不過雖云「廣詢廷議，以盡群情」，但實際上卻是一場說服武宗的辯論，李德裕在這場辯論中獲得勝利，堅定武宗的伐叛之心。而在安定所有不安要素後，方得全心全意地對付澤潞叛鎮。

在李德裕說服武宗討伐劉稹後，旋即便作〈討劉稹制〉〔註180〕，痛責劉稹父子擅襲旄節之事，且將全面討伐劉稹之軍將部署詔告天下，一方面圖求其威嚇作用，期望能讓劉稹懼而受降；另一方面即便劉稹不降，也可立刻攻伐、不予寬容。由此可見，李德裕對付劉稹的方針是從武力降服及懷柔招撫兩方面雙管齊下。

先看到訴諸武力的部分。李德裕在〈討劉稹制〉中已有先安頓各方將帥，不過這些將帥本身也有各種問題存在。比如說鎮冀及魏博兩鎮，自中唐以來便屢有父死子繼或叛亂自立之事的發生，又此番二鎮緊鄰澤潞，若受其影響，

頁 7210 下。
〔註177〕《全唐文》，卷699，頁7174上。
〔註178〕《全唐文》，卷699，頁7173下～7174上。
〔註179〕《全唐文》，卷701，頁7199上～7199下。
〔註180〕《全唐文》，卷697，頁7162上～7163下。

與之共乘犄角之勢，那後果便不堪設想。李德裕設想至此，便先後撰〈授王元逵平章事制〉〔註181〕、〈請賜宏敬詔狀〉〔註182〕，在施以恩惠的同時也鄭重的給予警告，以令二鎮順服中央，並能協心共討叛鎮。

　　又如其他各鎮之將帥，很多時候也都是各懷鬼胎，有的貪圖中央的糧餉、有的為了節省兵力、有的只為爭功、更有的是不聽中央指揮，如此便缺乏彼此配合、互助的效果，乃至於延宕中央戰策，拖累戰局之發展。對此李德裕自是極為瞭解，他頻繁的與各鎮往來，如所撰之〈賜彥佐詔意〉〔註183〕、〈賜劉沔詔意〉（緣卿兩年在外）〔註184〕、〈請諸道進軍狀〉〔註185〕、〈賜王宰詔意〉（省所奏差張公輔）〔註186〕、〈賜石雄及三軍敕書〉〔註187〕、〈代盧鈞與昭義大將書〉〔註188〕、〈賜王元逵何宏敬詔意〉（比緣暑熱未退）〔註189〕……等，便是要嚴格地控制他們的行為，時時與他們分析當下局勢，同時也不斷灌輸忠義誠信之觀念，有時還必須兼以威脅利誘，詳加督促以令其能確實依照中央的指令行動。事實上這邊所指的「中央的指令」，幾乎就等於是李德裕本身的策略，所以李德裕親自撰文居中協調，自然是再適合不過。

　　最後，還有一件較為特殊的事件，便是在討伐澤潞期間，太原驚傳兵變。太原乃是大唐之北都、河東一鎮之核心，此鎮地處廣大，為西京長安提供良好的東北屏障，重點是它緊鄰澤潞，戰略位置極為重要。楊弁等人追逐主帥、擅領兵權、作亂太原並與劉稹相通，當此混亂之時，李德裕仍是思緒清晰，先後以〈論劉稹狀〉〔註190〕、〈太原狀〉〔註191〕分析澤潞與太原之狀況，其重點在於太原叛眾「一千五百人，豈足為事」、「必不可以太原小擾」而對澤潞行「姑息寬縱」之舉，所云有理，深得武宗所信賴。而在〈太原狀〉之末尾，還有「兵機切速，不暇與李紳等參議，謹密狀奏聞。如蒙允許，便望今日」的文字，此可見李德裕對戰事之瞭解何其深刻，且對於自己

〔註181〕《全唐文》，卷698，頁7166上～7167上。
〔註182〕《全唐文》，卷701，頁7200下～7201上。
〔註183〕《全唐文》，卷699，頁7174下。
〔註184〕《全唐文》，卷699，頁7175上～7175下。
〔註185〕《全唐文》，卷702，頁7204上。
〔註186〕《全唐文》，卷699，頁7176上～7176下。
〔註187〕《全唐文》，卷700，頁7188下。
〔註188〕《全唐文》，卷707，頁7256上～7256下。
〔註189〕《全唐文》，卷699，頁7178上～7178下。
〔註190〕《全唐文》，卷702，頁7211上。
〔註191〕《全唐文》，卷702，頁7211下。

的理念、想法是有著無比的自信。事實上太原兵亂最終也確實在李德裕的部署與指導下，由呂忠義等人順利平定，且同時在澤潞一線戰情之優勢也是絲毫無損。

看完訴諸武力的部分後，再來看到懷柔招撫的部分。這部分觀李德裕接連所撰的〈代宏敬與澤潞軍將書〉〔註192〕、〈代彥佐與澤潞三軍書〉〔註193〕、〈代李石與劉稹書〉〔註194〕、〈代李丕與郭誼書〉〔註195〕、〈代石雄與劉稹書〉〔註196〕、〈賜潞州軍人敕書意〉〔註197〕等文書，可以知道他雖然主張討伐劉稹，但是卻不是一名黷武之相。李德裕在面對澤潞一鎮時，始終不斷的在進行勸說，時而責以恩義忠信、時而誘以高官厚祿，更多時候是以國家的武力與威勢震懾其心。這些都是李德裕欲鞏固「中央威權」的同時，還能減少人命的傷亡、降低物資損耗的一番「用心」。可惜劉稹始終都沒有感受到李德裕的這番「用心」，當然也遑論接受中央的勸降。不過李德裕的這些「懷柔」之策，也不是完全沒有作用，甚至可以說在戰事的後期正好發揮它的功效。最明顯的便反應在澤潞一鎮內部離心之事，當時郭誼、王協、張谷等人感受到朝廷的壓力，期望能對中央獻其誠款以免殺身之禍，遂聯合起來對劉稹行逼宮之舉，而劉稹知眾叛親離時，也就只得引頸就戮。觀此事件之迸發，李德裕長期的經營必定是功不可沒，唯有他始終貫徹「威服」、「懷柔」雙管齊下的策略，方能如此直接的造成澤潞戰局的變化，並一舉將戰事推向終章。

劉稹擅襲旌節造亂澤潞一事，最終在他親信的背叛下完結。而背叛劉稹與朝廷投誠的郭誼一干人等，本來就與劉稹勾結甚深，他對朝廷毫無忠誠信義可言，否則戰局前後延續一年四個月，怎不早示誠款？李德裕對於這群人，極言不可赦免，若赦其罪，朝廷就是默許叛節之事，以此詔告天下，何以令眾鎮信服。其中又以出兵討伐澤潞的諸鎮，朝廷必須給他們一個合理的交代。最終武宗接受李德裕的提議，制〈誅郭誼等敕〉〔註198〕、〈誅張谷等告示中外敕〉〔註199〕，詳述郭誼、張谷等人相互勾結、叛唐自立之狀，具言其

〔註192〕《全唐文》，卷707，頁7254上～7254下。
〔註193〕《全唐文》，卷707，頁7254下～7255下。
〔註194〕《全唐文》，卷707，頁7255下～7256上。
〔註195〕《全唐文》，卷707，頁7256下～7257上。
〔註196〕《全唐文》，卷707，頁7257上～7258上。
〔註197〕《全唐文》，卷700，頁7188下～7189上。
〔註198〕《全唐文》，卷699，頁7180上～7180下。
〔註199〕《全唐文》，卷699，頁7180下～7181上。

奸邪之貌，定其罪並誅其命，昭告天下，以安眾心。而唐平澤潞之戰，也在盡除這批奸人，以及制〈宰相與盧鈞書〉〔註200〕派盧鈞前往總理澤潞一鎮並指導治理之策後，迎來圓滿的終結。

　　從以上可以看到，李德裕會昌拜相後首先遇到的是唐與回鶻的邊境問題，期間還有幽州軍亂；而在處理完唐與回鶻邊境問題後，緊接而來的便是澤潞一鎮的叛變，期間又有太原兵亂。在這些事件中，李德裕都是全程參與且位處統籌廟戰的樞紐位置。要說這些事情可以獲得完善的處理，皆全賴李德裕的智謀策略與制誥文字能力，其事實在唐人詩文書寫的文字底下都可以充分的體現。如李商隱〈上李太尉狀〉有言：

> 太尉妙簡宸襟，式光洪祚，有大手筆，居第一功……榮示中所引國
> 朝文字，實炳儒林。廟戰之權，風行於萬裏……居微諾說命之間，
> 爲帝典皇墳之式。（《全唐文》，卷775，頁8080上～8080下）

這便是李商隱大力讚頌李德裕掌廟戰之權、制誥詔命，而能光耀儒林、彰顯門風、端正國典並發揚國威，有一代「大手筆」之風範，更在大唐會昌中興之功業中「居第一功」。而更詳細的內容在李商隱、鄭亞爲李德裕《會昌一品集》所作之〈序〉也都有說明與歌頌。先看到李商隱〈太尉衛公會昌一品集序〉：

> 上輒曰：「爾有獨斷，朕無疑謀，固俟沃心，可不假手。」公亦發陰
> 可就，落簡如飛。故每有急宣，關於密畫，內庭外制，皆不與聞……
> 率億兆歸心，列公卿定議，以一十四字，垂百千萬年。藻縟辭華，
> 鋪舒名實……方將命禮官，召儒者，訪匡衡後土之議，采公玉明堂
> 之圖，考肆覲之禮於梁生，取封禪之書於犬子，盡皇王之盛事，極
> 臣子之殊功……其功伐也既如彼，其制作也又如此。〔註201〕

觀李商隱所撰的序文，從「上輒曰：『……可不假手。』」這段文字來看，正好呼應史傳所載「其處報機急，帝一切令德裕作詔，德裕數辭，帝曰：『學士不能盡吾意。』」〔註202〕的這段內容；再加上「落簡如飛」、「故每有急宣……皆不與聞」等說明，以及《會昌一品集》所載爲數繁多的官文書來看，可證明當時李德裕確實深得武宗所信，且總攬朝廷的重要典章制誥。又李商隱對

〔註200〕《全唐文》，卷707，頁7259下～7260上。
〔註201〕唐・李商隱著、清・馮浩詳注、錢鎮倫、錢振常箋注：《樊南文集》，卷7，頁415。
〔註202〕《新唐書・李德裕列傳》，卷180，頁5342。

李德裕這些官文書的內容筆法、功能的發揮所表示的敬意，在「率億兆歸心，列公卿定議……其功伐也既如彼，其制作也又如此」數句也是說得非常清楚，一方面肯定其文藻之美、內容之實，另一方面亦是對他「官文書」領導國家走向的功能給予讚頌。

再來看到鄭亞〈太尉衛公會昌一品制集序〉：

> 並垂於策書。光被明命，公於是有諭回鶻之命五、慰堅昆之書四。文章等於訓傳，機事出於神明……聞之者可以祛聾瞶。得之者可以弼邦國……一年而風雨攸序，災沴不作；二年殲醜虜，興北伐之詩；四年誅狡童，詠東征之歌。而又移摩尼之風，壞浮圖之俗。偃兵反樸，四海胥定……惟公蘊開物致君之才，居元弼上公之位，建靖難平戎之業，垂經天緯地之文。（《全唐文》，卷730，頁7531上～7533下）

鄭亞此〈序〉的內容有一些與李商隱所撰之〈太尉衛公會昌一品集序〉相似，這是因為當時李德裕將所編《會昌一品集》寄給鄭亞，是託鄭亞作序，而其時李商隱在鄭亞幕下，李商隱所撰的那一篇〈序〉，實際上是鄭亞此〈序〉的草稿。鄭亞將李商隱所撰的序文作了大幅度的刪改，改變最多的便在一些頌揚之詞，如「成萬古之良相，為一代之高士」云云便遭刪除。不過見其稱「惟公蘊開物致君之才，居元弼上公之位，建靖難平戎之業」，說明鄭亞對李德裕會昌年間居相位、掌重權，縱橫禁闈而能創立中興霸業，還是給予相當高的肯定。而對於李德裕的官文書，鄭亞更是褒揚不絕，頌揚為「垂經天緯地之文」，細數其奏議疏狀、典章制誥所造就之功德，如「二年殲醜虜，興北伐之詩；四年誅狡童，詠東征之歌」等等，甚至將李德裕當時的官文書奉為一代之經典，有「聞之者可以祛聾瞶。得之者可以弼邦國」的說法。鄭亞序文中的此等書寫，對李德裕的官文書實是最高的美稱，而李德裕親自編纂《會昌一品集》，其本意除了欲留名於史外，其「政教」功能也是最大的重點，鄭亞能在他的序文中點出李德裕編纂文集的意思，也算是一樁良駒遇伯樂之美談。

在看完李德裕的賦篇與官文書後，最後來總結李德裕其人。李德裕此人有著堅定無比的意志，當他面對政治的困境時，能於飄盪浮沈的生命體驗中凝煉自我、積聚能量，由養性脫俗的消極過渡到養志不墜的積極。而當李德裕終於捱過仕宦之低潮後，他更能立刻轉換心境，將所積累的「大志」一舉

爆發，積極的介入政治、創立事功。觀會昌年間，當李德裕在相位時實是無往不利，在皇帝的信任之下，充分掌握殿堂之上的發言權與主導權，達到「朝廷尊、臣下肅」〔註203〕的最大目標。而在面對當時內外各種問題，尤其是戰爭方面的決策，當他欲施行招撫之策時，乃是循循善誘、無比親和；而在必須動武時，亦是毫不苟且、無比狠辣。又除此之外，李德裕最為不易的還是面面俱到的理事能力，以及通過官文書確實推動政策實踐的奇才。筆者以為，以上種種條件，便是李德裕成為一代「中興名相」所必須擁有的特質，擁有這些特質、利用這些特質，方得致成中興。不過單以「中興名相」來稱呼李德裕實是無法具體凸顯他的特色。故此處將李德裕其人「人格」之高操、「事功」之彪炳、以及「文學」表現之精彩相結合，同時還響應唐人與後代諸多景仰李德裕之人的意願。融合李德裕「立名節」〔註204〕的志向與養志不墜的賦作表現、政事功烈之顯赫與制詔文書的「大手筆」〔註205〕之姿、中興名相的形象與兼資文武的「英雄本色」〔註206〕，以此稱呼李德裕為「文雄宰相」，應當也是名實相符。

〔註203〕李德裕：〈論朝廷事體狀〉，見《全唐文》，卷706，頁7247上～7247下。
〔註204〕李德裕：〈臣子論〉，見《全唐文》，卷709，頁7274上～7274下。
〔註205〕李商隱：〈上李太尉狀〉，見《全唐文》，卷775，頁8080上～8080下。
〔註206〕清・孫梅撰：《四六叢話》，卷6，頁4372。

第六章　結　論

　　本文以「唐代中興名相」為主要研究對象，首先從唐代的名相類型中區別出中興名相，指出中興名相崛起於安史之亂期間與其後，主要工作是對安史之亂造成的破壞予以重建。而中興名相以「李泌」、「裴度」、「李德裕」三人為代表，他們擁不凡的政治才能，因應當朝君主的信任與賞識，都能輔佐國家、產生關鍵作用並重啓國家局勢，也因此坐擁顯赫事功，同時得到大眾歌頌。又中興名相往往也富有文采，其中以裴度跟李德裕二人的文學表現特別亮眼，對當代文壇有一定地影響力；且探討這些文學作品，對於瞭解中興名相的生活與心靈活動有很大助益。

　　由此，本論文的核心議題便在「唐代中興名相的文學與事功」。從史傳、筆記書寫，以及唐人、自我詩文書寫的資料，深入探討李泌、裴度、李德裕三位唐代中興名相。通過研究他們的政事與事功、文學活動與作品、生命情態與生活表現等，從多元面向凸顯他們的整體成就，釐清他們對當時及後代的影響，並賦予他們更突出、更鮮活的形象。

一、唐代中興名相事功表現之異同

　　下面根據各章的論述，列表總結唐代中興名相事功。

表 6-1　唐代中興名相事功表現一覽表

人　名	軍　　　　事	政　　　　務
李　泌	1. 靈武定計，助肅宗收復兩京	1. 總預朝中大小事，權逾宰相。
	2. 分析朱泚、李懷光二叛鎮局勢，平撫德宗的憂心。	2. 阻止肅宗對李林甫「掘冢焚骨」。
		3. 助肅宗奉迎玄宗為上皇歸朝。

		3.否決赦免李懷光之議，堅定德宗剿滅叛鎮的想法，並令李懷光自縊而亡。	4.分析建寧王之禍因果，鞏固代宗儲位。
			5.阻止劃地賞吐蕃之約。
		4.達奚抱暉變節，李泌單騎入陝，智解此亂。	6.力保江東節度使韓滉，使之忠心。
		5.吳少誠變節，自領淮西節度，命出征防秋之兵叛歸。李泌臨危受命，巧計制敵，終使反叛的防秋之兵滅於路上，大挫淮西叛軍氣勢。	7.鑿山開車道至三門，以便饟漕。
			8.制訂聯回制蕃之策。
			9.使立場不明之眾鎮忠於朝廷，盡散私斂錢財，以富國庫。
			10.制訂「不減戍卒，不擾百姓，糧食皆足，粟麥日賤，府兵亦成」之法。
			11.去冗員、增吏員，節省國庫開銷。
			12.停支長安城內外國住民補助，節省中央開銷，同時強化神策軍實力。
			13.釐清郜國公主蠱媚禁中之原委，保得太子儲位無虞。
裴　度		1.宣慰魏博，使之忠心於唐。	1.二次闡明五坊小使之惡，營救受害官員，略挫宦官威勢。
		2.宣諭蔡州，推測前線戰局。	2.代武元衡之職拜相。
		3.主張伐叛，排除主和派的干擾。	3.力諫不可用程异、皇甫鎛為相，但諫言失敗。
		4.自請督戰淮西，親赴前線指揮。	
		5.前往淮西，並革除前線監軍。	4.與李逢吉等人奏請冊立景王李湛為皇太子。
		6.大破蔡州叛軍，一舉平定淮西。	
		7.施行文治，收復淮西軍心、民心。	5.敬宗死於宦官之手，聯合神策軍等誅滅逆弒人等，並擁立唐穆宗二子江王李昂即位。
		8.遣辯士遊說，使成淄青、橫海、成三鎮歸順朝廷。	
		9.主張剿滅復叛之淄青節度使。	6.甘露之變爆發，裴度營救遭迫害者，全活數十姓。
		10.提供前線計策，以最低限度的人員、糧米耗損便得收服淄青。	
		11.河朔三鎮復叛，奉旨討伐，雖小有斬獲，但不如元和時順利。	
		12.幽州、成德二鎮圍深州，裴度以書信解此圍。	
		13.幽州節度使挾朝臣要脅，裴度居中出謀劃策，並排除此患。	

	14. 奏請討伐橫海逆賊李同捷。	
	15. 遣使勸易定節度使歸順朝廷。	
李德裕	1. 強化西川邊備，不戰而屈人之兵。	1. 收拾浙西一鎮之軍心、民心。
	2. 幽州軍亂，李德裕其策收服。	2. 矯正浙西一鎮的民俗風氣。
	3. 奏請增兵太原以北，以防回鶻。	3. 改善浙西一鎮的治安。
	4. 回鶻犯唐橫水一帶，奏請回擊，令回鶻烏介可汗心生畏懼。	4. 安定西川一鎮民心，樹立威望。
	5. 回鶻兵犯天德，天德軍自出追擊。李德裕上奏數策，以利抵禦回鶻。	5. 開闢西川一鎮之糧運路線。
	6. 施計回鶻，使其部眾歸附大唐。	6. 革除西川一鎮販賣人口之陋習。
	7. 上奏皇帝，請以石雄率兵夜襲回鶻大營，然此策當時未能實行。	7. 在西川時，毀浮屠私廬數千，以地與農。
	8. 具陳回鶻局勢，主張出師。	8. 在西川時，禁剔髮若浮屠，畜妻之事。
	9. 部署討回將帥，以利出師。	
	10. 上奏催促劉沔、張仲武進軍，並與李思忠配合。	9. 令一般官員不得恣意謁宰相。
	11. 石雄等人大破回鶻烏介部，李德裕會昌二年提出之計亦有所助。	10. 驅逐黨人，令其不得干預朝政。
	12. 諫言制止武宗對邊境動兵。	11. 進用賢才，如李回、鄭肅等人。
	13. 昭義（澤潞）節度使卒，劉稹自爲留後，李德裕主張動武。	12. 改革進士科考，主張以經術爲本。
	14. 奏請攻伐澤潞，直取州、不取縣。	13. 主張諸王應出爲諸州刺史佐，爲國盡力，但此議失敗。
	15. 巧計令魏博進軍攻伐劉稹。	
	16. 王茂元兵敗，息兵之議又起，然李德裕仍力主用兵。	14. 奏罷進士名單需呈宰相以取捨之制。
	17. 奉旨撰文，令河東節度使與幽州節度使共伐劉稹。	15. 以爲政之要進諫，旨在辨邪正、委專任、政歸中書。
	18. 劉稹欲降，然李德裕諫言不應受其降，主張繼續進兵。	16. 令張賈爲使，探回鶻之虛實。
	19. 楊弁作亂太原，李德裕主張攻伐。	17. 諫言撫慰回鶻，以爲交好之策。
	20. 奉旨撰文，催促王宰進兵伐叛。	18. 奏請武宗節制游獵之事。
	21. 以劉沔鎮河陽，激王宰出兵。	19. 回鶻欲借城安置公主與可汗，奉旨撰文拒絕，並勸其回歸舊土。
	22. 施勸降之策，令澤路內部分化。	

23.改變軍隊部署，持續攻伐劉稹。	20.改革科考制度，增加進士人數。
24.分析澤潞內部，奏請全力攻討。	
25.收復山東三州，奏請盧宏止為三州留後。	
26.郭誼殺劉稹，李德裕謂武宗郭誼不可赦。遂以石雄入潞州，盡除叛賊。澤潞之亂終於平定。	

（一）軍事方面

從上表可見，唐代中興名相事功的第一個共性在「軍事」，其中又以平定內亂為核心。這與中唐後藩鎮跋扈的狀況相符，當時中興王朝的成立與否，恆常也以軍事內亂的平定作為最高指標。不過平定內亂也有分動武與不動武兩方面，李泌、裴度、李德裕在這兩方面皆有積極作為，成果豐碩，直接促成三段中興王朝。

再來，軍事方面還有邊境外交問題相關者，不過真正參與平定邊亂的只有李德裕。其人在會昌任相時，因回鶻國內的動亂，部分回鶻人南遷並造成邊境問題。李德裕從最初的外交處置到後來平定邊亂都全程參與，在籠絡嗢沒斯一部人後也剿滅了回鶻烏介部，奪得北方剿虜之功。

最後特別留意李泌，其軍事方面的事功，不論是跟內亂或外交相關者，往往還與財務相結合，或許是響應德宗時財務狀況吃緊，使得李泌在擬定、推行政策時有此多方考量。

（二）政務方面

唐代中興名相的事功，第二個最大的共性在「政務」，然而三人處理的內容不盡相同。

李泌所處理並建立事功者，集中在財務、帝王家務與儲君事務上。他的財務政策極有特色，與軍事、外交、人事有所牽連，考量的面向比較廣。最著名的事功在外交方面，他在興元、貞元兩朝都以外交手段箝制吐蕃的發展，李泌去世後，德宗仍因聯回制蕃的策略，得於貞元十八年（802）大破吐蕃，吐蕃自此大幅衰弱。李泌這方面事功，對往後數朝影響深遠，如裴度在任期間，便直接享受李泌外交策略的成果，史傳雖有載「威名播於憬俗，為華夷畏服」的文字，但裴度在外交並無事功。而李德裕出鎮地方時曾鞏固邊防，對抗南詔、吐蕃，甚至令吐蕃守將投降，但當時吐蕃早不如先時強

盛，要說能不戰屈人之兵的近因是李德裕治理地方的作為，那遠因便是早年李泌聯回制蕃之策略。另外，李泌在處理帝王家務時也能多方設想，同時觸及藩鎮及儲君問題等，此可見他善於掌握全局並觸類旁通，不致顧此失彼。

裴度處理的政務，集中在宦官、儲君這方面。其人出力最多的在處置宦官干政、擾民的問題，不過除了革除監軍制度並促成淮西一役的勝利外，其餘的如兩度打擊五坊使、營救甘露之變受害者，都並非顯赫之功；而在誅滅弒君宦官一事上，雖有功績，但也因此令另一派宦官勢力大漲，並非明智之舉。

關於李德裕，其事功集中在制度、人事與地方。制度與人事方面，最大的改革在「辨邪正、專委任、政歸中書」此一為政之要中，而他對進士科考的改革、人事任免等，主要目的是想要破除朋黨，並選用有才之人，進而提高行政效率及中央威權。又在地方上，李德裕出力極多，尤其在收復民心與軍心、導正風俗等方面有顯著成果。

二、唐代中興名相文學表現之異同

下表資就各章總結史傳、筆記、詩文書寫下唐代中興名相的文學表現，並比較異同。

表6-2　唐代中興名相文學表現一覽表

人　名	文學表現
李　泌	流傳的文學作品很少，文章中有擬定國策的篇章，詩歌中則表現出超齡的智慧、仕隱兼備的志向與諷刺時政的內容。雖然在梁肅的書寫下，曾讚頌他的文章能「步驟六義」、「發揚時風」，且還能「敷黃老之訓」、「昭纂堯之道」，但可以作為佐證的詩文太少。所以就現今實際看到的作品，李泌的文學除了對國家發展有些影響外，其餘的成就並不高。
裴　度	1. 文章不求「碟裂章句，隳廢聲韻」，強調「氣格之高下，思致之淺深」，重視「載道、實用」的功能，與當時古文運動相謀和，但仍有差異。主要不同於韓派古文，反對「奇言怪語」乃至「以文為戲」的內容。重點在服務國家、君主、人民，認為「文學」必須有益於「興國安邦」方可顯其大用。又裴度接近政治核心，其文章恆常都能服務政治，與其事功相輔相成。
	2. 視詩歌為「應酬交際」、「聯繫情誼」之工具，表現出抒發性靈、調劑身心的作用。在內容上並不突出，不過因應其身份，以及大暢「風雅」、「閒適」的生活，還有召集「文酒相會」的活動等，其詩歌的閒適風情與風流雅致，影響著當時長安與洛陽文壇。

李德裕	1. 主張「古詞」、「古文」乃最可貴之「至音」、「靈物」，今人模寫之，應師其法、其意並繼承創新。強調文章必須「貫其氣」、「壯其勢」，不過份依賴音韻、聲律並以「文旨」為尊。且撰文過程也必須是自然而然「恍惚而來」，不該多加雕飾，以「璞」為美。
	2. 其官文書與他的文學觀相符，且因為質精、量大，又直接促成中興功業，受到當時及後人大肆地讚頌。稱其文章為「經濟大文」，展露「雄奇駿偉」的「英雄本色」，與一代公文聖手陸贄不分上下，乃會昌之「大手筆」也。
	3. 其賦作展現出仕隱之間的矛盾與困境，通過景物的感發，有寄情自然養性脫俗者，亦有體物言志積極養志者。
	4. 其詩篇除應酬交際的唱和之作外，一系列的「平泉詩」表現出他對平泉山居的思念，有著強烈的思歸之情，但同時如他的賦篇一般，不斷地透露出仕隱矛盾的掙扎。

　　從上表可見，除了李泌文學作品太少，難指出明確的文學觀之外。在裴度、李德裕的文學中，都可以看到他們與當時古文運動相謀合處，最相似的在反對「聲韻」、「句法」、「形式」的雕琢，崇敬古文、古詞的撰寫方法，重視文章的「氣勢」、「氣格」，宗於「思想」、「文旨」的闡發等。不過仍有些許差異，比如說裴度就並非一味地遵從古文運動，對當時氣勢最旺的韓派古文便有提出抨擊。

　　在實際表現上，三位唐代中興名相都有製作官文書的經驗，其中李泌的官文書數量最少，但都與重大國策相關；裴度的官文書數量稍多，內容也都符合「服務國家」、「興國安邦」的宗旨；李德裕的官文書則是三人中最為突出、數量最多的。在當時及後人的眼中，李德裕乃的官文書乃是致成中興的「經濟大文」，展露「雄奇駿偉」的「英雄本色」，為一代「大手筆」之作。

　　再來，三位唐代中興名相也都有詩歌作品。他們不約而同地都將詩歌做為表述自我的載體，有抒發性靈、調劑身心之作用，如李泌透過詩歌彰顯自己的志向、裴度透過詩歌表現閒適情懷、李德裕則透過詩歌緩解仕隱矛盾，可見他們對於詩歌作用的觀點都有一定共識。另外李德裕還曾透過賦作「體物言志」，表現自己的內心對話與心靈活動，同樣也具有表述自我、調劑身心的功能。

三、唐代中興名相生命表現之異同

　　下面綜合各章論述，總結史傳、筆記、詩文書寫下唐代中興名相的生命情態與生活表現，並將二者合併為「生命表現」，同時比較其異同。

表 6-3　唐代中興名相生命表現一覽表

人　名	生命表現
李　泌	在入朝為官前，便已行遊隱修道之事。任官期間，每當不順遂或自覺功成時，便毅然遁隱。一直到大曆年間，受代宗所召並設計挽留後，方展開人生最長一段仕宦生涯。之後經過一段出貶的過程，在德宗時拜相，一直到臨終前都仕於朝且隱於朝，居於長安光福坊宅第及禁中蓬萊院，過著仕隱兩全的生活。
裴　度	在仕宦前期迅速竄起，在元和年間拜相並創立中興功業。但在元和後屢遭排擠，不得志時在長安的興化宅園中發展「閒隱家中」、「賞景自適」的生活。在寶曆年間再次重返臺閣，但仍沒有放棄原本的「閒情」，且更發展成以其宅園為主要場地的「詩文雅集」，過起閒忙兩兼的生活。一直到大和年間「甘露之變」爆發，有感於時局不佳，遂「不復有經濟意」，於洛陽的兩處宅園中大肆發展非忙亦非閒的「中隱」，以及泛遊享樂、文酒唱和的「風流」生活。
李德裕	出生相門，早年避嫌未任官。其父卒後任地方官並遷中央，本來有望一舉拜相，但遭奸人所擠出貶。雖在大和年間一度拜相，但又被黨人陷害貶逐南方。貶南方時，受仕隱矛盾問題困擾，便透過閒適自在的風情來驅離宦海風波造成的鬱悶與愁結，但仍持續表現出「歸家」、「歸朝」的期望，也都始終沒有放棄積極養志的高潔操守。而李德裕終於在會昌年間重掌大權，以其關切時政之心與高度的才能輔佐帝王，創立中興功業。但他在會昌年間錯失退隱良機，在大中初年受新任皇帝及奸臣排擠，一路貶至海南，客死他鄉。

　　從上表可見，三名唐代中興名相都不約而同的在仕途不順遂時，選擇「隱逸」、「閒適」的生活，不過他們在這種生活的執著、實踐程度上還是有所差別。

　　要說實踐的最徹底，也表現出最大著迷與執著者，必然是李泌。李泌自年輕時便鍾愛隱逸、修道之事，雖然有表明對事功的追求，但對名位卻不留戀。故當他在玄宗朝被貶時，便毅然遁隱；即便是在肅宗時創立了事功，亦無法放棄隱逸的需求。一直到代宗設計慰留之後，李泌方無再行遁隱山林之事，反倒是仕於朝亦隱於朝，過著仕隱兼備的生活。由上可見，對李泌而言，隱逸、修道是一種志向、興趣與目標，是他生命的一部份。

　　再看到裴度，他的隱逸與李泌略有差異。裴度在初次被貶後在長安興化宅園發展「閒隱在家」、「賞景自適」的生活模式，追求在家隱逸的愜意與自適，以此來排解心中的鬱悶。不過當他在因緣際會下重返臺閣，卻仍著迷於閒隱生活而欲兼備，遂行仕於朝且隱於朝、仕隱兩全的生活。不過之後裴度礙於時局，放棄了輔國的志向，選擇在洛陽的兩處宅園中持續發展他的「閒隱」生活，且更擴張成文酒相會的雅集活動，與當時文人共同宴飲遊樂，過著非忙亦非閒的「中隱」，以及泛遊享樂、文酒唱和的「風流」生活。由上可

見，對裴度而言，由閒隱在家、賞景自適擴張而成的文酒相會、宴飲遊樂生活，是其晚年生活的主要內容，支撐著其人後半段的人生目標。

對李德裕而言，在他仕宦最低潮時，曾寄情自然，以山川風物沖淡他面對宦海風波造成的鬱悶與愁結；也有回憶其平泉山居的生活，以閒適自在的情懷撫慰其心靈。但李德裕最終還是沒有追求閒適恬淡的生活，反倒是以更強烈、更積極的心態介入政治。其心態與作為，為他博得政、文二壇的成就與讚頌，但他也在會昌年間錯失退隱的機會，最終落得貶死南方的下場。此可見，「隱逸」與「閒適」只是李德裕短暫調劑自我心境的良方，但卻不是值得貫徹的生活模式，在他的生命之中，積極輔國並建立事功，方是最理想的生活目標。

四、唐代中興名相形象之異同

以下綜合各章成果，總結史傳、筆記、唐人詩文、自我詩文書寫下，唐代中興名相的形象，並比較不同書寫間與不同名相間的異同。

表6-4　唐代中興名相形象一覽表

人　名	史傳書寫	筆記書寫	唐人詩文書寫	自我詩文書寫
李　泌	縱橫言論、讜直不懼、上悟聖主、立大功、有大智，但又好神仙鬼道、異於常人。	雖有事功書寫，但多是修道隱逸等奇聞軼事，充分將他形塑成一個「修道中人」。	展現出修道、隱逸，以及治國能臣的形象。	可見其神童形象，兼備仕隱的志向，以及治國之大能。
裴　度	貌不踰中人，但以書生素業致位台衡。詞說雄辯、讜正居心，能奮命決策、橫身討賊，有將相全才、全德始終。為社稷之良臣、股肱之賢相。	特別強化他外貌不佳的形象，與他立功業的大臣形象對比。另外還大肆的鋪張其人鍾愛園林盛事、宴飲遊樂的部分。	稱其有將相全才、高名大位。對他的風采名望、風雅交流、高逸閒適的形象多有書寫。	文章方面可見其治國能臣與痛恨奸人、自勵自強、自謙自足的形象；在詩歌可見其自隱自適的閒情，以及怡然自得的恬淡形象。
李德裕	性孤峭、特達不羣，好讀書、善作文章，有奇才、有鎮功。武宗時重用之，言聽計從，事功彪炳、功烈光明，佐武中興，為名宰相。可惜不能破朋黨、泯恩仇，而客死他鄉、骨葬南溟。	少有事功書寫，多以文字形塑非君子、貴奢的形象。	不僅鎮功顯赫，且相功更是突出。令其有謀臣、權相、萬古之良相、一代之高士等形象。	官文書充分表現他謀臣、權相、會昌中興名相的形象；詩賦則表現出仕隱矛盾的掙扎，其間有著寄情自然與積極養志兩者共存共榮的形象。

　　上表分列本論文各部分的要旨，可以發現幾個現象與結論，以下分述：

　　1. 將唐代中興名相的形象在各種書寫間比較，落差最大的比較組在史傳與筆記書寫中。史傳方面在公領域有較多書寫，且形象也較為正面；筆記方面則側重在私領域書寫，且往往會過度強化，乃至於令其形象偏離一般常識，或具負面意涵。

　　2. 在唐人及自我詩文書寫下，唐代中興名相的形象最能囊括史傳與筆記書寫的內容，包含了公領域與私領域的形象，也相對地較為客觀。

　　3. 筆記書寫仍有其重要性，尤其是對他們私領域生活中的形象建構極為重要，如李泌隱逸期間的作為、裴度鍾愛其園林的表現、李德裕如何佈置他的平泉山居等。

　　4. 將三名唐代中興名相相互比較，在史傳書寫中，裴度受到史臣最多誇讚，「全德始終」的形象也是三者之間最完美者。而對李泌最為貶低，此與其長與玄道之事、好隱逸的作為有相當大的關係。

　　5. 在筆記書寫中，李泌的形象被構築地最為完整，在其事功或修道、隱逸等作為，都給予極高評價，使之既是賢臣又是得道高人的形象都保存了下來。而對李德裕的書寫則帶有惡意，不但少寫其事功，還強化他非君子、貴奢的形象。

　　6. 在唐人詩文書寫中，三位中興名相的形象，不論在事功、文學、生活等方面，都非常正面，且他們有功於國的形象又特別耀眼。充分反應唐人看待他們的眼光，充滿了欽佩與敬意，帶有肯定的積極意義。

　　7. 在自我詩文書寫中，可以發現中興名相的自我期許、人格特質。在李泌的部分，可以看到他欲兼備仕隱的大志；裴度的部分，可以看到他耿介自強、謙虛自足、以及閒適恬淡與風流雅致形象的展現；李德裕的部分，則可以看到他積極進取、廟謀深斷、權勢過人的形象。

　　8. 綜合所有書寫下的唐代中興名相形象，筆者認為事功最顯赫的是李德裕，其次是李泌，再其次則是裴度；在文學表現最突出的也是李德裕，其次則是裴度，李泌則因資料不足而難評斷；在生活品質、生命情調方面，李泌喜隱逸且也多次實踐。裴度好在家閒隱、宴飲遊樂也都有實行。此二人都有達成所欲追求的生活，並列第一。而李德裕，縱有平泉山居卻少有機會閒居其中，會昌年間欲隱卻錯失良機，且他晚年甚至是枉死於南荒。多方比較下，李泌真可謂一代奇相，裴度亦不負其「全德始終」之名，唯獨李德裕在文學

與事功表現都如此突出，卻落得不得善終的下場。此等情狀讓人不忍卒睹，也難怪史傳對李德裕會有「嗚呼煙閣，誰上丹青？」〔註1〕之嘆，實是因為糾結於心、難過至極矣。

五、唐代中興名相形象新論

在探究史傳、筆記、詩文書寫中唐代中興名相「李泌」、「裴度」、「李德裕」三人之事功、文學、生活等內容後，筆者最終欲統攝全論，並賦予他們一個全新的中興名相形象。

（一）李泌

李泌一生的事蹟極富傳奇色彩，他於國有功卻喜修道隱逸，而後者在筆記書寫下大肆鋪張，從修道隱逸的形象衍生成各種虛妄不堪的面貌，並且逐漸成為李泌形象之主體。故人們常以為李泌無才，是以「詭道求容」得君主所用。

但筆者在研究各種史傳、筆記、詩文書寫的資料後，發覺李泌曾受玄宗召講《老子》、也曾拜得道的張太空為師、同時也與明瓚禪師共遊，其人一生遁隱二十餘年，既好玄道、喜隱逸，但修道隱逸只是李泌興趣的一環，並不代表他的學養僅偏狹玄道之類，他同時還擁有輔國的大能。且李泌也有憂國憂民的入世之心，這些從他出山輔肅宗、代宗、德宗，且一生從政至少二十四年，事功極顯赫便可證明。

李泌於隱、於仕各佔去他二十多年的光陰，這也恰好符合他早年定下的志向。其中最經典的固然在他輔佐肅宗致成中興，旋即便帶官隱逸之事。不過更值得留意的是，李泌在人生後半段都為朝廷效命，他從早年或隱或仕的境界提升，在德宗朝時甚至是官拜宰相並大隱於朝，成為名符其實的「大隱宰相」。

李泌其人在政功方面可被稱為「中興名相」，但從他的生活追求與實踐來看又可稱為「大隱宰相」，只可惜沒有一個詞彙可以兼容二者，故通過本論文彰顯二者之特徵，使李泌既是「中興名相」又是「大隱宰相」的形象得以流傳。

（二）裴度

裴度在史間名氣極大，從史傳、筆記以及詩文書寫來看，幾乎都是全面

〔註1〕《舊唐書·李德裕傳》，卷174，頁4530。

地肯定與讚頌。裴度的才能在當時是貫通儒才、文才、吏才與軍才，他以如此全面的「治世之才」輔佐憲宗，方得開創「元和中興」的美好局勢，其「元和中興名相」的地位當然是無庸置疑。然而細探其人之事功，多在對付藩鎮，又表現最亮眼的是元和淮西之役。其它時期的作為，實難與平定淮西之事功相比。但裴度卻單以平定淮西的事功，坐擁出將入相的名聲，接連不斷地博得為數極豐之頌揚。就安史亂後崛起的中興名相來看，裴度獲得的歌頌明顯壓過了另外兩位。經過筆者研究，這與裴度的文學、交往狀況、還有事功較不顯赫的幾個時期密切相關。

裴度循著科舉制度入仕，並以文人之姿拜相，與當時文人多有交往，在造就事功時，自然就呼應了廣大文人之期待。人們對裴度有欽羨、敬重之情，也冀望裴度能提攜他們，由此各種頌語逐不絕於耳。且裴度本身有文采，在政途遭挫後，便以長安、洛陽的宅園為據點，持續進行風雅交流、泛遊閒適之事，並以此形成一個富有盛名的雅集活動。其時裴度儼然就如文壇盟主一般，與當時著名文人共同創作一批詩作。在這些詩作中，充斥著大量對裴度的讚頌，而裴度的名聲與文人們的敬重之情，也隨著這些詩歌不斷流傳。

又除了裴度的名聲與文人的敬重之情外，這些詩歌書寫的內容多是風雅交流、泛遊閒適之事，其人的形象也在這些詩歌中產生極大的轉變。裴度在初次罷相後一直保有他的「閒情逸致」，也多有詩賦表述其閒適的樣貌，在他與詩人集團的唱和中，這個樣貌也不斷的被強化，同時也影響著集團內的詩人，使得當時眾多詩人也都共同追求閒適自在的「中隱」生活，更以此入詩。

裴度的詩歌在當時並非特別突出，但他「閒隱家中」、「賞景自適」的生活，還有他「詩文唱和的雅集活動」，都成為當時標誌一時文壇發展情況的代表。裴度在事功表現、中隱實踐、風雅交流等各方面都有亮點，加上其時眾人的簇擁之狀，每每將他與謝安相比，故要說他是「風流宰相」也相當貼切。

（三）李德裕

李德裕一生以事功著稱，其鎮功與相功彪炳，又在廟戰之功尤其顯赫，更以此獲得「會昌中興名相」之謬讚。做為唐代中興名相的最後一人，李德裕與前兩位中興名相有顯著地差異，最明顯地在他仕宦生涯之不順遂，一直到人生的後半段，才獨攬大權並致成中興。且在創造會昌中興之功業後，卻

又旋即因新任皇帝的偏見與朋黨的紛爭而貶死於窮荒。李德裕顛頗的仕宦生涯與貶死窮荒之事都與朋黨有關，其人冤死之事固然可惜，但在會昌之前朋黨的陷害與仕途遭挫，卻反而給李德裕在地方造就事功的機會。李德裕一生能在地方不斷創立事功，證明他的才幹確實不凡，光就他的鎮功，也足令他垂名於史。且李德裕能在會昌年間一舉成功，與他歷典州鎮的經驗與事功也有關聯。由此看來，李德裕一生事功造就的美名與朋黨之間的關係，是禍是福，實難斷定。

歷來人們多留意李德裕的事功，較少關注他的文學。事實上李德裕的文學與其事功相輔相成，尤其是他的官文書更是突出。在會昌年間政務繁多，除了奏議疏狀之外，還有眾多的典章制誥武宗皆囑託李德裕親辦。他能夠行雲流水般地完成這些任務，同時兼顧簡明扼要之原則，且又不失「雄壯英偉」之氣，可見其真是一代之「大手筆」。李德裕長於官文書，同時也善作詩賦，其詩賦展露他內在的情志，有消極、有積極、亦有二者雜揉自為矛盾者。其消極者，自然是其人不得志時的自我調劑，不過李德裕的詩賦更多地透露積極正面的養志情懷。這些具養志情懷的賦作，充分展現其人高超的君子志節與大臣風骨，相當具有「英雄本色」。

將李德裕的文學表現與宰相身分相合，筆者認為他當然是坐擁會昌中興首功的「中興名相」，但同時更是筆鋒「雄奇駿偉」、為一代「大手筆」、擁有一身高超的志節、散發出大臣正氣與英雄本色的「文雄宰相」。

參考書目

（依「文獻年代」升冪排列）

一、古籍

1. 漢・班固撰：《漢書》，北京：中華書局，1962 年。
2. 唐・吳兢撰、謝保成集校：《貞觀政要》，北京：中華書局，2003 年。
3. 唐・韓愈著、錢仲聯集釋：《韓昌黎詩繫年集釋》，上海：上海古籍，1998年。
4. 唐・白居易、朱金城箋校：《白居易集箋校》，上海：上海古籍，1988 年。
5. 唐・白居易原本、宋・孔傳續撰：《白孔六帖》，臺北：臺灣商務《景印文淵閣四庫全書》第 891～892 冊，1983 年。
6. 唐・李德裕、傅璇琮、周建國校箋：《李德裕文集校箋》，石家莊：河北教育出版社，1999 年。
7. 唐・鄭處誨：《明皇雜錄》，北京：中華書局《唐宋史料筆記叢刊》，1994年。
8. 唐・李商隱著、清・馮浩詳注、錢鎮倫、錢振常箋注：《樊南文集》，上海：上海古籍出版社，1988 年。
9. 唐・馮贄：《雲仙雜記》，上海：商務印書館《叢書集成初編》第 2836 冊，據唐宋叢書本排印，1939 年。
10. 唐・康駢撰：《劇談錄》，上海：古典文學出版社，1958 年。
11. 唐・李冗：《獨異志》，上海：上海古籍《唐五代筆記小說大觀》，2000年。
12. 唐・闕名撰、楊羨生校點：《玉泉子》，上海：上海古籍《唐五代筆記小說大觀》，2000 年。
13. 後晉・劉昫等撰：《舊唐書》，北京：中華書局，1975 年。
14. 五代・王定保：《唐摭言》，臺北：世界書局《中國文化經典文學叢書》，

2009 年。

15. 五代・孫光憲、林艾園校點：《北夢瑣言》，上海：上海古籍《唐五代筆記小說大觀》，2000 年。

16. 宋・王溥撰：《唐會要》，北京：中華書局，1955 年。

17. 宋・張洎撰：《賈氏譚錄》，臺北：新文豐《叢書集成新編》第 86 冊，據守山本排印，1985 年。

18. 宋・李昉等編：《太平廣記》，北京：中華書局，1961 年。

19. 宋・李昌齡：《樂善錄》，臺北：新文豐《叢書集成新編》第 81 冊，據稗海本排印，1985 年。

20. 北宋・錢易撰：《南部新書》鄭州：大象出版社《全宋筆記》第一編第四冊，2003 年。

21. 宋・歐陽修、宋祁撰：《新唐書・目錄》，北京：中華書局，1975 年。

22. 宋・司馬光：《資治通鑑》，北京：中華書局，1956 年。

23. 宋・孔平仲撰：《續世說》，上海：江蘇古籍《宛委別藏》第 85 冊，1988 年。

24. 宋・王讜撰、周勛初校證：《唐語林校證》，北京：中華書局《唐宋史料筆記叢刊》，1987 年。

25. 宋・計有功撰、王仲鏞校箋：《唐詩紀事校箋》，北京：中華書局《中國文學研究典籍叢刊》，2007 年。

26. 宋・曾慥輯：《類說》，北京：書目文獻《北京圖書館古籍珍本叢刊》第 62 冊，1988 年。

27. 南宋・洪邁：《容齋隨筆》，北京：中華書局《唐宋史料筆記叢刊》，2005 年。

28. 南宋・洪邁：《容齋四筆》，載入《容齋隨筆》，北京：中華書局《唐宋史料筆記叢刊》，2005 年。

29. 宋・王應麟著、清・翁元圻等注、樂保羣等校點：《困學紀聞全校本》，上海：上海古籍出版社，2008 年。

30. 宋・陳應行編、王秀梅整理：《吟窗雜錄》，北京：中華書局，1997 年。

31. 宋・陳振孫：《直齋書錄解題》，上海：上海古籍出版社，1987 年。

32. 元・趙道一撰：《歷世真仙體道通鑒》，北京：華夏出版社《中華道藏》第 47 冊，2004 年。

33. 明・陶宗儀纂：《說郛》，北京：中國書店，據涵芬樓 1927 年 11 月版影印，1988 年。

34. 明・李東陽：《新舊唐書雜論》，上海：商務印書館《叢書集成初編》第 3842 冊，據學海類編本排印，1939 年。

35. 明・王世貞撰：《讀書後》，臺北：臺灣商務《景印文淵閣四庫全書》第1285 冊，1983 年。

36. 明・周珽：《刪補唐詩選脈箋釋會通評林》，濟南：齊魯出版社《四庫全書存目叢書補編》第 冊，2001 年。（冊碼待補）

37. 清・王夫之：《讀通鑑論》，北京：中華書局，1975 年。

38. 清・王士禎撰、勒斯人點校：《池北偶談》，北京：中華書局《清代史料筆記叢刊》，1982 年。

39. 清・董誥等編：《全唐文》，北京：中華書局，1983 年。

40. 清・陳鴻墀：《全唐文紀事》，上海：上海古籍出版社，1987 年。

41. 清・徐松：《增訂唐兩京城坊考》，西安：三秦出版社，1996 年。

42. 清・彭定求等編：《全唐詩（增訂本）》，北京：中華書局，1999 年。

43. 清・孫梅撰：《四六叢話》，上海：復旦大學出版社《歷代文話》第 5 冊，2007 年。

44. 清・毛鳳枝撰：《關中金石文字存逸考》，臺北：新文豐《石刻史料新編》第 2 輯第 14 冊，1979 年。

45. 清・楊稀閔編：《李鄴侯年譜》，江蘇：江蘇古籍《十五家年譜叢書》第 2 冊，1980 年。

二、專書（依「文獻年代」、「作者姓氏筆畫」升冪排列）

1. 日・平岡武夫著、楊勵三譯：《長安與洛陽（地圖）》，西安：陝西人民出版社，1957 年。

2. 湯承業：《李德裕研究》，臺北：嘉新水泥公司文化基金會，1973 年。

3. 昌彼得：《說郛考》，臺北：文史哲，1979 年。

4. 鄭欽仁主編：《中國文化新論・制度篇：立國的宏規》，台北：聯經出版社，1982 年。

5. 王壽南：《隋唐史》，臺北：三民書局，1986 年。

6. 英・崔瑞德編：《劍橋中國隋唐史》，北京：中國社會科學出版社，1990 年。

7. 鄧德龍：《中國歷代官制》，武昌：武漢大學出版社，1990 年。

8. 李劍國：《唐五代志怪傳奇敘錄》，天津：南開大學出版社，1993 年。

9. 周勛初等編：《唐人軼事彙編》，上海：上海古籍出版社，1995 年。

10. 雷家驥：《隋唐中央權力結構及其演進》，臺北：東大圖書，1995 年。

11. 傅璇琮主編：《唐才子傳校箋》，北京：中華書局，1997 年。

12. 傅璇琮主編：《唐五代文學編年史》，瀋陽：遼海出版社，1998 年。

13. 趙超編：《新唐書宰相世系表集校》，北京：中華書局，1998 年。

14. 葛曉音：《詩國高潮與盛唐文化》，北京：北京大學出版社，1998 年。

15. 美·包弼德著、劉寧譯：《斯文：唐宋思想的轉型》，南京：江蘇人民出版社，2001 年。

16. 林淑貞：《中國詠物詩「託物言志」析論》，臺北：萬卷樓，2001 年。

17. 陳寅恪：《隋唐制度淵源略論稿、唐代政治史述論稿》，北京：三聯書店，2001 年。

18. 胡戟等主編：《二十世紀唐研究》，北京：中國社會科學出版社，2002 年。

19. 日·川合康三著、蔣寅等譯：《終南山的變容——中唐文學論集》，上海：上海古籍，2007 年。

20. 王吉林：《君相之間：唐代宰相與政治》，北京：中國人民大學出版社，2007 年。

21. 廖美玉：《回車：中古詩人的生命印記》，臺北：里仁書局，2007 年。

22. 美·楊曉山著、文韜譯：《私人領域的變形》，南京：江蘇人民出版社，2008 年。

23. 李逸安譯注：《三字經·百家姓·千字文·弟子規》，《中華經典藏書》本，北京：中華書局，2009 年。

24. 孫國棟：《唐代中央重要文官遷轉途徑研究》，上海：上海古籍，2009 年。

25. 許雄適撰：《呂氏春秋集釋》，北京：中華書局，2009 年。

26. 孫國棟：《唐宋史論叢》，上海：上海古籍出版社，2010 年。

三、期刊論文

1. 湯承業：〈論李德裕的「雙軌」取士——既主張科舉又崇尚門第〉，《國立政治大學學報》第 26 期，1972 年 12 月，頁 233～254。

2. 湯承業：〈李德裕的相業與學業〉，《書和人》第 203 期，1973 年 1 月，頁 1～5。

3. 湯承業：〈論李德裕裁抑閹寺的謀略〉，《食貨月刊》第 2 卷第 12 期，1973 年 3 月，頁 617～624。

4. 湯承業：〈晚唐黨禍試釋——論李德裕無黨及其破除朋黨〉，《中國學人》第 5 期，1973 年 7 月，頁 41～74。

5. 湯承業：〈李德裕的家世考述〉，《東海學報》第 14 卷第 6 期，1973 年 7 月，頁 1～19。

6. 李學綱：〈李德裕在西川〉，《國立編譯館館刊》第 4 卷第 1 期，1975 年 6 月，頁 175～193。

7.　湯承業：〈李德裕與唐代十五名相比較論〉，《國立編譯館館刊》第 5 卷第 1 期，1976 年 6 月，頁 69～117。

8.　湯承業：〈唐相李德裕國計與民生合一的經濟建設〉，《臺北市銀月刊》第 14 卷第 1 期，1983 年 1 月，頁 45～64。

9.　周建國：〈富有文才的名相李德裕〉，《文史知識》1991 年第 11 期，頁 78 ～82。

10.　李建崑：〈歷代學者對韓愈詩之評價〉，《國立中興大學文史學報》第 22 期，1992 年 3 月，頁 11～30。

11.　呂武志：〈裴度的文學觀和散文〉，《中國學術年刊》第 13 期，1992 年 4 月，頁 165～188。

12.　程存潔：〈唐代東都留守考〉，《魏晉南北朝隋唐史資料》第 13 輯，1994 年，頁 112～123。

13.　董克昌：〈淺談裴度的忠誠與擇人〉，《求是學刊》1994 年第 5 期，頁 95 ～100。

14.　鐘再琴：〈裴度與中唐詩人〉，《山西大學學報（哲學社會科學版）》1994 年第 1 期，頁 47～52。

15.　楊積慶：〈三鎮浙西、出入十年——李德裕與鎮江〉，《鎮江師專學報（社會科學版）》1994 年第 4 期，頁 40～44。

16.　陳建樑：〈李德裕政風二題〉，《史學月刊》1994 年第 6 期，頁 26～31。

17.　粟美玲：〈李德裕與「會昌之政」〉，《廣西民族學院學報（哲學社會科學版）》1995 年第 2 期，頁 82～85。

18.　馬尚林：〈試論李泌〉，《西南民族學院（哲學社會科學版）》1996 年第 2 期，頁 50～57。

19.　貟大強、王曉如：〈裴度與淮西之亂的平定〉，《唐都學刊》第 13 卷第 1 期，1997 年，頁 9～12。

20.　沈世培：〈李泌與平定藩鎮割據〉，《鐵道師院學報》第 15 卷第 2 期，1998 年，頁 81～84。

21.　傅璇琮、周建國：〈中晚唐政治文化的一個縮影——寫在《李德裕文集校箋》出版前〉，《河北學刊》1998 年第 2 期，頁 101～109。

22.　封野：〈論李德裕與會昌滅佛之關系〉，《江蘇社會科學》1998 年第 3 期，頁 133～138。

23.　傅璇琮、周建國：〈李德裕及《會昌一品集》研索〉，《唐代文學研究》第 7 輯，1998 年 10 月，頁 664～677。

24.　陳宏對：〈李泌簡論〉，《淮南師專學報》第 1 卷 4 期，1999 年，頁 47 ～50。

25.　劉晶、吳豔玲：〈匡扶中唐政局的李泌〉，《齊齊哈爾大學學報》第 6 期，

1999 年，頁 62～63。

26. 傅璇琮：〈《李德裕年譜》新版題記〉，《書目季刊》第 33 卷第 3 期，1999
  年 12 月，頁 147～150。

27. 郝潤華：〈《鄴侯外傳》及其與《家傳》的關係〉，《中國典籍與文化》第
  36 期，2001 年 1 月，頁 44～48。

28. 房銳：〈李德裕在西川〉，《樂山師範學院學報》2001 年第 2 期，頁 69～
  71。

29. 房銳：〈李德裕治蜀〉，《文史雜志》2001 年第 2 期，頁 70～72。

30. 傅璇琮：〈一心爲學，靜觀自得——《李德裕年譜》新版題記及補記〉，
  《中國文化研究》2001 年第 2 期，頁 36～39。

31. 孫敏：〈李德裕《文章論》考證及其文學觀〉，《西華師範學院學報（社會
  科學版）》2003 年第 2 期，頁 118～122。

32. 趙建梅：〈裴度在洛陽的文酒生活及其詩歌創作〉，《河南教育學院學報
  （哲學社會科學版）》第 24 卷第 2 期，2005 年，頁 29～33。

33. 李文才：〈試析唐代贊皇李氏之門風——以李棲筠、李吉甫、李德裕政風
  之比較爲中心〉，《揚州大學學報（人文社會科學版）》2005 年第 5 期，
  頁 77～82。

34. 趙建梅：〈試論李德裕的平泉詩〉，《文學遺產》2005 年第 5 期，頁 141
  ～144。

35. 韓文奇：〈李繁生年及其《相國鄴侯家傳》考辨〉，《蘭州大學學報（社會
  科學版）》第 33 卷第 5 期，2005 年 9 月，頁 43～47。

36. 張少華：〈論裴度與淮西戰役〉，《江蘇教育學院學報（社會科學版）》第
  21 卷第 6 期，2005 年 11 月，頁 83～85。

37. 黃樓：〈《平淮西碑》再探討〉，《魏晉南北朝隋唐史資料》第 23 冊，2006
  年 12 月，頁 116～132。

38. 鐘華：〈裴度與中唐文壇〉，《安徽文學》2007 年第 12 期，頁 91～92。

39. 張珠龍：〈李德裕「政文一體」生命體驗淺析〉，《江蘇廣播電視大學學報》
  2008 年第 2 期，頁 61～64。

40. 陳鈺玟：〈談韓愈〈平淮西碑〉的公平性〉，《思辨集》第 11 期，2008 年
  3 月，頁 1～18。

41. 鄭英玲：〈韓、段〈平淮西碑〉對比分析〉，《佳木斯大學社會科學學報》
  第 24 卷第 4 期，2008 年 8 月，頁 46～48。

42. 徐子方：〈道德和命運的博弈——關漢卿《裴度還帶》剖析〉，《中國戲曲
  學院學報》第 29 卷第 4 期，2008 年 11 月，頁 60～63。

43. 胡平：〈元載之死探微〉，《아시아연구》第 4 期，2009 年 2 月，頁 27～
  41。

44. 李偉：〈初唐史官對「文儒」的認識〉，《山東大學學報》，2009 年第 3 期，頁 132～136

45. 曲景毅：〈論李德裕的公文創作與《左傳》、《漢書》之關係〉，《江淮論壇》2009 年第 4 期，頁 152～157+170

46. 李進寧：〈論李德裕《文章論》的美學意蘊〉，《語文知識》2009 年第 4 期，頁 11～14。

47. 劉豔萍：〈裴度分司東都與大和末年洛陽的詩歌唱和〉，《作家雜誌》2009 年第 5 期，頁 112～113。

48. 曲景毅：〈論李德裕制詔奏議之作風〉，《浙江師範大學學報（社會科學版）》2010 年第 1 期，頁 47～51。

49. 李文才：〈李德裕政治思想研究〉，《首都師範大學學報（社會科學版）》2010 年第 1 期，頁 23～29。

50. 韓鵬飛、楊泉：〈論李德裕的政論文藝術風格〉，《太原大學學報》2010 年第 3 期，頁 18～21。

51. 羅寧、武麗霞：〈《鄴侯外傳》與《鄴侯家傳》考〉，《四川大學學報（哲學社會科學版）》2010 年第 4 期，頁 65～73。

52. 曲景毅：〈李德裕賦與中晚唐賦的發展〉，《安徽大學學報（哲學社會科學版）》2010 年第 6 期，頁 39～43。

53. 魏波：〈裴度還帶故事發展演變探析〉，《青年文學家》2010 年第 7 期，頁 38～39。

54. 許東海：〈宰相‧困境‧家園：李德裕辭賦之罷相書寫及其陶潛巡禮〉，《中正大學中文學術年刊》第 16 期，2010 年 12 月，頁 57～80。

55. 許東海：〈宰相辭賦與家族地圖——李德裕罷相時期辭賦之花木書寫及其文化解讀〉，《文學與文化》2011 年第 1 期，頁 25～38。

56. 鄧小軍：〈杜甫與李泌〉，《杜甫研究學刊》2012 年第 2 期，頁 11～21。

57. 楊發鵬：〈論李德裕在會昌滅佛中的作用〉，《宗教學研究》2011 年第 1 期，頁 101～106。

58. 許東海：〈李德裕袁州辭賦的動物鋪陳與人生沉思〉，《南京大學學報（哲學、人文科學、社會科學版）》2011 年第 3 期，頁 60～68。

59. 陳小芒、曹淼：〈李德裕袁州賦作的遷謫情懷〉，《贛南師範學院學報》2011 年第 4 期，頁 57～61。

60. 鄧小軍：〈杜甫與李泌（下）〉，《杜甫研究學刊》2012 年第 4 期，頁 70～78。

61. 萬德敬：〈柳宗元與裴度交遊考論〉，《中州學刊》2011 年第 5 期，頁 184～186。

62. 劉海霞：〈困蕃之策：中唐名臣李泌的邊疆戰略〉，《文山學院學報》第

24 卷第 5 期，2011 年 10 月，頁 67～61。

63. 肖俊玲：〈從詩賦看李德裕的仕隱矛盾〉，《文學教育（中）》2011 年第 12 期，頁 18～19。

64. 陳冠明：〈裴度集團平叛日歷簡編之一〉，《周口師範學院學報》第 29 卷第 1 期，2012 年 1 月，頁 18～25。

65. 黃曉、劉珊珊：〈唐代李德裕平泉山居研究〉，2012 年《建築史》第 3 期，頁 79～98。

66. 楊文春：〈論元和淮西戰爭的首功之臣〉，《殷都學刊》2012 年第 4 期，頁 47～50。

67. 伍伯常：〈李淵太原起兵的元從功臣——兼論楊隋之世的關隴集團〉，《臺大文史哲學報》第 76 期，2012 年 5 月，頁 107～157。

68. 陳冠明：〈裴度集團平叛日歷簡編之二〉，《周口師範學院學報》第 29 卷第 3 期，2012 年 5 月，頁 12～20。

69. 傅璇琮、周建國：〈政治實踐是評述歷史人物的重要標準——《李德裕文集校箋》新版訂補概述〉，《安徽大學學報（哲學社會科學版）》2012 年第 5 期，頁 1～6。

70. 劉海霞：〈由名臣李泌看中唐的邊疆經略〉，《文山學院學報》第 25 卷第 4 期，2012 年 8 月，頁 21～26。

71. 汪武軍：〈「飄忽仕隱」之唐中興名臣——李泌述略〉，《蘭臺世界》2012 年第 9 期，頁 6～7。

72. 路學軍：〈道士宰相李泌與唐代中期政局〉，《蘭臺世界》2012 年第 18 期，頁 60～61。

73. 曲景毅：〈試論中唐常袞制書之文章價值〉，《中國文化研究所學報》第 56 期，2013 年 1 月，頁 59～80。

74. 劉豔萍：〈唐宋洛陽分司長官對文人群體的影響——以裴度、錢惟演、文彥博、韓絳爲中心〉，《河南科技大學學報（社會科學版）》第 31 卷第 4 期，2013 年 8 月，頁 11～15。

75. 許東海：〈南國行旅與物我對話——李德裕罷相時期的辭賦書寫及其困境隱喻〉，《成大中文學報》第 42 期，2013 年 9 月，頁 75～102。

四、學位論文

1. 湯承業：《李德裕研究》，臺北：國立政治大學政治學研究所博士論文，1970 年。

2. 王淑端：《李泌與中唐政局》，臺北：文化大學史學研究所碩士論文，1979 年。

3. 江美英：《裴度與中晚唐政局》，臺北：中國文化大學史學研究所碩士論

文，1988 年。

4. 陳玉雪：《裴度交往詩研究》，臺中：國立中興大學中國文學研究所碩士論文，1995 年。

5. 趙建梅：《唐大和初至大中初的洛陽詩壇──以晚年白居易為中心》，北京：中國社會科學院研究生院博士論文，2002 年。

6. 羅燕萍：《李德裕及其詩文研究》，西安：西北大學中國古代文學系碩士論文，2003 年。

7. 方海林：《李德裕的文學創作及其與文壇關系》，安徽：安徽師範大學中國古代文學系碩士論文，2006 年。

8. 耿美香：《李德裕詩文用韻研究》，山東：山東師範大學漢語言文字學系碩士論文，2006 年。

9. 高瑋：《李德裕賦作研究》，廈門：廈門大學中國古代文學系碩士論文，2006 年。

10. 徐曉峰：《李德裕創作心態研究》，北京：北京大學中國古代文學系碩士論文，2006 年。

11. 臧清：《盛唐文儒研究：以張說為中心》，北京：北京大學博士論文，2007 年。

12. 陳谷峰：《謝安形象的歷史形塑及其文化意義初探》，花蓮：國立東華大學中國語文研究所碩士論文，2008 年。

13. 韓鵬飛：《論李德裕的政論文》，陝西：陝西師範大學中國古代文學系碩士論文，2008 年。

14. 周樂：《李德裕與牛李黨爭》，廈門：廈門大學中國古代史學系碩士論文，2009 年。

15. 閻峰：《唐代士人園林詩研究》，黑龍江：黑龍江大學中國古代文學系碩士論文，2009 年。

16. 李進寧：《李德裕政論文思想內容研究》，四川：四川師範大學中國古典文獻學系碩士論文，2010 年。

17. 董麗萍：《裴度散文風格的多樣化》，武漢：華中科技大學中國古代文學系碩士論文，2010 年。

18. 鍾小峰：《詩藝的對話與影響：元和詩人交往詩研究》，花蓮：國立東華大學中國語文研究所博士論文，2010 年。

19. 唐誕：《李德裕詩文研究》，福建：漳州師範學院古代文學系碩士論文，2012 年。

20. 單凌寒：《裴度與中唐文學》，吉林：東北師範大學中國古代文學系碩士論文，2012 年。